1980년대 한국 시인론

1980년대 한국 시인론

문혜원

국학자료원

머리말

　1980년대는 언어 실험과 내면의식을 강조하는 시들과 현실에 대한 직접적인 비판을 주제로 하는 시들이 공존하는 시기였다. 전자는 개인의 내면의 우울과 자의식의 표출 등을 주제로 하며, 언어 실험을 통해 현실에 대한 간접적인 비판을 시도했다. 이에 비해 후자는 개인을 넘어선 공동체의 삶을 중시하고, 부정적인 현실에 저항함으로써 잘못된 현실을 바로잡는 것을 목표로 했다.

　표면상 반대인 것처럼 보이는 두 경향은 사실상 동일한 원체험과 부채감을 가지고 있다. 광주민주화운동은 80년대 시인들의 부채의식의 근원이자 창작의 원형으로서, 현실 비판의 중심 주제일 뿐만 아니라 언어 실험과 자아 분열의 근본적인 계기를 이루고 있다. 이는 어느 누구도 시대 현실에서 자유로울 수 없었던 80년대의 특징을 잘 보여주고 있다.

　이 책은 이러한 시대적 특징을 가장 잘 보여주는 시인 20명에 대한 시인론이다. 해당 시인들은 대체로 1950년 전후에 출생하여 1970년 중반~1980년대 초반에 등단했고, 1980년대에 1시집을 내고 왕성한 시작 활동을 했다는 공통점을 가지고 있다. 시인들을 민중시와 실험시 같은 이분법적인 틀로 나누지 않고, 다양한 개성을 보여주었던 대표적인 시인들을 포함시키고자 했다.

이성복, 황지우, 박남철, 최승자는 내면의 고통과 우울을 내용으로 하는 한편 시 형식에 대한 지적이고 실험적인 시도들을 보여주고 있다. 그와 정반대편에 민중의 삶을 소재로 하고 그에 대한 지지와 연민을 보여주는 곽재구, 정호승, 도종환, 김용택, 안도현, 고형렬의 시가 있다. 노동자가 창작 주체로서 노동 현실을 그린 박노해와 백무산의 시는 민중시에서 더 세분화된 노동시의 영역을 열고 있다. 한편, 김광규와 최승호의 시는 소시민의 일상적인 삶을 소재로 하고 거기서 드러나는 아이러니를 성공적으로 포착하고 있다. 이하석과 이문재, 문인수의 시 역시 도시에서의 삶을 소재로 하고 있지만, 이들의 시에는 원형으로서의 고향에 대한 그리움이 있고 그와 대비되는 것으로서의 물질문명에 대한 비판이 강하게 드러난다. 또한 여성주의적 관점에서 쓰여진 김승희, 고정희, 김혜순의 시는 이후 여성시의 기본적인 바탕을 형성한다.

그러나 1990년대에 시대적 상황이 급변하면서 이러한 80년대적 특징들은 사라지거나 변화를 맞게 된다. 1980년대 말 독일 통일과 소비에트 연방 해체로 현실 사회주의가 몰락하고, 이와 더불어 80년대를 지탱해온 역사, 민족, 국가 등 거대담론은 힘을 잃게 된다. 포스트모더니즘이 급부상하면서 중심과 주변의 경계가 모호해지고, 다원화 사회를 맞아서 개인의 일상과 같은 미시담론이 중요한 주제가 된다.

이러한 상황에서 80년대 시인들의 시가 어떻게 변화되는가 하는 것은 90년대 한국시를 형성하는 우선적인 조건이 된다. 90년대 시단의 주요 화두였던 생태시, 대중시, 여성시, 신서정시 등은 사실상 80년대 시인들의 변화와 거의 유사하게 겹쳐진다. 그중에서도 생태 혹은 환경 문제는 탈이데올로기 시대에 새롭게 등장한 공동의 관심사라고 할 수 있다. 이것은 이데올로기적인 신념에서 나온 주제가 아니라 실제 삶에서 온 위기감을 반영한 것이라는 점에서 80년대의 공동체적 주제와는 구별된다.

　80년대 민중시 계열의 시인들 다수가 대중적인 베스트셀러 시인으로 변화하는 것 또한 중요한 특징이다. 이것은 민중시가 목표로 하는 계몽성이나 소통이 극대화된 것으로 설명할 수도 있는데, 독자가 민중이나 노동자라는 특화된 계층이 아닌 상품을 구매하는 소비자로서, 상업성과 직접 연결된다는 것이 다른 점이다. 여성시는 여성 운동과 결합되거나 타자성, 몸과 결부되면서 영역을 확대하고 여성시의 터전을 만들어간다. 이외에도 시인들은 개인적인 화두를 본격적으로 추구하면서 서정적인 영역을 넓혀가거나 창작 활동을 잠정적으로 중지하는 등 서로 다른 행보를 보이게 된다.

　80년대와 90년대의 창작 환경이 선명하게 구별되고, 각 시인들의 변화가 90년대 시의 중요한 특징을 형성한다는 점에서, 이들의 90년대 이후 시들을 검토하는 것은 반드시 필요한 일이다. 게다가 이 책의 대상 시인들이 대부분 현재까지 활발하게 활동 중이라는 점을 감안하면, 완성된 시인론을 쓰기 위해서는 80년대뿐만 아니라 그 이후에 출간된 시집 전체를 연구 범위에 포함시켜야만 한다. 따라서 80년대 전후에 쓰여진 1시집부터 최근 발간된 시집까지, 각 시인들의 시집 전부를 텍스트로 했다. 책의 제목은 '1980년대 한국 시인론'이지만 실제로는 각 시인들의 시집 전체를 망라한 완결된 시인론인 셈이다.

이 책의 바탕은 계간 『시인시대』에 2016년 여름호부터 2019년 봄호까지 연재됐던 '문혜원의 시인 깊이 읽기'라는 글이다. 연재 당시 텍스트는 시인의 자선시에 신작시를 결합한 것이었고 주어진 지면이 50매 내외였기 때문에 소략한 형태의 글이 될 수밖에 없었다. 단행본을 준비하면서 형식과 내용을 맞춰 정리하는 과정에서 많은 내용을 새로 썼고, 연재에 포함되지 않았던 중요 시인들의 시인론을 첨가하여 '80년대 한국 시인론'이라는 말에 합당한 구성을 갖추도록 하였다.

오래 전부터 80년대 시인론을 쓰고 싶었지만, 본격적인 학술논문도 아니고 시의성이 있는 현장 비평도 아닌 글의 성격 탓에 마땅한 기회가 없었다. 귀한 지면을 내어주고 연재를 마칠 때까지 전폭적인 지지와 믿음을 보내주신 박언휘 발행인과 구석본 주간님을 비롯한 『시인시대』 식구들에게 진심 어린 감사를 전한다. 기꺼이 출판을 맡아준 국학자료원에 누가 되지 않는 책이었으면 한다.

2021년 2월
문혜원

목 차

일러두기

1. 각 장마다 시인의 출생연도와 등단 연도를 밝혀놓았고, 장의 뒷부분에 시집 연보를 첨가했다. 시집 연보는 독립된 출간본만을 대상으로 하고 선집이나 편집본은 제외했다. 다만 절판 등의 이유로 재출간된 경우, 원래 시집 옆에 괄호로 재출간 내용을 밝혔다.

2. 독자의 편의와 내용의 완결성을 위해 본문에서 인용된 시들은 전문 인용을 원칙으로 하고, 부득이하게 부분을 인용할 경우만 부분 인용임을 밝혔다.

3. 인용된 시의 출전은, 각 장의 뒤에 있는 시집 연보의 일련번호를 괄호 안에 표기한 것이다. (「시 제목」 (시집 번호))

   본문 서술 중에 시의 일부가 인용될 때는, 괄호 안에 시의 제목과 시집의 일련번호를 밝혔다. (「시제목」, 시집번호)

4. 책의 뒷부분에 『시인시대』 발표 지면을 밝혀놓았다. 가능한 한 제목은 그대로 옮겨왔지만, 글의 내용은 대부분 새롭게 구성되었다.

공동체를 대변하는 목소리와
개인적 서정시의 병행
– 고정희*론

　고정희의 시는 처음부터 역사와 사회에 대한 자의식을 바탕으로 하고 있고, 이 특징은 마지막 시집까지 일관되게 나타난다. 그녀의 시들은 공동체의 목소리를 대변하는 시와 시인의 개인적인 목소리가 드러나는 서정시로 대별된다. 그러나 후자인 개인적 서정시 역시 사회운동과 실천의 도정에서 겪는 좌절이나 그를 극복해가려는 다짐 등이 주제를 이루는 경우가 많아서, 개인의 소소한 일상이나 정서를 주제로 하는 일반적인 서정시들과는 구별된다.

　그녀의 시는 흔히 대표적인 '여성시'로 지칭된다. 그러나 여성시 대부분이 개인적이고 구체적인 경험을 통해 여성에게 가해지는 억압과 불평등을 자각하고 그것을 표현하는 것에 비해, 고정희의 시는 불평등을 자각하는 과정이나 억압의 양상이 구체적으로 드러나지 않고 그것을 해결해야 한다는 것이 당위로 주어져 있다. 또 다른 여성시들이 사

---

* 1948년 전남 해남 출생, 1975년 『현대시학』으로 등단.

소하고 쓸모없는 것으로 치부되어온 것들을 부각시키며 대서사의 폭력성과 중심의 언어에 저항하는 것에 비해, 고정희의 시는 민족적·역사적 공동체의 일원으로서의 주체를 상정하고 있다. 이런 면에서 그녀의 시는 여성시 중에서도 독특한 지위를 차지하고 있다.

1~3시집까지가 유신 독재하의 삶을 묵시록적인 현실에 비유하고 추상적인 목소리로 형상화하는 데 집중하고 있다면, 4~5시집에서는 보다 구체적인 역사와 사건이 드러나고 그에 대응하는 시인 개인의 목소리가 드러나기 시작한다. 이상의 시들이 70년대적 현실을 원체험으로 하고 있다면, 6시집부터는 광주민주화운동을 출발점으로 하는 80년대적 현실에서부터 출발한다. 여성해방이라는 시적 목표가 뚜렷해지는 것도 이 시기부터이다. 전체적으로 볼 때 그녀의 시는 초기의 모호한 추상성을 극복하고 구체적인 현실 인식과 대응으로 발전하기는 하지만, 직선적으로 발전하고 심화한다고 볼 수는 없다. 공동체를 대변하는 것으로서의 시 형식들과 개인적인 서정시는 병행하여 쓰여지고, 기독교적 소재나 애도의 형식, 광주민주화운동이나 여성해방 등의 특징은 주기적으로 반복된다.

1시집 『누가 홀로 술틀을 밟고 있는가』는 민족 분단이라는 역사적 현실과 유신 독재의 억압을 배경으로 하고 있다. 여기서 화자는 분단된 국가에 사는 민족의 일원으로 형상화되어 있다.

> 아버지 호적에 그어진 붉은 줄
> 30년 잠에서 내가 깨어났을 때
> 나는 이미 붉은 줄 무덤 안에 있었다
> 가엾게도 공허한 아버지의 눈,
> 삼십 지층마다 눈물을 뿌리며

반항의 이빨로 붉은 줄 물어뜯으며
무덤 밖을 날고 싶은 나의 영혼은
캄캄한 벽 안에 촉수를 박고
단절의 실꾸리를 친친 감았다

살아남기 위하여,
맹렬한 싸움은 시작되었다
단 한 번 극복을 알기 위하여
삭발의 앙심으로 푸른 삽 곧추세워
무덤 안, 잡풀들의 뿌리를 찍었다
맨살처럼 보드러운 잔정이 끊기고
잔정 끊긴 뒤 아픔도 끊겨
범 무서운 줄 모르는 욕망을 내리칠 때
눈물보다 질긴 피 바다로 흘러흘러
너 올 수 없는 곳에 나는 닿아있었다
　　　　　　　　—「카타콤베—6·25에게」 부분 (1)

　이 시는 고정희 시의 출발점과 시인의 정체성이 어떠한 것인지를 잘
보여준다. 시에서 화자는 분단된 조국에 태어나 암울한 현실을 감지하
고 그것으로 인해 고통 받는 자로서 억압적인 현실을 몸으로 겪는 존재
이다. '아버지 호적에 그어진 붉은 줄'은 조국의 분단을 의미하고, '나'
는 잠에서 깨었을 때 이미 '붉은 줄 무덤 안'에 있다. 즉 개인으로서의
'나'에 앞서 분단된 나라의 구성원으로서의 자신을 먼저 발견하는 것이
다. 그것은 이미 주어진 실존의 조건으로서, '나'는 태어나자마자 무덤
안의 잡풀을 베고 자잘한 정을 끊어내며 무덤에서 벗어나기 위해 사투
를 벌인다. 이것이 고정희 시의 출발점이다. '아유슈비츠', '미궁'과 같
은 폐쇄된 공간은 인용된 시의 '무덤'과 동일하게 암울한 현실을 반영

하는 상징이다. 1시집은 이처럼 암울한 시대 인식과 더불어 구체적인 정황이나 맥락이 부여되지 않은 종말론적인 분위기가 반복적으로 그려진다(「차라투스트라」, 「미궁의 봄」, 「아유슈비츠」 연작 등).

2시집 『실락원』에서 이 공간은 '실락원'으로 요약되고, 살아가는 것은 실락원을 기행하는 것에 비유된다. 1시집이 전반적으로 서구적이며 기독교적인 이미지들을 바탕으로 하여 추상적인 느낌이 강했던 것에 비해서 2시집은 상대적으로 실제 삶에 가까워지면서 조금씩 현실화되는 변화를 보여준다.

> 등성이 갯바람 몰려 와
> 하루종일 허리 휘어지는 대숲에
> 열 손가락 손톱 버려져 운다
> 피흐르는 열 손가락 손톱 운다
> 죽정(竹釘)에 찔린 손톱 운다
> 우는 손톱과 함께 대밭 뿌리가 운다
> 우는 손톱과 함께 대밭 허리가 운다
> 우는 손톱과 함께 댓잎이 눈물내고
> 우는 손톱과 함께 대밭 일대가
> 곡소리로 들끓는다
>
> 뛰어가는 아이들이 잠시 귀기울이고
> 여인들 외면하여 눈물 닦는다
>
> ─「신(新)연가 · 1 ─ 진양조」 (2)

이 시는 암울한 시대 상황을 신체가 절단된 죽은 자들의 곡소리로 표현하고 있다. 현실은 억울하게 죽은 원혼들이 호곡하는 무덤과도 같은 곳으로 형상화된다. 시인은 혼령에 손톱, 손가락 같은 신체성을 부여함

으로써 대상의 고통이 전이되도록 한다. '손가락ㅡ손톱ㅡ뿌리ㅡ허리ㅡ
댓잎ㅡ대밭 일대'로 확장되는 상상력은 곡소리가 퍼져나가는 모양을
연상시킴과 동시에 청각을 자극한다. 여기에 진양조, 중중몰이, 자진
휘몰이 등의 장단을 부제로 함으로써 시의 내용이 실제로 구연되는 것
과 같은 효과를 낸다.

　화자는 이러한 현실을 감지하고 홀로 술을 빚는 자(「누가 홀로 술틀
을 밟고 있는가」, 1)에서 죽은 자를 장사지내는 자(「차라투스트라」, 1)
혹은 혼령의 소리를 대신 전하는 무당과 같은 존재(「신연가 · 2」, 2)로
표현된다. 화자에 상응하는 시인은 민족과 국가의 위기를 경고하고 사
람들을 선도하는 우월한 위치에 있다. 예언 조나 호명 조로 이루어진
시들에서 화자는 잠든 자들을 흔들어 깨우는 역사적인 목소리로 등장
한다("자느냐 자느냐 자느냐/ 한 밑천이 흔들리고 두 기둥이 흔들리고/
수멀수멀 수멀수멀 네 벽이 흔들리고/ 수유리가 흔들리고 도봉구가 흔
들리고/ 인수봉이 흔들리고 서울이 흔들리고/ 흔들리고 흔들리고/한반
도가 흔들릴 때/ 흔들리고 흔들리고/ 땅덩이가 흔들릴 때"ㅡ「수유리의
바람」, 2).

　3시집 『초혼제』는 시집 전체가 무대를 가정하고 굿, 추도회와 같은
구연 형식으로 이루어져 있다. 「우리들의 순장」, 「그 가을 추도회」는
장례식 형태를 취하고 있고, 「환인제」, 「사람 돌아오는 난장판」은 굿
의 대본과 같은 형식을 갖추고 있다. 시집 전체의 구성은 장례식으로
시작해서 혼령이 돌아오는 형태로 마무리된다. 이는 암울한 시대 상황
을 묘사한 후 마지막 부분을 희망적으로 마무리하는 고정희 초기 시의
특징과도 일치한다. 시에서 부정적인 현실을 극복하는 과정이나 해결
의 실마리는 따로 나타나지 않고, 마지막 부분에서 내용이 비약되면서

희망이 제시된다. 이는 당위와 소망에 근거한 결론으로서, 초기 시가 가지는 추상성의 원인이 되기도 한다.

추도의 대상이 되는 인물 역시 공동체의 경험을 부여해서 만들어진 전형적인 인물이다. 예를 들어 「그 가을 추도회」에서 추도 대상인 '고민해(高民海) 여사'는 해방둥이로 태어나서 양친을 잃고 세 살때 이승만의 양손주가 된 인물이다. 그러나 시의 중간 한국전쟁을 다루는 부분에서, 추도의 대상은 전쟁과 분단을 지켜보는 추상적인 시점인 '그'로 변화했다가 그 후에는 육군통합병원에 입원한 젊은이로 묘사된다. 그리고 다시 3장에서는 '고민해 여사'로 지칭된다. 이러한 혼란은 서사적인 메시지를 전달하려는 의욕이 앞서 시 전체의 일관성을 놓친 결과이다.

고정희가 생각하는 실존은 역사와 민족의 일원으로서의 실존이다("갈가리 찢기는 우리 실존 그러안고/ 뉘 모를 곳으로 떠나간 사람들" — 「수유리의 바람」, 2). 이런 면에서 그녀의 초기 시는 민족의 주체적 생존과 동질성 회복을 주장했던 1970년대 민족문학론의 맥락과 일치한다. 초기 시에서 빈번하게 호명되는 '수유리'는 그녀 시의 원체험이 유신 독재에 저항했던 대학 시절의 경험에 있다는 것을 보여준다.

　1. 성금요일 오후

　친구여 언제나 그랬지
　사월, 고난주간 성금요일 오후에
　수유리의 신학대학 캠퍼스는
　가장 부끄러운 이 땅의 구호와 맞서 있었지
　이날의 성전(聖戰)을 위하여
　수유리의 하늘 아래선

마태수난곡 혹은 가브리엘 포레의 레퀴엠이
성난 우리의 맥(脈)을 가만가만 짚어내리고
수유리에 잠든 혼령들 하나하나 일으켜세우면
어디선가 순례자의 봇물 같은 슬픔이 밀려와
사월의 잔디 위에 바람으로 누웠지
그때 우리는 검은 제의(祭衣)로 몸을 감싸고
'주의 기도문' 마지막을 암송하였어

　……나라와 권세와 영광이
　아버지께 영원히 있사옵나이다

갑자기 수유리의 바람은 사나워져서
등나무 줄기를 사정없이 난타질하고
아아 복사꽃 흔들리는 사월
그리도 명징한 느릅나무 가지 사이로
불안한 우리들 내부를 가로지른 솔개 한 마리
휙, 날갯죽지를 꺾고 떨어져내렸다
"풀어주소서 나 두려움에 떨도다"
"리베라메 도미네"
"리―베라메 도―미네"
묵시의 하늘 아래
중세의 어둠은 내려와 길게 드러누웠지
오후 세시를 향한 골짜기에서
단식보다 완강한 침묵에 인도되어
우리는 몇 번이고 기도문을 암송했어
　　　　　　　　　　　―「화육제 별사」 부분 (3)

　이 시는 고정희가 한국신학대학을 다녔던 1975~1979년 무렵의 실
제 체험을 소재로 하고 있다. 뒤에 이어지는 교기를 찢고 연좌기도회를

하는 내용은 실제로 있던 사건을 바탕으로 한 것이다. 당시 한국신학대학은 민주화 운동의 중요한 거점이었고, 고정희는 여기서 정권의 탄압과 그에 저항하는 스승, 동료들을 만나게 된다. 특히 여기서 접하게 된 안병무의 민중신학은 이후 기독교와 민중이라는 중요한 시적 주제를 형성하게 된다. '수유리'는 이 모든 경험을 담고 있는 것으로서 고정희의 삶과 시의 방향을 결정하는 원형적인 공간이다.[1]

고정희의 시에서 구체적인 개인으로서의 목소리가 드러나기 시작하는 것은 4시집 『이 시대의 아벨』부터이다. 이 시집에서 역시 굿시와 같은 공동체적인 형식의 시가 계속 나타나지만, 이와는 별개로 시인 자신의 생각과 감정이 실린 개인적인 서정시가 쓰여지기 시작한다.[2] 이 시집에서 대상은 관습적인 상징을 벗어나 비로소 관찰된다.

> 빨래터에서도 씻기지 않은
> 고(高)씨 족보의 어둠을 펴놓고
> 그 위에 내 긴 어둠도 쓰러뜨려
> 네 가슴의 죄 부추긴 다음에야
> 우리는 따스히 손을 잡는다
> 검은 너와 검은 내가 손잡은 다음에야
> 우리가 결속된 어둠 속에서
> 캄캄하게 쓰러지는 법을 배우며

---

1) "회고하건대 광주 Y가 내게 생의 길을 열어준 곳이라면 수유리의 한국신학대학은 생의 내용을 가르쳐준 곳이라고 부언하고 싶다"―『누가 홀로 술틀을 밟고 있는가』 책머리에 중에서.

2) 『이 시대의 아벨』 자서에 따르면, 『초혼제』는 1983년 5월에, 『이 시대의 아벨』은 1983년 9월에 발간된 것으로 되어 있다. 이는 두 시집에 실린 시들이 비슷한 시기에 쓰여졌음을 말하는 것으로서, 굿과 같은 형식의 실천 행위로서의 시와 개인적인 정황을 담은 시가 같이 쓰여지고 있었음을 알 수 있다. 이처럼 고정희의 시에서 서로 다른 두 경향은 발전이나 극복이 아니라 병행하는 형태로 계속 쓰여진다.

흰 것을 흰 채로 버려두고 싶구나
너와 나 검은 대로 언덕에 서니
멀리서 빛나는 등불이 보이고
멀리서 잠든 마을들 아름다워라
우리 때문은 마음 나란히 포개니
머나먼 등불 어둠 주위로
내 오랜 갈망 나비되어 날아가누나
네 슬픈 자유 불새되어 날아가누나

오 친구여
오랫동안 어둠으로 무거운 친구여
내가 오늘 내 어둠 속으로
순순히 돌아와보니
우리들 어둠은 사랑이 되는구나
우리들 어둠은 구원이 되는구나
공평하여라 어둠의 진리
이 어둠 속에서는
흰 것도 검은 것도 없어라
덕망이나 위선이나 증오는 더욱 없어라
　　　　　　　　－「서울 사랑－어둠을 위하여」부분 (4)

　이전의 시에서 '어둠'은 암울함과 동일한 관습적 상징이었지만, 인용
된 시에서 그것은 밤의 일반적인 특징이다. 화자는 실제로 어둠 속에
서 봄으로써 캄캄한 암흑에서는 오히려 너와 나가 구별되지 않고 하나
가 된다는 것을 발견하고 있다("공평하여라 어둠의 진리/ 이 어둠 속에
서는/ 흰 것도 검은 것도 없어라"). 실제 어둠 속에서 얻은 이러한 깨달
음은 너와 나가 각자의 어둠을 펼쳐 놓고 진술해질 때 손을 맞잡게 될

것이라는 유추를 가능하게 한다("이 어둠 속에서 우리가 할 일은/ 오직 두 손을 맞잡는 일/ 손을 맞잡고 뜨겁게 뜨겁게 부둥켜안는 일/ 부둥켜 안고 체온을 느끼는 일/ 체온을 느끼며 하늘을 보는 일이거니"). 구체적인 경험을 바탕으로 하여 '어둠'이 가지고 있는 다른 가능성을 포착하는 것이다.

이 시집에서는 이처럼 이전 시들에서 당연하게 받아들여졌던 것들에 대해 질문을 던지고 확인하는 과정이 나타난다. 예컨대 희망은 무조건적으로 하느님을 믿어서 얻어진 것이 아니라 그것을 지키려는 노력과 고통 끝에 쟁취하는 것이다("하느님을 가진 내 희망이/이물질처럼 징그럽다고 네가 말했을 때/ 나는 쓸쓸히 쓸쓸히 웃었지/ 조용한 밤이면/ 물먹은 솜으로 나를 적시는/ 내 오장육부 속의 어둠을 보일 수는 없는 것이라서"-「서울 사랑-절망에 대하여」, 4). 기독교적인 소재를 사용하여 구체적인 현실을 비유하거나(「만월」, 5), 주의 재림을 기다리는 것이 아니라 스스로 대지의 주인이고자 하는 의지적인 화자가 등장하는 것(「야훼님전 상서」, 5)도 비슷한 변화이다. '수유리'는 여전히 시인에게 성찰과 반성을 주는 장소이지만, 이제 시인은 수유리에서 올린 기도와 철야가 얼마나 진실했는지 자문하고 반성한다("그러나 친구여/ 기도회가 끝난 수유리의 새벽 네시,/ 우리의 얼굴엔/ 어제보다 더 짙은 피곤이 서리고/ 반짝이던 두 눈엔 고드름이 열린 채/ 어제와 다름없는 타인으로 악수했어/ (중략-인용자/ 아아 그때 나는 깨닫게 되었지/ 우리가 한무데기 로봇이라는 것을,/ 왜?냐고 강하게 질문해 다오/ <말>과 <우리>는 분리되어 있었던 것야"-「서울 사랑-말에 대하여」, 4).

'이 시대의 아벨'은 폭력적인 시대를 살아가는 민족 구성원을 지칭하기도 하지만, 다른 한편으로는 민족과 역사라는 이름으로 묶인 공동체의 구성원들 간의 분열과 갈등의 상징으로 읽을 수도 있다.

초기 시에서 '우리'는 동일한 상황과 의식을 가진 공동체임이 전제되지만, 4시집 이후에서는 보다 구체적인 현실 인식이 더해지면서 '우리'라는 경계가 세분화된다. 공동체는 '서울/도시/타향' 대 '지방/농촌/고향'으로 나뉘고(「서울 사랑」 연작), 보수와 진보(서울 사랑−두엄을 위하여」), 변절과 소신(「서울 사랑−죽음을 위하여」), 포장된 말과 모나고 미운 말(「현대사 연구 · 1」)의 대립으로 나타나기도 한다.

5시집 『눈물꽃』에서 시인은 중도보수주의로 돌아선 중간적인 지식인을 비판하며 자본주의적인 삶에 물들어가는 세태를 경계한다(「환상대학시편」 연작). 특히 「현대사 연구」 연작은 70년대와 80년대를 직접적으로 비교하고 있는데, 70년대는 시대에 대한 저항이 보편화되어 있던 것에 비해 80년대는 지식인들이 보신만을 추구하고 있다고 비판된다(「현대사 연구 · 2」). 80년대는 경제적인 성장이 가속화되는 이면에 억압과 관리가 더욱 강화되고 있는데(「현대사 연구 · 7」), 지식인들은 정권에 야합하거나 길들여지고 있다는 것이다(「현대사 연구 · 8」).

이러한 비판적인 시선은 6시집 『지리산의 봄』에서 분열된 것들을 포용하고 새로운 역사로 나아가는 것으로 변모한다. 고정희의 시는 이 시집에서 확연하고도 중요한 전환점을 맞이한다. 상징적으로 말하면 이 변화는 이전 시들의 원형이었던 '수유리'의 공간을 떠나 새로운 공간인 '지리산'으로 옮겨가는 것으로서, 70년대의 시대적 화두에 바탕을 두었던 그녀의 시가 민중과 여성이라는 새로운 시대적 주제로 이행함을 말하는 것이다. 수유리 생활을 청산한다는 것은 그녀의 시가 과거적인 원형과 결별하고 '지리산'으로 표상되는 새롭고 미래적인 원형을 가지게 되었음을 의미한다는 점에서 매우 중요하다.

이전의 시들이 과거의 이야기들을 불러오고 애도의 형식을 거쳐 그것들을 다시 과거로 돌려보내는 형태였다면, 이 시집의 시들부터는 과거의 역사와 현재를 연결하고, 그것에 바탕하여 미래적인 세계를 꿈꾸는 것이 가능해진다. 시간적으로 과거와 현재와 미래가 연결되고, 공간적으로도 나뉘어 있는 것들 역시 하나로 연결되는데, 그 장소가 바로 '지리산'이다.

지리산 반야봉에 달 떴다

푸른 보름달 떴다

서천 서역국까지

달빛 가득하니

술잔 속에 따라붓는 그리움도 뜨고

지나온 길에 누운 슬픔도 뜨고

내 가슴속에 든

망망대해 눈물도 뜨고

체념한 사람들의 몸속에 흐르는

무서운 시장기도 뜨고

창공에 오천만 혼불 떴다

산이슬 털고 일어서는 바람이여

어디로 가는가

그 한 가닥은 하동포구로 내려가고

그 한 가닥은 광주로 내려가고

그 한 가닥은 수원으로 내려가는 바람이여

때는 오월, 너 가는 곳마다

무성한 신록들 크게 울겠구나

뿌리 없는 것들 다 쓰러지겠구나
　　　　　　－「지리산의 봄 2－반야봉 부근에서의 일박」(6)

이 시에서 반야봉에 뜬 달은 저승('서천 서역국')에까지 미치고, 지나온 길의 슬픔을 품고 앞으로 나아갈 길을 비추고 있다. 시간적으로 과거와 현재를 연결하고 미래까지 연결되어 있는 것이다. 공간적으로 달은 경상도의 하동포구와 전라도의 광주와 경기도의 수원까지 전 지역의 경계를 넘어 비춘다. 그것은 화자만이 아니라 체념하고 낙담한 사람들 전체에게 뜨는 달이며, 오천만 민족에게 평등하게 뜬 달이다. 정서적으로 그것은 슬픔과 그리움, 회한을 담고 있지만 그러한 정서를 품음으로써 오히려 무성한 신록을 피울 수 있게 된다. '지리산'은 이처럼 시간적·공간적·정서적인 모든 경계를 뛰어넘어 분열된 것들을 하나로 연결하는 이상적인 공간이다(「지리산의 봄 7」.「지리산의 봄 9」, 6). 여기서 현실적인 이익에 따라 분열되었던 공동체는 다시 화해할 수 있는 가능성을 품게 된다.

고정희의 시는 이처럼 지리산을 새로운 시적인 원형으로 함으로써 새로운 시적 지향점을 탐색하게 된다. 그 중에서 가장 중요한 것은 여성 문제에 대한 관심이 비로소 전면에 부각된다는 점이다. 여성 문제가 본격적인 소재로 들어오는 것은 6시집에 있는 「여성사 연구」 연작부터이다.

> 대저 하늘아래 사람은 남녀가 일반이라
> 우리는 조선의 여자로 태어나
> 학문과 나랏일에 종사치 못하고
> 다만 방직과 가사에 골몰하여
> 사람의 의무를 알지 못하옵더니
> 근자에 들리는 소문에 의하면
> 국채 일천 삼백만원에 나라의 흥망이 달려 있다 하오니
> 대범 이천만 중 여자가 일천만이요
> 여자 일천만 중 반지 있는 이가 오백만이라
> 반지 한 쌍에 이원씩 셈하여
> 부인 수중에 일천만원 들어 있다 할 것이외다
> 기우는 나라의 빚을 갚고 보면
> 풍전등화 같은 국권회복 물론이요
> 여권의 재앙 말끔히 거둬내고
> 우리 여자의 힘 세상에 전파하여
> 남녀동등권을 찾을 것이니
> 대한의 여성들이여,

반만년 기다려온 이 자유의 행진에
삼종지덕의 가락지 벗어던져
새로운 세상의 징검다리 괴시라
　　　　　－「반지뽑기부인회 취지문－ 여성사 연구 2」(6)

　이 시는 1907년 국채보상운동의 일환으로 이루어졌던 대구 지방의
'탈환회 취지서' 원문을 바탕으로 한 것이다. 여기서 눈여겨볼 만한 것
은 '탈환(脫環)' 즉 반지를 뽑는 행위가 여성들 스스로 생각해낸 사회 참
여의 방식이라는 점이다. 몸에 지니고 있는 반지를 뽑아서 나라 빚을
갚자는 생각은 즉흥적이면서도 구체적인 실천력을 가지고 있어서 위
정자들의 탁상공론과 구별된다.
　한편으로 반지를 뽑는다는 것은 여성들을 옥죄어온 삼종지덕의 사
슬을 벗어던지는 것이다. 반지는 여성의 정체성을 보여주는 상징인 동
시에 억압의 상징이다. 반지를 모아 나라 빚을 갚는 것은 남녀동등권을
주장하기 위한 전략적인 행위이기도 하다. 나라의 빚을 갚는 데 동참함
으로써 사회의 일원으로서 인정을 받고, 국민으로서 남성과 동등한 권
리를 주장할 수 있도록 하는 것이다.
　「여성사 연구」 연작에서 여성들은 국가의 위기를 극복하는 데 자발
적으로 참여함으로써 가부장제 하에서의 여성에 대한 억압과 불평등
을 벗어나고자 한다(「남자현의 무명지－여성사 연구 3」). 이것은 여성
도 남성이 하는 일을 똑같이 할 수 있다는 것을 보여줌으로써 남녀평등
을 주장하는 것이다. 이때 여성 인물들의 행위는 남성과 여성의 성별의
차이를 고려하지 않고 오히려 그것을 부정하는 방식으로 이루어진다
는 점에서, 여성적 글쓰기를 표방하는 다른 여성시들과 구별된다.
　7시집『저 무덤 위에 푸른 잔디』는 여성 해방에 대한 생각을 하나의

굿 형식으로 쓴 것이다. '여자 해방염원 반만년'이라는 이름으로 시작되는 이 시는, 첫째거리와 둘째거리에서 남녀평등이 당연함을 보여준후 셋째거리에서는 상징적인 '어머니'의 고통의 역사를 읊음으로써 해원을 시도하고, 넷째거리에서는 이것을 5·18 광주의 혼백을 달래는 진혼 형식으로 연결한다. 다섯째거리와 여섯째거리에서 새로운 해방과 민주의 길을 닦을 것임을 다짐하고, 일곱째거리에서는 그 길이 통일을 이루는 길임을 제시한 후 뒷풀이에서는 딸들이 해방된 강토를 노래하는 것으로 끝난다. 여성해방의 문제를 시의 앞뒤에 배치하고 본문에 고난의 역사와 5·18 광주의 현대사를 그리면서 민족 민주 통일을 기원하는 내용을 담은 것이다. 그런 면에서 이 시집은 여성해방이라는 미래적인 주제와 이전의 중요한 주제들을 한데 모아서 만든 종합적인 형태라고 볼 수 있다.

8시집 『광주의 눈물비』는 여성해방이라는 주제와는 별개로 광주민주화운동이라는 특정한 주제에 집중되어 있다. 여기 실린 시들은 광주학살을 고발하거나 광주민주화운동을 재조명하기보다는 광주민주화운동의 진실이 야권의 보수대연합에 의해 은폐되고 조작되는 현실을 폭로하고 비판하는 데 초점을 맞추고 있다. 「우리의 봄, 서울의 봄」 연작은 야권의 야합으로 인해 광주의 살육 현장이 은폐되고 지금까지의 투쟁이 희석될 지도 모른다는 위기 위식을 보여주고 있다. 보수대연합은 광주항쟁을 '전라도 대 타도'의 구도로 만들어서 지역적인 분쟁으로 치부하고 불순한 이념을 가진 불온 세력의 폭동으로 몰아가려 한다("아 소름끼쳐라/ 남인 북인 싸움보다 더 골깊은 작당,/ 노론 소론 당쟁보다 더 무서운 음모,/ 드디어 서울은/ 보수와 진보의 갈등을 끝내고/ 불온지역 완전고립/ 불순이념 원천봉쇄/ 전라도 대 타도가 있을 뿐이라

하네"―「통곡의 벽을 위한 엘레지―우리의 봄, 서울의 봄 4」, 8). 그럼
으로써 상황은 오히려 80년대보다 후퇴하고 광주민주화운동은 왜곡되
고 조작될 위기에 놓여있다. 시인은 문학적 은유와 알레고리가 이러한
거짓 시대를 고수하는 시녀가 될 수 있음을 비판하면서, 직설적인 어조
로 보수화된 90년대의 현실을 비판한다[3].

　　이후 그녀의 시들은 남녀평등과 여성 해방의 문제를 본격적인 주제
로 한다. 9시집 『여성해방출사표』는 이야기 여성사 형식으로 독립된
허스토리를 시도하고 있다. 시인은 황진이, 허난설헌, 이옥봉, 사임당
등 역사 속의 여성인물들이 서로에게 보내는 편지 형식을 통해 가부장
제 하에서의 여성의 현실을 고발하고 주체적인 삶을 살아갈 것을 강조
한다. 여기 등장하는 여성 인물들은 서로를 '―자매'라고 칭하며 각자
의 삶을 이야기한다. 특이한 것은 유교적인 사회에서 최고의 현모양처
로 추앙받는 신사임당이 '현모양처'라는 이데올로기가 여자들을 제도
에 옭아매는 것임을 비판하고 있다는 것이다.

정실부인론을 곡함

　　그러나 허 자매
　　다시 거듭거듭 걱정하거니와
　　오늘날 해동의 어여쁜 여자들이
　　현모양처 허상에서 깨어나기란

---

3) "거기 조금씩 비겁해지고 조금씩 변절했으며 조금씩 파국의 수렁 속으로 발을 내밀
고 있는 구십년대의 초상이 서 있었다. 아니 거기 신보수주의의 탈을 쓴, 신귀족주의
의 가면을 쓴 문화 식민들이 서 있었다. 그리고 나는 들었다. 역사적 정의와 진실이
불편함이 된 이 시대에 '문학적 은유와 알레고리는 거짓 시대를 고수하는 충실한 시
녀가 될 수 있다'는 내면의 외침을 들었다."―『광주의 눈물비』 시집 머리 몇 마디
중에서.

일부일처 관습이 대세를 이루는 한
분단장벽보다 어려울 것이외다
요즘 시국관으로
사회변혁운동이란 말이 유행이라 들었사외다 이
사회변혁운동에서 가장 큰 걸림돌이
바로 브루주아 중산층 계급이라 들었사외다
버릴 수도 취할 수도 없는 계급
관습유지의 보호막인 계급
생각은 많으나 믿을 수 없는 계급
이미 체제에 순응하고 있는 계급
이것이 바로 중산층이라면
그것의 받침목은 중산층 부인들이 아닐 수 없사외다
말하자면 현대판 정실부인들이외다
(중략－인용자)

여자가 여자 자신의 적이다, 이 말을
거의 선진적으로 깨우쳐
스스로 만든 장벽 넘어가지 않는다면
탄하노니
여자 절개의 무게 태산과 같고
여자 목숨의 무게 깃털과 같다 한들
오천년 피눈물이 부족하단 뜻이니까
저승 여자들이 줄지어 곡하외다
　　　　－「사임당이 허난설헌에게－이야기 여성사 · 3」 부분 (9)

　　인용된 부분에서 시인은 여성 문제가 성별의 차이만이 아니라 계급의 문제와 연계되어 있음을 지적하고 있다. 현모양처 이데올로기는 남성들이 여성을 억압하는 수단이지만, 여성 스스로 받들고 있는 허상이기도 하다. 그것은 유교 사회에서 정실 부인이 첩이나 기생과 같은 남편의 다른 여인들과의 싸움에서 살아남기 위한 방법이었고, 현재는 중산층 여성들이 기득권을 유지하기 위한 무기로 사용된다. 가부장제는 한 남자를 사이에 둔 여성들끼리의 싸움을 통해 더욱 강화된다. 그러므로 여성 스스로가 가부장제의 본질을 깨닫고 주체성과 존귀함을 되찾아야만 한다.

이를 통해서 고정희는 여성과 계급의 문제를 연계지음으로써 여성과 민중이라는 두 가지 주제를 하나로 용해시키게 된다. 그리고 이것은 11시집 『모든 사라지는 것들은 뒤에 여백을 남긴다』에서 아시아 여성의 해방이라는 보다 더 큰 주제로 연결되고 있다. 여기 실려있는 「밥과 자본주의」 연작은 전 세계에 걸쳐져 있는 자본제국주의를 비판하고 아시아 민중 여성 연대와 해방을 지향하고 있다.

내가 거처하는 호스 슈 빌리지 아파트에는
종교학을 가르치는 인도인과
비파를 연주하는 중국인 그리고
시를 쓰는 한국인이 함께 모여 살고 있는데요
세 나라가 함께 모여 이야기를 나눌 때는
아시아가 하나라는 생각이 들다가도
서로 고픈 배를 해결하는 방식에는
동상이몽을 확인하게 됩니다

대저 밥이란 무엇일까요
인도 사람은 인도식으로 밥을 듭니다
더러는 그것을 손가락밥이라 말합니다
중국 사람은 중국식으로 밥을 듭니다

더러는 그것을 젓가락밥이라 말합니다
일본 사람은 일본식으로 밥을 듭니다
더러는그것을 마시는 밥이라고 말합니다
미국 사람은 미국식으로 밥을 듭니다
더러는 그것을 칼자루밥이라 말합니다
한국 사람은 한국식으로 밥을 듭니다
더러는 그것을 상다리밥이라 말합니다
손가락밥이든 젓가락밥이든
마시는밥이든 칼자루밥이든
그게 뭐 그리 대수로운 일이랴 싶으면서도
이를 가만히 바라보노라면
밥 먹는 모습이 바로 그 나라 자본의 얼굴이라는 생각이 듭니다
손가락밥 위에 젓가락밥 있습니다
젓가락밥 위에 마시는 밥 있습니다
마시는 밥 위에 칼자루밥이 있습니다
밥이 함께 나누는 힘이 되지 못할 때
들어삼키는 힘으로 둔갑하고 맙니다
이것이 밥상의 비밀입니다

우리들이 겁내는 포도청이
젓가락힘이냐 마시는 힘이냐 칼자루힘이냐……
이 삼자 대질의 묘미를 즐기다가
아니다 그렇지 않다 밥은 다만 나누는 힘이다, 상다리밥은 마주
하는 밥이다, 지렛대를 지르고 나서
문득 우리나라 보리밥을 생각했습니다
겸상 합상 평상 위에 차린 보리밥
보리밥 고봉 속에 섞여 있는 단순한 땀방울과
보리밥 고봉 속에 스며 있는 간절한 희망사항과
보리밥 고봉 속에 무럭무럭 솟아오르는 민초들의 뜨겁디뜨거운 정,

여기에 아시아의 혼을 섞고 싶었습니다

대저 밥이란 무엇일까요
－「아시아의 밥상문화－밥과 자본주의」(11)

이 시에서 '밥'은 사람이 생명을 유지하기 위한 필수 조건이라는 점은 동일하지만, 나라와 문화에 따라 그것을 먹는 방법은 모두 다르다. 그것은 단지 밥 먹는 문화만이 아니라 그 나라 자본의 얼굴이기도 하다. 같은 밥이지만 손가락으로 먹는 밥 위에 젓가락으로 먹는 밥이 있고, 맨 위에는 칼자루밥이 있다. 이것은 밥 먹는 문화에조차 자본주의의 영향이 스며 있음을 말한다. 밥이 '함께 나누는 힘'이 되지 못하고 '들어삼키는 힘'으로 둔갑하는 것이 자본제국주의의 실상이다. 이에 대적하기 위해서는 밥이 '나누는 힘'이 되고 '마주앉는 밥'이 되어야만 한다. 고정희가 꿈꾸는 새로운 세상은 이처럼 아시아 민중 여성이 함께 함으로써 바야흐로 맞게 되는 해방된 세계이다.

작고 직전 필리핀 체류 기간 동안 쓰여진 이 시들은 여성과 민중, 제3세계 등에 대한 생각들을 보여줌으로써, 고정희가 지향해온 시적인 주제들을 용해시키고 있다. 그러나 시인의 갑작스러운 죽음으로 인해, 여기서 보여준 새로운 여성 민중 연대의 가능성은 더이상 구체화되지 못한 채 미완의 형태로 남게 된다.4)

---

4) 10시집 『아름다운 사람 하나』에 대해서는 졸고, 「고정희 연시의 창작 방식과 의미－『아름다운 사람 하나』를 중심으로」, *Comparative Korean Studies* 19권 2호, 2011.에서 자세히 다룬 바 있다.

시집 연보 ────────

1. 『누가 홀로 술틀을 밟고 있는가』, 배재서관, 1979. (평민사, 1985)
2. 『실락원 기행』, 인문당, 1981.
3. 『초혼제』, 창작과비평사, 1983.
4. 『이 시대의 아벨』, 문학과지성사, 1983.
5. 『눈물꽃』, 실천문학사, 1986.
6. 『지리산의 봄』, 문학과지성사, 1987.
7. 『저 무덤 위에 푸른 잔디』, 창작과비평사, 1989.
8. 『광주의 눈물비』, 동아, 1990.
9. 『여성해방출사표』, 동광출판사, 1990.
10. 『아름다운 사람 하나』, 들꽃세상, 1990.
11. 『모든 사라지는 것들은 뒤에 여백을 남긴다』(유고시집), 창작과비평사, 1992.

나와 대상의
공평한 생물성

– 고형렬*론

　고형렬 시의 원형을 이루는 것은 강원도 속초에서의 생활 체험이다. 그는 이십 대 초반에 강원도 북단인 고성군 현내면에서 면서기를 지냈고, 이것이 바탕이 되어 민족, 통일, 분단 등의 주제에 자연스럽게 관심을 가지게 된다. 또한 가난하고 소박한 어촌의 생활과 풍경은 그의 원체험으로 자리해서 이후 그의 삶과 시의 바탕을 형성한다.

　1시집 『대청봉 수박밭』, 2시집 『해청』은 이와 같은 개인적인 경험과 80년대 리얼리즘 시 일반의 주제가 더해진 결과물이다. 여기에 실린 시들은 억압적인 시대에 대한 비판과 민족 통일, 민중 지향이라는 리얼리즘 시 공통의 주제를 가지고 있다. 이 시들에서 그려지는 당대 현실은 곳곳에서 최루탄이 터지고(「청계천에서 눈물」, 1) 경찰이 일반인을 감시하며 언제든지 무력을 행사할 수 있는 살벌한 곳이다(「대도(大盜)」, 「영국」, 「전라도 봉준이는」 등, 1). 특히 '서울'은 사람들이 쥐도 새도

---

* 1954년 강원도 속초 출생. 1979년 『현대문학』으로 등단.

모르게 죽어나가는 어둠의 땅이다("친구들은 잡히면 죽었다/ 컴컴한 야광충들이 떠돌아다니는 곳에서/ 친구의 이슬이 된 의사/ 뼈와 피와 혼을 바친, 뼈와 피와 혼이 흙과 나무에 섞인, 벽과 바람의 세월/ 총알이 살 속에 박힌다 가슴과 얼굴과 손가락에/ 깨어진 이름들" ―「서울 2」, 1). 고형렬은 속담을 원용하여 정권을 찬탈한 전두환과 계엄군을 비판하거나(「속담 시」 연작, 1), 5·18 이후 계엄군이 정권을 장악하고 미국이 전두환을 지지하면서 학살이 은폐되고 5공화국이 탄생하는 과정을 연표로 작성하여 직접적으로 제시한다(「연표」, 1). 또한 들병장수(「들병장수」, 2), 군납업체 노동자(「어머니 친구들」, 2), 식모 일을 하는 어머니(「아들」, 2) 등 인물을 설정하고 그의 이야기를 들려주는 방식을 취하기도 하는데, 이것은 당시 리얼리즘 시에서 자주 사용되는 방식이기도 하다. 구체적인 인물의 삶을 보여줌으로써 민중의 생활을 생생하게 형상화하는 한편 독자들이 공감할 여지를 만드는 것이다.

고형렬은 특히 민족 분단과 통일에 대해 일관된 관심을 보여준다. 그는 동해를 외부 세력의 침략의 역사와 연결시켜 표현하고(「동해·1」, 「동해·2」, 1), 오랑캐꽃의 고향으로서 북한 땅을 그리워한다(「오랑캐꽃땅에」, 1). 나아가 그는 통일 후의 일을 마치 현실처럼 말하거나(「백두산 안 간다」, 1) '조선'이라는 단어를 고집하기도 한다(「신조선」, 1). 이처럼 민족적인 정서는 필연적인 당위로 받아들여지고 있다.

2시집에서는 이러한 특징이 강원도의 실제 삶과 연결되어 나타난다. 동해 바다를 오르내리며 명태나 오징어를 잡고 덕장을 만들어 생계를 꾸리는 민중의 생활이 중요한 소재가 되고(「추억의 남발이」, 「옛 선창」, 「바다 위의 덕장」 등, 2), 북한 말투와 비슷한 어투가 사용되기도 한다(「김명기」, 2). 여기서 통일은 바다가 남북으로 구분되지 않는 것처럼 자연스럽고 본래적인 것으로 인식된다("그리워하는 건 우리만이 아니다/ 이 원산서도 배 타고 가고 싶어/ 원통해하는 건 우리만도 아니다/ 저들도 속초에서 배 타고 오고 싶어/ 이사짐 싸 싣고 오명 가명/ 그렇게 남북민 터전을 바꾸면/ 이 국토 이 바다 뭐 잘못되나/ 무엇이 그렇게 큰일 나나" -「원산에서」, 2). 그는 아예 북한민의 입장에서 시를 쓰기도 하는데(「원산에서」, 「바닷가에서」, 2) 현실과 비현실을 넘나드는 이같은 상상력은 그의 시를 다른 리얼리즘 시들과 구별하는 독특한 특징이면서 동시에 추상적이고 관념적인 성격을 드러내기도 한다.

　　　청봉이 어디인지. 눈이 펑펑 소청봉에 내리면 이 여름밤

　　　나와 함께 가야 돼. 상상을 알고 있지
　　　저 큰 산이 대청봉이지.
　　　큼직큼직한 꿈 같은 수박
　　　알지. 와선대 비선대 귀면암 뒷 길로
　　　다시 양폭으로, 음산한 천불동
　　　삭정이 뼈처럼 죽어 있던 골짜기를 지나서
　　　그렇게 가면 되는 거야. 너는 길을 알고 있어
　　　아무도 찾지 못해서 지난 주엔 모두 바다로 떠났다고 하더군
　　　애인이라도 있었더라면, 그나 나나 행복했을 것이다.

　　　너는 놀라지 않겠지. 누가 저 산꼭대기에
　　　수박을 가꾸겠어.
　　　그러나 선들거리는 청봉 수박밭에 가면 얼마나 큰 만족 같은 것
　　으로 겁(劫) 속에
　　　하룻밤을 지내고 돌아와서
　　　사는 거야. 별 거겠니 겨울 최고봉의 추위를 느끼면서

걸어. 서릿발 친, 대청봉 수박밭을 걸어.
그 붉은 속살을 마실 수 있겠지.

어느 쑥돌 널린 들판에 앉듯, 대청봉
바다 옆에서 모자를 벗으면 가죽구두를 너도 벗어 놓고 시원해서
원시 말아야, 그 싱싱한 생명 말이야
상상력을 건든다.
하늘에서 들리는 파도소리로
삼경까진 오겠지 기다리지 못하면 시인과 동고할 수 없겠고
그게 백두산과 닮았다고 하면 그만큼 이해할 수 없고
그래서 맨발로 눈이 새하얗게 덮인, 아니지, 달빛에 비친 흰 이슬
을 밟으며
나는 청봉으로 떠난다.
독재로 너의 손목을 잡고
나는 굴복시켜야 돼 너는 사랑할 줄 아니.
한 가마 옥수수를 찌는 여인의 밤
그 밤만 가지고, 너와 나 우리 모두 노래할 수 있는가
가구를 두고 청봉 수박 마시러 나와 간다, 세상은 다 내 책임이었
냐는 듯이 가기로 했다.

이「대청봉 수박밭」속에 생각이 있다고 털어놓건
비유인지 노래인지, 그것이 표명인지
거짓같지 않은 뜬소문 때문에
나는 언제고 올테니까.
대청봉에서 너와 가슴을 내놓고
여행을 왔노라며, 기막힌 수박인데 하고 뭐라고 할까.

설악산 대청봉 수박밭!
생각이 떠오르지 않다니

그것이 공산 아니면 얼음처럼 녹고 있는 별빛에 섞여서 바람이
불고, 수박 같은 달이다. 아니다
　수박만한 눈송이가 펑펑 쏟아지면
　상상이다 아니다
　할 수 있을까.
―「대청봉 수박밭」(1)

　등단작이기도 한 이 시는 민족애와 시대 현실 비판, 강렬한 생명력,
활달한 상상력, 선명하지 않은 비유, 관념적이거나 환상적인 표현 등
고형렬 시의 일반적인 특징을 모두 담고 있어서 주목된다. 눈이 펑펑
내리는 날 대청봉에 있을 수박을 생각하며 가는 것 자체가 비현실적이
지만, 여기에는 그것을 단지 환상이라고만 치부할 수 없는 강력한 생명
력과 의지가 깃들어있다. 80년대 현실을 감안할 때, 펑펑 내리는 눈은
현실의 장해물과 탄압으로 볼 수 있고, 그것을 넘어 향하는 대청봉 수
박밭은 척박한 현실을 견디게 하는 자유와 생명의 상징이며 지향점이
다. 붉은 속살을 가진 수박은 상상 속의 것이면서 원시적이고 강렬한
생명력을 보여준다. 이러한 소재들은 단지 일차적인 비유에 그치지 않
고, 펑펑 내리는 눈과 달빛, 푸른 골짜기, 싸늘한 겨울 추위 등과 어우러
지며 역동적인 상상력의 공간을 펼쳐보인다.
　그의 시는 '환경시'라는 표제가 붙어있는 4시집 『서울은 안녕한가』
부터 주제상의 변화를 보여준다. 1, 2시집이 80년대적 리얼리즘시였다
면 4시집은 도시의 환경오염을 주제로 한 시들을 모아놓은 것으로서,
시인이 서울에서 살면서 겪는 일상이 곧 환경오염의 현실이 된다. 도시
의 봄은 매연으로 부옇고(「광화문」, 「태평로」, 4) 나무는 숨을 쉬지 못
해 말라죽는다(「허파」, 4). 이곳에서 사람들은 산성비를 두려워해야 하

나와 대상의 공평한 생물성 39

고(「구름을 보며」, 4) 오염된 한강물을 먹어야 한다(「한강물」, 「빨랫물」, 「흉몽의 밤」, 4). 그런가 하면 폭설을 치우기 위해 뿌린 염화칼슘이 환경을 오염시키고 산성눈이 천지를 뒤덮는다(「염화칼슘」, 4). 고형렬은 환경오염의 악순환을 끊지 못하면 결국 지구는 아무도 살지 않는 묘지가 될 것이라고 경고한다("지구는 혼자 외로이 겨울을/ 빠져나가면서 공중에 떠 있을 뿐/ 인류는 모두 어디에 갔는가" ― 「지구묘(墓)」, 4).

6시집 『리틀보이』는 환경오염을 핵 문제와 연결시켜서 범지구적인 주제로 확산시킨 것이다. 장시 「리틀보이」가 『한길문학』에 발표된 것이 1990년이라는 점을 감안하면[1], 이것은 사실 4시집과 거의 비슷한 시기에 쓰여진 것임을 알 수 있다. 즉 『리틀보이』는 1, 2시집의 민족, 민주라는 리얼리즘적 주제와 환경에 대한 관심이 결합되어 만들어낸 야심찬 기획인 셈이다[2].

5시집 『사진리 대설』은 그가 현재 살고 있는 서울과 대비되는 고향인 동시에 환경오염이 없던 시절에 대한 그리움과 지향을 담고 있다. 서울살이가 공포와 악몽으로 요약되는 반면, '사진리'로 대표되는 속초는 넉넉하지는 않지만 어머니와 아버지의 보살핌 아래 따뜻하고 행복했던 시절로 그려진다(「모자」, 「모기장 속」, 「겨울 양식」 등, 5).

그러나 현실에서는 이 지역들 역시 환경오염의 영향에서 멀리 떨어져 있지 않다. 이 시집에는 속초 외에도 삼척, 해남, 고창 선운사 등이 배경으로 등장하는데(「삼척에서 돌아오며」, 「신활리 눈」, 「선운사 비(悲)」, 5), 이곳들은 공통적으로 쓸쓸하고 어두운 이미지를 가지고 있다("이 삼척 고향에다가도 밤낮이 없는/ 죽음의 공장을 기어이 세운단다/

---

1) 4시집 『서울은 안녕한가』 이상락의 발문 참고.
2) 6시집 『리틀보이』에 대해서는 졸고, 「원폭 투하와 재일조선인의 고통의 역사 ―고형렬의 장시 「리틀보이」, 『시와시』 2013. 가을. 에서 자세히 다룬 바 있다.

새들에게 주민에게 정기를 빼앗는/ 전국토원전화의 참화를 버려두고/ 대진항에 내리는 조용한 겨울비는/ 살가웁기만 하고 걱정이 없단다" − 「삼척에서 돌아오며」, 5). 이렇게 볼 때 5시집은 서울의 환경오염을 고발한 4시집과 사실상 동전의 양면처럼 짝을 이루고 있다고 볼 수 있다.

4시집과 6시집이 사실상 거의 같은 시기에 쓰여진 것이고, 5시집이 4시집과 짝을 이루고 있다면, 7시집 『성에꽃 눈부처』는 그 다음 단계의 변화를 보여준다. 고형렬의 시는 7시집을 전환점으로 해서 확연하게 생태론적인 경향으로 옮겨간다.[3] 6시집까지의 시들이 환경오염으로 인한 생태계 파괴와 교란을 고발하고 있는 것에 비해 7시집 이후의 시들은 생태계의 순리를 따르고 생명력을 강조하는 경향이 두드러진다.

호박꽃 호박벌 붕붕거린다 작은 벌 하나는 머리 위에 네 엄마니 아야 호박벌 풀어주시게 얼마나 답답하면 땀을 흘릴까 미물일수록 들에 살게 하자 호박꽃 감옥이다 아야 이쁜 그 손 놓으시게 숨찬 꽃봉을 귀에 대고 붕붕 꽃잎 울리는 호박벌 아우성 듣느냐 못 돌아가는 벌 하나 공중에서 잉잉 곤두박질 친다 죽어 떨어질 듯 애비는 또 호박벌 든 호박꽃 하나 따신다 아이는 양손에 꽃을 들고 언덕을 넘고 두 마리 호박벌은 아이를 따라간다 온 천지 울음바다는 얼마 뒤 사라지고 십장생 속에서 해가 탄다.

− 「호박꽃 속 호박벌」(7)

---

3) 이것은 80년대 리얼리즘 시인들 중 일부가 90년대에 보여준 생태시로의 전환과 맥을 같이 한다. 고형렬은 환경과 생명이라는 문제가 새로운 주제가 되었음을 다음과 같이 적어놓고 있다. "적이 사라지면서/ 더 커다란 적이 나타났다/ 그것은 결코 없었던 것이 아니라/ 이념의 적 속에 숨어 있었다/ 이념의 적 속에 감혀 있었다(……) 하이타이와 공장이 아니/ 우리의 모든 욕망이 바로/ 우리의 적이라는 사실/ 자 이제 어떻게 할 것인가/ 우리를 둘로 갈라놓으면서 끝없이/ 더 큰 적을 숨겼던 조국은/ 이제 인간과 자연을 돌보라/ 국토와 생명을 보호하라."−「진짜 적」, 4)

'호박꽃'과 '호박벌'이라는 유사한 단어가 반복되면서 절로 리듬을 만들어내는 이 시는, 벌 한 마리가 호박꽃에 들어있는 흔히 볼 수 있는 장면을 소재로 하고 있다. 호박 안으로 들어간 벌은 나올 길을 찾지 못해서 붕붕거리고 호박꽃 밖에는 작은 벌 한 마리가 붕붕거린다. 아버지가 벌이 붕붕대는 호박꽃 하나를 더 따자 아이는 호박꽃 두 개를 들고 언덕을 넘는다. 손에 든 호박꽃 안에서 붕붕거리는 소리와 따라오는 벌 소리에 놀란 아이가 울음을 터뜨린다.

　'온 천지 울음바다'는 호박꽃과 벌, 아이가 어우러지는 장면을 표현하고 있다. 호박꽃 안에 갇힌 벌은 나가지 못해서 울고, 밖에 있는 벌은 나오지 않는 엄마 벌을 기다리며 울고, 벌 두 마리의 소리에 놀란 아이는 무서워서 운다. 그들의 울음은 합쳐져서 온 천지를 울음바다로 만든다. 이때 울음은 부정적인 의미가 전혀 없는 강렬하고 생생한 생명의 표현이다. 호박꽃을 든 아이가 언덕을 넘어가자 울음소리는 잦아들고 그 대신 해가 타오른다. '해가 탄다'의 이미지가 호박꽃의 색채 이미지와 연결되면서 강렬한 생명력을 느끼게 한다.

　8시집『김포 운호가든 집에서』, 9시집『밤 미시령』에서는 생명의 역동성이 강조되면서 강렬하고 관능적인 생명의 속성들이 그려진다. 고형렬 특유의 활달한 상상력은 존재하고 있는 생명을 발견할 뿐만 아니라 그것이 발생하는 과정 자체를 거슬러 올라간다. 그것은 결국 생명이 잉태되는 순간에 이르게 되는데, 관능성은 이 과정에서 자연스럽게 드러나는 것이다. 이것은 꿈틀대는 오징어떼를 한 광주리 얻어오는 꿈처럼 상징적으로 처리되기도 하고(「오징어 사변」, 8), 정자가 사람이 되는 과정을 직접 말하는 형태로 그려지기도 한다(「정자가 사람이 될 수 있는가」, 8). 이는 인간이 탄생하는 과정만이 아니라 산과 시내와 사람이 하나로 어울리는 것에서도 마찬가지다(「월유산을 못가다」, 8).

고형렬은 인간을 둘러싸고 있는 자연 환경 중에서도 식물이나 동물이 가지고 있는 생물로서의 속성인 생물성에 주목한다. 그의 시에서 일관되게 유지되는 생물성은 대상과 주체가 모두 가지고 있는 생명 고유의 공통적인 속성이다. 그는 생물성이 언어를 꿰뚫고 나오기까지 언어를 단련하고 대상의 속성을 추적하고 그 과정을 끊임없이 반성하고 확인한다.

하느님이 처음 만들 때 눈빛과
손길이 보인다

잘 접혀진 파란 풀잎
울지 못하는 풀의 울음을 대신한다
나는,
가급적 날지 않으려는 너를 눈으로
들어올린다

하지만 나는
원래의 풀잎에 다시 놓아둔다
울어도 찍히지 않는 울음 때문에

여치,
풀잎 줄기 실뼈의 섬유질 속에
통곡이 파란, 가을을
나는 혼자
눈으로 접고 또 접고 있다

습벅한 눈길에
스스로 놀라 푸르르 날아가리라

―「여치의 눈」(9)

　이 시에서 여치를 바라보고 있는 '나'는 여치의 모든 것을 알고 있음으로 해서 '하느님'과 같은 차원에 있다. 하느님이 여치를 만들 때의 눈빛과 손길을 알고, 여치를 통해 우는 풀의 울음소리를 듣는다. 나아가 '나'는 눈으로 여치를 들어올리다가 다시 풀잎에 놓아둔다. 이렇게 보면 '나'는 전지전능한 존재로서 대상인 여치를 완전히 장악하고 있는 듯하지만, 여치의 입장에서 보면 또 다르다. 마치 파란 풀잎을 접은 듯한 날개를 가진 여치는, 날개를 비벼 소리를 냄으로써 울지 못하는 풀의 울음을 대신 운다. 여치가 날지 않고 가만히 있는 것은 '나'의 눈길이 놓아주어서가 아니라, 제가 앉아있는 풀의 울음을 온몸으로 새기고 있기 때문이다. 풀의 울음은 여치의 몸으로 전달되어 푸른 빛 통곡이 되고, 그것을 바라보는 '나'에게로 전이되어 눈을 습벅하게 한다. 그 기미를 눈치 챈 여치는 (나의 시선 때문이 아닌) 스스로의 의지로 푸르르 날아간다. 이처럼 여치와 '나'와 풀의 관계는 동등한 것이고 상호 영향을 주고받는 긴밀한 관계이다. 인간과 다른 생명체의 공생 혹은 소통과 호흡을 절묘하게 보여주는 예이다.

　10시집 『나는 에르덴조 사원에 없다』는 '나' 안의 생물성을 발견하는 것에 집중된다. 고형렬은 대상인 자연(생물)의 본성을 그대로 보존하려 하고 인간인 자신 또한 그것과 동등한 차원에서 본성을 드러내는 것을 용인한다. 운동이나 선언의 차원에서 생명을 주장한다기보다 그 자신이 다른 생명들과 다를 바 없는 생물임을 보여주는 것이다4).

---

4) 이하의 내용은 졸고, 「'나'와 대상의 공평한 생물성과 언어-고형렬론」, 『시인수첩』,

옥수수수염귀뚜라미
80층 승강기 아래로 내려갈 땐 잠잠하다
울음을 뚝 멈추고 승강기가 기계음을 듣는다
첨단이 아닌 이런 것들이 기척할 때가 있다
수염귀뚜라미는 철봉대 근처에 있다
기계음은 그의 풀잎 가슴속으로 들어가
해마에서처럼 사라진다
해마에 기억의 흔적은 물방울 먼지처럼 남는다
소리는 사라지고 벌써 있지 않다
80층 체인이 출렁이는 소리가 벽 속에서 들린다
기술은 그 소리를 감추려고 혼신을 바친다
내 신문 같은 얼굴이 쎈서에 비치면
문은 비서처럼 얼른 옆으로 열린다 그리고
곁에 서서 내가 나가기를 기다린다
나가지 않으면 문은 계속 심리처럼 서 있는다
그때 햇빛이 내 파란 핏줄 손등에 닿는다
귀뚜라미가 울기 시작 한다 늦여름 매미처럼
나는 갑자기 미열의 아득함으로
손바닥으로 유리창을 잡는다 가을 구름 하나
아파트 뒷산 위에 떠서 불타고 있다
마지막 불 칸나가 화려하게 단장했어라,
수염귀뚜라미 하나 내 허파꽈리에 초기 암처럼
마지막 광선 속에 울기 시작했다,
나는 너의 이름을 보고 싶어 만지고 싶어
옥수수수염귀뚜라미
                        ―「옥수수수염귀뚜라미의 기억」(10)

2013. 가을호에서 일부를 빌려왔다.

이 시는 생물성이 이미 '나'의 안에 있었다는 것을 보여주고 있다. 귀뚜라미는 "80층 승강기 아래"로 내려갈 때는 잠잠하다가 승강기 문이 열리고 "햇빛이 내 파란 핏줄 손등에 닿는" 순간 울기 시작한다. 그것은 오래 전 기억 속의 자연에 있었던 귀뚜라미가 아니라 "내 허파꽈리에 초기암처럼" 붙어서 "마지막 광선 속에 울기 시작"하는 '나'의 몸의 일부이다. 중요한 것은 이 귀뚜라미가 실제인가 아니면 비유인가 하는 것이 아니라 그것이 나의 '몸 안에', 허파꽈리에 붙어있다는 것이다. '해마'나 '허파꽈리' 같은 신체 기관을 지칭하는 단어들은 '나'의 생물성을 드러내는 의도된 표지들이다. 그의 시에서 생물성은 "백로가 오면 나의 팔은 터럭에서 더 예민해져/ 풀대처럼 이울며 까칠하게 모근엔 샘이 말라, / 주인 모르게 햇살과 바람에 흔들리고/ 나는 다른 나로 태어나는 나를 두 눈으로 본다/ 저리 터럭도 한쪽으로 머리를 향하는데"(「서 있는 터럭에 대한 감상」, 10)에서처럼 찬찬히, 물질적으로 표현된다.

고형렬 시의 또 다른 특징인 관능성은 이 과정에서 다시 새롭게 해석된다. 관능성은 이미 7시집부터 생명의 잉태와 출산, 여성 등과 함께 중요한 소재로 등장하는데, 11시집 『유리체를 통과하다』에서 '도시'라는 환경과 결합되면서 변화된 양상으로 나타난다(「그녀의 가운 1」, 「고층빌딩 밑에서 농담을」, 「개기월식 1」 등, 11). 기술경쟁사회의 원리가 철저하게 적용되는 도시에서는 생명 본연의 리듬은 무시된다. 여기서 '여자'는 본연의 생산성을 박탈당한 상징적 존재로 표현되고, 남성들 또한 거세되어 있다(「거세의 시간」, 11). 도시는 정상적인 생명 활동이 어려운 불모지로서("모든 것이 실용이고 정의이고 조직이어야 하는 도시에선,/ 현대 시인들의 꿈은,/ 언제나 헛된 꽃의 날갯짓으로 떨어지는 것/ 입문을 허락지 않는다, 그 어떤 선도 그리움도."―「한 고층빌딩의 영지」, 11) 오직 죽음만이 지배하는 곳으로 표현된다. 이것은 고형렬이 일관되게 주장해 온 물질문명에 대한 비판과 맥을 같이한다.

'성'은 생물이 본연의 생물성을 드러내고 유지하는 필수적인 요소로서, 성욕의 강렬함은 곧 생물성에 충실한, 살고자 하는 의지이다. 자연과 더불어 있을 때 여성은 에로스적인 욕구와 생산을 결합시킬 수 있는 가장 원초적인 상태가 된다. 즉 여성과 sex, 자연이 결합될 때 본성에 충실하면서 가장 강력한 생물성이 실현될 수 있는 것이다. 그러나 도시에서는 이같은 욕망과 생명의 탄생이 항상 일치하는 것은 아니다.

> 마천루까지 올라간 욕망을 잠재운다
> 욕망은 색이 희다, 붉다, 검다, 퍼렇다
> 아무도 이 욕망을 통제할 수 없다
> 아내는 아파트에서 통곡한다
>
> 아내는 본능이 강하다 아내는 젊다
> 아내는 아이를 가지고
> 공중 링에 거꾸로 걸려 아이를 절개한다
> 풀밭에서 죽는 아이들의 울음소리로
> 하루 우주가 간다
>
> 욕망은 욕망을 토하고 삭제하고 싶다
> 욕망의 욕망이 되고 싶다
> 꿈꾸는 여름은 여름 속에서 죽어간다
> 욕망의 한철 아내도 죽어간다
>
> 욕망은 슬슬 다시 옥상으로 올라간다
> 매년 아내를 여름에게 잡아먹힌다
>   ─「여름이 아내를 잡아먹는다」(13)

13시집 『아무도 찾아오지 않는 거울이다』에 실려있는 이 시는 에로틱하고 강렬한 생명력을 보여주고 있다. '희고, 붉고, 검고 퍼런' '마천루까지 올라간 욕망'은 성적 엑스터시의 순간을 표현한 것이다. 풀밭이나 풀, 초록색은 삶의 절정을 상징하는 색으로서 고형렬의 시에 자주 등장하는 배경이다. '여름'은 생물의 생명력이 절정에 달하는 상징적 계절이고, "욕망의 한철"은 계절상 여름을 지시하면서 동시에 본능이 강한 젊은 아내를 의미한다. "아내는 본능이 강하다 아내는 젊다"가 간명하게 요약해주듯이, 생명이 짝을 짓고 2세를 낳아 종을 보존하는 것은 자연스러운 본능이고 통제할 수 없는 욕망이다. 그러나 도시에서 잉태된 생명들은 제대로 태어나지 못하고 종종 제거되고 사라진다. 태어나지 못한 생명들의 울음소리가 우주를 채우고, 생산성을 훼손당한 아내 역시 죽어간다.

그러나 이 시를 낙태나 생명의 존엄성에 대한 환기로 읽는 것은 너무 단순한 발상이다. 여기서 강조되는 것은 오히려 반복되는 '욕망'이다. "꿈꾸는 여름은 여름 속에서 죽어"가고 "아내도 죽어"가지만, 생을 다할 때까지도 욕망은 피어오르고 사그라들기를 반복한다. '욕망'은 생명체가 가지는 생명 본연의 욕구로서 '본능'이라고 바꾸어 읽어도 무리가 없다. 엑스터시의 순간 나락으로 떨어지고 생명의 절정인 여름의 끝에 쇠락의 가을이 오는 것처럼, 모든 생명체는 생의 정점을 찍은 후 죽어가기 시작한다. 강렬한 삶의 욕망은 다른 한편 강렬한 죽음의 욕망이기도 한 것이다. 생태계 차원에서 바라보면 '죽음'은 자연스러운 소멸과 재생의 사슬 안에 있는 것이다.

12시집 『지구를 이승이라 불러줄까』에 빈번하게 등장하는 '죽음'은 이와 같은 맥락에서 살펴볼 필요가 있다(「죽음에 부쳐진 자」, 「너의 취업공고관 뒤에서」,「태양 마중」 등, 12). 여기서 죽음은 종종 달이나 다른 행성에 비유되고 삶은 이승 혹은 달의 건너편으로 표현된다("복잡하지만 너무나 단순한 도시의 역사/ 죽은 친구에게/ 달리 지구를 이승이라 불러줄까,/ 달 건너편이라고 생략할까" -「태양 마중」, 12) 지구를 '달 건너편'으로 지칭하는 것은 지금까지의 지구 중심의 생각에서 벗어나 다른 차원에서 지구를 바라보고자 하는 것이다. 지구, 태양, UFO 같은 소재들은 그의 상상력이 우주적인 차원으로 확장되고 있음을 보여준다(「청춘의 광화문」,「위도 35.467147, 경도 129.349180」,「대기권 밖에서 고구마 먹기」 등, 12).

새롭게 확장된 우주적 상상력은 14시집『오래된 것들을 생각할 때에는』에서 시공간적인 차원으로 구체화된다. 그는 소년 시절로 돌아가 아버지의 기억을 따라가기도 하고(「풀편」, 14), 그 끝에 가족들이 모두 돌아오는 상상을 하기도 한다(「흰 구름과 풀」, 14). 지구를 넘어서 달과 다른 행성으로 시각을 옮겨가듯이, 현재의 시간 너머 과거와 미래로 생각을 뻗어가는 것이다. 그것은 동시에 공간적인 '저 너머', '저쪽'으로 형상화된다.

그 거리를 나 혼자 거니는 것 같다
정문과 옥상에서 갈망의 깃발들이 펄럭인다
어디서 불어오는 것일까
도시는 너무나 조용해 죽음만큼 적막하다

그들은 모두 어디로 갔을까
정치도 분노도 없고 잡지도 기억도 없다
플라타너스 아래 웅덩이 물결이 반짝인다
실외기 소음이 들린다

다시 눈을 감는다 언제 눈을 뜰지 알 수 없다
누군가 저쪽에 살아 있는 것 같다
돌이 될 수 있는 것은 완전무결의 망각뿐
나는 저쪽의 여름을 기억하지 못한다

　　　　　　　　　　—「돌의 여름, 플라타너스」(14)

　시에서 '나'는 적막한 거리를 걸으며 모든 것이 사라지고 홀로 다른 시공간에 있는 듯한 착각에 사로잡힌다. 갈망을 담은 깃발들과 분노의 목소리, 그것들과 같이 했던 정치와 언론, 각각의 이유로 모여들던 사람들, 그것들에 대한 기억은 희미하고, 플라타너스 아래 고인 웅덩이의 물결만 반짝인다. 실외기 소음만이 들리는 이곳에서, 눈을 감으면 누군가가 저쪽에 살아있는 것처럼 여겨진다.

　이때 '저쪽'은 공간적인 '저편'과 시간적인 과거를 동시에 포함한다. "저쪽의 여름을 기억하지 못한다"에서 '기억'은 그 자체가 시간적인 과거를 포함하므로 '저쪽의 여름'은 '과거의 어느 여름'이라는 시간적인 표현으로 읽힌다. 그러나 "누군가 저쪽에 살아 있는 것 같다"는 현재의 자리에서 이루어지는 추측이므로 '저쪽에 살아있는 누군가'는 공간적으로 저편에 있는 것이다. 즉 '저쪽'은 시간적인 과거와 결합되면서도 공간상으로는 수평적으로 다른 현재의 공간인 것이다. 그것은 죽으면 가게 되는 서방정토와 같은 미래적인 공간이 아니라 이미 경험했던 공간이면서 현실에 존재하는 4차원적인 세계가 된다.

　이 단계에 이르면 공평한 생물성에 바탕한 그의 상상력은 본격적으로 우주적인 차원으로 확산된다. 그러나 생명과 죽음의 문제를 우주적인 시각에서 재해석하려는 시도 역시 결국에는 언어를 통해서 구현될 수밖에 없다. 활달한 상상력과 추상성 사이에서 균형을 잡아가며 새로운 생물성의 세계를 열어보이는 것이 고형렬 시의 새로운 과제일 것이다.

시집 연보 ————————

1. 『대청봉 수박밭』, 청사, 1985.

2. 『해청』, 창작사, 1987.

3. 『해가 떠올라 풀이슬을 두드리고』, 청하, 1988.

4. 『서울은 안녕한가』, 삼진기획, 1991.

5. 『사진리 대설』, 창작과비평사, 1993.

6. 『리틀보이』, 넥서스, 1995.

7. 『성에꽃 눈부처』, 창작과비평사, 1998.

8. 『김포 운호가든집에서』, 창작과비평사, 2001.

9. 『밤 미시령』, 창작과비평사, 2006.

10. 『나는 에르덴조 사원에 없다』, 창작과비평사, 2010.

11. 『유리체를 통과하다』, 실천문학사, 2012.

12. 『지구를 이승이라 불러줄까』, 문학동네, 2013.

13. 『아무도 찾아오지 않는 거울이다』, 창작과비평사, 2015.

14. 『오래된 것들을 생각할 때에는』, 창작과비평사, 2020.

선한 아름다움이
세상을 구원하리라

- 곽재구*론

곽재구의 시가 일관되게 추구하고 있는 것은 '선함에의 의지'이다. 곽재구는 '선함'이 인간의 자연스러운 본성이므로, 현실의 억압이나 폭력도 이것을 훼손할 수 없다고 믿는다. 초기 시에 등장하는 '선한 사람들'은 청소부, 버스 차장, 창녀, 공사판 인부 등 민중이었다가 분단으로 아픔을 겪는 사람들, 소리꾼이나 대중가수와 같은 예술인 등으로 변화되고, 후기 시로 가면서 정직하게 살아가는 장삼이사의 사람들로 확대된다. 시대에 따라 인물의 성격은 변화하지만 이들의 공통점은 자신의 삶을 열심히 살아간다는 것이다. 곽재구는 묵묵히 살아가는 선한 사람들의 삶을 시로 씀으로써 자신이 믿는 '선함'을 지키고자 한다.

그의 시에 나타나는 휴머니즘적 특성은 '인간과 사회에 대한 관심'이라는 리얼리즘 시의 기본적 특징에 개인적인 삶의 환경이 결합된 것이다. 물질적으로 풍요롭지는 않지만 따뜻하고 화해로운 농촌공동체적

---

* 1954년 전남 광주 출생. 1981년 ≪중앙일보≫ 신춘문예로 등단.

인 삶과 그것을 지켜주는 어머니에 대한 기억(「새벽을 위하여」, 「화해」, 1, 「누룽지」, 3)은 그가 인간에 대해 신뢰와 애정을 가지게 되는 바탕이 된다. 즉 그의 시가 표방하는 '선함'은 당위나 관념이 아니라 어려서부터의 경험을 통해 자연스럽게 습득된 믿음이라는 것이다. 근 사십여 년 동안 그가 '선함'이라는 화두를 유지할 수 있는 것은, 그것이 이미 체화되어 시인과 구별되지 않는 상태이기 때문에 가능한 것이다.

이러한 시적 태도는 1시집 『사평역에서』에서부터 나타난다. 그는 80년대 사회 현실을 소재로 하면서도 현실 고발이나 투쟁 의지를 내세우기보다는 선한 민중들의 고단한 삶을 연민 어린 시선으로 관찰하고 그것을 시로 옮겨 놓는다. 그 중에서도 곽재구의 시가 독특한 개성을 발휘할 때는 '선함'이 '아름다움'과 어우러져 독특한 아우라를 만들어낼 때이다.

> 막차는 좀처럼 오지 않았다
> 대합실 밖에는 밤새 송이눈이 쌓이고
> 흰 보라 수수꽃 눈시린 유리창마다
> 톱밥난로가 지펴지고 있었다
> 그믐처럼 몇은 졸고
> 몇은 감기에 쿨럭이고
> 그리웠던 순간들을 생각하며 나는
> 한 줌의 톱밥을 불빛 속에 던져주었다
> 내면 깊숙이 할 말들은 가득해도
> 청색의 손바닥을 불빛 속에 적셔두고
> 모두들 아무 말도 하지 않았다
> 산다는 것이 때론 술에 취한 듯
> 한 두릅의 굴비 한 광주리의 사과를

만지작거리며 귀향하는 기분으로
침묵해야 한다는 것을
모두들 알고 있었다
오래 앓은 기침 소리와
쓴 약 같은 입술담배 연기 속에서
싸륵싸륵 눈꽃은 쌓이고
그래 지금은 모두들
눈꽃의 화음에 귀를 적신다
자정 넘으면
낯설음도 뼈아픔도 다 설원인데
단풍잎 같은 몇 잎의 차창을 달고
밤 열차는 또 어디로 흘러가는지
그리웠던 순간을 호명하며 나는
한 줌의 눈물을 불빛 속에 던져 주었다.

— 「사평역에서」 (1)

작은 대합실 톱밥 난로에 의지해서 추위를 견디며 막차를 기다리고 있는 사람들은 가난하고 지치고 병들어 보인다. 그들은 각자 구구절절한 사연들을 품고 있음직하지만, 모두들 아무 말도 하지 않는다. 그것을 바라보는 화자 또한 톱밥을 난로에 던져 넣을 뿐 침묵하고 있다. 삶이란 몇 마디 말로 설명되거나 해결될 수 없는 저마다의 묵직한 무게임을, 화자를 포함한 모두는 이미 알고 있기 때문이다. 오지 않는 막차를 기다리는 사람들의 쓸쓸한 모습은 눈 내린 겨울 밤 풍경과 어우러져 적막한 아름다움을 만들어낸다.

2시집 『전장포 아리랑』에서 '선함'과 '아름다움'은 분리될 수 없는 개념이다. 그에게 있어서 아름다움은 그 자신이 인용하고 있는 도스토예프스키의 말("너의 노오란 우산깃 아래 서 있으면/ 아름다움이 세상을

덮으리라던/ 늙은 러시아 문호의 눈망울이 생각난다" ─「은행나무」, 2)
처럼, 미(美)가 아니라 윤리적 선(善)에 가깝다. 즉 선한 정신이 보여주
는 윤리적인 경지에서 나오는 아름다움인 것이다("아름다움은 삶의 깊
이나 사랑의 추억에서/ 오지 않는다는 것을 너는 아직 알지 못한다" ─
「한강」, 2).

국군의 날 행사가 끝나고
아이들이 아파트 입구에 모여
전쟁놀이를 한다
장난감 비행기 전차 항공모함
아이들은 저희들 나이보다 많은 수의
장난감 무기들을 횡대로 늘어 놓고
에잇 기관총 받아라 수류탄 받아라
미사일 받아라 끝내는 좋다 원자폭탄 받아라
무서운 줄 모르고
서로가 침략자가 되어 전쟁놀이를 한다
한참 그렇게 바라보고 서 있으니
아뿔싸 힘이 센 304호실 아이가
303호실 아이의 탱크를 짓누르고
짓눌린 303호실 아이가 기관총을 들고
부동자세로 받들어 총을 한다
아이들 전쟁의 클라이막스가
받들어 총에 있음을 우리가 알지 못했듯이
아버지의 슬픔의 클라이막스가
받들어 총에 있음을 아이들은 알지 못한다
떠들면서 따라오는 아이들에게
아이스크림과 학용품 한 아름을 골라 주며
아무것도 모르는 아이들 앞에서

나는 얘기했다
아름답고 힘 있는 것은 총이 아니란다
아름답고 소중한 것은 우리들이
살고 있는 이 세상과 별과
나무와 바람과 새 그리고
우리들 사이에서 늘 피어나는
한 송이 꽃과 같은 것이란다
아파트 화단에 피어난 과꽃
한 송이를 꺾어 들며 나는 조용히 얘기했다
그리고는 그 꽃을 향하여
낮고 튼튼한 목소리로
받들어 꽃
하고 경례를 했다
받들어 꽃 받들어 꽃 받들어 꽃
시키지도 않은 아이들의 경례 소리가
과꽃이 지는 아파트 단지를 쩌렁쩌렁 흔들었다
— 「받들어 꽃」(2)

국군의 날 행사와 아이들의 전쟁놀이는 전쟁과 분단의 상처를 안고 살아가는 우리 현실을 상징한다. 상대를 짓밟고 부수는 놀이에 익숙해진 아이들에게, 화자는 장난감 총 대신 과꽃 한 송이를 들고 경례를 해보인다. 이 장면은 시의 기능 혹은 시의 존재 이유를 단적으로 보여준다. 시는 분노를 분노로, 폭력을 폭력으로 되갚는 것이 아니라 찢기고 부딪치고 밟히면서도 끝내 죽지 않는, 연약하지만 질기고 강인한 '꽃'과 같은 것이다. 그것은 폭력에 직접적으로 맞서 싸우는 것이 아니라 우리가 살고 있는 세상이 아름답고 소중한 것임을 일깨우고 그것을 지키도록 하는 것이다. 이처럼 아름다움은 세상을 제압하는 힘에 있는 것이 아니라 작고 연약한 것들을 지켜나가는 선한 마음에 있다. 이것이 곽재구가 일관되게 추구하는 시적 세계관이자 시의 존재 이유이다.

이상의 시는 현실의 부조리와 억압을 고발하고 민중의 삶을 지지하는 1980년대 민중시와 맥을 같이 하고 있다. 1990년대에 들어서면서 곽재구의 시는 달라진 시대 상황에 따라 변화를 겪게 된다. 주지하는 것처럼, 1990년대는 80년대적인 공동체 의식이 붕괴되고 '우리'라는 개념이 해체되는 시기였다. 통일, 민족, 겨레와 같이 '우리'를 구성하는 바탕이었던 거대 담론이 힘을 잃고 신자유주의 시대를 살아가는 개인의 미시 담론이 그것을 대체했다. 이같은 시대적 변화는 특히 80년대 리얼리즘 시의 시적 전환점을 형성하게 된다.

3시집 『서울 세노야』에서부터 '여행'이 본격적인 창작 환경이 되는 것은 이러한 외적 변화에도 원인이 있다. 그는 만주 등지를 돌며 분단된 조국과 민족에 대한 안타까움과 사랑을 노래하고(「오십 년 후」, 「도문 장터」, 「곡수 아리랑」, 「만보에서」 등, 3), 잊혀져가는 소리를 찾아 남도 곳곳을 돌아다니며 타령과 육자배기 가락을 떠올리기도 한다(「홍타령」, 「육자배기」 등, 4). 또한 이용악(「항구―이용악에게」, 『시인시대』, 2017. 여름)이나 타고르(「라빈드라나트 타고르를 생각하며 1」, 「라빈드라나트 타고르를 생각하며 2」, 6)와 같은 시인의 자취를 따라 나서기도 한다.

이때 '여행'은 변화된 시대적 환경에 대응하는 방식으로서, 시인으로서의 창작 방향과 세계관을 모색하는 도정이다. 여행지가 유명 박물관이나 풍광이 빼어난 관광지가 아니라 가난하고 순박한 사람들이 살고 있는 만주나 인도 지역 혹은 국경 일대라는 것이 이같은 가설을 증명한다.

그중에서도 인도여행은 곽재구 시의 중간 결론을 이끌어낸다는 점에서 특히 중요하다. 그것은 인도가 '가난함=선함'이라는 공식을 확인받을 수 있는 상징적인 공간이기 때문이다. 그의 시에서 '가난'은 종종 선함, 순수함과 동일시된다. 가난은 사람이 거짓 욕망에 휘둘리지 않고 선한 본성을 유지하며 살 수 있게 하는 조건으로서, 왜곡된 현실에서 순수함을 지키는 무기가 된다. 인도를 여행하면서 그는 인간에 대한 믿음과 애정을 다시금 확인한다. 타자에 대한 연민과 공감이 자연스럽게 드러나는 다음 시를 보자.

당신의 광대뼈와 목울대를 껴안아주고 싶었지
묵은 등피를 찢고 쏟아져나온 새봄의 꽃향기 같아
공장의 높은 굴뚝에서는 한평생 붉은 연기가 솟구치지
당신과 나 어떤 운명의 궤적으로 서로 만난지 모르지만

호숫가에서 불어오는 바람을 토닥토닥 받아넘기며
나는 당신의 전생을 생각하고
당신은 내가 떠돌아다닌 국경 마을의 허름한 마구간과 염소 들을
생각하지
하루 300루피의 방값을 나누어 내기로 하고
어젯밤 우리가 낡은 나무침대 위에 나란히 누웠을 때
나는 호수의 배들이 흰 꽃을 수북수북 싣고 어디론가 떠나는 꿈
을 꾸었지
이른 아침 호숫가에서 당신을 만났을 때
나는 꽃을 실은 배를 보았나요?라고 물었고
당신은 내게 물 냄새 가득한 흰 꽃 한송이를 건넸지
우리는 힘께 노란 콩을 삶은 아침을 먹고
구름과 석유와 바그다드에서 죽은 당신의 동생 이야기를 했지

순한 풍차 같아
왼손잡이인 당신

강하게 날아오르는 시간의 하얀 궤적을
당신은 부드러운 바람으로 받아넘기지
한평생 선한 땀과 피 속에 뼈를 담근 이만이 빚어낼 수 있는
고요한 바람 앞에서
나는 시간이 사라져가는 소실점을 보았네
한평생 사랑한 글리세린 내음과
한평생 사랑할 허름한 노래가
끊임없이 테이블 위를 오가는 동안
깊게 융기한 당신의 광대뼈와 목울대 사이 어디엔가
내가 떠나야 할 또 하나의 노래의 국경이 있음을 보네
　　　　　　—「이국의 호숫가에서 늙은 노동자와 탁구 치기」(6)

　　6시집 『와온 바다』에 있는 이 시에서, '늙은 노동자'는 이국에서 우
연히 만난, 국적도 직업도 다른 인물이다. 방값을 나누어낸 인연으로
같은 나무 침대를 쓴 '나'와 노동자는 마치 잘 알았던 사람들처럼 꿈 이
야기를 하고 소박한 아침식사를 나누고 죽은 동생 이야기를 한다. 광대
뼈와 목울대가 도드라지는 늙은 노동자와, 허름한 마구간에서 염소들
과 자며 국경 주변을 돌고 있는 '나' 사이에는 낯선 사람에 대한 경계나
이질감을 찾아볼 수 없다. 별다를 것 없이 소박한 풍경과 가난한 사람
이 어울려 살아가는 모습은 화해롭고 평온하다. '한평생 선한 땀과 피
속에 뼈를 담근' 늙은 노동자의 모습은 억압받고 착취당하는 피지배 계
급이 아니라 가난하지만 부끄럽지 않은 삶을 살아온 현자에 가깝다.
'나'는 거기서 세월을 견뎌낸 '선함'의 위대한 힘을 본다.
　　이 시는 '민중'이나 '노동자'라는 말로는 한정되지 않는, 신산한 삶을

꿋꿋이 살아낸 사람들에 대한 경의와 감탄을 표현하고 있다. 초기 시에 나타나는 민중에 대한 연민이 미학적·정서적으로 우월한 입장이 전제된 것이라면, 이 시에서 민중과 시인의 관계는 역전되어 있다. '나'는 '노동자'에게 무언가를 베푸는 것이 아니라 오히려 그에게서 위안과 격려를 얻고 있다. 가난한 사람들에 대한 시인의 애정은 여전하지만, 그들은 이제 도와주어야 할 대상이 아니라 '나'의 삶을 지탱해주는 힘이자 위안이다. 이러한 깨달음을 통해 곽재구는 '선함이 세상을 구원할 것'이라는 자신의 믿음을 재차 확인하고, 그것을 지키는 일을 자신의 필생의 업으로 삼을 것임을 다짐한다("깊게 융기한 당신의 광대뼈와 목울대 사이 어디엔가/ 내가 떠나야 할 또 하나의 노래의 국경이 있음을 보네.")

한편, '여행'과 더불어 90년대 이후 곽재구 시를 설명하는 또 하나의 키워드는 '예술'이다. 여행과 예술이 결합될 때 그의 시는 예술 기행적 성격을 띠게 되는데, 4시집 『참 맑은 물살』에 실린 다음 시는 그 대표적인 예이다.

진도 지산면 인지리 사는 조공례 할머니는
소리에 미쳐 젊은 날 남편 수발 서운케 했더니만
어느 날은 영영 소리를 못하게 하겠노라
큰 돌멩이 두 개로 윗 입술을 남편 손수 짓찢어 놓았는디
그날 흘린 피가 꼭 매화 꽃잎처럼 송이송이 서럽고 고왔는디
정이월 어느 날 눈 속에 핀 조선 매화 한 그루
할머니 곁으로 살살 걸어와 입술의 굳은 딱지를 떼어주며
조선 매화 향기처럼 아름다운 조선소리 한 번 해보시오 했다더라.
장롱 속에 숨겨둔 두 개의 돌멩이를 찾아와

이 돌 속에 스민 조선의 핏방울을 꼭 터뜨리시오 했다더라.
— 「조공례 할머니의 찢긴 윗입술」(4)

이 시는 실제 무형문화재인 진도 소리꾼 조공례 할머니의 소리를 듣기 위해 찾아간 경험을 소재로 한 것이다. 곽재구는 그녀의 소리가 얼마나 아름다운지를 표현하기 위해서, 매화가 그녀에게 소리를 청했다는 이야기를 삽입하고 있다. '조공례 할머니'는 매화와 마음을 통하고 이야기를 나누는 초인적인 능력을 가지고 있다. 매화는 그녀의 소리가 조선의 소리임을 알아채고 소리 하기를 청하고, 그녀는 그런 매화의 청을 알아듣는다. 즉 그녀는 자연이 전하는 말을 알아듣고 자연 또한 그녀의 소리에 감응하는, 만신과 같은 존재인 것이다. 「인지리 뒷산 늙은 소나무」(4)에 등장하는 '양홍도 할머니' 또한 진도 소리의 명인으로서 자연과 소통하는 인물이다("한참 듣던 양할머니 속으로만 그렇게 중얼거렸는데/ 그때 인지리 뒷산 늙은 소나무 한 그루가 그 말을 알아듣고/ 세상에서 제일 잘생긴 솔씨 하나 툭 하고 바람에 떨구었습니다").

마치 민담처럼 진위를 구별할 수 없는 이야기이지만, 이것은 '하필이면 왜 예술일까'라는 질문에 대한 답을 품고 있다. 그의 시에 등장하는 예인들은 공인된 예술사적 인물이 아니라 소리꾼이나 떠돌이 화가 같은 예술사 밖의 사람들이다. 곽재구가 그들에 주목하는 이유는, 그들이 자연과 소통하거나 자연의 순리를 아는 인물들로서 자연의 일부로서의 천성에 충실하기 때문이다. 그의 예술 기행 또한 예술작품을 관람하기 위한 것이 아니라 자신이 생각하는 '아름다움'의 실체를 찾아 나서는 행위인 것이다.

'와온' 연작은 이상에서 설명한 인간과 자연 그리고 선함이 집약된 곽재구 시의 결정체이다. 이 시편들은 사람과 자연이 어우러져 하나가 되는 예술의 경지를 보여준다.

> 보라색의 눈물을 뒤집어 쓴 한 그루 꽃나무*가 햇살에 드러난 투명한 몸을 숨기기 위해 애를 쓰고 있다
> 궁항이라는 이름을 지닌 바닷가 마을의 언덕에는 한 뙈기의 홍화 꽃밭**이 있다
> 눈 먼 늙은 쪽물쟁이가 우두커니 서 있던 갯길을 따라 걸어가면 비단으로 가리워진 호수가 나온다

> * 멀구슬나무라고 불리며 초여름에 보라색 꽃이 온 나무에 핀다. 꽃이 진 뒤 작은 도토리 같은 열매가 앵두 열 듯 열리는데 맛은 없다. 겨울이 되면 잎 진 가지에 황갈색 열매가 남는다. 눈이 온 산야를 덮으면 먹을 것이 없어진 산새들이 비로소 이 나무를 찾아와 열매를 먹는다. 남녘 산새들의 마지막 비상식량이 바로 멀구슬나무 열매다. 깊은 겨울 누군가를 끝내 기다려 식량이 되는 이 나무의 이미지는 사랑할 만한 것이다.
> ** 삼베나 비단에 분홍빛 염색을 할 때 쓰인다. 연분홍 치마가 봄바람에 휘날리더라, 할 때 연분홍의 근원이 바로 이 꽃이다. 김지하 시인은 천연 염색으로 빚어진 한국의 빛들을 꿈결이라고 말한 적이 있는데, 홍화로 염색한 이 분홍빛이야말로 꿈결 중의 꿈결이라 할 것이다.
> ─「와온臥溫 가는 길」(6)

홍화꽃밭이 펼쳐진 언덕, 비단결 같은 호수가 있는 궁항의 풍경은 현실에 없는 유토피아처럼 신비로운 느낌을 준다. 풍경 속의 유일한 사람인 '눈 먼 늙은 쪽물쟁이' 역시 신비로운 존재다. 염색을 업으로 하는 사람이 눈이 멀었다는 것은, 고달픈 노동을 반영하기보다는 현실 너머를 볼 수 있는 비상한 감각을 상징하는 것으로 읽힌다. 이런 면에서 '늙은 쪽물쟁이'는 앞에서 설명한 '조공례 할머니'와 유사한 성격을 가지고 있

다. 보라색 꽃나무와 홍화꽃밭, 눈먼 늙은 쪽물쟁이는 한데 어울려 아름다운 풍경을 만들어낸다.

그러나 '와온'이 아름다운 것은 자연 풍경이 아름답기 때문이 아니라 그곳이 사람들이 살아가는 구체적인 삶의 터전이기 때문이다. 멀리서 보면 유토피아처럼 아름다운 '와온'은 가까이서 보면 현실의 사람들이 일을 하고 생계를 유지하는 개펄이다.

해는
이곳에 와서 쉰다
전생과 후생
최초의 휴식이다

당신의 슬픈 이야기는 언제나 나의 이야기다
구부정한 허리의 인간이 개펄 위를 기어와 낡고 해진 해의 발바
닥을 주무른다

달은 이곳에 와
첫 치마폭을 푼다
은목서 향기 가득한 치마폭 안에 마을의 주황색 불빛이 있다

등이 하얀 거북 두마리가 불빛과 불빛 사이로 난 길을
리어커를 밀려 느릿느릿 올라간다

인간은
해와 달이 빚은 알이다

알은 알을 사랑하고

꽃과 바람과 별을 사랑하고

삼백예순날
개펄 위에 펼쳐진 그리운 노동과 음악

새벽이면
아홉마리의 순금빛 용이
인간의 마을과 바다를 껴안고 날아오르는 것을 보았다
                                    ―「와온 바다」(6)

　위의 시에서 '개펄'은 해와 달과 꽃과 바람과 별 그리고 해와 달의
'알'인 인간이 서로를 사랑하고 다독거리며 살아가는 화해로운 공간이
다. 그곳은 해와 달이 인간을 빚어내는 태초의 공간과 같은 원형적 성
격을 지니고 있다. 그러나 그와 동시에 해와 달은 자신이 빚어낸 인간
에게서 위안을 받고("구부정한 허리의 인간이 개펄 위를 기어와 낡고
해진 해의 발바닥을 주무른다") 휴식을 취한다("달은 이곳에 와 첫 치마
폭을 푼다"). 해와 달은 하루의 노동을 끝내고 이곳에 와서 쉬고, 개펄
에서 일하는 사람들이나 늦은 시간 리어카를 밀고 돌아가는 노인의 모
습 역시 고단하거나 쓸쓸하지 않고 자연스럽고 평화롭다.
　이곳에서 모든 것들은 각자 주어진 노동을 하고, 휴식하고, 새로운
아침을 맞아 다시 노동을 채비한다. 이때 '노동'은 착취하고 착취당하
는 왜곡된 행위가 아니라 놀이나 음악처럼 자율적으로 행해지는 삶의
행위이다("삼백예순날 개펄 위에 펼쳐진 그리운 노동과 음악"). 모든 것
은 평등하고 상호적이다. '당신의 슬픈 이야기는 언제나 나의 이야기'
인 것은, 이곳에서의 삶은 그 자체가 상호적인 것이어서 분리되지 않기
때문이다.

평등한 노동과 서로에 대한 배려와 사랑이 있는 '와온 바다'는 자연과 인간이 합치된 공간으로서, 곽재구가 꿈꾸어온 '선한 아름다움'이 어떤 것인지를 보여주는 이상향이다. 그런 면에서 『와온 바다』는 곽재구의 시적인 중간 결산에 해당한다. 이후에 쓰여지는 시들은 한결 가볍고 유연하다.

> 바람 노동자들 어여뻐라
> 여뀌꽃 덤불 종일 춤추게 하네
>
> 어릴적
> 동네에 온 약장수가
> 하모니카를 불 때
> 삶은 고구마 두 개
> 막내 이모가 가져다 주라 했지
>
> 바람 노동자들 어여뻐라
> 빨래줄 위 구멍 난 바지 하나
> 이름을 알 수 없는 춤을 추네
> 주인은 평생 춰본 적 없는 말간 얼굴의 춤
>
> 구름은 어디로 가나
> 바람 노동자들 어느 밤하늘에서 슬픈 접시를 닦나
> 인간의 긴 그림자
> 펄럭이는 법을 몰라라
>
> 여뀌꽃 덤불 곁
> 작은 함바집 세우고

촛불 아래 쭈그리고 앉아
밤새 바람 냄새 담은 시를 쓰네
　　　　　　　－「가을」(『시인시대』, 2017. 여름)

　자연이 노동이고 곧 예술인 한 풍경을 간결하게 포착하고 있는 시이
다. 인간은 끊임없이 행위하는 '방법'을 찾지만, 자연의 일은 그것 자체
가 노동이고 예술이다. 그것들은 특별히 방법을 정하지 않고도 여뀌꽃
덤불이나 빨래까지 덩달아 춤추게 한다. 이 풍경의 한 구석에서 쭈그리
고 시를 쓰는 것은 시인일 수도 있고, 자연물의 하나일 수도 있다. 그러
나 두 가지는 구별되지 않는데, 이 경지에서 시인은 그 자체가 자연의
일부로서 존재하기 때문이다. 시인은 이제 이상향을 발견하고 시로 옮
기는 기록자가 아니라 그 속에 자연스럽게 스며들어 있는 한 부분이다.
아마도 그것은 시인으로서의 곽재구가 꿈꾸어온 최고의 상태일 것이다.

시집 연보 ───────────

1.『사평역에서』, 창작과비평사, 1983.

2.『전장포 아리랑』, 민음사, 1985.

3.『서울 세노야』, 문학과지성사, 1990.

4.『참 맑은 물살』, 창작과비평사, 1995.

5.『꽃보다 먼저 마음을 주었네』, 열림원, 1999.

6.『와온 바다』, 창작과 비평사, 2012.

7.『푸른 용과 강과 착한 물고기들의 노래』, 문학동네, 2019.

일상성의 양면
− 은폐된 억압과 평범함의 아름다움
− 김광규*론

　김광규의 시는 일상의 일들을 평이한 진술로 이야기한다. 시의 형태 또한 실험이나 파격 없이 전통적인 형식을 따르고 있고, 감정의 진폭이 크지 않으므로 편안하고 안정된 느낌을 준다. 이같은 특징 때문에 그의 시는 '일상시'라는 새로운 시 영역을 개척했다고 평가된다. 이때 '일상시'는 소재와 주제를 일상에서 취한다는 점에서 착안된 개념으로서, 시적인 형식이 익숙하고 대상을 바라보는 시인의 태도와 자리가 일상인의 그것을 유지하고 있다는 의미까지를 포함한다. 이런 맥락에서 그는 김수영의 시와 유사한 부분을 가지고 있다. 그러나 김수영이 일상성을 소재로 하고 자신의 소시민성 비판을 통해 현실의 변혁으로 나아갔던 것에 비해, 김광규는 일상적인 삶과 살아가는 사람들에 대한 기본적인 애정과 관찰을 주제로 한다는 점에서 차이가 있다.

　그의 시에서 일상성은 평범한 서민들이 살아가는 가장 진솔한 모습

---

* 1941년 서울 출생, 1975년 『문학과 지성』으로 등단.

이라는 긍정적인 측면과 표피적이고 타성적인 삶이라는 부정적 측면을 함께 가지고 있다. 전자일 때, 일상성은 있는 그대로 진솔함, 특별하지 않음과 유사한 의미로서, 가식적이고 예외적인 것, 잘 꾸며진 것과 반대되는 개념이다. 반면 후자일 때, 일상성은 개인의 고유한 삶을 방해하고 억압과 폭력을 감추고 있는 것으로 해석된다.

1시집 『우리를 적시는 마지막 꿈』은 일상을 살아가는 사람들의 삶의 모습들을 그리고 있다. 여기에는 평범한 직장인이 되어 살아가는 사람들의 반복적인 일상이 그려진다. 일상에 지친 그들 역시 한때는 미래에 대한 설레임으로 빛나던 시절이 있었지만("꼬불꼬불 밭둑길 논둑길 따라/ 타박타박 걸어가는 어린 여학생/ 하얀 블라우스와 까만 치마/ 훈풍이 스쳐가고/ 참으로 헤아릴 수 없는 그녀의 앞날/ 눈물에 얼비쳐 눈이 부시다"(「미래」, 1), 세월 속에 꿈과 희망은 사라지고 남은 것은 가장으로서의 책무와 팍팍한 삶의 현실뿐이다(「오늘」, 1).

> 4 · 19가 나던 해 세밑
> 우리는 오후 다섯 시에 만나
> 반갑게 악수를 나누고
> 불도 없는 차가운 방에 앉아
> 하얀 입김 뿜으며
> 열띤 토론을 벌였다
> 어리석게도 우리는 무엇인가를
> 정치와는 전혀 관계없는 무엇인가를
> 위해서 살리라 믿었던 것이다
> 결론 없는 모임을 끝낸 밤
> 혜화동 로터리에서 대포를 마시며
> 사랑과 아르바이트와 병역 문제 때문에

우리는 때 묻지 않은 고민을 했고
아무도 귀 기울이지 않는 노래를
누구도 흉내 낼 수 없는 노래를
저마다 목청껏 불렀다
돈을 받지 않고 부르는 노래는
겨울밤 하늘로 올라가
별똥별이 되어 떨어졌다
그로부터 18년 오랜만에
우리는 모두 무엇인가가 되어
혁명이 두려운 기성세대가 되어
넥타이를 매고 다시 모였다
회비를 만 원씩 걷고
처자식들의 안부를 나누고
월급이 얼마인가 서로 물었다
치솟는 물가를 걱정하며
즐겁게 세상을 개탄하고
익숙하게 목소리를 낮추어
떠도는 이야기를 주고 받았다
모두가 살기 위해 살고 있었다
아무도 이젠 노래를 부르지 않았다
적잖은 술과 비싼 안주를 남긴 채
우리는 달라진 전화번호를 적고 헤어졌다
몇이서는 포커를 하러 갔고
몇이서는 춤을 추러 갔고
몇이서는 허전하게 동숭동 길을 걸었다
돌돌 말은 달력을 소중하게 옆에 끼고
오랜 방황 끝에 되돌아온 곳
우리의 옛사랑이 피 흘린 곳에
낯선 건물들 수상하게 들어섰고

플라타너스 가로수들은 여전히 제자리에 서서
아직도 남아 있는 몇 개의 마른 잎 흔들며
우리의 고개를 떨구게 했다
부끄럽지 않은가
부끄럽지 않은가
바람의 속삭임 귓전으로 흘리며
우리는 짐짓 중년기의 건강을 이야기했고
또 한 발짝 깊숙이 늪으로 발을 옮겼다
— 「희미한 옛사랑의 그림자」(1)

이 시에 등장하는 '우리'는 4.19를 직접 체험한 세대로서 그로부터 약이십 년이 지난 후 중년의 모습으로 만난 사람들이다. 정치나 출세와는 상관없이 순결한 혁명을 위해 살리라고 다짐했던 그날의 젊은이들은 이제 월급과 건강과 가족을 걱정하며 안정을 추구하는 기성세대가 되었다. 그동안의 근황을 나누고 뿔뿔이 흩어져가는 그들은 '부끄럽지 않은가'라는 마음의 소리를 짐짓 모른 체하며 다시 일상 속으로 돌아간다. 화자의 자책감은 4.19 세대로서 혁명 당시 죽은 친구들에 대한 부채감과 맥을 같이 한다(「희망」,「잊혀진 친구들」,「아니다 그렇지 않다」, 2). 그러나 전체적인 분위기로 볼 때, 이 시는 신랄한 자기비판보다는 기성세대의 쓸쓸하고 착잡한 일상의 모습을 그리는 데 초점을 맞추고 있다. 시에서 '우리'는 시간의 흐름에 따라 사회인이 되고 가장이 된 평범한 사람들로서, 생활과 적극적으로 타협하며 잇속을 챙기는 '속물'과는 구별된다. 그들을 바라보는 시인의 태도는 비판적이라기보다는 온정적이다.

그의 시에 등장하는 인물들은 민중/노동자/농민처럼 특정한 계급이 아니라 도시(서울)에서 직장생활을 하며 살아가는 평범한 서민들이다

("병역을 필하고/세금을 납부하고/ 자식들을 기르면서/ 힘겹게 살아가는/ 그들은 평범한 시민들이다" —「버스를 탄 사람들」, 3). 시인은 이처럼 특별하지 않은 사람들에 대해 기본적인 애정을 가지고 있다. 그가 한 시대의 영웅이었던 사람에게서 감동을 느낀 것은 사형대에 올라가기 직전 담배 한 개피와 술 한잔을 원하는 '지사(志士)답지 않은 최후'의 모양을 보았을 때이다(「어느 지사의 전기」, 1). 그는 시대를 적극적으로 주도해나가는 무리들에 대해 오히려 회의적이고, 특정한 이데올로기를 지지하는 대신 살아가는 것 자체의 진실성을 강조한다. 역사란 변증법이 아니고 문학 역시 논리적으로 변모하는 것이 아니라 '얽히고 설킨 그때의 삶'(「늙은 마르크스」, 2)을 사는 것이다. 현실에 대한 비판적인 시선을 유지하면서도 정치적 색깔이 드러나지 않는 것 또한 김광규 시의 중요한 특징이다.

그러나 반복되는 일상에는 본래적인 자아를 망각하게 하고 타성화시키는 매몰의 위험이 도사리고 있다. 일상은 생활이라는 명목으로 개인을 위축시키고 제도와 권력에 굴복하게 한다. 그 속에서 개인은 자꾸 작아지며 힘을 잃고, 마침내 충분히 작아져 보이지 않게 된다("그렇다/ 작아졌다/ 그들은 충분히 작아졌다/ 성명과 직업과 연령만 남고/ 그들은 이제 넘 작아져 보이지 않는다" —「작은 사내들」, 1). 이것은 개인이 무력해서라기보다 일상의 곳곳에 숨어있는 교묘한 억압 때문이다("봄이 오면 그들은 깨어날 것이다/ 기지개를 켜며 일어나려 할 것이다/ 일어나지 못하게 하라/ 아침의 잠자리가 얼마나 달콤한지/ 그들로 하여금 알도록 하라" —「세시기(歲時記)」, 1).

언제나 안개가 짙은
안개의 나라에는

아무 일도 일어나지 않는다
어떤 일이 일어나도
안개 때문에
아무것도 보이지 않으므로
안개 속에 사노라면
안개에 익숙해져
아무것도 보려고 하지 않는다
안개의 나라에서는 그러므로
보려고 하지 말고
들어야 한다
듣지 않으면 살 수 없으므로
귀는 자꾸 커진다
하얀 안개의 귀를 가진
토끼 같은 사람들이
안개의 나라에 산다

— 「안개의 나라」(1)

시인이 일상성의 이면에서 발견한 것은 정체를 알 수 없는 은폐된 억압 구조이다. 아무것도 보이지 않는 '안개의 나라'와 토끼처럼 귀가 커진 사람들은 현실이 그만큼 통제되고 억압되어 있음을 보여주는 우화적인 표현이다. '안개의 나라'로 상징되는 현실은 관리와 상인과 군인이 판치는 세상으로서, 정치와 경제가 결탁하고, 군대가 그것들을 지킴으로써 힘을 얻는, 권력과 돈, 무력이 하나로 결탁된 사회이다. 이 사회에서 살아남기 위해서 사람들은 정치인과 재벌과 군인이 되기를 소망한다(「삼색기」, 2).

2시집 『아니다 그렇지 않다』, 3시집 『크낙산의 마음』 역시 일상에 숨은 폭력을 비판하고 폭로한다는 점은 동일하다(「누군가」, 「나의 자식들에게」, 2) 그러나 여기서는 일상에 숨은 폭력이 물신주의와 결합되어 있다는 점이 강조되면서(「물신 소묘」, 「쓰레기 치우는 사람들」, 「목발이 김씨」, 2) 자본주의에 대한 비판으로 확대된다.

관리들에게도
관복을 입히던 시절
중문 밖 행랑채에는
강 서방 내외가 살았다
어멈은 물을 긷고
아범은 인력거를 끌었다
주인집 일을 거들지만
밥은 따로 해 먹었다

학생들의 교복도
사라진 오늘
운전기사 강 씨네는
차고에 딸린 두 칸짜리
연탄방에서 산다
마누라는 안집의 빨래를 해주지만
밥은 따로 해 먹는다
미스터 강은 메르세데스를 끌고

― 「이대(二代)」 (2)

두 개의 연으로 이루어진 이 시는, 선명한 대비를 이용해서 자본에 의한 신분의 대물림을 보여주고 있다. 강 서방과 강 서방 아들은 대를 이어 한 집안의 일꾼으로 살고 있다. 강 서방 내외는 행랑채에 살며 주인집 일을 하며 살았고, 아들인 강 씨네는 차고에 딸린 연탄방에서 살고 있다. 세월은 흘러서 관복을 입던 시절에서 교복조차 입지 않는 자유로운 세상으로 변했지만, 이들이 하는 일은 크게 다르지 않다. 강 서방의 아내는 주인집 물을 길었고, 며느리인 강씨 아내는 안집의 빨래를 한다. 강 서방은 인력거를 끌었고, 아들인 강씨는 주인집의 메르세데스 벤츠를 끄는 운전기사가 되었다. 예나 지금이나 주인집과 거기에 속한 일꾼인 강씨 집은 밥을 따로 해 먹는다. 두 집안 사이에는 극복될 수 없는 신분의 벽이 놓여있는 것이다.

이것은 빈익빈 부익부라는 자본주의 사회의 기본 모순을 간결하고 선명하게 압축하고 있다. 가난한 사람은 아무리 열심히 일해도 자신의 출생 환경을 크게 벗어나지 못한다. 자본주의 사회에서는 노동을 하면 할수록 노동자는 자신이 창출한 이윤에서 멀어지고, 그 이윤은 자본가의 재산을 몇 배로 부풀려서 양자 사이에는 갈수록 더 큰 격차가 발생한다. 재벌가의 아들은 다시 재벌이 되고 노동자의 아들은 다시 노동자가 되는 계급의 대물림이 이루어지는 것이다. 아무리 게임을 계속해도 결국에는 물주가 돈을 모두 가져가게 되어있는 야바위판(「야바위」, 2)은 빈부 차가 재생산되고 확대되는 현실을 비유한 것이고, 건물 공사 현장에서 막일을 하다가 한쪽 다리를 잃은 김씨가 완공된 건물 현관에서 출입을 제지당하는 것(「목발이 김 씨」, 2)은 생산 주체와 소비 주체가 일치하지 않는 자본주의의 모순을 보여주는 것이다.

3시집에 집중적으로 나타나는 사회의 병폐들 또한 자본주의를 바탕으로 하는 물질주의의 소산이다. 올림픽, 아시안 게임 등 국가 행사 명목으로 일시에 가난한 사람들이 밀려나고(「시월의 거리」, 3), 검문검색이 일상화되고(「보따리나 가방을 든 경우」, 3), 권력층과 땅투기꾼이 활개를 치고(「땅울림」, 3), 부조리와 부패가 고질화되어버린 상황(「공표 또는 가위표」, 3) 등이 그 예이다. 시인은 현실에 만연한 부조리와 병폐들을 타도하거나 개혁을 요구하는 대신, 우리의 삶 곳곳에 도사리고 있는 뿌리 깊은 불합리를 보여줌으로써 독자의 주의를 환기한다.

이 시들에서 사용된 비유들은 직접적이고 단순해서 이면의 내용을 이해하는 데 별다른 어려움이 없다. 자본주의에 대한 비판 역시 사회적 측면이나 이데올로기적 입장에서 접근하는 것이 아니라, 실제 생활에서 있을 수 있는 에피소드를 예로 들어 말함으로써 독자와의 거리감을 좁히고 있다. 그의 시에서 현실에 대한 비판은 대부분 알레고리나 반어를 이용해서 이루어지지만(「대화 연습」, 「어린 게의 죽음」, 「상행」, 「소액주주의 기도」, 1, 「나의 자식들에게」, 2 등), 비유가 선명하고 간결해서 쉽게 이해할 수 있는 것이 특징이다.

김광규의 시는 3시집에서 약간의 변화를 보여준다. 3시집에는 일상성에 숨어있는 억압과 모순을 고발하는 시들 외에 나이 들어감, 늙음을 소재로 한 시들이 다수 포함되어 있다. 아마도 이것은 신체적인 변화에 대한 시인의 직접적 경험이 계기가 되어(「뼈」, 「심전도」, 3) 노쇠함이라는 인생의 새로운 주제로 관심이 확대된 것으로 보인다(「봄길」, 「낯익은 구두」, 「효자동 친구」 등, 3). 이러한 생각은 4시집 이후 시의 기본적인 주제가 된다.

4시집 『좀팽이처럼』은 인생 후반부에 대한 생각과 함께 비둘기(「하얀 비둘기」, 4)나 달팽이(「달팽이의 사랑」, 4), 잠자리(「잠자리」, 4), 감나무(「감나무 바라보기」, 4)와 같은 자연의 동식물을 소재로 한 시들이 많다. 이것은 사실상 1시집에서 발견되는 '고향'에 대한 지향성과 같은 맥락에 있다. 그의 시에서 '고향'은 흔히 연상되는 것처럼 도시와 떨어져 있는 시골이나 농촌을 말하는 것이 아니라 '인위적으로 변화되기 이

전의 자연스러운 원형'을 의미한다. 그것은 종종 일상에 매몰된 현실과 대비되는 생명의 공간(「봄노래」, 1) 또는 당연히 돌아가야 할 어떤 곳으로 그려지고(「물오리」, 1), 자연스럽게 문명 비판적인 성격과 연결된다("등이 굽은 물고기들/ 한강에 산다/ 등이 굽은 새끼들 낳고/ 숨막혀 헐떡이며 그래도/ 서울의 시궁창 떠나지 못한다/ 바다로 가지 않는다/ 떠나갈 수 없는 곳/ 그리고 이젠 돌아갈 수 없는 곳/ 고향은 그런 곳인가" – 「고향」, 1). 4시집 이후에 중요한 소재이자 배경으로 등장하는 '자연'은 이와 유사한 성격을 가지고 있다.

바위가 그럴 수 있을까
쇠나 플라스틱이 그럴 수 있을까
수많은 손과 수많은 팔
모두 높다랗게 치켜든 채
아무것도 가진 것 없이
빈 마음 벌거벗은 몸으로
겨우내 하늘을 향하여
꼼짝않고 서 있을 수 있을까
나무가 아니라면 정말
무엇이 그럴 수 있을까
겨울이 지쳐서 피해간 뒤
온 세상 새싹과 꽃망울들
다투어 울긋불긋 돋아날 때도
변함없이 그대로 서 있다가
초여름 되어서야 갑자기 생각난 듯
윤나는 연록색 이파리들 돋아내고
벌보다 작은 꽃들 무수히 피워내고
앙징스런 열매들 가을내 빨갛게 익혀서

돌아가신 조상들 제사상에 올리고
늙어 병든 몸 낫게 할 수 있을까
대추나무가 아니라면 정말
무엇이 그럴 수 있을까

－「대추나무」 (4)

　시인이 식물에 특히 감탄하는 것은 자연의 순리에 적응할 줄 아는 현명함 때문이다. 시에서 겨울 내내 이파리 하나 없는 몸으로 하늘을 향해 있던 대추나무는 온갖 생명들이 다퉈 피는 봄에도 그대로 있다가 초여름에 이파리들을 돋게 하고, 열매들을 익혀 제사상에 올리도록 하고, 병든 사람의 몸을 치료한다. 늘 같은 자리에서 서두르거나 불평하는 일 없이 이파리와 열매를 키우는 대추나무는, 늙어서도 외모를 가꾸고 정력을 과시하며 자신을 확인하거나(「노틀」, 5), 억지로 꾸며진 이야기들로 가득한 인간의 삶(「달력」, 5)과 대비된다. 시인은 대추나무의 모습을 빌려서 인간의 삶 역시 순리를 따를 때 가장 아름다운 것이라고 말하고 있다.

　5시집 『아니리』는 이와 연결된 맥락에서 자연을 소재로 하여 대상과 소통하는 삶을 보여주고 있다. 문명 비판적인 시각을 보여주는 시들이 도시의 삶과 거리를 두고 그것을 그려냈던 것과는 달리, 자연을 소재로 한 시들에서 화자는 아주 작은 생명들과 소통하고 그것들과 더불어 살아가고자 한다. 나무를 비롯하여(「자라는 나무」, 「느티나무 지붕」, 5) 새(「새 기르기」, 5)와 바위(「오우가」, 5), 이끼(「이끼」, 5) 등 자연의 동식물들이 소통의 대상이 된다. 석유난로 연통 속에 둥지를 튼 참새 때문에 난롯불을 피우지 못하고 서성대는 화자의 모습("겨우내 비워둔 방/ 석유난로 연통 속에서/ 새끼 참새 우짖는 소리/ 짚가리도 처마도 없고/ 아무 데도 깃들 곳 없어/ 바람 막힌 연통 속에/ 보금자리를 틀었구나/ 음산한 서북향 연구실에서/ 난롯불도 못 피우고/ 주머니에 손을 찌른 채/ 창가를 서성거린다/ 연통 속에서 함석을 긁는/ 새 발짝 소리 안쓰러워"—「연통 속에서」, 5)은 이러한 특징을 단적으로 보여주는 예이다. 시인이 대상을 바라보는 태도는 기본적으로 열려있고 친화적이다.

6시집 『물길』, 7시집 『가진 것 하나도 없지만』에는 자연의 본성이 파괴된 난개발 현장들이 종종 소재로 등장한다. 모든 것이 돈으로 계산되는 도시의 삶은, 땅의 쓰임새를 바꾸고 순박했던 사람들의 성정마저 바꾸어놓는다. 작물을 가꾸던 땅을 밀어버리고 그 자리를 주차장으로 만든 박 씨는 주차요금으로 돈을 벌다가 피습을 당하고(「P」, 6), 봉구네가 헐값에 집을 팔고 떠나자 그들이 경작하던 밭은 폐가전제품과 물건들이 쌓여 쓰레기터가 되어버린다(「노루목 밭 터」, 6). 훼손된 것은 비단 도시만이 아니다. 동해로 가는 길은 산이 깎이고 바다가 메워져서 예전의 모습을 잃었고(「동해로 가는 길」, 7), 갯벌이 사라지고 대단지 아파트가 들어선 황해 간척 지구는 환경오염 속에 살아가야 하는 도시가 되어버렸다(「시름의 도시」, 7). 내용상 이것들은 70년대 산업화의 폐해를 고발하는 시들과도 유사하다. 그런 면에서 이 시들은 1시집의 문명 비판적 성격과 맥을 같이 하지만, 본격적인 비판을 목적으로 하기보다 훼손되기 이전의 원형에 대한 그리움 혹은 자연의 소중함을 강조하는 측면이 더 강하다.

김광규의 시에서 자연은 세속의 생활과 분리된 이상향이 아니라 인간과 더불어 있는 것으로서 의미를 갖는다. 인간과 자연이 소통할 수 있는 것은 '자연스러움'이라는 본성을 간직하고 있기 때문이다. 이는 초기 시에서 나타나는 평범한 서민들에 대한 애정과 연결된다.

가진 것 하나도 없지만
무명 바지 저고리
흰 적삼에 검은 치마
맨발에 고무신 신고
나란히 앉아 있는
머슴애과 계집아이
사랑스럽지 않은가
착한 마음과 젊은 몸뚱이밖에는
아무것도 가진 것 없지만
이들이 부지런히 일하는 곳마다
땅에는 온갖 꽃들 피어나고
지붕에는 박덩이 탐스럽게 열리고
시원한 바람이 땀을 식히고
해와 달과 별들이 하늘에 가득하네
팔을 꽉 끼고 함께 뭉치면
믿음직한 두 친구
뺨을 살며시 마주 대면
사이 좋은 지아비와 지어미
아득한 옛날로 거슬러 올라가면
너와 나의 어버이
가진 것 하나도 없이 태어났지만
슬기로운 머리와 억센 손으로
힘들여 이룩한 것 많지 않은가
어느새 여기에 와 앉아 있네
우리의 귀여운 딸과 아들

　　　　　　　　　　　　　─「가진 것 하나도 없지만」(7)

오래된 사진 속의 흰 적삼에 검은 치마, 맨발에 고무신을 신은 아이들은 아마도 남매이거나 친지일 것이다. 꾸미지 않은 소박한 이 아이들은 자라나서 부지런히 일하며 꽃과 박덩이를 피워내고 해와 달, 별과 더불어 살아가며, 자신들을 닮은 후손을 낳는다. 앞부분에서 남매 간으로 추정되었던 '머슴애와 계집아이'는 뒷부분에서 '친구', '지아비와 지어미'로 변주되면서 '착한 마음과 젊은 몸뚱이'를 가진 평범한 사람들 일반으로 확대된다. '가진 것 하나도 없이' 태어났다는 것은 인간이 태어날 때 모습을 있는 그대로 말하는 것으로서, 자연스럽게 '공수래 공수거(空手來 空手去)'를 연상시킨다. 아무것도 가지지 않고 세상에 온 모습 그대로 자신의 삶을 충실히 살다가 가진 것 없이 세상을 떠나는 것이 인간을 비롯한 생명의 순리인 것이다.

이처럼 평범하고 소박한 삶을 살아가는 사람들이야말로 자연의 본성에 가장 가까운 사람들이다. 그런 면에서 그는 여전히, 군중을 열광시키고 사람의 환심을 사는 높은 목소리들에 묻혀버리는 작은 목소리들에 주목하고 있다. 아무도 주목하지 않아도 어디에서나 들리는 중얼거림은 특별히 내세울 것 없는 서민들의 삶을 상징한다("어디를 가나 그래도 바람결에 실려/ 끊임없이 중얼거리는 소리/ 들리지 않는 곳 없고/ 한평생 중얼거리는 사람 또한/ 없지 않으니" —「중얼중얼」, 7).

8시집 『처음 만나던 때』 이후의 시들은 시인이 평생 추구해온 자연스러움을 자신의 삶의 지침이자 좌우명으로 용해시키고 있다. 그는 마치 '일주문을 지나서 사천왕문에 다다를 때까지 직선을 그어놓고 그 위를 밟으며 걷는 것처럼'(「똑바로 걸어간 사람」, 8) 자신의 삶을 올곧게 가고자 한다. 스스로의 삶을 정갈하고 바르게 갈무리하고자 하는 다짐은 9시집 『시간의 부드러운 손』, 10시집 『하루 또 하루』, 11시집 『오른손이 아픈 날』 등 후기 시의 기본적인 주제를 이루고 있다. 이 시집들에

있는 대부분의 시들은 평화롭고 조용한 일상의 생활들을 소재로 하고
있다. 그 가운데 죽음에 대한 직·간접적인 생각들이 나타나는 시들
(「효자손」, 9, 「종심(從心)」, 10, 「쪽방 할머니」, 「한식행(寒食行)」, 11
등)도 종종 눈에 뜨인다. 죽음에 대한 시인의 태도는 담담하고 고요한
데, 그것은 죽음 또한 인생의 자연스러운 한 과정이기 때문이다.

> 그것은 커다란 손 같았다
> 밑에서 받쳐주는 든든한 손
> 쓰러지거나 떨어지지 않도록
> 옆에서 감싸주는 따뜻한 손
> 바람처럼 스쳐가는
> 보이지 않는 손
> 누구도 잡을 수 없는
> 물과 같은 손
> 시간의 물결 위로 떠내려가는
> 꽃잎처럼 가녀린 손
> 아픈 마음 쓰다듬어주는
> 부드러운 손
> 팔을 뻗쳐도 닿을락 말락
> 끝내 놓쳐버린 손
> 커다란 오동잎처럼 보이던
> 그 손
>
> — 「그손」(11)

물처럼 자연스럽게 흐르며, 쓰러지거나 떨어지지 않도록 감싸주고,
아픈 마음을 쓰다듬어주는 '그손'은 삶을 관장하고 있는 신적인 존재
혹은 자연의 섭리 같은 절대적인 경지의 어떤 것이다. 그것은 인간이

삶을 살아갈 수 있도록 도와주고 다독여주지만, '팔을 뻗쳐도 닿을 수 없고 끝내는 놓쳐버리는' 가질 수 없는 것이다. 인간은 '그손'에 의지해서 평생을 살아가다가 그것을 놓으며 세상을 떠난다. '그손'은 시간일 수도 있고 개인의 운명일 수도 있을 것이다. '그손'을 무엇이라고 규정하든 상관없이 공통적인 것은 그것이 자연스럽고 거스를 수 없는 바탕과 같다는 것이다. '그손'에 남은 시간을 맡기고 흘러가는 시인의 모습은 고요하고 평화롭다.

시집 연보 ─────────

1. 『우리를 적시는 마지막 꿈』, 문학과지성사, 1979.

2. 『아니다 그렇지 않다』, 문학과지성사, 1983.

3. 『크낙산의 마음』, 문학과지성사, 1986.

4. 『좀팽이처럼』, 문학과지성사, 1988.

5. 『아니리』, 문학과지성사, 1990.

6. 『물길』, 문학과지성사, 1994.

7. 『가진 것 하나도 없지만』, 문학과지성사, 1998.

8. 『처음 만나던 때』, 문학과지성사, 2003.

9. 『시간의 부드러운 손』, 문학과지성사, 2007.

10. 『하루 또 하루』, 문학과지성사, 2011.

11. 『오른손이 아픈 날』, 문학과지성사, 2016.

'싸움'이라는 상태와
'사랑'이라는 경유지

– 김승희*론

등단 이후 사십 년이 넘는 시간 동안 일관된 김승희 시의 주제는 '싸움'이다. 늘 무언가와 싸우고 있는 그녀의 시는 때로 불편하지만 그래서 고정되지 않고 낡지 않는다. '싸움'은 포기할 수 없는 그녀의 시적 방법론이다. 그녀가 가장 경계하는 것은 안주 혹은 안정이 감추고 있는 고정성과 획일성의 위험이다. 그것은 지금의 상태에 만족하게 함으로써 정신을 마비시키고 저항 의지를 말살한다. '싸움'은 이 고정성의 유혹에 굴하지 않고 근원적인 '자유'를 확보하려는 투쟁이다.

1시집『태양미사』는 태양의 사제로서 유배된 세상에 정착하지 못하는 자아의 고독한 싸움으로 시작된다. 사냥의 여신 다이아나와 사냥을 즐기고 마차를 달리는 '나'는 서구적 신화의 세계에 있다. 강렬한 태양의 이미지, 서구 신화에 바탕한 이국적인 소재들, 화려한 색채 감각은 한국 여성시에서 새롭게 발견되는 그녀만의 특징이다.

---

* 1952년 전남 광주 출생. 1973년 ≪경향신문≫ 신춘문예로 등단.

다이아나 언니,
마차를 매요.
바람이 좋으니 사냥 나가지.
요정1 · 요정2 · 요정3 · 요정4
그리고 어린 모짤트도 불러
사슴과 거미와 토끼와 나비를
표범과 매와 태양과 절망을
언니는 쫓고 나는 잡고.
언니는 활 쏘고 나는 겨누고.

영혼의 마차에는
네 개의 바퀴가 반짝이고 있다.
숲의 정(精) · 별의 정(精) · 꿈의 정(精) · 활의 정(精)
우리는 정비하여
해 가까이 나가는데
지금 누런 들에서는
엑스레이빛, 엑스레이빛으로
마른 개들이 죽고 있다.
죽고 있다.

나는 알지.
긴 어둠의 창작을 내가 할 때
흰 물결 · 검은 물결 · 파랑 물결 사이에서
언제나 다시 시작되는 황야를.
메마른 의식의 침엽수 이파리와
필생의 든든한 그 어둠소리를
나는 알고 나는 견디리
나는 활쏘고 나는 밝히리.

돌아오는 마차엔
햇님의 머리칼.
눈부시게 타오르는 요정들의 옷자락.
어둠은 이제 말을 몰고 돌아가고
밝아지는 뼛속과 태양취한 일센티.
다이아나 언니,
햇님을 매요.
반짝이는 사냥노래 나의 노래를.

—「햇님의 사냥꾼」(1)

　그러나 표면적인 강렬함 뒤에는 그만큼 어둡고 무거운 그림자가 드리워져 있다. 태양에의 열망은 역설적으로 지상에 태양이 없다는 사실을 상기시킨다. 시인은 어둠의 지상에서 마지막 불씨를 제 살 안에 심어 불을 지키는 존재이다("나는 최후의 칸나 구근을 햇님에게 훔쳐 내 살[肉] 속에 심었어요."—「햇님을 좋아하는 얼음나라 아이들의 노래 II」, 1). 그는 어둠 속에서 홀로 태양신을 경배하는 사제와 같다. 시인은 예민한 촉수로 세계의 어둠을 감지하지만, 어둠 자체에 대해 말하는 대신 그것을 감지하는 민감한 감성과 혼자 하는 싸움의 고독함을 표현하는 것에 집중하고 있다("수성·금성·토성·목성들과 함께/ 내가 그다지도 순결했을 때/ 우리는 똑같이 빙하였지만/ 나만이 한송이의 구근을/ 꽃피우기 시작했지./ 오, 나만이."—「천왕성으로의 망원(望遠)」, 1). 이때 싸움은 우월한 자아의 자기 치유 행위이고, 시는 그 기록이다("그리고 나도 싸움을 걸었다./ 치료법으로서의 전쟁, 촛불의 천국으로 이르를/ 그 영원한 피의 복습을."—「슬픈 적도(赤道)」, 1).
　2시집『왼손을 위한 협주곡』은 태양의 감수성과 신체적인 감각들이 결합되면서 무병(巫病)을 앓는 것처럼 자기파괴적인 강렬함을 만들어낸다. 화자는 주변의 온갖 사물들에서 울부짖는 소리를 듣고(「사련(邪戀)」, 「태양의 면죄부」, 「마(魔)의 말을 찾아서」 등, 2), 그것들을 몸으로 겪으며 신열을 앓는다("폭양의 음계 끝에/ 나의 여름은 꽃처럼 열린다// 하얀 열파의 한계선 끝에서/ 목메인 짐승 같은/ 슬픔들은 희게 쓰러지고,// 이젠, 죄많은 나의 뼛조각들을/ 모조리 내다말려/ 지독히 살균을 시켜야 할 시간," -「폭양의 집」, 2). 여기서 태양, 꽃, 불과 같은 화려한 이미지들은 생명력과 동시에 신열의 고통을 앓는 시인을 표상한다. 시는 외부의 현실에 대한 반응 이전에 시인의 내면에서 끓어 넘치는 말들을 옮겨놓는 것으로서, 비명이나 외침, 주술적인 중얼거림을 닮게 된다. 이 시기의 시들에 빈번히 등장하는 말줄임표나 직선, 느낌표와 쉼표 등은 내면의 들끓음을 긴박하게 표현하는 장치들이다(「모래내」, 「기찻길 옆 오막살이」 등, 2). 시집 제목의 '왼손'은 당연함, 바름, 중심, 이성, 제도, 남성 등 그때까지 당연하고 옳은 것으로 여겨졌던 모든 제도와 사회에 대한 반항을 상징한다.

1, 2시집이 이성적으로는 설명할 수 없는 내면의 들끓음들을 그대로 풀어놓는데 집중하고 있다면, 3시집 『미완성을 위한 연가』는 이러한 강렬한 감수성이 현실과 접목되는 과도기의 시들을 담고 있다. 시인은 시를 계속 쓰기 위해서는 시에 대한 '절박한 순정' 이상의 것들에 눈을 돌려야 함을 인정한다. 그것은 시대, 역사, 동시대적 분위기 등 삶의 현실에 대한 발견이자 수긍이다[1]. 3시집의 핵심어인 '슬픔'은 시인이 현실과 소통하고 그것과 더불어 노는 시적인 방법론이다("나는 열심히

---

[1] "그렇다면 유복자인 시작품의 어머니 시인에게 자식을 잉태케한 생부란 누구인가? 그건 삶이며 시대며 역사며 시인이 살아온 동시대적 분위기이며 그 현장이며 시인이 꿈꾸는 꿈의 힘이며 아니면 그만의 추억일 수도 있다." -『미완성을 위한 연가』 자서 중에서.

살고 있어요,/ 열심히 날품을 팔면서, / 돌아오는 것은 없지만/ 돌아오는 것을 믿는 것은 야비한 일이라는/ 정신적인 금언까지 믿으면서/ 나는 열심히 살고 있어요,/ 바퀴벌레처럼 순정적으로" ―「슬픔의 날품팔이」, 3).

그녀의 시가 구체적인 현실의 맥락 속에 놓이는 것은 결혼과 출산이라는 개인적인 경험을 바탕으로 하여 여성으로서의 정체성에 집중하기 시작하면서부터이다. '여성'에 대한 관심은 이미 2시집의 '배꼽을 위한 연가' 연작에서부터 나타나지만, 이 연작시들은 어머니를 소재로 해서 여성의 삶을 바라보고 있는 것이었다. 이 시들에서 시인은 어머니의 희생과 헌신에 감사하면서도 자신은 그와 같은 삶을 살지 않겠다는 양면적인 반응을 보여준다("인당수에 빠질 수는 없습니다/ 어머니, / 저는 살아서 시를 쓰겠습니다 (……) 우리의 삶은 모두 이와 같습니다/ 우리들 각자가 배우지 않으면 안되는/ 외국어와 같은 것―/ 어디에도 인당수는 없습니다/ 어머니,/ 우리는 스스로 눈을 떠야 합니다"―「배꼽을 위한 연가 5」, 2).

4시집 『달걀 속의 생』에서 이러한 생각은 '출산'이라는 실제적인 경험을 거치면서 일상적인 세계와 정면으로 충돌한다. 태어난 아이는 '나'의 의지와 무관하게 존재하는 독립적인 타자로서 '나'의 보살핌과 책임을 요구한다. '나'는 아이의 엄마가 됨으로 해서 '나'와 '나의 아이'가 살고 있는 일상적인 세계를 받아들일 수밖에 없다. 그것은 곧 젠더로서의 여성의 역할을 수행해야 함을 뜻한다.

여성은 결혼을 하면 가정의 주부로서 누군가의 아내이자 며느리, 엄마로서의 역할을 요구받는다. 헌신적인 아내이자 어머니, 며느리로서 자신을 희생한 여성에게는 '성녀' 또는 '열녀'라는 칭호가 주어지는 반

면 그 역할들을 제대로 수행하지 못한 여성은 '마녀'와도 같은 존재가
되어 비난받고 축출된다.

엄마, 엄마,
그대는 성모가 되어 주세요,
한국 전래 동화 속의 착한 엄마들처럼
참, 아니, 사임당 신씨
신사임당 엄마처럼 완벽한 여인이 되어
나에게 한평생 변함없는 모성의 모유를
주셔야 해요,
이 험한 세상
엄마마저, 엄마마저……난 어떻게……

여보, 여보,
당신은 성녀가 되어 주오,
간호부처럼 약을 주고 매춘부처럼
꽃을 주고 튼튼실실한 가정부도 되어
나에게 변함없이 행복한 안방을
보여 주어야 하오,
이 험한 세상
당신마저, 당신마저……난 어떻게……

여자는 액자가 되어간다,
액자 속의 정물화처럼
고요하고 평화롭게,
액자 속의 가훈처럼
평화롭고 의젓하게,
여자는 조용히 넋을 팔아 넘기고

남자들의 꿈으로 미화되어
도배되어
'가화만사성' 액자 하나로
조용히 표구되어
안방의 벽에 희미하게 매달려 있다

모나리자의 미소는 웃는 것인가
우는 것인가,
그녀의 미소는 용서인가
배신인가,
난 알 수 없지만
난 그녀의 그림자 망사 옷 같은
검은 가슴속에서
무서운 화산의 힘을 두근두근 느낄 수 있지,
남자들의 꿈으로 미화될 수 없는
박제될 수 없는
마녀의 부엌 같은 뜨거운 화산이
그녀의 미소를
영원한 무서움으로 낯설게 만들고 있는데,

그녀는 애매하다,
성녀와 마녀 사이
엄마만으로도
아내만으로도
표구될 수 없는, 정복될 수 없는,
저 영원한 회오리의 명화는,
여인에게 사랑은 벌 같은 것이지만
그러나 여인은 사랑을 통해
여신이 되도록 벌받고 있는 거라고

그녀는 스스로 영원을 표구하면서
세상을 배경으로 거느리고
늠름하게 서 있지

—「성녀와 마녀 사이」(4)

　가정에서 여성은 '엄마'와 '여보'로 불리며 자식과 남편을 지키는 최
후의 보루로 존재한다. '이 험한 세상에서' 자신들을 배반하지 않을 단
한사람으로 지목된 '여자'는 벽에 표구된 액자처럼 정물이 되어간다.
그녀가 스스로 정물임을 받아들이고 조용히 자리를 지키면 가정은 평
화롭게 유지되지만, 역할을 소홀히 하거나 거부한다면 평화는 깨지고
그녀는 가족 밖으로 축출당한다("혜인이와 왕인이가 있고/ 그 옆 방바
닥에 엎드려/ 책을 읽고 있는/ 나// 그림 엽서같이/ 목가적이다.// 부부
싸움 끝에 쫓겨나/ 골목 밖 가로등 밑에서/ 우리 집 등불을 훔쳐볼 때."
—「그림엽서」, 4」. 이처럼 위장된 평화를 지키기 위해 여성은 "사랑을
통해 여신이 되도록 벌받고 있는 거라고" 스스로에게 최면을 걸며 현실
을 견딘다.

　이것이 전통적인 여성의 삶의 방식이다. 가족의 구성원으로서 여성
이 해야 할 일은 끝도 없이 주어진다. 가사노동에 시달리고 가족들의
수발을 들면서 여성은 반복적인 일상에 매이게 되고(「평화일기 1」,
「평화일기 5」, 4), 가족의 안녕과 평화를 위해 자신의 본성과 욕망을 숨
긴 채 평생을 사는 것이다.

　이 시기 김승희의 싸움은 여성을 모성과 동일시하고 희생과 포용, 무
조건적인 사랑을 모성의 특징으로 규정하는 '모성성의 신화'에 대한 투
쟁이다. 그녀는 '성녀'와 '마녀'의 이분법이 남성들의 잣대에 의해 만들
어진 허위 이미지라는 것을 폭로한다. 기존의 제도와 성 역할에 충실한

여성을 '성녀'라는 아우라로 포장함으로써 제도에서의 이탈을 막고, 그에 저항하는 목소리를 사회의 질서와 안녕을 해치는 '마녀'로 규정하고 배제함으로써 기득권을 유지한다는 것이다. 그러나 성녀이든 마녀이든, 여성의 본성을 왜곡하는 것은 마찬가지다. 김승희는 모성성의 신화로 왜곡된 여성들의 억눌린 욕망을 분출시키고, 교묘하게 은폐되어 있는 젠더 이데올로기를 폭로한다.

이 과정에서 그녀는 자신이 겪는 고통이 혼자만의 것이 아니라 자신의 어머니와 그 어머니, 더 먼 조상 때부터 있어 왔던 것이며, 딸과 손녀에까지 대를 이어 반복될 질곡임을 깨닫게 된다(「관절염에 걸린 사랑」, 3, 「엄마의 발」, 4). 이러한 주제를 담은 시들은 자연스럽게 페미니즘적인 성향을 띠게 되고, 시적 자아는 예외적인 개인이 아니라 여성 일반의 목소리를 대표하는 대표 단수가 된다.

그러나 김승희 시를 단순히 페미니즘이라고 규정하는 것은 그녀의 시가 가진 가장 중요한 특징을 왜곡할 위험이 있다. 왜곡된 여성성 혹은 모성성은 그녀가 평생 싸워온 억압 중의 하나일 뿐이다. 그녀의 시의 가장 근원적인 싸움은 자아를 억압하는 모든 강제와의 투쟁이다. 한 예로 그녀는 '우리' 혹은 공동체조차도 폭력이 될 수 있음을 경계한다. '우리'라는 이름으로 정당화되는 것들이, 그 테두리 안에 들어오지 않거나 그것을 부정하는 개인을 단속하고 배제할 때 그것은 또 다른 폭력이 된다("희망과 유사한 푸른 물결이 가슴속에/ 솟구쳐 오른다 해도/ 넌 이제 알지 않니?(이 시대엔,/ 모든 희망에 조직이 필요하기에)/ 거위 한 마리의 희망은/ 거위 한 마리의 희망일 뿐,/ 오히려 지하 문화에 가깝다는 것을." — 「거위」, 4).

김승희에게 있어서 시는 '공동체', '우리'라는 이름으로 묶이지 않는 나머지 잉여에서 발생한다. 공동체의 일원이면서도 공동체와 구별되는 지점이 '나'의 고유성이자 시의 근거이다. 그런 면에서 모든 시는 불온하다. 지금 이곳의 논리로는 설명될 수 없는, '그 너머'의 것을 꿈꾸고 욕망하기 때문이다. 그런 면에서 그녀가 갈망하는 것은 인간의 본성에 해당하는 일반적 의미의 '자유'에 가깝다. 그것은 어느 한 곳에 붙박히거나 고정되지 않는, 어디에도 뿌리내리지 않고 떠도는 '상태'를 지향한다. 그러므로 이후의 시에 '떠도는 환유'라는 제목이 붙는 것은 너무나 자연스러운 일이다.

> 사랑도, 눈물도, 진짜가 아닌 것 같애,
> 사랑 비슷한
> 눈물 비슷한
> 흔적 비슷한
> 분노 비슷한
> 그런 비슷한 것들이 나 비슷한 것들을
> 감싸고
> 한 줄기 햇빛의 선 속에 우우 우우
> 갇혀 떠도는 먼지처럼
> 생 비슷한 것들을 이루고 있어
>
> 나 비슷한 것들아
> 시대 비슷한
> 나라 비슷한
> 지식인 비슷한
> 고뇌 비슷한
> 외침 비슷한
> 절망도 낙천도 아닌

어스름 비슷한
이 향방의 묘혈 속에서
죽음 비슷한 생이 있어
살지도 죽지도 못하고
엄마 비슷한
아내 비슷한
자식 비슷한
교수 비슷한
시인 비슷한 것들을
배우 비슷하게
은막 비슷한 곳에서

너, 참, 정말, 무엇에 널 걸 거니?, 응?, 말해봐,
참, 무엇에든 널 걸어야 할 거 아냐?
이런 닦달 속에서도, 아무데도 날 걸지 않는,

아무데도 걸 수가 없는, 걸 것이 없는, 파쇄된
나를, 아니 나 비슷한 것들을 데리고,
사전꾼처럼 사기꾼, 아니 무한히 높은 곳에서
밀어버려 무한낙하로 산산이 엎어지고 있는
사닥다리의 해방처럼……
　　　　－「떠도는 환유 5 －무어라 불러야 좋을까」(5)

　이 시에서 '나'는 지식인이자 아내이자 엄마이자 교수이며 시인이라
는 이름으로 불리지만 그 각각은 마치 배우의 역할처럼 '나'와 비슷할
뿐 진짜는 아니다. 사랑이나 분노와 고뇌, 절망 같은 감정도 마찬가지
다. 모든 것들은 진짜가 아니라 단지 '비슷한 것'들일 뿐이다. 그것들은
모두 '나'의 각각의 모습들이지만, 그것을 합친다고 해서 '나'가 완성되

는 것은 아니다. 그 모든 '나'들은 모두 '나'이면서 모두 '나'가 아닌 것이다. '자아' 혹은 '내면'은 지난한 싸움의 대상이자 싸움을 통해서 지키고자 하는 최후의 것이다. 이는 인간의 본성으로서의 자유를 획득하기 위한 싸움이다. '떠도는 환유'란 '나'가 '나'라고 이름 붙여진 '나'들을 찾아 떠도는 과정이자 자유에 이르는 도정인 것이다.

여기서 싸움은 자아가 자아를 부정하는 방식으로 이루어진다. 이 시에 나타나 있는 것처럼, 그녀는 '나'와 '나' 사이를 떠도는 이 싸움의 정점에서 '나'를 놓아버린다. 그때까지 사수하고 있던 '나'의 예외성, 천재성까지를 버림으로써 비로소 '나'에서 해방되는 것이다. 자아가 자아를 부정하는 방법을 통해, 그녀는 드디어 '밖'으로 나간다.

6시집 『세상에서 가장 무거운 싸움』에서, '밖'으로 나간 그녀가 마주한 '가장 무거운 싸움'은 '당연의 세계와 물론의 세계'와의 싸움이다 (「세상에서 가장 무거운 싸움 II」, 6). 고정되고 안정된 것들에 대한 저항은 이전 시집들에서도 발견되는 것들이지만, 달라진 점은 그녀가 싸움에 대한 방법론을 확보하고 있다는 것이다. 그것은 그녀가 놓아버린 '자아'들을 딛고 서는 것이다. 그녀는 스스로를 부정하는 과정에서 무수히 생겨난 상처와 혼란, 자기 모멸을 도약의 발판으로 삼아 솟구쳐 오른다("아, 삶이란 그런 장대 높이뛰기의 날개를/ 원하는 것이 아닐까,/ 상처의 그물을 피할 수도 없지만/ 상처의 그물 아래 갇혀 살 수도 없어// 내 옆구리를 찌른 창을 장대로 삼아/ 장대 높이뛰기를 해보았으면/ 억압을 악업을/ 그렇게 솟아올라/ 아, 한번 푸르게 물리칠 수 있다면"—「솟구쳐 오르기 1」, 6) 병아리가 달걀 속의 노른자와 흰자를 먹으며 자라서 껍질을 깨고 알 밖으로 나오듯이("배꼽 같은 씨눈이/ 노른자위를 먹어치워/ 흰자위를 먹어치워/ 아, 그 안에서 원무처럼 일어서는/ 열애 같은 혁명을 기다려.” ―「달걀 속의 생 5」, 4), ‘나’의 상처와 고통을 먹으며 견딘 끝에 알을 부수고 나오는 것이다. 이 지점에서 그녀의 시는 강력한 힘과 탄력을 얻으면서 찬란하게 도약한다.

그녀의 시는 이 도약에 힘입어 비극적인 세계관과 부정의 화법을 털고 적극적인 발언으로 옮겨간다. 그녀는 비로소 가장 깊은 곳에 감추어 두었던 사회적 고통에 대해 직접적으로 발언한다. ‘나’만 겪는 태생적인 불화와 고통을 넘어서 타자의 아픔을 끌어안는 것이다. 광주민주화운동에 대한 애도와 가부장제, 제국주의에 대한 적극적인 비판 등 사회적 주제를 담고 있는 시들이 그 예들이다.

이러한 변화는 7시집 『빗자루를 타고 달리는 웃음』에 이르러 선명해지는데, 여기서는 실제 제국주의에 침윤되어 있는 한국의 현실에 대한 비판이 전면화된다. 제국주의는 자본주의 상품의 형식으로 우리 생활 곳곳에 침투해 있다. 그것은 화장품, 음식, 옷, 사고방식 등 다양한 곳에 다양한 방식으로 자리하고 있다(“맥도날드가 신촌 로터리까지 와 있구나./ 피 흘리며 허공 중에/ 솟구쳐 매어달린 젖가슴./ 여기까지 먹여주려고 어느새/ 반도에까지 맥도날드가 왔구나./ 나보다도 더 먼저/ 도착해/ 금빛 유방을 보란 듯이/ 반도의 하늘에 걸어놓은 맥도날드여.” ―「신촌 맥도날드 점」, 7).

더욱 문제적인 것은 이러한 제국주의적인 침탈이 우리의 삶에 만연되어 있다는 것이다. 회식 후에는 노래방에 가서 함께 노래를 불러야 같은 편임이 인정되고(「한국은 노래방」, 7), 결혼식은 정해진 룰이 있어서 그것을 따라야만 예식으로서 인정받는다(「사랑 5」, 7). 개인의 취향이나 가치는 무의미해지고 다른 이들이 지니고 있는 상품이나 생활의 편의를 누림으로써만 충족되는 삶은, 자본주의적인 가치가 이미 내면화되어 있음을 말하는 것이다. 이러한 현실에서 '나'라는 고유한 개인은 없다. 모든 것은 외부의 시선에 의해, 다른 사람과의 비교에 의해서만 가치가 주어지는 껍데기일 뿐이다.

심지어 죽어서조차 '나'는 없다. '나'의 죽음을 알리는 부고에는 '~의~'가 있을 뿐 망자인 '나'의 존재는 없다(「한국식 죽음」, 7). 그런가 하면 죽은 여성은 부음에서조차 '~의 빙모'라고 불린다. 망자의 친자식인 딸의 이름 대신 그 남편들의 이름을 나란히 적어놓는 것이다(「한국식 실종자」, 7). 여기서 '제국주의'는 민족/국가 차원의 이데올로기인 동시에 일상의 질서를 뒷받침하고 있는 관행적인 억압까지를 통칭한다. 그것은 시인이 저항해온 획일성과 고정성이 극단적인 이데올로기로 굳어진 것이다(「암과 제국주의」, 7).

그렇다면 이처럼 조작된 억압과 질곡이 아닌 자유롭고 평온한 관계란 어떻게 가능한 것인가? 다음의 시는 평등하고 자유로운 관계를 발견하는 과정을 그리고 있다.

> 언제부터인가 나는 일인칭이
> 하나의 명사에 지나지 않는다는 것을 알게 되었다
> 그것은 한낱 하나의 문법적 요소,
> 허구적 자칭으로 반죽된 것임을 바라보았다
>
> 이인칭의 시대─너─자네─당신─그대,
> 너─자네─당신─그대, 거울이 있는 방
> 불기 없는 파스텔 톤의 실내
> 아름다운 대칭의 삶이
> 신성한 촛불과 백합꽃에 둘러싸여 주술적으로 상연되고
> 대칭을 위한 일인분으로 허용된 꿈,

혹은 허용되지 않는 꿈들 사이
그대—라고 그대를 부르는 것들이
나를 내 속에서 쫓아내고 있다는 것을 알게 되었을 때
그리움조차 사치가 될 수 있다는 것을 보았다
신경숙의 소설이 그만 읽혀지지 않았다

나 속에서, 너 속에서, 자칭/대칭을 넘어서
삼인칭의 차를 타고 떠난 그녀를
철컥 하고 문이 닫히고
활주로에 피어오르는 흙먼지 속에서 잃어버렸을 때
후일담 속의 그녀는 남대문 헌옷 지하상가에
나와 있는 그것이거나 저것이거나
국경선 근처 언덕을 굴러다니고 있는 빈 깡통,
검은 비닐 봉지, 밀폐 용기 타파웨어 속의 야채 샐러드,
그것,
저것,
아 · 무 · 것

　그런 날, 어느 날, 만유인력이 무너진 날, 그런 날, 어느 날, 아무 날 아무 시에, 장화 홍련이요 심청이요 옥봉이요 오필리어요 (원 이렇게 물에 빠져 죽은 여자들이 많어), 숙향이요 향단이요 팥쥐요 장쇠 엄마요, 그런 날 어느 날 만유부력이 떠오르는 날, 4인칭이 되어, 떠도는 것들은 떠도는 것들대로, 끊어진 것들은 끊어진 것들대로, 편린들은 편린대로, 따스한 거품 속에, 허우적대며 솟아오르는, 이름을 아 알지 못하는 4인칭의 바닷속에, 어느 날, 아 아무 날, 어 얼굴들을 다 용해시키는 4인칭의 즐거운 바다, 그 그런 날……
—「사랑 13」(7)

이 시에서 시인은 '나―너'의 대칭 관계 혹은 막연한 그리움의 대상이 되는 '그대' 등이 사실은 스스로를 가두는 허구에 지나지 않는다는 것을 깨닫고, 길거리 아무 곳에서나 굴러다니는 '그것, 저것, 아·무·것'을 발견한다. '아·무·것'은 지칭할 수 없으므로 의미가 없는 것이 아니라 지시 대상을 특정하지 않지만 세상에 편재한 모든 것이다. 그것들은 '나'와 '너', '그/그녀'를 넘어선, 아직까지 호명되지 못한 '4인칭'으로서, 장화, 홍련, 오필리어, 향단이 등 소설 속 여성들과 그 외 얼굴과 이름을 알지 못하는 무수한 '얼굴'들이다.

이 '얼굴'들을 발견하고 인정하게 되면서, 김승희의 시는 끊임없이 충돌하며 고심해온 여성성, 일상, 사회, 민중 등의 주제를 자연스럽게 용해시키며 시적 해결점을 찾아가는 모습을 보인다. 8시집『냄비는 둥둥』에서, 여성으로서 느끼는 억압은 같은 고민을 공유하는 타자인 여성들에게로 확산되어 공동의 문제로 전환되고(「수련」, 「혈연들」, 「유령 배역」 등, 8), 자아를 구속하고 길들였던 주부의 일상은 새로운 의미를 창출하는 열린 장으로 변화한다. 유배된 지상과는 단절되었던 하늘의 '별'은 내려와서 농부들의 벼가 되고(「별」, 8), 아름다운 이상과 동경의 상징인 무지개는 여인들의 빨랫줄에 비유된다(「무지개의 약속」, 8). 빗자루, 냄비, 도마와 같은 주방용품 역시 여성을 부엌에 가두는 도구가 아니라 억눌린 목소리를 표현하는 소품들로 새롭게 해석된다(「냄비는 둥둥」, 8).

9시집『희망이 외롭다』에서 시인은 시의 언어로서의 가능성을 타진하면서(「'~'라는 말」 연작, 9), 조심스럽게 희망을 가늠해본다. 「서울의 우울」 연작은 새로운 세계로 도약하기 위한 준비 과정이자 유예 기간의 시를 보여주는 것이다. 이러한 유예의 기간을 거쳐서 그녀의 시는 다음과 같은 세계로 열린다.

> 어떤 그리움이 저 달리아 같은 붉은 꽃물결을 피게 하는가
> 어떤 그리움이 혈관 속에 저 푸른 파도를 울게 하는가
> 어떤 그리움이 저 흰 구름을 밀고 가는가
> 어떤 그리움이 흘러가는 강물 위에 저 반짝이는 햇빛을 펄떡이게
> 하는가
> 어떤 그리움이 끊어진 손톱과 끊어진 손톱을 이어놓는가
> 어떤 그리움이 저 돌멩이에게 중력을 잊고 뜨게 하는가
> 어떤 그리움이 시카다에게 17년 동안의 지하생활을 허하는가
> 어떤 그리움이 시카다에게 한 여름 대낮의 절명가를 허하는가
> 어떤 그리움이 저 비행운과 비행운을 맺어주나
> 지금 파란 하늘을 보는 이 심장은 뛰고 있다
> 불타는 심장은 꽃들의 제사다
> 이 심장에는 지금 유황의 온천수 같은
> 뜨거운 김이 모락모락 피어오르고 있는데
>
> — 「꽃들의 제사」(10)

10시집 『도미는 도마 위에서』에서 그녀가 보여주는 싸움의 결산은 강렬하고 생생하다. 그것은 『태양미사』의 시들처럼 강렬하고 색감이 화려하지만, 초기 시에 나타나는 분열적이고 부유하는 느낌이 아니라 몸속 깊은 곳에서 올라와 울컥 분출된 감정의 절절함을 가지고 있다. 파도와 햇빛, 그리고 하늘까지를 울게 하는 '그리움'은 '펄떡이고, 잇고, 맺고, 뛰고, 불타고, 피어오른다'.

이 강렬함은 기나긴 시간 동안의 싸움과 상처를 통해 이룩된 것이다. 상처를 발판 삼아 솟구쳐 올라서 오히려 자유로와지는 경지를 발견한 것이다("다치면서 깊어지는 저 마음, 뭉그러질 때 향기는 더 진해지고

낙원은 더 가까워요."—「저 슬픔 으리으리하다」, 10). 그 결과 그녀의 시들은 파멸하지 않고 생생하고 힘차게 살아난다. 그녀가 발견한 새로운 표현들, 예컨대 '도미가 꽃처럼 늠름하다'거나 '햇빛이 펄떡인다'는 오랜 고통 끝에 얻어진 생생한 산물이다. 최근 시가 품고 있는 강렬한 사랑의 열도는 이렇게 만들어진다.

그러나 그녀의 시가 모든 갈등을 해소하고 조화로운 결론에 도달했다는 것은 아니다. 차라리 '사랑'은 싸움의 길에서 얻어진 예기치 않은 수확에 가깝다. 그녀의 가장 근원적인 '유목'의 욕망은 채워지거나 해결되는 것이 아니기 때문이다(「노숙의 일가친척」, 10). 그녀는 잠시 '사랑'이라는 경유지에 머무르고 있을 뿐 '싸움'은 계속될 것이다.

시집 연보 ————————

1. 『태양미사』, 고려원, 1979.

2. 『왼손을 위한 협주곡』, 문학사상사, 1983.

3. 『미완성을 위한 연가』, 나남출판, 1987.

4. 『달걀 속의 생』, 문학사상사, 1989.

5. 『어떻게 밖으로 나갈까』, 세계사, 1991.

6. 『세상에서 가장 무거운 싸움』, 세계사, 1995.

7. 『빗자루를 타고 달리는 웃음』, 민음사, 2000.

8. 『냄비는 둥둥』, 창작과비평사, 2006.

9. 『희망이 외롭다』, 문학동네, 2012.

10. 『도미는 도마 위에서』, 난다, 2017.

자연스러움을 표방하는
시와 삶

— 김용택*론

김용택은 열다섯 권의 시집 외에 다수의 시 선집과 동시집을 출간했고,『김용택의 섬진강 이야기』로 대표되는 다수의 산문집으로도 널리 알려진 시인이다. 적지 않은 시의 분량만큼 그의 시가 가지는 특징 또한 다양하고 풍성하다.

1980년대 김용택의 시들은 체험에 바탕한 농촌시로 주목을 받았다. 1시집『섬진강』, 2시집『맑은 날』의 시들은 농촌에서 태어나고 자라서 초등학교 교사가 된 시인이 자기 주변의 삶을 진솔하게 그려낸 것이다. 이 시들은 구체적인 사실성을 바탕으로 하여 신뢰감과 윤리적 정당성을 확보하고 있다. 민요의 형식을 차용하거나 이웃의 삶을 이야기 투로 전달하는 형식적 시도는 시의 주제를 전달하는 효과적인 수단이다. 이런 연유로 해서 그의 시는 1980년대 리얼리즘 시에서 중요한 자리를 차지하고 있다.

---

* 1948년 전북 임실 출생, 1982년『21인 신작시집』(창작과비평사)으로 작품 활동 시작.

이와 비교할 때 90년대 이후 그의 시들은 통속적이고 보편적인 연시(戀詩)로서 폭넓은 대중성을 확보한다. 3시집 『누이야 날이 저문다』가 창작 시기상 『섬진강』 이전에 쓰여진 시집이라는 점을 감안하면, 시적 변화가 나타나는 것은 4시집 『꽃산 가는 길』부터이다. 여기서부터 나타나는 연시적인 성격은 이후 시들의 기본적인 특징을 이룬다.

그러나 이같은 주제상의 특징은 엄밀히 말하면 변화하는 것이 아니라 새로운 주제가 첨가된다고 보는 것이 옳다. 농촌의 현실을 소재로 한 시들은 편수가 줄어들긴 하지만 2000년대 이후의 시집에서도 나타나고, 「섬진강」 연작은 14시집 『키스를 원하지 않는 입술』에서도 계속되고 있다. 연시의 기본적인 정서인 그리움과 외로움은 사실상의 첫 시집인 『누이야 날이 저문다』에서부터 드러나 있어서 김용택 시의 기본 정서가 여기에 있다는 것을 알게 한다.[1] 그런가 하면, 신작시[2] 「마치」, 「저쪽」, 「물에서 나와」 등은 초기시인 「섬진강」처럼 강을 모티프로 하고 있다. 그런 면에서 그의 시는 특정한 방향으로의 발전이 아니라 몇 가지 주제를 거쳐 원형으로 회귀하는 원환 구조를 이루고 있다고

---

[1] "그때는 늘 허기지고 배가 고팠다. 꽃을 봐도 그랬고, 흐르는 물 앞에서도 목이 말랐다. 해 저문 산, 산그늘 내린 저문 강변의 해맑은 풀꽃들, 강물에 발을 씻고 맨발로 풀밭을 걸을 때의 그 서늘함, 푸른 하늘의 어지러움, 나는 뜨거워진 내 이마를 강가에 피어 있는 개구리자리 노란 꽃에 기대곤 했다. / 나는 그때 해가 지면 늘 들길에 나가 서 있었다. 누군가, 누군가 들길을 건너 내게 와서 내게 쌓인 외로움과 슬픔과 견딜 수 없는 적막함을 허물어주고 퍼내줄 것만 같아 나는 늘 해지는 들길에 나가 서 있었다. / 그러나 아무도 오지 않고 시가 찾아왔다. 나는 흐르는 강물과 흐르는 달빛으로 시를 썼다" ―『누이야 날이 저문다』 표지 글 (청하, 1988). 『누이야 날이 저문다』는 발간 연도상으로는 세 번째 시집이지만, 실제로는 「섬진강」 연작이 발표되기 전 습작기에 쓰여진 작품들을 모은 것이다. 자서와 표지 글에 이러한 사정이 밝혀져 있다. 인용된 표지 글은 김용택의 창작 동기와 정서적인 원형을 볼 수 있다는 점에서 중요한 자료이다.

[2] 『시인시대』, 2017. 여름호.

설명될 수 있다. 그 원환의 중심에 있는 변하지 않는 핵심은 '자연스러움'이다.

김용택의 시는 대부분 강이나 물, 나무, 꽃, 산 같은 자연물들을 배경으로 하고 있다. 소재로서의 자연은 '사람의 힘이 더해지지 아니하고 저절로 생겨난 산, 강, 바다, 식물, 동물 따위의 존재. 또는 그것들이 이루는 지리적·지질적 환경'이라는 의미를 지닌다. 그가 자연적 소재를 즐겨 사용하는 이유는 태어나서 자라고 생활한 대부분의 삶의 환경이 섬진강을 끼고 있는 자연이기 때문이다.

이 '자연스러움'은 단지 소재의 차원에서 그치는 것이 아니라 그의 창작의 원천이자 방식이다.3) 즉 창작의 근본적인 계기가 비자각적이고 무계획적인 '자연스러움'에 있다는 것이다. 이때 '자연스러움'은 '세상에 스스로 존재하거나 우주에 저절로 이루어지는 모든 존재나 상태'와 같은 것이다. "지는 해 바라보며/ 반짝이는 잔물결이 한없이 밀려와/ 그대 앞에 또 강 건너 물가에/ 깊이 깊이 잦아드니/ 그대, 그대 모르게/ 물 깊은 곳에 정들었으리."(「섬진강 3」, 1)에서 '그대'가 강을 바라보다가 자신도 모르는 사이에 정이 든 것처럼, 강을 오래 바라보다 보면 정이 들고, 강이 말하는 것을 알아듣게 되고, 그것을 옮겨 적은 것이 자연스럽게 시가 되는 것이다.

1시집에서 3시집까지의 시들은 농촌을 배경으로 하고 그곳에 사는 농민들의 삶을 그리고 있다. 그가 농민들의 힘들고 어려운 현실을 소재로 하면서도 긍정의 자세를 잃지 않는 것은, 그들의 삶이 자연에 바탕을 두고 있는 것으로서 존재 근거를 가지고 있기 때문이다.

---

3) "시가 내게로 왔어. 닭이 울고/ 알 수 없는, 저 깊은 산 속에서 거부할 수 없는, 내가 나를 이기지 못하던/ 강물을 끌고 나오며/ 날 불렀어./환한 목소리,"(「달콤한 입술」, 14)라는 구절은 그의 시가 자연스러움에서 비롯되었다는 것을 보여주는 예이다.

가문 섬진강을 따라가며 보라

퍼가도 퍼가도 전라도 실핏줄 같은

개울물들이 끊기지 않고 모여 흐르며

해 저물면 저무는 강변에

쌀밥 같은 토끼풀꽃,

숯불 같은 자운영꽃 머리에 이어주며

지도에도 없는 동네 강변

식물도감에도 없는 풀에

어둠을 끌어다 죽이며

그을린 이마 훤하게

꽃등도 달아준다

흐르다 흐르다 목메이면

영산강으로 가는 물줄기를 불러

뼈 으스러지게 그리워 얼싸안고

지리산 뭉툭한 허리를 감고 돌아가는

섬진강물을 따라가며 보라

섬진강물이 어디 몇 놈이 달려들어

퍼낸다고 마를 강물이더냐고,

지리산이 저문 강물에 얼굴을 씻고

일어서서 껄껄 웃으며

무등산을 보며 그렇지 않느냐고 물어보면

노을 띤 무등산이 그렇다고 훤한 이마 끄덕이는

고갯짓을 바라보며

저무는 섬진강을 따라가며 보라

어디 몇몇 애비 없는 후레자식들이

퍼간다고 마를 강물인가를.

—「섬진강 1」(1)

김용택에게 있어서 '자연(스러움)'은 그 자체로 정당한 절대 선이다. 이 시에서 섬진강이 결코 마르지 않을 것이라고 믿는 것은 '강'이 자연물이기 때문이다. 강은 인간이 있기 이전에 이미 저절로 있는 것이고, 그러므로 앞으로도 계속 존재할 것이다. 인간이 만드는 역사 또한 마찬가지다. 그에게 있어서 역사란, 사람이 생겨나고 짝을 짓고 자연의 이치에 따라 순하게 살아간 기록이다. 이 모든 과정은 마치 하늘이 인간 세상을 만들 때처럼 순차적으로 평화롭게 이루어진다("처녀 총각 눈이 맞아/소쩍새 이 산 저 산 울면/ 달 뜬 강변에서/ 강물을 환하게 바라보다/ 꽃등을 밝혀/ 한 집안에 살며/ 앉아 지심 매고/ 서서 땅을 파면/ 콩 심은 데 콩 거두고/ 팥 심은 데 팥 거두고/ 땅의 임자로 오붓하게 살았으니/ 누가 보기에도 좋았더라." —「섬진강 13 — 자연부락」, 1).

자연스러움은 주어진 그대로 아무 것도 하지 않는 소극적이고 무관심한 상태가 아니라, 순리를 지키기 위해 노력하고 견디는 것이다. 차례를 지키고, 기다리며, 일관됨을 잃지 않는 것은 자연의 순리이자 시인이 선택한 삶의 방식이다. 힘의 논리가 지배하는 세상에서 자연스러움을 빼앗기지 않고 살아가는 것, 그것이 김용택이 지향하는 시이고 삶이다.

그의 시가 자각적인 농촌시로 바뀌는 것은 자연스러움이 외부적인 강제에 의해 깨뜨려지고 왜곡되는 것을 직간접적으로 체험하고 그것을 고발할 때이다. 시인의 시선은 강을 바라보다가 점차 강을 끼고 사는 사람들의 삶으로 옮겨진다. 강에 젖줄을 대고 농사를 지으며 살던 선량한 사람들은 개발 붐에 밀려 고향을 떠나거나(「섬진강 16 — 이사」, 1), 사회구조적 모순으로 인해 농사 빚과 늘어가는 이자에 짓눌려 살아간다(「고추값」, 「밥값」 등, 1).

환장허겄네 환장허겄어
아, 농사는 우리가 쌔빠지게 짓고
쌀금은 저그들이 편히 앉아 올리고 내리면서
며루 땜시 농사 망치는 줄 모르고
나락도 베기 전에 풍년이라고 입맛 다시며
장구 치고 북 치며
풍년 잔치는 저그들이 먼저 지랄이니
우리는 글먼 뭐여
신작로 내어놓응게 문뎅이가 먼저 지나간다고
기가 차고 어아니 벙벙혀서 원
아, 저 지랄들 헝게 될 일도 안된다고
올 농사도 진즉 떡 쪄먹고 시루 엎었어
아, 입은 비뚤어졌어도 말이사 바로 혀서
풍년만 들면 뭣 헐 거여
안 되면 안 되어 걱정
잘 되면 잘 되어 걱정
풍년 괴민이 더 큰 괴민이여
뭣 벼불고 뭣 벼불면 뭣만 남는당게
재주는 곰이 부리고 돈을 뙤놈이 따먹는 격이여
야, 그렇잖혀도 환장헐 일은 수두룩허고
헐 일은 태산 겉고 말여
생각허면 생각헐수록
이갈리고 치떨리능게 전라도 논두렁이라고
말이 났웅게 말이지만 말여
거, 머시기냐 동학 때나 시방이나
우리가 달라진 게 뭐여
두 눈 시퍼렇게 뜬 눈앞에서
생사람 잡아 논두렁에 눕혀놓고는

하늘 무서운 줄 모르고 똥 뀌고 성내며
사람 환장혀 죽겄는지 모르고
곪은 데는 딴 데다 두고 딴소리 허면서
내가 헐 소리 사돈들이 혔잖여

      (중략 – 인용자)

그 속 들여다보이는
선거고 나발이고
아, 말이 났웅게 진짜 말허겠는디
선거만 허면 질이여
거, 뭐여 그러면 민주냐고
민주가 뭣인지 잘 모르지만 말여
제미럴, 가다오다 죽고
총 맞아 매맞아 죽고
엎어져 뒤집혀 죽고
곧 죽어도 말여
우린 넓디넓은 평야여
두고두고 보자닝게 군대식으로 혀도 너무들 허는디
우리는 말여 옛적부텀
만백성 뱃속 채워 주고
마당은 비뚤어졌어도 장구는 바로 치고,
논두렁은 비뚤어졌어도
농사는 빤듯이 짓는
전라도 농군들이랑게
고부 들판에 농군들이여
참 오래 살랑게
벼라별 험헌 꼴들 다 겪고
지금은 이렇게 사람 모양도 아닝 것맹이로
늙고 병들었어도

다 우리들 덕에 이만큼이라도
모다덜 사는지 알아야 혀
아뭇소리 안허고 있응게 다 죽은 줄 알지만 말어
아직도 이렇게 두 눈 시퍼렇게 부릅뜨고
땅을 파는
농군이여
농군.
　　　　　　　　　—「마당은 비뚤어졌어도 장구는 바로 치자」 부분 (1)

　위의 시는 농민의 삶이 갈수록 힘들어지는 근본 원인이 농사의 성패
가 아니라 제도의 불합리와 농촌 현실과 괴리된 정부 시책, 국민들의
삶에 관심이 없는 정치놀음에 원인이 있음을 고발하고 있다. "거, 머시
기냐 동학 때나 시방이나/ 우리가 달라진 게 뭐여"라는 구절은 현재의
불합리한 상황이 역사적으로 반복되어 왔음을 말한다. 지금 농촌의 현
실은 동학 혁명이 일어났을 때와 마찬가지로 불합리와 차별이 극대화
되어 있다. 북한을 적대시하고 미국과 일본을 우방이라고 칭하며 분단
을 고착화하고, 선거철에만 '민주'를 외치는 썩은 정치판은 농민의 가
장 큰 적이다. 화자가 스스로를 '전라도 고부 지방의 농군'이라고 정의
하는 것은, 농민들의 밑바탕에 흐르는 저항의 의지를 일깨우고 권력층
에 대해 경고하기 위한 것이다.
　시에 사용된 전라도 사투리는, 시의 기본적인 시각이 동학 혁명의 정
신을 이어받고 있음을 강조하는 동시에 이야기를 직접 듣는 것 같은 느
낌을 가지게 함으로써, 시의 내용을 보다 생생하게 전달되도록 한다.
이는 민요나 말놀이처럼 율격을 맞춰서 쓴 시들(「밥값」, 「너무나 그리
들 말더라고」, 「시는 서울서 쓰고 사는 건 우리가 살고」1, 「풀피리」, 2
등)과 마찬가지로 내용을 효과적으로 전달하기 위한 것이다. 그것은 민

요와 탈춤, 사물놀이 등 전통 문화를 부활시킴으로써 민중문화를 계승하려 했던 80년대 문화운동과도 맥을 같이한다. 전통적인 민요 형식을 차용하거나(「달개비꽃」, 4), 긴 편지글 형식을 시도하고(「아들아, 내 아들아」, 4), 종종 산문과 같은 형식을 쓰는 것(「사랑과 밥과 시」, 4)은 이후의 시에서도 반복해서 나타나는 특징이다.

4시집 『꽃산 가는 길』은 1, 2시집의 시들이 직접적인 언어들로 농촌 현실을 그려내고 있던 것에 비해, '꽃산'이라는 상징을 사용하고 있어서 특징적이다. '꽃산'은 시인이 만든 상상 속의 산으로서 동학 혁명 때 농민들을 숨겨주고(「하얀 산 푸른 산」, 4), 민중의 영혼과 소망을 담은 산(「피에 젖은 꽃잎」, 「꽃산 솟다」, 4)으로서 새로운 세상을 열어갈 새 생명을 품고 있는 산이다. 민중과 그것을 탄압하는 세력 간의 싸움은 꽃산으로 가려는 자와 그 길을 가로막는 자 사이의 싸움으로 그려지기도 한다("저기 저 남산 꽃 피어 나타났네/ 집집이 방마다 문 열리고/ 사람들 꽃산 구경 가네/ 고샅마다 밥 싸든 사람들 홍수났네/ 물러가라 물러가라/ 우리 밥 먹을란다/ 저 꽃산 가로막은 저 검은 산 물러가라/ 최루탄 터지고/ 사람들 밥 던졌네/ 최루탄을 쏘지 마라/ 사람들 구름처럼 모여들고/ 무차별 최루탄 퍼부었네/ 노동자 이석규 총맞아 죽고/ 저 산 너머 저 남산/ 걸어오다 멈추었네/ 저기 저 남산 꽃산 가는 길/ 또 막혔네."—「사람들 밥 던진다」, 4).

여기서 농촌의 현실은 개별적인 인물의 삶을 통해 그려진다. 어려서 어머니를 잃고 이 동네 저 동네 머슴으로 살다가 겨우 논 두 마지기와 소를 마련한 태환이 형은 소값이 폭락하면서 논을 잃고 농협 빚에 시달리며 살아간다. 어렵게 가정을 이룬 태환이 형의 가족이 해체되는 과정은 몰락해가는 농촌과 농민의 모습을 전형적으로 그려내고 있다

(「태환이 형 빚산 타고 가다」, 「문태환 약전」, 「밥과 법」, 「봄비」, 「노루」 등, 4).

태환이 형
빚으로 소 사서 빚지고 파니 빚이요
빚으로 돼지 사서 빚지고 파니 또 빚이라
빚내서 빚 갚고
빚으로 농사지어서 또 빚지고 또 빚지니 또 빚이요 또 빚이라
빚 위에 빚지고
빚 위에 빚 얹으니 또 빚이라
빚 위에 빚이어서
빚천지, 빚이 산처럼 높아지니
화이고매, 저 빚산 좀 보아라

빚으로 담배 피고
빚으로 술 사먹고
빚으로 잠자고
빚으로 걷다가 빚으로 쉬고
빚으로 아프고 빚으로 낫고
빚으로 텔레비전 사서 빚으로 보고
빚으로 일해서
빚으로 밥 먹고
빚으로 숨 들이마시고
빚으로 숨 내어쉬고
빚으로 결혼해서 빚으로 아들 나서
빚으로 키우고
아아, 빚으로 빚지니 빚이 빚이어서
걸음걸음 듣고 보고 말하는 것까지

다 빚이니

아아, 이 세상 빚천지라

눈 뜨나마나

밥 먹으나마나

똥 싸나마나

농사 지으나마나

소 키우나마나

왼 세상이 다 빚으로 보이더라

에라 작것 이럴 바엔 내 빚산에 오르리라

작심하고

어느 화창한 봄날, 우리 형 태환이 형 빚으로 몽땅 술을 마시고는

한다 하는 소리가

사람이 제 아니 오르고 빚산만 높다 하더니

빚산에 턱허니 앉아 빚이여 빚나거라 하더라

좋구나 좋아 아따따따 좋아 네미럴 것, 이 문둥이 콧구멍에서 마

늘씨를 빼먹고, 벼룩의 간을 내먹을 놈들아

육두문자로 산을 찌렁찌렁 울리고는

까불지들 말라 까불지들 말어

이 빚이 다 내 빚이요 내 빚이니

이 땅이 다 내 땅이고

이 빚이 다 내 돈이다아……

보아라 보아라 눈 까뒤집고 또 보아라

일은 쎄빠지게, 등창이 터지게 혔어도

나는 빚더미 위에 올라앉았으니

빚이 내 것이요 내 것이라

나라가 다 내 살이요

나라가 다 내 피요

나라가 다 내 뼈이니

이 나라는 내가 쥔이다

빚밥 먹고 빚똥을 발칵 싸서
빚을 타고 빚똥 위에 앉았으니
똥이 곧 밥이라
이 아니 좋으냐
가자가자가자가자 가자아……
빚산 타고 가자
태환이 형 우리 형 빚산 타고
저기 저 남산 꽃산에 가더라.

—「태환이 형 빚산 타고 가다」(4)

'태환이 형'으로 대표되는 농민의 삶은 빚으로 시작해서 빚으로 끝난다. 처음 소를 살 때 빚을 지고 팔면서 다시 빚을 지므로, 빚은 더 늘게된다. 늘어난 빚을 갚기 위해 또 다른 빚을 지고, 그러다 보니 생활 자체가 모두 빚이다. 살아가는 모든 것이 빚이므로 살아갈수록 빚은 기하급수적으로 늘어나고 결국은 빚이 산더미처럼 쌓이게 된다. 김용택은 이를 통해 빚에 허덕이는 농촌의 현실과 사회구조적인 모순을 고발하고 있다.

그러나 이러한 현실을 좀더 세부적으로 파헤치거나 개선하려는 적극적인 의지는 드러나지 않는다. 마지막 부분은 "가자가자가자가자 가자아……/ 빚산 타고 가자/ 태환이 형 우리 형 빚산 타고/ 저기 저 남산 꽃산에 가더라."고 하여 '꽃산'을 지향하는 것으로 끝나지만, 그것은 적극적인 의지라기보다는 비현실적인 소망에 가깝다. 그 결과 그의 농촌시들은 적극적인 비판의식이 결여되고 사회 구조적 모순이 간접화된다는 한계를 가지게 된다.

이것은 김용택의 시가 견지하고 있는 불변성 혹은 고정성과 연결되어 있다. 그의 시가 대중성을 확보하는 중요한 요인 중 하나는 '변함이 없다'는 것이다. 시의 소재인 강물, 나무, 산, 꽃 등 모든 것들은 어린 시절 시인이 보았던 모습 그대로 남아있고, 속성 역시 일반적으로 기대할 수 있는 범위를 넘어서지 않는다.

시공간만이 아니라 시에 등장하는 인물들의 성격도 마찬가지다. 그의 시에 등장하는 인물들은 대부분 긍정적인 이미지로 그려진다. 가족 관계에서 '어머니'는 순박하지만 세상 이치를 체험적으로 알고 있는 인물로서 '나'의 정신적인 지주가 되는 존재이고(「쌀밥」, 4), '아버지'는 의지와 인내로 땅을 일구고 집을 짓는 건실하고 바람직한 가장이다(「아버지의 땅―1982년 개간 일지」, 5).

이웃인 농민들 역시 사회구조적 모순과 부당한 대우에 시달리면서도 순박함과 착함을 잃지 않는다. 그들은 모두 천성 그대로 살아가는 정직한 사람들로서, 그들 간의 갈등이나 분쟁은 없다. 한 예로, 아무리 일을 해도 빚만 늘어가는 농촌의 왜곡된 현실은 "삼백만원 빚지고/ 중동 갔다 와 석삼 년/ 사우디 소리 사라질 때/ 빚이 도로 삼백만원/ 나도 헐만큼 혔당게/ 몸 안 애끼고 일했당게/ 내가 잘 입기를 혔는가/ 살림살이를 장만혔는가/ 지집질을 혔는가/ 무신 놈의 시상이 이런당가/ 좆나오게 일혔어도/ 내가 빚이 도로 삼백이랑게/ 왜 이려/ 왜 이려/ 이상혀 이상혀/ 아무래도 이 시상이 뒤집어질 시상이여"(「우리 한수 성님 살림살이」, 5)라고 표현되는데, 여기서 화자인 농민은 여전히 비자각적이고 아무것도 모르는 순박한 피해자로 그려진다. 이것은 농촌과 농민에 대한 사람들의 일반적인 기대치―순박함, 무지함, 착함, 무지함―를 배반하지 않음으로써 무거운 주제에서 오는 부담감을 상쇄시킨다.

이처럼 변화하지 않는 시공간과 인물, 독자의 눈높이에 맞춰진 시선은 안정감과 편안함을 준다. 자연이 그리움의 대상으로서 이상화된 공간으로 나타나는 것도 여기부터다. 자연은 한결같음, 변함없음과 등치되고, 덕분에 그의 시는 속도와 갈등에 지친 현대인에게 언제나 돌아갈 수 있는 고향과도 같은 이상향으로 각인된다. 자연 중에서도 초기시의 중요한 소재였던 '강' 대신 '꽃'이 중요 소재로 등장하고 있다는 것은 상징적인 대목이다. '강'이 농업용수이자 풍부한 식자원을 품고 있는 실제적 도움을 주는 자연물임에 비해 '꽃'은 그리움과 선망의 대상이다. '강'에서 '꽃'으로의 변화는 김용택의 시가 구체성을 상실하고 추상화되어가는 변화를 상징적으로 보여준다. 5시집 『그리운 꽃편지』는 「우리 한수 성님 살림살이」, 「아버지의 땅」처럼 농촌의 현실을 바탕으로 한 시와 「그리운 꽃편지」 연작으로 대표되는 연시적인 성격이 함께 있는 과도기적인 시집이다. 이후 김용택의 시는 이상화된 자연과 연시의 특징이 결합된 대중적인 연애시로 변화한다("달이 떴다고 전화를 주시다니요/ 이 밤 너무도 신나고 근사해요/ 내 마음에도 생전 처음 보는/ 환한 달이 떠오르고/ 산 아래 작은 마을이 그려집니다/ 간절한 이 그리움들을,/ 사무쳐 오는 이 연정들을/ 달빛에 실어/ 당신께 보냅니다" ―「달이 떴다고 전화를 주시다니요」, 6).

이후의 시들은 대부분 생활 터전인 '농촌' 대신 인간에게 위로와 휴식을 주는 공간으로서의 '자연'을 배경으로 한다. 그것은 평화롭고 소박하며 늘 한결같은 모습으로 그려진다. 여기에 '당신', '그대', '그 여자'와 같은 그리움의 대상이 첨가되면 그의 시는 아련한 연시가 되어 독자들의 향수를 자극한다.

> 가을이면 은행나무 은행잎이 노랗게 물드는 집
> 해가 저무는 날 먼데서도 내 눈에 가장 먼저 뜨이는 집
> 생각하면 그리움고

바라보면 정다웠던 집
어디 갔다가 늦게 집에 가는 밤이면
불빛이, 따뜻한 불빛이 검은 산속에 깜박깜박 살아 있는 집
그 불빛 아래 앉아 수를 놓으며 앉아 있을
그 여자의 까만 머릿결과 어깨를 생각만 해도
손길이 따뜻해져오는 집

살구꽃이 피는 집
봄이면 살구꽃이 하얗게 피었다가
꽃잎이 하얗게 담 너머까지 날리는 집
살구꽃 떨어지는 살구나무 아래로
물을 길어오는 그 여자 물동이 속에
꽃잎이 떨어지면 꽃잎이 일으킨 물결처럼 가 닿고
싶은 집

샛노란 은행잎이 지고 나면
그 여자
아버지와 그 여자
큰오빠가
지붕에 올라가
하루 종일 노랗게 지붕을 이는 집
노란 초가집

어쩌다가 열린 대문 사이로 그 여자네 집 마당이 보이고
그 여자가 마당을 왔다갔다 하며
무슨 일이 있는지 무슨 말인가 잘 알아들을 수 없는 말소리와
옷자락이 대문 틈으로 언뜻언뜻 보이면
그 마당에 들어가서 나도 그 일에 참견하고 싶었던 집

마당에 햇살이 노란 집
저녁연기가 곧게 올라가는 집
뒤안에 감이 붉게 익는 집
참새 떼가 지저귀는 집
보리타작, 콩타작 도리깨가 지붕 위로 보이는 집
눈 오는 집
아침 눈이 하얗게 처마끝을 지나
마당에 내리고
그 여자가 몸을 웅숭그리고
아직 쓸지 않은 마당을 지나
뒤안으로 김치를 내러 가다가 "하따, 눈이 참말로 이쁘게도 온다
이이" 하며
눈이 가득 내리는 하늘을 바라보다가
싱그러운 이마와 검은 속눈썹에 걸린 눈을 털며
김칫독을 열 때
하얀 눈송이들이 어두운 김칫독 안으로
하얗게 내리는 집
김칫독에 엎드린 그 여자의 등에
하얀 눈송이들이 하얗게 하얗게 내리는 집
내가 함박눈이 되어 내리고 싶은 집
밤을 새워, 몇 밤을 새워 눈이 내리고
아무도 오가는 이 없는 늦은 밤
그 여자의 방에서만 따듯한 불빛이 새어나오면
발자국을 숨기며 그 여자네 집 마당을 지나 그 여자의 방 앞
뜰방에 서서 그 여자의 눈 맞은 신을 보며
머리에, 어깨에 쌓인 눈을 털고
가만가만 내리는 눈송이들도 들리지 않는 목소리로
가만 가만히 그 여자를 부르고 싶은 집

그
여
자
네 집

어느 날인가
그 어느 날인가 못밥을 머리에 이고 가다가 나와 딱
마주쳤을 때
"어머나" 깜짝 놀라며 뚝 멈추어 서서 두 눈을 똥그랗게 뜨고
나를 쳐다보며 반가움을 하나도 감추지 않고
환하게, 들판에 고봉으로 담아놓은 쌀밥같이,
화이안하게 하얀 이를 다 드러내며 웃던 그
여자 함박꽃 같던 그
여자

그 여자가 꽃 같은 열아홉살까지 살던 집
우리 동네 바로 윗동네 가운데 고샅 첫집
내가 밖에서 집으로 갈 때
차에서 내리면 제일 먼저 눈길이 가는 집
그 집 앞을 다 지나도록 그 여자 모습이 보이지 않으면
저절로 발걸음이 느려지는 그 여자네 집
지금은 아, 지금은 이 세상에 없는 집
내 마음속에 지어진 집
눈감으면 살구꽃이 바람에 하얗게 날리는 집
눈 내리고, 아, 눈이, 살구나무 실가지 사이로
목화송이 같은 눈이 사흘이나
내리던 집
그 여자네 집

언제나 그 어느 때나 내 마음이 먼저
가
있던 집
그
여자네
집
생각하면, 생각하면 생. 각. 을. 하. 면……

―「그 여자네 집」(8)

　'그 여자네 집'은 마당과 김칫독이 있는 초가집으로서, 가을이면 은
행나무가 물들고 봄이면 살구꽃이 피고 겨울이면 함박눈이 내리는 곳
이다. 이것은 시인의 기억 속에 있는 실제의 공간을 소재로 한 것일 수
도 있지만, 시에서 그곳은 아름다운 색채 이미지로 가득한 이상적인 공
간으로 그려져 있다. 그 집에 살았던 '그 여자' 역시 순박하고 가식 없는
이미지로 그려지고 있지만 물을 긷고 김치를 내어오는 그녀의 일상적
인 행위들에서는 현실감이 느껴지지 않는다. 그림 같은 풍경과 그것이
자아내는 아련한 분위기가 시 전반을 압도하고 있기 때문이다. 사계절
이 아름답게 펼쳐지는 이 공간에서는 김치를 퍼내는 일상적인 행위조
차도 영화 속 장면처럼 아련하기만 하다. 자연은 그리운 이상향으로 고
정되고 삶의 현실과 분리된다. 그 결과 아이러니하게도 '자연'은 '저절
로 있는 그대로의 상태'인 자연스러움이 아니라 인위적으로 만들어진
유토피아로 변질되어 버린다. 이같은 연시적인 성격은 8시집 『그 여자
네 집』, 9시집 『나무』, 10시집 『연애시집』, 11시집 『그래서 당신』, 12
시집 『수양버들』, 13시집 『속눈썹』 등 이후 시집들 대부분의 바탕을
형성하고 있다.

　그런데, 그리움과 사랑을 한결같이 노래하는 연시들 한편에는 시인

개인의 얼굴이 드러나는 자기성찰적인 시들도 있다. 7시집 『강 같은 세월』에서는 농촌을 소재로 하고 삶에 대한 회고적 시선을 담은 시들이 나타난다. 적막하고 텅 빈 농촌 풍경과 떠나간 사람들, 지난날의 추억을 회고하는 내용이 주를 이루고, 시인의 시선이나 어조 또한 연시들과는 확연하게 구별된다.

> 앞산에 꽃이 지누나 봄이 가누나
> 해마다 저 산에 꽃 피고 지는 일
> 저 산 일인 줄만 알았더니
> 그대 보내고 돌아서며
> 내 일인 줄도 인자는 알겠네.
>
> —「일」(7)

화자는 지인의 죽음 앞에서 꽃이 지고 봄이 가는 것이 곧 자신의 일임을 깨닫고 있다. 김남주, 이광웅의 죽음을 비롯한 주변인의 죽음은 스스로를 돌아다보는 계기가 된다. 늘 자연과 더불어 살아오면서도 그것을 바라보았을 뿐 자기 역시 사라지는 존재라는 것을 체감하지는 못했던 시인에게, 죽음의 간접 체험은 자연과의 관계를 새로 설정하는 전환점이 된다.

14시집 『키스를 원하지 않는 입술』 또한 이와 유사한 맥락에 있다. 이 시집에서 자기 성찰은 오래도록 살아온 자연을 떠나 도시에 거주하게 되면서 이루어진다. 그에게 도시는 자연스러움이 깨어져 삶의 활력이 사라진 죽어있는 공간이다. 자연의 자정작용이 미치지 못하는 곳에서, 그의 시는 회의적이고 부정적인 색채를 띠게 된다(「아파트」, 「키스를 원하지 않는 입술」 등, 14). 아울러 낭만성과 긍정성 대신 차분하게 정제된 시선이 전면에 드러난다.

> 모든 것들은 끝을 향해 움직인다.
> 창밖 단풍나무 가지가 이리저리 흔들린다.
> 매미가 우는 방향, 개구리들이 뛰는 방향,
> 내가 바라보는 방향, 모두
> 끝을 향해 있다.
> 마치 끝이 없다는 것을 알고나 있다는 듯이
> 개미들이 하루종일 커다란 단풍나무 위로 올라간다.
> 어머니는 가는귀가 먹은 지 오래다.
> 처음엔 슬펐으나, 이 나이에 보청해서 듣고 쓸 말이
> 얼마나 있겠느냐며 손사래를 치신다.
> 모든 것들이 끝을 향해 움직인다.
> 어머니의 하루는 점점 어두워지는 걸까.
> 밝아지는 걸까. 무심해지는 걸까.
> 어머니는 내가 밥을 달라고 하면 자꾸 뭐? 뭐라고?
> 지금 뭐라 하냐? 물으신다.
> 마치 자기는 끝이 있다는 것을 정말로 알고 있다는 듯이
> 단풍나무는 사방으로 흔들리다가
> 천천히 그곳에 정지한다.
>
> — 「모든 것들의 끝」 (14)

　　이 시의 쓸쓸하면서도 담백한 미감은 늙음을 자연스럽게 받아들이는 데서 온다. 시 속의 '어머니'는 생활 속의 현자(賢者)도 아니고 언제든지 돌아가서 기댈 수 있는 고향도 아닌, 가는귀 먹은 노인일 뿐이다. 구원과 치유의 상징성은 사라지고 일상에서 흔히 접하게 되는 늙은 어머니의 모습이 부각되어 있다. 그것을 바라보는 시인 역시 같이 늙어가

는 평범한 인간이다. 이제 '자연스러움'은 지켜야 할 삶과 시의 원칙이 아니라 삶 자체이다. 생명을 가진 존재가 이승에서 취할 수 있는 최종의 자연스러움은 '죽음'이다. 그러므로 근작시들이 죽음을 중요한 주제로 하고 있는 것은 그야말로 자연스러운 일이다.

> 강에 나가 보았다.
> 비가 강을 걸어 건너간다.
> 건너간 빗방울들이 마을을 뒤돌아본다.
> 마치 내가 지금도 우산을 쓰고 거기
> 서 있다는 것을 믿고 있다는 듯이.
> ─「마치」(『시인시대』, 2017. 여름)

화자는 여전히 강을 바라보고 있다. 그것은 「섬진강」 연작에서나 「나무」("강가에 키 큰 미루나무 한그루 서 있었지/ 봄이어서/ 나, 그 나무에 기대앉아 강물을 바라보고 있었지" ─「나무」, 9)에서나 동일한 상황이지만, 이제 시인의 시선이 닿아있는 것은 강을 건너가는 '빗방울'이다. 어떤 빗방울은 강을 건너가고 있고, 어떤 빗방울은 강을 건너 마을을 돌아다본다. '강'이 이승과 저승을 가르는 경계이고 '빗방울'이 사람을 의미한다는 것은 어렵지 않게 짐작할 수 있다. 한 세상을 같이 살아온 사람들 중 어떤 이는 죽어서 강을 건넜고 어떤 이는 우산을 쓰고 강 이쪽의 마을에 남아있다. 지금까지의 김용택의 시가 살아있는 것들의 질서와 순리를 지키는 일에 집중되었다면, 남은 시는 '죽음이라는 자연스러움을 어떻게 시에 용해시킬 것인가'가 중요한 화두가 될 것이다.

시집 연보 ───────

1. 『섬진강』, 창작과비평사, 1985.
2. 『맑은 날』, 창작사, 1986.
3. 『누이야 날이 저문다』, 청하, 1988.
4. 『꽃산 가는 길』, 창작과비평사, 1988,
5. 『그리운 꽃편지』, 풀빛, 1989. (문학동네, 1999)
6. 『그대, 거침없는 사랑』, 푸른숲, 1993. (푸른숲, 2002)
7. 『강 같은 세월』, 창작과비평사, 1995.
8. 『그 여자네 집』, 창작과비평사, 1998.
9. 『나무』, 창작과비평사, 2002.
10. 『연애시집』, 마음산책, 2002.
11. 『그래서 당신』, 문학동네, 2006.
12. 『수양버들』, 창작과비평사, 2009.
13. 『속눈썹』, 마음산책, 2011.
14. 『키스를 원하지 않는 입술』, 창작과비평사, 2013.
15. 『울고 들어온 너에게』, 창작과비평사, 2016.

전략과 방법론을 갖춘
여성시
- 김혜순*론

김혜순은 최승자, 이성복, 황지우와 더불어 1980년대 모더니즘시를 대표하는 시인이다. 그녀의 시는 특히 여성시를 논의할 때 중요한 지점에 있다. '여성시'를 '여성주의적 관점에서 쓰여진 여성시인의 시'라고 정의할 때, 이에 대한 자각적 인식을 보여주는 것은 김승희부터 라고 할 수 있다. 김승희의 시에서 비로소 사회화된 성으로서의 여성에 대한 인식이 직접적으로 표출되기 때문이다. 그 뒤를 이은 최승자가 젠더로서의 여성성에 대한 인식을 바탕으로 하면서도 개인적인 특성이 강한 시들을 보여주었다면, 김혜순은 여성에 대한 억압을 고발함과 동시에 여성의 경험을 다양한 방법으로 형상화함으로써 '여성시'를 적극적이고 고유한 영역으로 정립시키는 데 결정적인 역할을 한다.

김혜순의 시를 설명할 수 있는 주제어들은 다양한데, 대략적인 것만 해도 여성, 타자, 몸, 주체, 환상, 상호텍스트성, 예술 등을 들 수 있다.

---

* 1955년 경북 울진 출생. 1979년『문학과지성』으로 등단.

이것들은 그녀의 시 전편에 걸쳐서 반복되거나 변형 혹은 심화된다. 이 모든 주제들을 아우르는 동시에 김혜순의 시 세계 전체를 설명할 수 있는 대주제는 '나와 타자의 관계'이다. 이를 기준으로 하여 김혜순의 시를 구분한다면, 1~4시집까지를 1단계, 5~8시집을 2단계, 9~12시집을 3단계 그리고 13시집 이후를 4단계로 나눌 수 있다. 1단계의 시들이 본능적으로 감지되는 자신 안의 분열된 목소리를 발견하고 그것을 풀어놓은 것이라고 한다면, 2단계의 시들은 자기 안의 타자인 여성성을 승인하고 그것을 전략적으로 표현하는 방법을 탐구한다. 몸에 대한 천착이 두드러지는 한편, 상호텍스트적인 요소가 본격적으로 활용된다. 3단계의 시들에서 타자는 세상 혹은 세계라는 개념으로 확장되며, 몸은 세계와 열려있는 것으로서 세계 자체를 품은 가이아와 유사한 것으로 형상화된다. 그녀의 시는 12시집인 『죽음의 자서전』 발간 이후 다시 새로운 전환점을 맞고 있다. 그러므로 13시집부터는 열려있는 상태라고 보아야 할 것이다.

그녀의 시는 1시집 『또 다른 별에서』에서부터 현실과 환상을 넘나들며 전개된다. 옆에 죽은 여자의 시체가 누워 있는 상상을 하며 시체에 담배를 물려주는가 하면(「담배를 피우는 시체」, 1), 하늘에는 둥그런 달이 두 개 떠 있고 죽은 어머니가 계속 발을 벗어달라고 요구한다(「도솔가」, 1). 화자는 종종 죽은 자들의 목소리를 듣고 그들과 대화한다. 현실과 환상, 삶과 죽음은 구별되지 않고, 현실 속에 환상이 들어와 있고 삶 속에 죽음이 공존한다. 시인은 이러한 상태를 본능적으로 감지하고, 불투명하고 분열된 목소리들을 그대로 표출한다.[1]

---

1) 최승자가 자신의 분열과 혼란을 극한까지 밀어붙이며 시를 썼던 반면에, 김혜순은 분열과 혼돈의 상태를 인식하고 주도하려 한다는 점에서 기본적으로 지적이고 이성적이다.

화자인 '나'의 분열은 우선 시대적인 폭력과 억압에서 온 것이다. 현실적인 요인이 직접적으로 드러나지는 않지만, 시 곳곳에 드러나는 공포와 비명은 사회 전반에 만연한 억압과 폭력을 암시하고 있다. 예를 들어 "겨울 산 나무들은/ 비명을 질러댄다/ 머리를 땅에 처박고/ 긴 목으로 일렁이며/ 가랑이를 공중에 좍 벌린 채/ 거꾸로 선 나무들은/ 비명을 질러댄다(……) 겨울 나무들이 벗은 살에/ 매운 매를 맞으며/ 땅 속에 얼굴을 파묻은 채/ 막힌 비명을/ 질러대는 것이 보이리라"(「비명」, 2)에서 '나무'는 땅에 머리를 처박고 숨이 막혀 비명을 지르는 것으로 표현되고 있다. 이는 나무를 희망이나 꿈, 생성 등의 긍정적 이미지로 사용해온 이전의 시들과는 확연하게 차이가 난다. 억압적 현실이 대상에 대한 전혀 다른 해석을 만들어내는 것이다.

2시집 『아버지가 세운 허수아비』에서 자아의 분열은 종종 신체의 훼손과 절단으로 표현된다. 타자인 '그'는 '나'의 뇌수에 토마토 케첩을 뿌려서 먹고 실핏줄과 힘줄과 피를 삼키고(「프레베르의 아침 식사에 대한 나의 저녁 식사」, 2), '너'는 '나'를 짓밟고 짓뭉개고 뒤흔들고(「복수」, 2), 사지를 홍두깨로 밀어놓고 내동댕이친다(「너」, 2).

그는 넣었다 토마토 케첩을
끓어오르고 있는 나의 뇌수에.
그는 논리정연한 태도로 발라내었다 끓어오르는 뇌수에서
실핏줄과 뛰는 힘줄을.
그는 맛있게 먹고 있었다
입맛마저 다시며.
그의 앞엔 나의 촉수가 불을 밝히고 있었다.
그는 다시 이성적으로 휘저었다 예리하고
작은 나이프로

아직 익지도 않은 마지막 뇌수마저.

다 먹어치우고 나서 그는
반질거리는 입술을 닦았다 희디흰 냅킨으로.
그는 잔을 들었다
한 손에 갓 따온 먹이의 유방에 빨대를 꽂아서
코를 쿵쿵거리며.
그 다음 그는 홀짝홀짝 즐겼다
다른 한 손에 갓 뽑아낸 피에 얼음을 조금 섞어서.

그리고 그는 불을 붙였다 내 머리칼에.
그는 만들었다 동그라미를
검은 콧구멍에서 나온 연기로.
그는 털었다 재를
내 시린 양 무릎에다.
그 다음 그는 일어섰다.
그리곤 텅 빈 나를 향해 빙긋거리며 손을 내밀었다
양미간에 내 눈동자가 달라붙은 것도 모르는 채.
그래서 나는 던졌다 힘껏
그의 아가리를 향해.
너덜거리는 내 영혼을 뽑아서.
　　　　　　　― 「프레베르의 아침 식사에 대한 나의 저녁 식사」(2)

　이 시에서 '그'는 '나'를 파괴하고 해체하는 적대적인 존재이다. '그'
는 잘라진 '나'의 신체를 먹고 담뱃재를 무릎에 떨고는 의기양양하고
여유롭게 나를 향해 손을 내민다. 그러나 이 장면에서 상황은 갑자기
반전된다. '그'는 나를 먹어치움으로써 '나'를 완전히 장악한 듯 보이지
만, '그'의 양미간에는 내 눈동자가 달라붙어 있다. 나아가 '나'는 '그'의

아가리에 영혼을 뽑아 던짐으로써 그에게 완전히 먹힌다. 하지만 이것은 나를 포기하는 것이 아니라 '그'를 장악하는 전략적인 방법이다. '나'가 '나'를 먹은 상대방의 몸으로 옮겨 앉음으로써 결국에는 상대방을 완전히 장악하는 것이다("나는 네 몸통 속에서/ 불씨처럼 익어간다(……) 나는 너의 피 속에 불을 지른다/ 너의 전신이 모닥불처럼 타오른다/ 그 다음 나는 너의 뇌 속으로 들어간다/ 들어가서 나는 지랄 발광한다/ 덩달아 너도 고래고래 소리치고/ 시궁창에 처박힌다" – 「복수」, 2). '나'를 타자의 폭력에 완전히 방치하는 것은 결국 타자로 옮겨가 합일을 이루는 전략의 일부인 것이다. 이 시들에서 '나'와 타자의 관계는 대립적이고, 폭력적인 방식을 통해 합일된다.

그러나 이 시기의 시들이 모두 타자와의 적대 관계를 보이는 것은 아니다. 화자는 종종 '나'이면서 '나'가 아닌 존재들의 부름을 받는데, 그것은 꿈속에서 아이와 노인의 모습으로 동시에 나타나기도 하고("아이 적 내가 노인 적 나를 달래는 모습" – 「어른의 꿈」, 2), 어머니와 외할머니, 외증조할머니, 외고조할머니가 '나'에게 '엄마'라고 부르며 젖을 달라고 외치는 상황(「딸을 낳던 날의 기억」, 2)에 비유되기도 한다.

이때 타자는 어머니와 외할머니처럼, '나'를 구성하는 여성적인 타자들을 의미한다. '나'와 그들의 관계는 핏줄을 통해 연결되어 있을 뿐만 아니라 유사한 경험과 고통을 공유하는 공동체이다. 그들과의 공감은 본능적으로 감지되는 것이다가 임신과 출산의 경험을 거치면서 실제적이고 구체적인 것으로 변화한다.

> 거울을 열고 들어가니
> 거울 안에 어머니가 앉아 계시고
> 거울 열고 다시 들어가니

그 거울 안에 외할머니가 앉으셨고
외할머니 앉은 거울을 밀고 문턱을 넘으니
거울 안에 외증조할머니 웃고 계시고
외증조할머니 웃으시던 입술 안으로 고개를 들이미니
그 거울 안에 나보다 젊으신 외고조할머니
돌아 앉으셨고
그 거울을 열고 들어가니
또 들어가니
또 다시 들어가니
점점점 어두워지는 거울 속에
모든 웃대조 어머니들 앉으셨는데
그 모든 어머니들 나를 향해
엄마엄마 부르며 혹은 중얼거리며
입을 오물거려 젖을 달라고 외치며 달겨드는데
젖은 안 나오고 누군가 자꾸 창자에
바람을 넣고
내 배는 풍선보다
더 커져서 바다 위로
이리 둥실 저리 둥실 불리워 다니고
거울 속은 넓고넓어
지푸라기 하나 안 잡히고
번개가 가끔 내 몸 속을 지나가고
바닷속에 자맥질해 들어갈 때마다
바다 밑 땅 위에선 모든 어머니들의
신발이 한가로이 녹고 있는데
청천벽력.
정전. 암흑천지.
순간 모든 거울들 내 앞으로 한꺼번에 쏟아지며
깨어지며 한 어머니를 토해내니

흰 옷 입은 사람 여럿이 장갑 낀 손으로
거울 조각들을 치우며 피 묻고 눈 감은
모든 내 어머니들의 어머니
조그만 어머니를 들어올리며
말하길 손가락이 열 개 달린 공주요!
　　　　　－「딸을 낳던 날의 기억 판소리 사설조로」(2)

　임신은 나 안에 실제 타자를 품는 것이고, 출산은 나 안의 타자가 실체를 가지고 현현되는 특수한 경험이다. 특히 딸의 출생은 나 안에 있는 또 다른 나를 만나게 되는 중요한 경험이다. 이것을 세대 전체로 확장해보면, 나는 나의 어머니의 또 다른 나이고, 나의 어머니는 나의 어머니의 어머니 즉 외할머니의 또 다른 나가 된다. 즉 모계로 이어지는 모든 여성들은 사실상 '나'안에 있는 '또 다른 나'들이며, 그러므로 '나들'이 된다. 이같은 맥락에서 갓 태어난 딸은 '모든 내 어머니들의 어머니'일 수 있는 것이다. '나들'의 발견은 가부장제 하에서 왜곡되어온 여성들의 삶에 대한 고발과 맥을 같이 한다.

　그러나 임신과 출산은 타자를 실제 몸으로 품는 소중한 경험이지만, 현실적으로는 여성을 가사노동과 가부장제에 얽어매는 요인으로 작용한다. 3시집 『어느 별의 지옥』의 「참아주세요」, 「엄마의 식사 준비」 등은 엄마가 됨으로써 겪게 되는 일상의 갈등을 소재로 하고 있다. '엄마'라는 이유로 당연시되는 일방적인 희생과 헌신은 여성의 삶을 얽어매는 굴레가 되고, 가정은 허술하고 위태로운 보금자리일 뿐 여성에게 안식처가 되지 못한다(「밤이 오면 식구들은 몸 속의 새를 꺼내 나뭇가지에 걸어놓고 잠이 든다」, 3). 이는 몇 세대가 흘러도 바뀌지 않는 여성들의 삶의 현실이다. 어머니와 어머니의 어머니, 그리고 그 윗대 어머니의 삶과 현재의 나의 삶이 다르지 않고, 이제 태어난 딸의 삶 또한 다르지 않을 것이다.

시인은 이같은 현실의 질곡을 벗어나는 방법으로써 현실의 나와 그것을 바라보는 나를 분리한다. 4시집 『우리들의 음화』에 종종 등장하는 가상의 죽음은 '나'를 분리하기 위한 의도된 설정이다(「내 시를 드세요」, 「죽음 아저씨와의 재미있는 놀이」 연작, 「화장(火葬)」, 「떠오른 시체」, 「귀신으로 꽉찬 조국」 등, 4).

줄을 쥔 아저씨
그렇게 자꾸만 줄을 돌리지 마세요
어지러워 죽을 지경이에요
줄넘기 놀이에 지쳤어요
하나 넘어주면 또 하나 금이 내려오잖아요
매일매일 그래프 종이 밖에서
그래프 종이 속으로 못 들어가 발발 떠는 기분이에요
아저씬 밥 먹고 있을 때에도
입에서 눈에서 줄이 나온다지요?
매일매일 나보고 넘어봐 넘어봐 하는 것 같애요
그렇게 줄 가지고 종아리 치지 마세요
숨차 죽을 지경이에요
발바닥이 이제 다 닳았어요
종아리가 짧아졌어요
땅속에 묻히는 것처럼 키가 작아지고
줄은 더 더 더 높아져요
아저씨가 헤아리는 숫자 소리가
밤마다 온 마루를 갉아먹어요
빨랫줄에 매달린 빨래들처럼

줄 잡고 흔들리는 저 사람들 좀 쳐다봐요
저기 저 줄에서 떨어져 구겨져 밟히고
흙 묻은 사람들 좀 봐요
하늘엔 손잡이도 없는데
어떻게 자꾸자꾸 뛰라 그러세요?
장난 좀 그만하세요
　　　　　　　－「죽음 아저씨와의 재미있는 놀이－줄넘기」(4)

　이 시에서 죽음은 마치 놀이처럼 형상화된다. 화자의 삶은, 숨이 턱에 차서 헉헉거리면서도 줄이 넘어오면 그것을 뛰어넘어야 하는 줄넘기에 비유되고 있다. 하나를 넘으면 다시 또 다른 줄이 오는 줄넘기처럼, 생활에서의 갈등과 분열은 끊임없이 반복되고 갈수록 힘겨워진다. 줄을 넘는 숫자를 헤아리는 소리는 마치 죽음을 목전에 둔 카운트다운 소리처럼 울리고, 줄을 넘지 못한 사람들은 떨어져서 구겨져 밟힌다. 입과 눈에서 끊임없이 나오는 줄, 숫자를 헤아리는 음산한 소리, 발바닥이 닳고 종아리가 짧아지면서도 계속해서 줄을 넘는 사람 등 시의 전체적인 내용은 음산하고 불길하다.

　김혜순은 이러한 공포와 불길함을 마치 놀이처럼 표현함으로써 현실의 중압감을 덜고 동시에 그것에서 해방된다. 현실을 마치 연극 무대처럼 만들어놓고 화자는 배우처럼 역할극을 하고 있는 셈이다. 그녀 시의 중요한 특징인 블랙유머는 복화술적 화법을 이용하여 폭력적인 현실을 조롱하면서 그것과 거리를 유지하는 시적인 방법론이다.

　이상의 특징들은 5시집 『나의 우파니샤드, 서울』에서부터 뚜렷하게 자각적이고 전략적인 것으로 자리매김된다.2) 5시집에는 특히 현실과

---

2) 5시집의 표지 글에서 "시는 시인이 비명을 내지르는 장소가 아니라 비명을 표현하는 하나의 냉엄한 작품 공간"이라는 구절은 김혜순이 추구하는 '시'가 어떤 것인지

환상을 넘나드는 절묘한 계기들을 보여주는 시들이 많은데, 그러한 경계 넘기는 종종 '몸'을 근거로 해서 이루어진다. 눈을 감고 잠이 들면서 꿈이나 환상이 전개되거나(「낮잠」, 「눈동자 속」, 5) 어렴풋이 들리는 소리가 계기가 되어 현실과 비현실이 섞이는 형태(「캄캄」, 5) 등이 그렇다. 이 단계에 이르면, 1단계의 시들에서 훼손되고 상대방에게 먹힘을 당했던 신체는 오히려 자율성을 부여받은 생산적인 가능성으로 새롭게 해석된다.

　　환한 아침 속으로 들어서면 언제나 들리는 것 같은 비명. 너무 커서 우리 귀에는 들리지 않는. 어젯밤의 어둠이 내지르는 비명. 오늘 아침 허공 중에 느닷없이 희디흰 비명이 아 아 아 아 흩뿌려지다가 거두어졌다. 사람들은 알까? 한밤중 불을 탁 켜면 그 밤의 어둠이 얼마나 아파하는지를. 나는 밤이 와도 불도 못 켜겠네. 첫눈 내린 날, 내시경 찍고 왔다. 그 다음 아무에게나 물어보았다. 너 내장 속에 불 켜본 적 있니? 한없이 질량이 나가는 어둠, 이것이 나의 본질이었나? 내 어둠 속에 불이 켜졌을 때, 나는 마치 압핀에 꽂힌 풍뎅이처럼, 주둥이에 검은 줄을 물고 붕 붕 붕 붕 고개를 내흔들었다. 단숨에 나는 파충류를 거쳐 빛에 맞아 뒤집어진 풍뎅이로 역진화해나갔다. 나의 존엄성은 검은 내부, 바로 이 어둠 속에 숨어 있었나? 불을 탁 켜자 나의 지하 감옥, 그 속의 내 사랑하는 흑인이 벌벌 떨었다. 이 밤, 창밖에서 들어오는 헤드라이트 불빛에 내 방의 상한 벽들이 부르르 떨고, 수만 개의 아픈 빛살이 웅크린 검은 얼굴의 나를 들쑤시네. 첫눈 내린 날, 어디로 가버렸는지 흰 눈은 하나도 보이지 않고, 창 밖으로 불 밝힌 집들, 밤은 저 빛이 얼마나 아플까.

― 「쥐」(6)

를 단적으로 드러낸다. 시는 비명이 아니라 그 비명을 표현하는 작품이라는 말은, 시가 감정의 토로나 배설이 아니라 그것을 어떻게 재현하는가 하는 방법론적인 것임을 지적하는 것이다. 나아가 '작품'은 방법론을 갖춘 것이라야 한다는 것이다.

6시집 『불쌍한 사랑 기계』에 있는 이 시는 위장 내시경을 찍는 상황을 소재로 하고 있다. 화자는 위장에 들어간 검사 기계를 통해 처음으로 구체적인 신체 기관을 인지하게 된다. '어둠 속에 불이 켜졌을 때'는 내시경 기계가 들어간 순간인 동시에, '나'가 나의 신체 기관을 인지하게 된 순간이다. 기계를 물고 있는 '나'의 모양은 압핀에 꽂힌 풍뎅이가 붕붕거리는 것에 비유된다. "나의 존엄성은 검은 내부, 바로 이 어둠 속에 숨어 있었나?"라는 구절은 오래된 이성중심주의와 배치되는 '몸의 사유'가 시작됨을 보여주는 것이다.

　이제 '몸'은 통일된 유기체가 아니라 눈(「눈물 한 방울」), 귀(「일사병」), 머리(「39도 5부」), 심장(「핏덩어리 시계」), 위장(「쥐」) 등 신체의 각 기관으로 나뉘어 재현된다. 이때 신체의 부분들은 분절됨으로써 오히려 자율성을 인정받게 된다. 조직된 유기체의 일부분이 훼손되는 것이 아니라 분절된 각 부분들이 독립적으로 기능하는 '기관 없는 신체'인 셈이다.[3]

　또한 1단계의 시들에서 '나들'은 '나'와 동일한 경험을 공유하는 어머니, 외할머니 등 유관한 여성 타자들을 의미하지만, 2단계에서 그것은 외부에 있는 타자가 아니라 이미 '나' 안에 있는 요소들이고, '나'는 '나들'로 이루어진 '겹'의 존재로 해석된다.

> 나는 내가 모든 학생인 그런 학교를 세울 수 있지. 쉰 살의 나와
> 예순 살의 내가 고무줄 양끝을 잡고, 열 살의 내가 고무줄 뛰기 하는
> 그런 학교. 이를테면 말이야. 지금의 내가 기저귀 찬 나에게 엄마 엄

---

3) 들뢰즈의 '기관 없는 신체'는 인간의 신체를 하나로 조직화된 유기체가 아니라 각 부분이 독립적으로 분절된 신체로 파악하는 것으로서, 인식과 감각, 머리와 몸이 통합되지 않은 채 자유로운 탈주가 가능한 상태를 말한다.

마 이리와 요것 보세요 말을 가르칠 수도 있고, 여중생인 나에게 생리대를 바르게 착용하는 법도 가르칠 수 있을 거야. 어쩌면 열 살인 내가 예순 살인 나에게 인생이란 하고 근엄하게 가르칠 수 있을지도 몰라. 또, 이를테면 말이야, 나는 또 내가 모두 등장인물인 그런 소설도 지을 수 있지. 실연당하고 미친 듯이 농약을 구해온 열아홉 살 나와 네가 싫어 그랬다고 우리집 담을 도끼로 부수던 남자를 바라보는 스무 살의 내가 함께 나오는 그런 소설도 지을 수 있을 거야. 이런 소설은 어때? 열 살의 나와 예순 살의 나에게 겸상으로 우리 엄마가 밥상 차려주는 그런 소설. 결혼 전의 내가 공원에 앉은 지금 나의 뺨을 때리고, 일흔 살의 내가 뺨 맞은 나를 위로해주는 그런 소설 말이야.

　　불 다 꺼진 한밤중의 공원 벤치
　　나는 지금 가방을 열었어
　　일 년 삼백육십오 일 하고도 곱하기 삼
　　밥상 당번하는 거 지겨워 사춘기 소녀 식모처럼
　　징징거리면서 오늘밤 나는 가출했거든
　　그런데 무심코 가방을 열자
　　수많은 나와 가출해 추위에 떠는 내가 동시에 만나 버린 거야

　　저기 봐, 저기 가방에서 나온 내 머리통 하나
　　그네 위로 높이 떠올랐잖아?
　　가슴엔 수놓인 손수건을 달았어
　　부처 얼굴이 무서워 표고당 유치원을 탈출했어
　　아니, 잘못 봤어 그보다 몇 년 뒤야
　　물 없는 우물에 빠져 소리지르고 울 때야
　　저기 봐, 또 저기
　　가로등 위로 풀빵을 사든 내가 지나가잖아
　　할아버지 몰래 금고에서 동전을 꺼냈어
　　저 발 아래 물웅덩이엔

내 무릎 사이로 발가벗은 귀여운 내가 기어오네
쭈쭈 아가 이리 온, 맛있는 젖 먹여줄게
일흔 살의 내가 마흔인 나를
위로하느라 가로수 사이 불어제치네
흰 머리칼 다 풀어지고 이마엔 땀이 맺혔어
내 몸에서 나온 나의 할머니들과
나의 딸들이 달로 뜨고 별로 뜨고
나뭇잎 잎잎마다 바람으로 불어제쳤어

한밤 내내 나는 나에게서 불을 쬐고 앉아 있었다
그 중에서도 어머니에게 안겨 젖 빠는
가장 어린 나에게서 오오래 불을 쬐었다
일흔 살 먹은 나의 껍질뿐인 젖무덤을 더듬기도 했다
보름달 아래 겨울 가출이 아주 따뜻했다
식어가는 화로 하나 껴안은 것처럼
　　　　　　　　　　─「내가 모든 등장인물인 그런 소설 1」(6)

　'나'는 말을 하고 있는 현재의 '나'이면서 열 살인가 하면 쉰 살이기도
하고, 뺨을 때리는 동시에 뺨을 맞기도 한다. '나'는 내 안에서 수없이
나눠지고 공존하며 서로에게 말을 걸고 밥을 먹고 싸우고 화해한다. 할
머니와 어머니와 '나'와 내 딸의 시간은 한꺼번에 공존한다. 서로 다른
세대가 시간의 흐름에 따라 교체되는 것이 아니라 처음부터 '나'의 몸
안에 뭉뚱그려져 하나로 존재하는 것이다. '나'는 또 다른 '나'인 할머니
와 어머니, 딸의 시간을 한꺼번에 몸으로 산다. 각각의 '나'들이 한꺼번
에 존재하는 곳은 '몸'이며, 그곳의 시간은 항상 동시적인 것으로 감지
된다.
　이 시들에서 '겹'에 대한 인식은 시인의 자아정체성인 동시에 세계관

이자 창작 방법론이다. 김혜순은 이를 '무한대의 프랙탈 도형'에 비유하여 말한 바 있다.

> 여성은 자신의 몸 안에서 뜨고 지면서 커지고 줄어드는 달처럼 죽고 사는 자신의 정체성을 본다. 그러기에 여성의 몸은 무한대의 프랙탈 도형이다. (……) 이 사랑은 태곳적부터 여성인 내 몸에서 넘쳐나오고, 그리고 거기서부터 고유한 실존의 내 목소리가 터져나온다. 그러나 이 실존의 실체는 고정된 도형이 아니라 움직이는 도형으로서의 실체다. 늘 순환하는, 그러나 같은 도형은 절대 그리지 않는,
>
> —「프랙탈, 만다라, 그리고 나의 시 공화국」부분[4]

인용된 글은 그녀가 발견한 여성성이 가부장제에 대한 비판에서 나아가 시의 창작 방법으로 정착되는 과정을 보여준다. 여성의 몸은 월경 주기에 따라 생산과 죽음이 반복되는 장으로서 탄생과 죽음이라는 우주의 섭리를 재현한다. 그러나 이 반복은 프랙탈 도형처럼 자기유사성과 순환성을 가지고 있으면서도 매번 다른 양상으로 나타난다. 겹으로 이루어진 '나' 즉 '나들'은 자신 안에 있으면서 매번 다른 양상으로 나타나는 도형과도 같다. 이것은 시에서 환상과 현실이 중첩되고(「소나기 속의 운전」, 「연옥」, 「지워지지 않는 풍경 한 장」, 6) 이야기 속에 이야기가 등장하는 테크닉으로 형상화된다(「네 겹의 텍스트 안으로 들어가기」, 6).

이에 대응하여 나와 타자의 관계 또한 변화를 보인다. "시는 아마 길로 뭉쳐진 내 몸을 찬찬히 풀어, 다시 그대에게 길 내어주는, 그런 언술

---

4) 6시집 『불쌍한 사랑 기계』 뒷표지 글.

의 길"(5시집, 자서)이라는 구절은 변화된 인식을 집약하고 있다. '내 몸'이 길로 뭉쳐져 있다는 것은 '나' 자체가 본래 단일한 것이 아니라 타 자들로 이루어져 있다는 것을 의미하고, 내 몸을 풀어 그대에게 길을 내어준다는 것은 '나'가 누군가로 이어질 '길'의 한 부분임을 말한다.

7시집 『달력 공장 공장장님 보세요』에서 나와 타자에 대한 생각은 몸 안팎의 것들에 대한 사유로 전환된다. 몸 안의 것과 몸 밖의 것의 경계는 사라지고 마구 섞인다. 몸은 세계로 열려있어서 드나듦이 자유로운 것으로 표현된다. 몸 안의 것들이 밖으로 나가기도 하고(「자전거」, 7), 몸 밖의 풍경이 몸 안으로 불쑥 들어오기도 한다(「풍경 중독자」, 7). 무방비 상태로 열려있는 몸은 외부의 것들과 소통하는 몸이다(「애처로운 목탑」, 「SPACE OPERA), 문신(文身)」, 7).

> 세상에! 네 몸 속에 이토록 자욱한 눈보라!
> 헤집고 갈 수가 없구나
> 누가 가르쳐 주었니?
> 눈송이처럼 스치는 손길 하나만으로
> 남의 가슴에 이토록 뜨거운 낙인 찍는 법을
> 세상에! 돌림병처럼 자욱한 눈보라!
> 이 병 걸리지 않고는 네 몸을 건너갈 수가 없겠구나
>
> 갓 세상에 태어난 어린 새들이
> 모두 이곳으로 몰려와 털갈이라도 하고 갔니?
> 어린 시절 뜬금없이 재발하던 결핵이라도 도졌니?
> 몸 속이 너무 자욱해
> 내 발등 위로 쌓이는 눈송이들
> 이 세상 시간 밖으로 쫓겨난 건 아니니?

네가 태어나기 전 먼먼 옛날부터
뜨거운 손길로 아가의 심장을 만들어오시는 그분이
아무도 몰래 넣어준 세상에서 가장 무거운 주머니
그 별이 터져서 네 몸 속에서 쏟아지고 있는가 봐
이제로부터 이 별은 시간이 흐르기 시작하는 거야

모든 삶의 밑바닥에는 끔찍하게 무겁고, 끔찍하게
힘들고 끔찍하게 뜨거운 것 있잖아?
그 뭉쳐진 것이 터지는 날
세상에! 눈보라처럼 흐느끼는 바이러스 같은 것!
나 어떻게 이 숨찬 눈보라 건너가지?
사랑은 사랑이 있는 곳에서 가장 많이 모자란다는데
　　　─「자욱한 사랑」(7)

　‘나’는 ‘너’의 몸속에서 자욱하게 터지는 눈보라를 발견한다. 뒷부분의 내용에 따르면, 그것은 삶의 밑바닥에 있는 끔찍하게 무겁고 힘든 어떤 것들로 뭉쳐진, 울화나 한 같은 것들이 터진 것이다. 신산한 삶의 고비들마다 억누르며 쌓아온 그것들이 한번에 터지면서 ‘너’의 몸속에는 눈보라가 자욱해서 헤쳐나갈 수 없을 지경이다. 그러나 이 ‘눈보라’는 풍성하고 여유로우며 따뜻한 이미지로서 ‘솜털’(「얼음 비단, 얼음 아씨」, 7)처럼 산뜻하고 가볍다. 그것은 부정적인 것이 아니라 비로소 ‘너’의 별의 시간을 흐르게 하는 뜨거운 표지와 같은 것이다. ‘너’의 몸안에 일어나는 자욱한 눈보라를 보고 있는 ‘나’는 이미 ‘너’의 안에 있고, ‘돌림병처럼 자욱한 눈보라’는 ‘너’에 대한 이해와 공감을 상징한다.

　이상에서 설명된 ‘나─너’의 관계는 8시집 『한 잔의 붉은 거울』을 설명하는 가장 중요한 주제이다. 여기서 ‘나가 너의 안에 있다’는 것은 거울을 마주하고 있는 상황으로 설명될 수 있다. 거울을 마주하고 앉았을 때 '나'와 마주하고 있는 것은 나 자신이다. 그러나 거울은 나를 비추는 동시에 나와의 거리감을 가능하게 함으로써, 종종 '거울 밖의 나'가 '거울 속의 나'에게 말을 하는 상황을 가능하게 한다. 결국 거울을 사이에 두고 마주하고 있는 '나—너'는 사실상 '나'와 또 다른 '나'의 관계이다 ("아직도 여기는 너라는 이름의 거울 속인가 보다/ 발걸음이 떼어지지 않는다/ 고독이란 것이 알고 보니 거울이구나/ 비추다가 내쫓는 붉은 것이로구나 포도주로구나"—「한 잔의 붉은 거울」, 8).

  3단계의 시들에서 나와 타자의 관계는 우주 일반에 대한 생각으로 확장되어 있다. 9시집 『당신의 첫』에서 타자인 '너'는 세계/우주 일반으로 확장된다. '나'의 몸 밖의 것은 세상 곧 우주이다. 즉 '나'의 몸은 곧 우주의 몸으로 연결되고 소통되는 것이다.

  누가 쪼개놓았나
  저 지평선
  하늘과 땅이 갈라진 흔적
  그 사이로 핏물이 번져 나오는 흔적

  누가 쪼개놓았나
  윗눈꺼풀과 아랫눈꺼풀 사이
  바깥의 광활과 안의 광활로 내 몸이 갈라진 흔적
  그 사이에서 눈물이 솟구치는 저녁

  상처만이 상처와 서로 스밀 수 있는가
  두 눈을 뜨자 닥쳐오는 저 노을
  상처와 상처가 맞닿아
  하염없이 붉은 물이 흐르고

당신이란 이름의 비상구도 깜깜하게 닫히네

누가 쪼개놓았나
흰 낮과 검은 밤
낮이면 그녀는 매가 되고
밤이 오면 그가 늑대가 되는
그 사이로 칼날처럼 스쳐 지나는
우리 만남의 저녁

―「지평선」(9)

　　이 시는 '나'와 우주의 관계를 병렬된 두 개의 연으로 설명하고 있다.
1연은 하늘과 땅이 하나로 섞여있는 카오스 상태로서 세계가 본래 합
일을 이루고 있었던 것임을 말하고 있다. '지평선'은 그것을 분할한 것
이고, '노을'은 그것을 나눌 때 생긴 핏물에 비유된다. 이는 2연에서 '눈
꺼풀'과 '눈물'로 동일하게 설명된다. 1연에서 하늘과 땅이 한 덩어리였
다가 지평선으로 나뉘듯이 눈 역시 한 덩어리였다가 위아래 눈꺼풀로
나누어진다. 노을이 하늘과 땅이 나누어질 때 생긴 핏물이듯이 눈물은
눈이 나누어진 데서 생겨난 것이다. 1연의 우주에 대한 해석은 2연의
개인의 신체에 대한 해석과 일치한다. 우주와 '나'의 몸은 3연에서 '상
처'라는 공통점으로 연결되며 만난다.

　　이처럼 우주와 '나'는 메아리처럼 조응하는 관계로서(「메아리나라」,
9), 시는 그 교감과 소통에서 쓰여진다. '나'의 몸은 우주의 변화들에 대
응해서 작동하고, 나아가 그것들을 내 몸 안에 품는다. '나'는 봄의 초록
이 죽음과 썩음 뒤에 오는 재생임을 알고 있는 자로서, 그것들을 먹고
"하늘만큼 땅만큼 커다래져서 한눈에 보이지도 않는 여자"이다("꽃잎
돋으면 어쩌나. 가려워 어쩌나. 봄이 왔다고 산천초목 초록 입술 쫑긋

내미는데 이제 어쩌나. (……) 열두 마리 새끼 밴 개 한 마리처럼 입에 거품을 물고 네발로 땅 짚고 배를 맨땅에 부비며 새싹들을 뭉개며 어디로 가는지 아는지 모르는지 봄인지 겨울인지 비척비척 가려워 아 가려워" -「꽃잎이 피고 질 때면」, 9).

이 '거대한 여자'의 이미지는 10시집 『슬픔치약 거울크림』, 11시집 『피어라 돼지』에 종종 등장한다. 뚱뚱한 몸은 상처가 생길 때마다 조각보를 오려서 퀼트처럼 연결함으로써 만들어진다. 요리와 빨래, 뜨개질, 레이스 뜨기처럼 전형적인 가사 노동 또한 여자의 몸에 새겨지면서 그것을 부풀린다("물결에 쓸려 가면서도 뜨개질을 했어/ 나는 당신 얼굴을 몰라 당신 등밖에 몰라/ 집이 무한정 늘어났어 천장과 방바닥이 만나/ 수평선처럼 멀어졌어 멀리서 불어온/ 검은 하늘이 고개를 숙이고 들어왔지만/ 내 갈비뼈 속에 깊게 숨을 들이마시고 불을 끈/ 인명 구출용 헬리콥터가 착륙했다 다시 이륙했지만/ 모두 모두 흘러가버렸어" -「타이핑과 뜨개질」, 10). 우주의 일들을 몸으로 감지하는 '여자'는 뚱뚱해지며 거대해지고 하늘과 땅만 해진다.

"세상의 모든 것을 품은 비대한 몸"(「나이 든 여자」, 9)은 11시집에서 '4XL 돼지'(「돼지라서 괜찮아」, 11)로 표현된다. 이 비대한 몸은 온갖 잡동사니와 오물들로 가득 차 있다. 김혜순은 종종 몸을 '시궁창'에 비유하는데, 그것은 죽은 자들, 역사에 묻힌 자들, 그들의 썩은 몸을 담고 역겨운 냄새를 풍기는 거대한 자루와도 같다. 아브젝트로 취급되어 버려진 것들을 모아놓은 '몸'은 배제된 것들을 적극적으로 싸 안음으로써 사회적 통념에 저항한다. 이 시집에 나오는 '살처분되는 돼지'는 사회적인 아브젝시옹을 상징하는 한편, 정치적 압력이나 제도적인 금기, 정형화된 시적인 관습과 같이 자유로운 창작을 억압하는 요인들에 대한 비판과 풍자로 읽을 수도 있다[5].

> 꽃아 꽃아 아프니? 그렇게 묻지 마. 저절로 힘이 몰려와. 광활한
> 벌판에서 힘이 이리저리 몰려다니다 나한테로 오는 거, 그러나 파도
> 처럼 영영 끝에 닿지는 않는 거, 공중이 공중을 낳겠다고 힘주는 거
> 같은 거, 그러다가 몇 초간 평온한 하늘, 푸른 섬에는 아기가 혼자 살
> 고 있는데 그 아기를 데려와야지, 그런데 힘이 다시 닥쳐오고, 주먹
> 쥔 하늘이 붉은 황혼을 싸지르려고 하는 거. 먹지도 자지도 않고 산
> 맥을 넘던 철새가 다시 비상할 때 목구멍으로 마저 힘주는 거 같은
> 거. 먹지도 자지도 않고 번개가 친 다음 번개의 목이 쉬어버리는 거
> 같은 거. 꽃을 밑으로 낳으려고, 힘을 주는데 꽃이 피질 않아. 다리를
> 벌리고 부끄러워 죽을 지경인데, 넋이 빠지고, 죽음이 닥쳐오고, 그
> 러니 꽃아 꽃아 예쁜 꽃아, 그러지 마!
>
> ─「꽃아 꽃아」전문 (11)

이 시는 일반적인 출산 과정의 경험을 바탕으로 하고 있다. 출산은
산모의 의지만이 아니라 태어나는 생명의 의지와 이를 뒷받침하는 우
주의 기운이 하나로 합쳐질 때 이루어진다. '이리저리 몰려다니는 힘'
이 나한테로 몰려서 진통이 오고, 그러다가 잠시 멈춘 얼마 동안 평온
하다가, 다시 힘이 몰려온다. 반복되는 진통은 '나'가 어쩔 수 없는 또
하나의 생명의 리듬이며 우주의 리듬이다. 무사히 출산하기까지, 산모
는 다리를 벌린 치욕적인 자세로 끔찍한 고통과 죽음의 공포를 겪어내
야 한다.

---

5) 아울러 이 시집은 행이나 연과 같은 기본적인 요소 대신 현장 기록과 비슷한 형태의
   시들로 구성되고, 가곡이나 대중가요 등의 노래 형태가 수시로 삽입된다. 이는 초기
   시에서부터 나타나는 상호텍스트적인 요소들이 보다 직접적으로 도입된 것이다.
   '거대한 몸'은 이같은 창작 기법에 의해 쓰여진 시에 대한 은유로 읽을 수도 있다.

그런 면에서 이 시는 임신과 출산을 소재로 한 1단계의 시들과 같은 맥락에 놓이지만, 그것을 해석하는 방식에는 차이를 보인다. 이 시에서 출산은 개인이 아니라 우주적인 차원에서 설명된다. '광활한 벌판에서 이러저리 몰려다니는 힘'은 세상에 편재하는 에너지들인데, 이것들은 모여서 '나'한테로 몰려오고 있다. 그리고 '나'는 '꽃을 밑으로 낳으려고' 하고 있다. '꽃'은 세상의 만물을 의미하고 그것을 낳으려는 '나'는 '꽃'을 잉태한 혹은 인큐베이팅하는 몸이다. 그것은 자연스럽게 가이아를 연상시킨다. 이 단계에서 '타자'는 세상/우주로 확장되며 '나'는 우주와 소통하는 몸으로서 타자와 합일되어 곧 타자/우주가 된다.[6]

12시집 『죽음의 자서전』은 제목이 말해주는 것처럼, 죽어서 다른 생을 받을 때까지 49일간의 기록 형식으로 되어 있다. 시 한 편 한 편이 마치 죽은 후 49재를 지내는 하루하루의 기록과도 같다. 이것들은 시인이 죽어서 자신의 몸을 떠나는 예외적인 경험을 풀어놓은 방언과도 같은 것이어서 이성적인 비평을 붙인다는 것 자체가 모순이다. 다만 자신의 육신의 죽음을 바라본 이 경험이 그녀의 시 세계에 중요한 전환을 가져올 것이라는 점은 짐작할 수 있다.

죽음의 경험 이후에 쓰여진 13시집 『날개 환상통』은 '새하다'라는 말로 시작한다. '새'는 처음에는 자기 자신이었다가 세상에서 밀려나는 가여운 여자들로 확산된다. '외할머니-엄마-나-딸'로 연결되는 여성 연대는 '소녀'와 '언니', '우체국 여자' 등으로 확대된다. 또한 '새'는

---

6) 이것은 초기 시에서 시인이 꿈꾸던 새로운 세상에 대한 소결론이기도 하다. 2시집에서 '나'는 이 세상의 마지막에 가져갈 것들을 선택하고 스스로 방주가 되어 몸을 띄우고, 원하는 날을 기다리며 "회디흰 알을 낳는다"('나의 방주'). 이것은 하느님의 지시가 아닌 자신의 생각과 선택으로 꾸며진 '노아의 방주'이다. 3단계 시들에 나오는 '우주와 하나가 된 몸', '날이 갈수록 무한대로 비대해지는 몸'은 시인이 꾸린 방주를 열어서 건설한 새로운 세상인 셈이다.

망자를 상징하기도 해서 '죽음'이라는 주제와도 긴밀하게 연결되어 있다. 이 시집부터 시작되는 4단계의 시들에서 '새'는 김혜순이 주목하는 새로운 화두이자 상징이고, '새하다'는 그녀의 새로운 시적 지향 혹은 방법론을 함축하고 있다. 이후의 분석은 이것들을 중심으로 해서 열려 있다.

시집 연보 ─────────

1. 『또 다른 별에서』, 문학과지성사, 1981.
2. 『아버지가 세운 허수아비』, 문학과지성사, 1985.
3. 『어느 별의 지옥』, 청하, 1988. (문학동네, 1997)
4. 『우리들의 음화(陰畵)』, 문학과지성사, 1990.
5. 『나의 우파니샤드, 서울』, 문학과지성사, 1994.
6. 『불쌍한 사랑 기계』, 문학과지성사, 1997.
7. 『달력 공장 공장장님 보세요』, 문학과지성사, 2000.
8. 『한 잔의 붉은 거울』, 문학과지성사, 2004.
9. 『당신의 첫』, 문학과지성사, 2008.
10. 『슬픔치약 거울크림』, 문학과지성사, 2011.
11. 『피어라 돼지』, 문학과지성사, 2016.
12. 『죽음의 자서전』, 문학실험실, 2016.
13. 『날개 환상통』, 문학과지성사, 2019.

자신을 갈무리하고 세상을 향하는
소박한 시

– 도종환*론

　도종환의 1시집 『고두미 마을에서』는 다른 80년대 리얼리즘시들이 그렇듯 민족, 국가, 역사 등 사회적인 주제에서 출발한다(「고두미 마을에서」, 「이 나라 흰옷」, 「구월 초하루에」 등). 일제 강점기와 한국전쟁, 유신정권, 광주민주화운동의 역사를 그린 「삼대」나 정신대로 끌려간 여성의 이야기를 담은 「죠센 데이신따이」 등은 그의 시가 민족의 역사에 바탕하고 있다는 것을 잘 보여준다. 이처럼 민족의 현실과 역사를 고양된 목소리로 이야기하는 시들과 달리, 일상적인 생활 현장에서 현실을 단적으로 포착하고 있는 시들도 있다. 예를 들어 "종점에서 버스를 내려 걸어오다/ ─이제야 갚으리 그날의 원수를/ 골목을 채운 아이들 육이오 노랠 듣는다./ 구름은 북으로 기울고 새들은 낮게 나는데/ 우리 누이들 단발머리 풀풀 고무줄 할 때/ 양지쪽에 기계충독 오른 머릴 쪼이며/ ─원수에 하나까지 쳐서 무찔러/ 쪼그려 앉아 따라 부르던 노

---

* 1954년 충북 청주 출생. 1984년 동인지 『분단시대』, 1985년 『실천문학』으로 등단.

래"(「종점」, 1)는 아이들이 노는 모습에서 우리에게 깊숙이 새겨져 있는 증오와 적개심을 발견한 것이다. 이는 반공 글짓기와 포스터 그리기, 기념일 노래 배우기 등이 일상화되어있던 1970년대 교육 현장을 반영한 것이다. 당시 유신 정권은 끊임없이 전쟁 발발 가능성을 주입하고 북한을 '적군'으로 세뇌시킴으로써 정권에 대한 반발과 저항을 무마하려 했다. 아이들이 고무줄을 하며 부르는 노래에는 시대의 억압과 왜곡된 교육 현실이 억압이 집약되어 있는 것이다. 이것은 전교조 활동을 하다가 해직교사가 되어 쓴 4시집 『지금 비록 너희 곁을 떠나지만』과 연결되는 맥락이다.

도종환이 시인으로서 널리 알려지게 된 것은 2시집 『접시꽃 당신』을 출간하면서이다. 병으로 사별한 아내와의 사연을 담은 시들이 대중적으로 크게 인기를 얻으면서 그는 일약 베스트셀러 시인이 된다.

> 옥수수잎에 빗방울이 나립니다
> 오늘도 또 하루를 살았습니다
> 낙엽이 지고 찬바람이 부는 때까지
> 우리에게 남아 있는 날들은
> 참으로 짧습니다
> 아침이면 머리맡에 흔적 없이 빠진 머리칼이 쌓이듯
> 생명은 당신의 몸을 우수수 빠져나갑니다
> 씨앗들도 열매로 크기엔
> 아직 많은 날을 기다려야 하고
> 당신과 내가 갈아엎어야 할
> 저 많은 묵정밭은 그대로 남았는데
> 논두렁을 덮는 망촛대와 잡풀가에
> 넋을 놓고 한참을 앉았다 일어섭니다

마음놓고 큰 약 한번 써보기를 주저하며
남루한 살림의 한구석을 같이 꾸려오는 동안
당신은 벌레 한 마리 함부로 죽일 줄 모르고
악한 얼굴 한 번 짓지 않으며 살려 했습니다
그러나 당신과 내가 함께 받아들여야 할
남은 하루하루의 하늘은
끝없이 밀려오는 가득한 먹장구름입니다
처음엔 접시꽃 같은 당신을 생각하며
무너지는 담벼락을 껴안은 듯
주체할 수 없는 신열로 떨려왔습니다
그러나 이것이 우리에게 최선의 삶을
살아온 날처럼, 부끄럼없이 살아가야 한다는
마지막 말씀으로 받아들여야 함을 압니다
우리가 버리지 못했던
보잘것없는 눈높음과 영욕까지도
이제는 스스럼없이 버리고
내 마음의 모두를 더욱 아리고 슬픈 사람에게
줄 수 있는 날들이 짧아진 것을 아파해야 합니다
남은 날은 참으로 짧지만
남겨진 하루하루를 마지막 날인 듯 살 수 있는 길은
우리가 곪고 썩은 상처의 가운데에
있는 힘을 다해 맞서는 길입니다
보다 큰 아픔을 껴안고 죽어가는 사람들이
우리 주위엔 언제나 많은데
나 하나 육신의 절망과 질병으로 쓰러져야 하는 것이
가슴 아픈 일임을 생각해야 합니다
콩댐한 장판같이 바래어 가는 노랑꽃 핀 얼굴 보며
이것이 차마 입에 떠올릴 수 있는 말은 아니지만
마지막 성한 몸뚱아리 어느 곳 있다면

그것조차 끼워넣어야 살아갈 수 있는 사람에게
뿌듯이 주고 갑시다
기꺼이 살의 어느 부분도 떼어주고 가는 삶을
나도 살다가 가고 싶습니다
옥수수잎을 때리는 빗소리가 굵어집니다
이제 또 한 번의 저무는 밤을 어둠 속에서 지우지만
이 어둠이 다하고 새로운 새벽이 오는 순간까지
나는 당신의 손을 잡고 당신 곁에 영원히 있습니다.
　　　　　　　　　　　　　　　－「접시꽃 당신」(2)

　　이 시는 아내의 병과 죽음을 소재로 하고 있지만, 그것을 개인적인
아픔으로 끝내지 않고 타자의 슬픔과 연결지으려 하고 있다. "옥수수잎
에 빗방울이 나립니다~주체할 수 없는 신열로 떨려왔습니다" 까지는
아내의 병과 다가오는 죽음을 서정적이고 애잔하게 그리고 있다. '생명
은 당신의 몸을 우수수 빠져나간다'는 구절은 남아있는 날들이 짧으며
그래서 하루를 사는 것이 얼마나 소중한 것인지를 알려준다. 가난한 생
활 탓에 약 한 번 제대로 써보지 못한 아내는 벌레 한 마리도 죽이지 못
하고 악한 얼굴 한 번 짓지 않으며 살려 했던 착한 사람이다. 그런 아내
의 죽음이 통보되었을 때 화자가 겪은 충격은 "무너지는 담벼락을 껴안
은 듯" 신열을 앓는 것으로 표현된다. 예기치 못한 운명과 마주한 충격
과 회의가 드러나 있는 구절이다.

　　그러나 이러한 충격은 바로 뒤에 이어지는 "그러나 이것이 우리에게
최선의 삶을~"에서 겸허한 수긍과 다짐으로 전환된다. 아내의 죽음에
망연자실하던 화자는 남은 날들을 부끄럼 없이 살아감은 물론 '마지막
성한 몸뚱아리'가 있다면 그것마저도 필요한 사람에게 나눠주자고 말
하고 있다. 앞부분의 구절들이 "나립니다", "짧습니다", "빠져나갑니

다", "일어섭니다", "살려 했습니다", "떨려왔습니다"처럼 평이한 사실적 진술로 끝나고 있음에 비해, 내용이 전환된 이후 뒷부분은 "받아들여야 함을 압니다", "아파해야 합니다", "생각해야 합니다"와 같이 의무를 부과한 당위적 진술로 끝나고 있다. 즉 절망을 극복한 것이 아니라 '~해야 한다'라는 당위적 진술로써 스스로를 다잡으며 다짐하고 있는 것이다. 앞부분의 절망적 상황이 뒷부분의 수긍으로 변화하는 데는 아무런 매개가 없다. 이것은 그의 시적 해결책이 실제적인 갈등의 극복을 통해 얻어진 것이 아니라 미리 주어진 모범답안과도 같음을 잘 보여준다.

3시집 『내가 사랑하는 당신』에서 '당신'은 함께 길을 가는 사람(「눈 내리는 길」, 3)이나 신적인 존재(「당신」, 「먼 발치서 당신을」, 3), 지향하는 목표, 방향(「당신과 하나 되어」, 3)이라는 의미로 확대된다. 이별에서 오는 슬픔은 당신 곁을 떠난다고 하더라도 언제든지 당신한테로 돌아갈 것이라는 확신으로 바뀐다. 왜냐하면 당신이 이미 나의 안으로 들어와 있기 때문이다("당신이 내 안에 있고 내가 당신 속에 있었으므로/ 나는 늘 당신께로 돌아갑니다" — 「나는 또 당신 곁을 떠나지만」, 3).

강으로 오라 하셔서 강으로 나갔습니다
처음엔 수천개 햇살을 불러내어 찬란하게 하시더니
산그늘로 모조리 거두시고 바람이 가리키는
아무도 없는 강 끝으로 따라오라 하시는 당신은 누구십니까

숲으로 오라 하셔서 숲으로 당신을 만나러 갔습니다
만나자 하시던 자리엔 일렁이는 그림자를 대신 보내곤
몇날 몇밤을 붉은 나뭇잎과 함께 새우게 하시는
당신은 어디에 계십니까

고개를 넘으라 하셔서 고개를 넘었습니다
고갯마루에 한 무리 기러기떼를 먼저 보내시곤
그 중 한 마리 자꾸만 뒤돌아보게 하시며
하늘 저편으로 보내시는 뜻은 무엇입니까
저를 오솔길에서 세상 속으로 불러내시곤
세상의 거리 가득 물밀듯 밀려오는 사람들 사이에서
나타났단 사라지고 떠오르다간 잠겨가는
당신은 누구십니까

상처와 고통을 더 먼저 주셨습니다 당신은
상처를 씻을 한 접시의 소금과 빈 갯벌 앞에 놓고
당신은 어둠 속에서 이 세상에 의미없이 오는 고통은 없다고
그렇게 써놓고 말이 없으셨습니다

당신은 누구십니까
저는 지금 풀벌레 울음으로도 흔들리는 여린 촛불입니다
당신이 붙이신 불이라 온몸을 태우고 있으나
제 작은 영혼의 일만팔천 갑절 더 많은 어둠을 함께 보내신
당신은 누구십니까.
　　　　　　　　　　　　　　　　　 ─「당신은 누구십니까」(5)

　　이 시에서 '당신'은 화자에게 축복과 시련을 동시에 주는 존재이다.
'당신'은 강으로 오라 해서 강으로 나가면 처음에는 수천 개 햇살을 찬
란하게 보내주다가 아무도 없는 강 끝으로 따라오게 하고, 숲으로 오라
해서 숲으로 가면 몇날 몇밤을 붉은 나뭇잎과 함께 밤을 새우게 하고는
끝내 얼굴을 드러내지 않는다. '나'의 모든 것은 스스로의 의지가 아닌
당신의 뜻에 의한 것이다. 시인은 "저를 오솔길에서 세상 속으로 불러

내시곤/ 세상의 거리 가득 물밀 듯 밀려오는 사람들 사이에서/ 나타났단 사라지고 떠오르다간 잠겨가는/ 당신은 누구십니까"라고 하여, 자신의 사회적인 발언이나 행동 또한 자신의 의지가 아닌 '당신'의 뜻이라고 말한다. '당신'은 화자의 삶의 방향까지를 결정짓는 신적인 존재이고, 화자는 당신의 뜻을 수임(受任)하는 존재가 된다.

6시집 『사람의 마을에 꽃이 진다』는 이상의 시집들과 비교할 때 예외적인 시집에 해당한다. 시의 분량이 대체적으로 짧고 그의 시의 특징인 경어체와 편지체가 사라지며, 풍경에 대한 묘사와 그것을 바라보는 시인의 개인적인 단상들이 주된 내용을 이룬다. 화자의 자세 또한 '당신'에 대한 무조건적인 신뢰 대신 스스로의 삶에 대한 성찰이 주를 이루고 있다. 이는 '힘이 들어간 목소리와 과장된 몸짓'(<시인의 말> 중에서)을 덜어내자는 반성적인 의도에서 나온 것으로서, "나 혼자 다 말하지 말고 거기서 만난 사물과 형상을 통해 말하자"는 일종의 창작 방법상 변화로 연결된다.

그 결과 이 시집의 시들은 주관적인 생각과 반성을 담은 독백에 가까웠던 이전 시들과 달리 소재로서의 대상에 대한 관찰이 더해진다. 「산사문답」, 「세우」, 「울바위」, 「윤삼월」 등은 풍경과 그에서 오는 짧은 감상이 잘 어우러진 예들이다. 시인은 이러한 반성을 거쳐 자연과의 교감을 바탕으로 다음과 같은 시를 얻어낸다.

> 흔들리지 않고 피는 꽃이 어디 있으랴
> 이 세상 그 어떤 아름다운 꽃들도
> 다 흔들리면서 피었나니
> 흔들리면서 줄기를 곧게 세웠나니
> 흔들리지 않고 가는 사랑이 어디 있으랴

젖지 않고 피는 꽃이 어디 있으랴
이 세상 그 어떤 빛나는 꽃들도
다 젖으며 젖으며 피었나니
바람과 비에 젖으며 꽃잎 따뜻하게 피웠나니
젖지 않고 가는 삶이 어디 있으랴

— 「흔들리며 피는 꽃」(6)

그가 자연에서 얻은 교훈은 삶의 신산함과 고통, 만남과 이별 같은 일들이 살아있는 모든 것들이 겪는 생명의 자연스러운 섭리라는 것이다. 탄생의 뒤에는 피어나는 고통이 있고, 살아가기 위해서는 흔들리면서 끊임없이 균형을 잡아야 한다. 연약하고 아름답게만 보이는 꽃들은 바람과 비에 흔들리고 젖으며 줄기를 세우고 그 끝에 고운 꽃잎을 피워내는 것이다. 사람의 일생도 이와 같아서, 흔들리고 젖으며 주어진 자신의 삶을 살아가는 것이다. 그는 자연 중에서도 특히 나무와 꽃 같은 식물에서 교훈을 얻는데, 이 시들은 7시집 『부드러운 직선』에 집중되어 있다(「여린 가지」, 「빈 가지」, 「민들레 뿌리」, 「잎차례」, 「다시 피는 꽃」 등)

이러한 반성은 변화한 시대적 상황에 대응하는 시인의 자기 다짐이자 위안이다. 7시집에 있는 적지 않은 시들은 시대 상황의 변화와 그에 따른 동료들의 변심, 그것을 바라보는 시인의 소회를 주제로 하고 있다. 지향해야 할 목표가 뚜렷했던 80년대와 달리 90년대는 공동의 목표와 투쟁의 방향이 선명하지 않고 '우리'라는 개념 또한 희미해져서 분열된 '개인'들의 일상적인 삶이 강조되는 시기였다. 시인은 현실적 상황이 바뀌면서 많은 동료들이 떠나갔지만 자신은 여전히 그 길에 남아 있겠다는 의지를 피력한다. 그러나 그것은 떠나간 이들을 원망하거나 비난하지 않고 스스로를 다잡고 갈무리함으로써 자신의 길을 계속 가겠다는 다짐에 가깝다.

> 높은 구름이 지나가는 쪽빛 하늘 아래
> 사뿐히 추켜세운 추녀를 보라 한다
> 뒷산의 너그러운 능선과 조화를 이룬
> 지붕의 부드러운 선을 보라 한다
> 어깨를 두드리며 그는 내게
> 이제 다시 부드러워지라 한다
> 몇발짝 물러서서 흐르듯 이어지는 처마를 보며
> 나도 웃음으로 답하며 고개를 끄덕인다
> 그러나 저 유려한 곡선의 집 한채가
> 곧게 다듬은 나무들로 이루어진 것을 본다
> 휘어지지 않는 정신들이
> 있어야 할 곳마다 자리잡아
> 지붕을 받치고 있는 걸 본다
> 사철 푸른 홍송숲에 묻혀 모나지 않게
> 담백하게 뒷산 품에 들어 있는 절집이
> 굽은 나무로 지어져 있지 않음을 본다
> 한 생애를 곧게 산 나무의 직선이 모여
> 가장 부드러운 자태로 앉아 있는
>
> ―「부드러운 직선」(7)

  지붕의 부드러운 선은 사실상 곡선이 아니라 곧게 다듬어진 나무들이 유연하게 엇갈리며 지붕을 받치고 있는 것이다. 멀리서 보면 지붕은 너그럽고 부드럽게 흐르듯 이어지는 것처럼 보이지만, 그 유려함을 만들어내는 것은 '한 생애를 곧게 산 나무의 직선'들이다. 그것에서 시인은 '휘어지지 않는 정신'을 읽어낸다. 부드러움이란 관용과 타협, 포기에서 오는 것이 아니라 자신의 길을 올곧게 간 사람들만이 얻을 수 있는 최선의 삶의 결과이다. 그는 지붕의 곡선에서 '직선'의 삶을 살겠다는 의지를 다시 한번 새기고 있다.

도종환의 시는 이처럼 날선 비판이나 강력한 현실 개선의 의지를 드러내기보다 자기성찰적이고 내면적이다. 남을 비판하기보다 그것을 타산지석으로 삼아 자신을 다듬고 갈무리하는 것이다. 작고 소박하지만 솔직하게, 자신의 최선을 다해서 살아가려는 다짐은 8시집 『슬픔의 뿌리』에서도 동일하게 반복된다(「그리운 강」, 「초록 꽃나무」 등). "쓰러지지 않으며 가는 인생이 어디 있겠는가/ 눈보라 진눈깨비 없는 사랑이 어디 있겠는가"(「아름다운 길」, 8)와 같은 구절은 독자를 계몽하기 위한 것이 아니라 스스로를 달래는 독백에 가깝다(이런 면에서 그의 시는 독자들에게 교훈을 주는 안도현이나 김용택의 그것과 구별된다).

9시집 『해인으로 가는 길』은 '해인'으로 상징되는 개인적이고 비세속적인 자아의 삶과 '화엄'으로 상징되는 사회적인 자아의 삶으로 나누어진다. 앞에서 서술한 바와 같이, 개인의 경험과 사회적인 자아를 결합시키려는 시도는 초기 시인 「접시꽃 당신」에서부터 발견된다. 그러나 「접시꽃 당신」이 두 가지 자아를 당위론적으로 결합하고 있다면, 다음의 시는 분리된 것처럼 보이는 두 가지 삶이 사실은 하나로 연결된 삶의 도정이라는 통찰을 보여준다.

> 화엄을 나섰으나 아직 해인에 이르지 못하였다
> 해인에 가는 길에 물소리 너무 좋아
> 숲 아랫길로 들었더니 나뭇잎소리 바람소리다
> 그래도 신을 벗고 바람이 나뭇잎과 쌓은

중중연기 그 질긴 업을 풀었다 맺었다 하는 소리에
발을 담그고 앉아 있다
지난 몇 십 년 화엄의 마당에서 나무들과 함께
숲을 이루며 한 세월 벅차고 즐거웠으나
심신에 병이 들어 쫓기듯 해인을 찾아간다
애초에 해인에서 출발하였으니
돌아가는 길이 낯설지는 않다
해인에서 거두어 주시어 풍랑이 가라앉고
경계에 걸리지 않아 무장무애하게 되면
다시 화엄의 숲으로 올 것이다
그땐 화엄과 해인이 지척일 것이다
아니 본래 화엄으로 휘몰아치기 직전이 해인이다
가라앉고 가라앉아 거기 미래의 나까지
바닷물에 다 비친 다음에야 화엄이다
그러나 아직 나는 해인에도 이르지 못하였다
지친 육신을 바랑 옆에 내려놓고
지금은 바닥이 다 드러난 물줄기처럼 삭막해져 있지만
언젠가 해인의 고요한 암자 곁을 흘러
화엄의 바다에 드는 날이 있으리라
그날을 생각하며 천천히 천천히 해인으로 간다
　　　　　　　　　　　　　　　　　—「해인으로 가는 길」(9)

　‘화엄’은 ‘만행(萬行)과 만덕(萬德)을 닦아 덕과(德果)를 장엄하게 함’
의 의미로서 부처의 진리를 구하는 대동 세상에서의 수행을 의미한다.
반면 ‘해인’은 ‘고요한 해면(海面)이 만상(萬象)을 비추듯 번뇌를 없애
고 우주의 모든 것을 깨닫는 경지’를 말한다. 시에서 화자는 지난 몇 십
년 머물렀던 화엄을 떠나 “심신에 병이 들어 쫓기듯” 해인을 찾아가고
있다.

이 시의 특이성은 화엄을 떠나 해인으로 가는 화자가 궁극적으로는 다시 화엄을 향한다는 것이다. 화자는 해인으로 가는 길을 넘어서 "다시 화엄의 숲으로 올 것이다"라고 다짐하고 있다. 해인은 모든 것이 정지되고 고요한 '무'의 공간이 아니라 화엄을 향하는 과정에 있는 것이며("본래 화엄으로 휘몰아치기 직전이 해인이다") 나아가 화엄에 이르기 위한 필연적인 도정이다. 즉 해인은 도피처가 아니라 화엄에서 지치고 병든 자가 잠시 몸과 마음을 수습하여 다시 화엄으로 돌아가는 과정의 중간 정착지이다("해안에서 거두어 주시어 풍랑이 가라앉고/ 경계에 걸리지 않아 무장무애하게 되면/ 다시 화엄의 숲으로 올 것이다"). 화자는 병든 몸으로 치유의 공간을 찾아가고 있지만 다시 세상으로 돌아가리라는 의지를 버리지 않고 있다. 결국 '해인'과 '화엄'은 마치 '밀실'과 '광장'의 관계처럼 사람이 사는 동안 반복되는 진퇴의 과정을 의미하는 것이다.

도종환의 시는 담담하고 소박하면서도 세상에 대한 믿음과 희망을 놓치지 않는다. 그의 시는 항상 세상을 향해 열려있고 사람들과의 소통의 가능성을 믿는다. 그는 독자를 가르치거나 계몽하기보다 스스로를 반성하고 다잡으며, 그 속에서 다시 살아갈 힘과 의지를 스스로 만들어낸다. 시인과 해직교사, 정치인을 오가는 삶의 편력과 무관하게, 그의 시가 한결같이 묵묵하게 자신의 자리를 지킬 수 있는 것은, 그의 시적인 특징들이 신념이나 당위가 아니라 시인의 천성적인 바탕에서 온 것이기 때문이다.

산벚나무 잎 한쪽이 고추잠자리보다 더 빨갛게 물들고 있다 지금
우주의 계절은 가을을 지나가고 있고, 내 인생의 시간은 오후 세시
에서 다섯시 사이에 와 있다 내 생의 열두시에서 한시 사이는 치열

하였으나 그 뒤편은 벌레 먹은 자국이 많았다

이미 나는 중심의 시간에서 멀어져 있지만 어두워지기 전까지 아직 몇시간이 남아 있다는 것이 고맙고, 해가 다 저물기 전 구름을 물들이는 찬란한 노을과 황홀을 한번은 허락하시리라는 생각만으로도 기쁘다

머지않아 겨울이 올 것이다 그때는 지구 북쪽 끝의 얼음이 녹아 가까운 바닷가 마을까지 얼음조각을 흘려보내는 날이 오리라 한다 그때도 숲은 내 저문 육신과 그림자를 내치지 않을 것을 믿는다 지난봄과 여름 내가 굴참나무와 다람쥐와 아이들과 제비꽃을 얼마나 좋아하였는지, 그것들을 지키기 위해 보낸 시간이 얼마나 험했는지 꽃과 나무들이 알고 있으므로 대지가 고요한 손을 들어 증거해줄 것이다

아직도 내게는 몇시간이 남아 있다
지금은 세시에서 다섯시 사이
　　　　　　　　　　　　　　　　　－「세시에서 다섯시 사이」(10)

시에서 '나'는 이제 생의 후반부에 접어들어 중심에서 멀어진 사람이지만, 지금까지의 삶을 열심히 살았다는 자부심이 있고 그러므로 후회가 없다. 장차 지금보다 더 험한 시절이 올 수도 있겠지만, '나'는 그때도 숲이 노쇠한 '나'를 내치지 않을 것을 믿는다. 스스로 성실하게 최선을 다해 살았고, 그것을 자연과 그에 비유되는 세상 혹은 그것을 관장하는 큰 존재는 알고 있기 때문이다. 이같은 믿음을 바탕으로 그는 자신에게 주어진 일들을 받아들이고 세상을 향해 정진하겠다는 의지를 밝힌다. "세상은 오래도록 모래와 바람이 휘몰아치며/ 열사의 뜨거움과

밤의 냉기가 충돌하는 곳/ 쓰러질 때까지 내 운명을 지나가리라/ 선택하고 뉘우치고 또 나아가리라"(「아모르파티」, 11)는 그의 시와 삶이 나아갈 방향을 지시하고 있는 셈이다.

시집 연보 —————

1. 『고두미 마을에서』, 창작과비평사, 1985.
2. 『접시꽃 당신』, 실천문학사, 1986.
3. 『내가 사랑하는 당신은』, 실천문학사, 1988.
4. 『지금 비록 너희 곁을 떠나지만』, 제삼문학사, 1989.
5. 『당신은 누구십니까』, 창작과비평사, 1993.
6. 『사람의 마을에 꽃이 진다』, 문학동네, 1994. (『흔들리며 피는 꽃』, 문학동네, 2006)
7. 『부드러운 직선』, 창작과비평사, 1998.
8. 『슬픔의 뿌리』, 실천문학사, 2005.
9. 『해인으로 가는 길』, 문학동네, 2006.
10. 『세시에서 다섯시 사이』, 창작과비평사, 2011.
11. 『사월 바다』, 창작과비평사, 2016.

웅크린 몸 안의 길고 뜨신 끈, 타자를 안는 언어의 긴 팔

– 문인수*론

문인수는 1985년 등단한 후 다음 해인 1986년에 1시집 『늪이 늪에 젖듯이』를 출간했다. 그러나 본격적인 시작 활동은 3시집 『뿔』 이후에 활발하게 이루어진다는 점에서, 80년대 시인이라고 규정하기에는 다소 애매한 면이 있다. 그가 시단의 중요한 흐름이나 경향에 포함되지 않고 자신만의 시를 써왔다는 것 또한 그의 시를 특정 시대로 한정하기 어려운 요인이다.

하지만 주제상으로 볼 때 그의 시는 80년대와 90년대 각각의 특징들을 고스란히 포함하고 있다. 그의 시에 일관되게 나타나는 사회적 약자에 대한 관심은 80년대 리얼리즘 시의 기본적인 특징이고, 생태시적인 특징이나 몸에 대한 천착은 90년대 시의 중요한 주제들이다. 그러면서도 그의 시는 그 어느 한 시기로 편입되지 않는, 그만의 독립적인 영역을 확보하고 있다. 실제로 문인수의 시에서는 생태계 파괴에 대한 인식

---

* 1945년 경북 성주 출생, 1985년 『심상』으로 등단.

이 먼저 나타나고 가난한 사람들이나 노인 등 사회적 약자에 대한 관심은 후기 시에서 더 강하게 드러난다. 이는 그의 시가 가진 80년대 혹은 90년대적인 특징이 시대에 동참한 결과라기보다 그 자신의 시적 흐름에 의해 형성된 자생적인 것이라는 것을 증명한다. 여기에 문인수 시의 독특한 면모가 있다.

그의 시는 자연과의 친화감을 바탕으로 하고 인간에 대한 긍정적인 태도를 유지하고 있다. 이 특징은 가족을 포함한 주변 사람들에 대한 믿음에서 형성된 것이다. 2시집 『세상 모든 길은 집으로 간다』에 나타나는 아버지와 어머니에 대한 절대적인 믿음과 애정은 그의 시와 삶을 결정하는 가장 중요한 환경이었던 것으로 보인다[1].

> 나는 그동안 답답해서 먼 산을 보았다.
> 어머니는 내 양손에다가 실타래의 한 쪽씩을 걸고
> 그걸 또 당신 쪽으로 마저 다 감았을 때
> 나는 연이 되어 하늘을 날았다.
>
> 밤 깊어 더 낯선 객지에서 젖는 내 여윈 몸이 보인다.
>
> 길게 풀리면서 오래 감기는 빗소리
>
> ─「실」(2)

어머니와 실을 감던 일을 소재로 한 이 시는, 그 기억이 성장한 후에도 삶의 바탕이 되고 있음을 말하고 있다. 어머니와 마주앉아 실을 감는 '나'는 답답한 그곳에서 벗어나고 싶어하고, 이윽고 어머니의 품을

---

[1] 2시집의 장 제목 자체가 '어머니', '아버지'로 되어 있을 만큼 그의 시에서는 가족에 대한 긍정이 두드러진다.

벗어나 세상 속으로 들어왔다. 비 오는 밤 객지에 있는 '나'를 달래는 것은 "길게 풀리면서 오래 감기는" 실을 감던 날의 기억이다.

부모에게서 받은 어린 날의 교육은 이후 화자의 생활 방식과 태도를 결정하는 기준이 된다. 한 예로 「내가 그를 묻었다」(4)에는 시인의 어린 시절 에피소드가 담겨 있다. 아버지는 늘 동네 어른들께 인사를 잘 해야 한다고 가르쳤는데, 거지 할아버지에게만 인사를 하지 않았던 것이 마음에 걸렸던 '나'는 어느 날 그에게 큰소리로 인사를 한다. 느닷없는 '나'의 인사에 거지할아버지는 당황해하다가 한참 후에 실낱같이 웃는다. 그 '실낱같았던 웃음'은 잊혀지지 않는 장면으로 남아서, 어린 '나'가 평생 시인으로 살아가게 하는 원천이 된다. 비록 거지일망정 사람은 누구나 동등하게 존중받아야 한다는 사실을 은연중에 깨닫게 된 작은 사건이다. 그의 시에 나타나는 약자에 대한 기본적인 배려와 관심은 어린 시절에 형성된 이같은 가치관에서 나오는 것이다.

문인수 시의 또 다른 특징인 자연 혹은 동식물에 대한 친화감 역시 실제 체험에서 비롯된 것이다. 어린 시절의 기억 속에서 달구지를 끄는 소와 아버지는 말을 알아듣는 허물없는 사이이고(「가을걷이」, 「음력」, 「아버지」, 2) 달은 아이들과 어울려 노는 친구이다(「달에게」, 「달빛동화」, 2). 뿐만 아니라 피라미떼(「집 떠난 지 사나흘」, 2), 귀뚜라미(귀뚜라미 소리」, 2) 같은 생물들과 섬(「섬은」, 2)까지가 모두 화자와 소통 관계에 있다. 따뜻하고 조화로운 이 세계는 언제든지 돌아가고 싶은 '집'으로 형상화된다.

길이 막히거든 노숙을 해봐라.

달빛 아래

나무의 낯선낯선 이파리들이 눈앞을 저어 가면서 가장 먼 별들이
귓전으로 가슴으로 스며 내리면서 풀벌레 소리들 무수히 번져 에워
싸면서
그대 겨드랑이에다가 하염없이 짜넣는
그 달빛이 무엇이 되는지

팔 벌리고 누우면 허수아비 같고
돌아누우면 좀 춥고
몸 웅크리면 섬같이 되어서

날고 싶을 것이다.

달빛 아래
그 어디로 길이 열리는지
먼 타관으로 가서 노숙을 해봐라.
　　　　　－「세상 모든 길은 집으로 간다－달빛, 그 노숙의 날개」(2)

　　마치 고향을 떠나 객지를 떠도는 사람에게 말하는 것과 같은 이 시에
서, 시인은 세상살이에 지쳤을 때 노숙을 해보라고 말한다. 그러면, 달
빛 아래서 밤을 새는 동안 나무 이파리와 별들과 풀벌레 소리들이 되살
아나면서 '날고' 싶어질 것이다. 그 때 비로소 열리는 '길'은 결국 '집'으
로 향한 길이다. 1, 2시집에 그려지는 소박하면서도 아름다운 풍경은
인간과 자연이 조화롭던 고향(집)에 대한 그리움을 바탕으로 만들어진
것이다.

　　그러나 3시집에서 이러한 고향의 원형은 훼손되고 파괴된다. 여기
등장하는 동식물은 대부분 불편하고 왜곡된 상황에 놓여있다. '까마귀'
는 온몸이 숯이 되고 목이 막혀있고("도무지 열어젖힐 수 없구나 온몸

을 오욕칠정을/ 다 뒤져 보아도 나는,/ 숯이다./ 나는 지금/ 동구 밖 홰나무 꼭대기에 서 있다./ 잘 보인다/ 더는 타오르지 못하겠다."—「까마귀」, 3), 가볍게 물 위를 움직여다니던 소금쟁이는 날개가 젖어서 가라앉는다("놈의 몸이 한낱 검불 같다./ 휘적휘적 못가로 헤엄쳐 나온다./ 부들 끝으로 기어올라 가서/ 날개의 물기를 말린다 날아오른다 공상 같다/ 이상한 공기 이상한 산천 이상한 곤충들"—「소금쟁이」, 3).

이곳은 이제 머지않아 물에 잠긴다.
내를 따라 천천히 거슬러 올라간다.

와삭, 와삭거리며 풀덤불 우거진다.
풀덤불이 삼키고 있는 저 빈 마을의 자취를
꿩 소리가 대고 물고 나온다.
딱따구리매미쓰르라미물총새뻐꾸기 소리
여치 소리가 또 떼 떼 떼 물고 나온다.

한바탕, 날짐승 뜯어먹힌 자리가 있다.
재두루미의 깃털, 뼈들이
거칠게, 붉게, 둥그렇게 흩어져 있다.

아가리!

적막의 꼬리가 길게 소란하게 뻗쳐 있다.
더 멀리 산굽이 돌아 안 보이는 곳까지……
…… 써늘하다.

—「이무기」(3)

제목인 '이무기'는 시 안에 직접적으로 나타나지 않는다. 풀덤불이 와삭거리는 것과 화급하게 한꺼번에 울어대는 "딱따구리매미쓰르라미물총새뻐꾸기 소리", 그리고 뜯어먹힌 날짐승의 잔해에서 무언가가 이곳을 휩쓸고 지나갔음을 알 수 있을 뿐이다. 그러나 본래 '이무기'는 상상 속의 동물이므로 "아가리!"라는 말로 지칭된 그것은 당연히 실제 '이무기'가 아니다.

시에서 표현하고자 하는 것은 자연의 평화와 조화를 깨뜨린, 이무기에 비유될 수 있는 어떤 것이다. 그리고 그것은 시의 첫 구절 "이곳은 이제 머지않아 물에 잠긴다."에서 추정될 수 있다. 내를 따라 거슬러 올라가면서 시인이 발견한 것은 자연을 훼손하고 망가뜨리는 난개발 현장이다. 굳이 포크레인이 등장하지 않아도, 우거진 풀덤불 사이로 보이는 '빈 마을'과 산굽이 돌아 안 보이는 곳까지 휑하게 펼쳐진 써늘한 풍경이 상황을 대변하고 있다.

고향 마을에 대한 이야기들을 소재로 한 4시집 『쾌치는 산』은 이처럼 사라져가는 고향과 삶의 원형을 언어로 복원시키고 유지하고자 하는 시적인 기획이다. 시에 나오는 방올음산, 백천(白川), 선거릿재, 달암치재 등은 시인의 고향인 경북 성주군 초전면에 있는 실제 지명들이다(「방올음산 이야기」, 「오줌－白川」, 「선거릿재」, 「달암치재」 등, 4). 그런 면에서 이 시집은 마치 서정주의 『질마재 신화』처럼 지역의 유래와 역사를 담고 있는 전래 설화와 비슷한 성격을 가지고 있다.

그러나 문인수의 '방올음산'은 소장수와 달구지들이 줄 지어 고개를 넘어가던 생활 속의 산이라는 점에서("방올음산에는요, 전설이 아니라 실물의, 살아가는 일의 소의 요령 소리로 자자했습니다. 이 산발치를 타고 인접 금릉군 부산면과 칠곡군 북삼면으로 넘어가는 고개, 선거릿재가 있는데요, 소장수들의 소몰이나 장짐바리들이, 나뭇짐 나락짐을 실은 달구지들이 저무도록 새도록 줄지어 이 고개를 넘나들었습니다.” ─「방울음산 이야기」, 4), 신성성(神聖性)이 부여된 '질마재'와는 차이가 있다. 그의 시에서는 자연이 미적인 관망의 대상만으로 등장하는 일은 거의 없다. 자연과 인간은 본래 분리되어 있지 않은 것으로서, 자연의 모습은 곧 인간의 삶의 모양이다.

　　　　방울음산은 북벽으로 서 있다
　　　　그 등덜미 시퍼렇게 얼어 터졌을 것이다 그러나
　　　　겨우내 묵묵히 버티고 선
　　　　산
　　　　아버지, 엄동의 산협에 들어갔다.
　　　　쩌렁쩌렁 참나무 장작 찍어 낸 아버지,
　　　　흰내 그 긴 물머리 몰고 온 것일까
　　　　첫 새벽 홰치는 소리 들었다
　　　　집 뒤 동구 둑길 위에 아버지 우뚝 서 있고
　　　　여명 속에서 그렇게 방울음산 꼭대기 솟아올라
　　　　아, 붉새 아래로 천천히 어둠 가라앉을 때
　　　　그러니까, 이제 막 커다랗게 날개 접어 내리며
　　　　수닭, 마당으로 내려서고
　　　　봄, 연두들녘 물안개 벗으며 눕다.
　　　　　　　　　　　　　　　　　─「홰치는 산」(4)

　이 시에서 북벽으로 서서 등덜미가 얼어터진 '방울음산'은 추운 겨울에 참나무 장작을 찍어오는 '아버지'의 이미지와 겹치고, 아침노을 속에 마당으로 내려서는 '수닭' 역시 동구 둑길 위에 서 있는 '아버지'의 모습을 동시에 표현하고 있다. 각각의 이미지는 방울음산에 봄이 오는 어느 날 아침의 실제 풍경이자 그곳에서 살아가는 '아버지'로 상징되는 사람들의 모습을 비유한 것이다. 풍족하지 않은 환경에서 묵묵히 자신의 역할을 다하는 '아버지'의 모습은 그의 시가 인간에 대한 믿음과 애정을 유지하게 하는 가장 큰 밑바탕이다.

이러한 시적 맥락에서 볼 때, 그의 시가 생태시적인 성격을 띠게 될 것이라는 점은 쉽게 짐작되는 일이다. 5시집 『동강의 높은 새』의 시들은 정선과 동강, 우포늪 등을 소재로 한다는 점에서 90년대 생태시들과 공통점을 가지고 있지만, 시대적인 주제에 동참한 비판과 고발이라기보다는 자연의 원형을 보존하고 기록하려는 그의 일관된 기획의 연장이라고 보는 것이 더 타당하다.

> 우포늪엔 물이 참 많다.
> 그리고 온갖 풀들이 물에 우거져
> 정강이, 허리까지 잠겨 있다.
> 물과 풀이 꽉 껴안은 늪
> 늪이 늪에 젖으며 그 슬픔 먹으며
> 늪이 늪을 먹이며 그 슬픔 키우며
> 아무도 물 밖으로 나가지 않고
> 한번 더 헹궈 꽃피울 때
> 물은 또 생겨나 줄지 않는다.
>
> ― 「우포늪」(5)

이 시에서 그려진 우포늪은 '물과 풀이 꽉 껴안은' 그 자체가 완벽한 생태를 이루고 있는 곳이다. 그곳의 생물들은 외부에서 가해지는 인위적인 요인이 없는 상태에서 자연스럽게 순환하며 생태계의 균형을 유지하고 있다. 늪은 그 자체로 스스로의 상태를 유지하는 생명력을 지니고 있는 것이다. 이는 시인이 원형으로 하고 있는, 조화와 균형을 이루고 있는 자연의 모습과 일치한다. 그의 생태지향적인 감수성은 자연과의 직접적인 소통 경험에서 온 것이다.

> 갈갯들 가로 지르는 흰내 거슬러 올라 갔다.
> 냇둑 따라 올라가며 소 먹였다.
> 소 풀 뜯는 거 보다가, 소 오줌 누는 거 보다가
> 나도 급기야 오줌 누었다.
> 방울음산이 갈겨대는 흰내 물줄기
> 그 물살 위에 그대로 오줌 갈겼다.
> 그 길고 긴 뜨신 끈 다 풀어 섞는 일
> 오줌 누고 고개 들면 방울음산 꼭대기,
> 방울음산 꼭대기가 부르, 부르르 떨었다.
> 부르르 떨고 근(根) 털고 나면 갈갯들이
> 흰내 따라 갈갯들이 새로 잘 펼쳐졌다.
>
> — 「오줌－白川」(4)

위의 시는 어린 시절 '흰내[白川]'에 오줌을 쌌던 일을 소재로 하고 있다. 흰내에 오줌을 싸면서 '나'와 '물'이 오줌으로 연결된다는 느낌, 나의 오줌만이 아니라 소 오줌까지 흘러 들어서 흰내를 만들고 있다는 생각, 오줌을 누고 나면 마치 방울음산이 나처럼 부르르 떠는 것 같은 느낌. 이것들은 '나'와 자연이 하나로 연결되어 있다는 것을 몸으로 알게 된 직접적인 경험이다. 이러한 자연과의 소통 경험은, 그의 시를 설명하는 중요한 키워드인 '길고 뜨신 끈'이라는 체화된 상징을 만들어낸다.

그의 상가엘 다녀왔습니다.

환갑을 지난 그가 아흔이 넘은 그의 아버지를 안고 오줌을 뉜 이
야기를 들었습니다. 생(生)의 여러 요긴한 동작들이 노구를 떠났으
므로, 하지만 정신은 아직 초롱 같았으므로 노인께서 참 난감해하실
까 봐 "아버지, 쉬, 쉬이, 아이쿠 아이쿠, 시원하시것다아" 농하듯 어
리광 부리듯 그렇게 오줌을 뉘었다고 합니다.

온몸, 온몸으로 사무쳐 들어가듯 아, 몸 갚아드리듯 그가 그렇게
아버지를 안고 있을 때 노인은 또 얼마나 작게, 더 가볍게 몸 움츠리
려 애썼을까요. 툭, 툭, 끊기는 오줌발, 그러나 길고 긴 뜨신 끈, 아들
은 자꾸 안타까이 따에 붙들어매려 했을 것이고, 아버지는 이제 힘
겹게 마저 풀고 있었겠지요. 쉬―

쉬! 우주가 참 조용하였겠습니다.

―「쉬」(6)

6시집 『쉬!』의 표제시이기도 한 이 시에서, 아들에게 안겨서 오줌을
뉘는 아흔 넘은 아버지와 그를 안고 있는 환갑이 지난 아들은 마치 보
이지 않는 탯줄로 연결되어 있는 것처럼 보인다. 아버지는 가능한 몸을
웅크려 무게를 덜려 하고 아들은 그 아버지를 온몸으로 감싸고 있는데,
그 모양은 마치 자궁 안에 태아가 웅크리고 있는 모습을 연상시킨다.
타자를 자신의 몸 안에 잉태하는 것은 생물학적인 여성에게만 가능한
것이지만, 부자의 모습은 생물학적인 잉태가 아니더라도 몸을 통한 타
자와의 소통이 가능하다는 것을 보여준다.2)

인상적인 것은, 타자를 안는 방식이 정면으로 포옹하는 것이 아니라

---

2) 달, 자궁, 모태 등의 이미지는 90년대 이후 생태시를 표방한 남성 시인들의 시에서
   종종 사용된 것이기도 한데, 문인수의 시에서 그것은 관념적인 동경이 아니라 구체
   적으로 체화되어 있다는 점에서 다른 시인들의 그것과 구별된다. 그의 시에 종종 등
   장하는 '달'과 여성적인 몸의 연결은 시적인 흐름에 따라 자연스럽게 접합된다(「달
   북」, 6).

웅크린 타자를 뒤에서 안고 있다는 것이다. 시인은 그것을 '마치 죽은 몸을 염하는 것처럼 안아들인다'고 표현한다("마부 아버지 염해드리는 것처럼/ 꽁꽁 안아들이는 것처럼" – 「서정춘」, 7). 이 때 안긴 사람과 안은 사람은 같은 방향을 바라보게 된다. 타자를 온몸으로 사무쳐 받아들인다는 것은, 웅크리고 있는 타자의 등을 감싸고 지지하는 형태의 살핌인 것이다.

7시집 『배꼽』 이후의 시들은 웅크린 몸 안에서 풀려나오는 삶의 모양을 그려내는 데 집중하고 있다. '웅크림'은 그의 시를 설명하는 또 하나의 중요한 단어이다. 그것은 몸이 가지는 원초적인 태아의 자세로서, 늙어가는 몸이 만들어내는 웅크림은 노쇠를 상징하며 동시에 태아 상태로의 회귀를 의미한다. 또한 그것은 가난한 사람들이 신산한 삶을 살아내는 자세이기도 하다. 시인은 사람을 몸 안에 저마다 '따뜻하고 긴 끈'을 말아 넣고 웅크린 존재들이라고 표현한다. 웅크린 몸에는 삶을 살아온 질긴 끈 같은 세월이 돌돌 말려 있다가("저 아주머니의 깊은 속엔/ 더 많은 입김이, 긴 화차 같은 일생이 꽉꽉 들어차/ 악물렸을 것이다." – 「파냄새」, 7), 어느 순간 죄 풀려나온다("길고 긴,/ 질긴 끈 같은 간밤 울음이 도로/ 죄 풀려나온다. 아코디언, 아코디언 같다." – 「서정춘」, 7).

> 물들기 전에 개펄을 **빠져나오는** 저 사람들 행렬이 느릿하다.
> 물밀며 걸어들어간 자국 따라 무겁게 되밀려나오는 시간이다. 하루하루 수장되는 길, 그리 길지 않지만
> 지상에서 가장 긴 무척추동물 배밀이 같기도 하다. 등짐이 박아 넣는 것인지,
> **뻘**이 **빨아들이는** 것인지 정강이까지 **빠지는** 침묵. 개펄은 무슨

엄숙한 식장 같다. 어디서 저런,

　　삶이 몸소 긋는 자심한 선을 보라. 여인네들…… 여남은 명 누더
기누더기 다가온다. 흑백

　　무성영화처럼 내내 아무런 말, 소리 없다. 최후처럼 쿵,

　　트럭 옆 땅바닥에다 조갯짐 망태를 부린다. 내동댕이치듯 벗어놓
으며 저 할머니, 정색이다.

　　"죽는 거시 낫겄어야, 참말로" 참말로

　　늙은 연명이 뱉은 절창이구나, 질펀하게 번지는 만금이다.

―「만금이 절창이다」(7)

　이때 소재가 되는 것은 앞서 말한 바 있는 '궁핍하고 가련하고 지리
멸렬한 사람들'이다. 시에서 개펄에 들어가 조개를 줍는 여인네들은 대
부분 노인들이다. 늙은 몸을 이끌고 정강이까지 빠져드는 개펄을 기어
나오는 그들의 생활은 "죽는 거시 낫겄어야, 참말로"라는 한마디로 요
약된다. 그러나 그들의 고단한 삶은 가련하거나 초라하지 않고 차라리
당당하다. 조갯짐 망태를 부려놓는 노인의 말에는 노동의 고단함과 더
불어 그것을 해냈다는 당당함이 있다. 늙은 목숨을 연명하고 있지만 자
신의 생을 스스로 책임지고 있는 자의 떳떳함 같은 것이다. 고단한 하
루가 저물어가는 만큼이 '절창'인 이유는 그 때문이다.

　문인수는 '민중'이라고 할 수 있는 사람들 이야기를 다루면서도 무조
건적인 지지와 연민 대신 그들의 삶을 낱낱이 살피는 길을 택한다. 그
것은 타자의 삶의 방식에 대한 인정과 경의에서 오는 것이다. 사람이
저마다 다르듯이, 사는 모습도 죽는 모습도 제각각이다. 젊은 몸이 세
상을 살아가듯이, 늙고 병든 몸 역시 그에 적합한 방식으로 세상을 살
고 있는 것이다.

　그의 시에 나오는 몸들은 어딘가 불편하고 고장 나고 삐걱거리는, 낡

고 오래된 것이다. 그것은 자멸을 꿈꿀 수 있는 시기도 지나서("세월이 끝내준 것이라고는 도대체 청춘뿐이다. /지금은 늙어 아무것도 자멸하지 않고" —「땅끝」, 6), 날마다 늙어가고 불편해지며 접혀가는 몸이다.3) 그러나 이 늙은 '몸'은 소멸이나 죽음과 같은 추상적인 관념으로 연결되기 전에, 늙은 그 상태로 부려지며 삶을 꾸려가야 하는 생활 속의 육신이다.

8시집『적막소리』이후의 시들이 노년을 소재로 하면서도 죽음보다 생명력에 더 강조점을 두고 있는 것은, 지리멸렬한 평생을 군말 없이 살아내고 있는 사람들에 대한 경의와 응원이다(「모량역의 겨울」,「허공의 뼈」등, 8). 허리가 굽고 다리가 불편해서 기우뚱거리며 걸어가지만, 시간이 오래 걸릴 뿐, 노인은 자신의 걸음에 맞춰 목적지에 도달하고(「뒷짐」, 8), 폐차 직전의 고물인 프라이드 차량은 견인되기 직전 다시 움직일 기미를 보인다(「내리막의 힘」, 8).

> 그곳은 비 온다고?
> 이곳은 화창하다.
>
> 그대 슬픔 조금, 조금씩 마른다.
> 나는, 천천히 젖는다.
>
> —「통화중」(9)

---

3) 이것 또한 문인수만의 고유한 영역이다. 90년대 시단에서 몸은 포스트모던 담론을 대표하는 상징으로서 근대 이성중심주의에 의해 억압되어온 타자로 해석됐다. 적지 않은 시들에서, 몸은 인간의 진정한 바탕, 건강한 생산과 소비의 원천, 힘과 에너지의 상징 등으로 표현되고 있다. 이와 달리, 문인수의 시에 등장하는 몸들은 아름다움이나 건강함과는 거리가 먼, 불편하고 뒤틀린 몸이다(「꼭지」,「이것이 날개다」등, 7). 그는 이러한 몸이 살아가는 현장을 생생하게 전달하고 있다.

9시집『그립다는 말의 긴 팔』에 있는 이 시는 타자에 대한 인정과 지지를 가장 간결하게 표현하고 있다. 지극히 짧은 형식에 선명한 대조를 사용하고 있지만, 시를 읽다 보면 몇 안 되는 단어들 사이에서 보이지 않는 끈 같은 것이 서서히 풀려나오는 기미를 읽을 수 있다. 수화기 너머의 '그대'의 슬픔이 서서히 풀려나와 이편으로 넘어오고 '나'의 위로와 공감이 천천히 전화선을 타고 그대에게 이르면서, 그대의 슬픔은 조금씩 말라가고 '나'는 조금씩 슬픔으로 젖어 들어간다. 타자에 대한 공감과 위로가 어떠해야 하는지를 간명하게 보여주는 장면이다. 상대의 슬픔을 있는 그대로 경청하는 것, 그의 곤란한 처지를 외면하지 않고 끝까지 함께 하며 옆을 지키는 것, 그것이 시인이 생각하는 진정한 공감이다. 그는 그것이 언어를 통해 가능하다는 것을, '그립다는 말의 긴 팔'을 믿는다. 이 '긴 팔'이 '길고 뜨신 끈'의 변형이자 확장이라는 것은 두말할 필요조차 없다.

　　마을은 바다가 내려다보이는 산비탈에 다닥다닥 붙어 있다. 작고 초라한 집들이 거친 파도 소리에도 와르르 쏟아지지 않는다. 복잡하게 얽혀 꼬부라지는 골목들의 질긴 팔심 덕분인 것 같다. 폭 일 미터도 안되게 동네 속으로 파고드는 막장 같은 모퉁이도 많은데, 하긴 저렇듯 뭐든 결국 앞이 트일 때까지 시퍼렇게 감고 올라가는 것이 넝쿨 아니냐. 그러니까, 굵직굵직한 동아줄의 기나긴 골목들이 가파른 비탈을 비탈에다 꽉꽉 붙들어매고 있는 것이다. 잘 붙들어 맸는지 또 자주 흔들어보곤 하는 것이다. 오늘도 여기 헌시멘트 담벼락에 양쪽 어깻죽지를 벅벅 긁히는 고된 작업, 해풍의 저 근육질은 오랜 가난이 절이고 삭힌 마음인데, 가난도 일말 제맛을 끌어안고 놓지 않는 것이다.

한 노파가 지금 당신 집 쪽문 앞에다, 골목 바닥에다 몇포기 김장
배추를 포개놓고 다듬는 중이다. 한쪽에다 거친 겉잎을 몰아두었는
데, 행여 그 시래기라도 밟을까봐, 한 주민의 뒤태가 조심스레 허릴
굽히며, 꾸벅꾸벅 알은체하며 지나간다. 또 바람 불고, 골목들은 여
전히 튼튼하다.

— 「굵직굵직한 골목들」 (11)

11시집 『나는 지금 이곳이 아니다』에 있는 시 중에서도 가장 아름다
운 시이다. 서로를 지탱하고 보듬는 '긴 팔'은 사람과 사람, 사물과 사물
사이에서도 마찬가지다. 바다가 내려다보이는 산비탈에 다닥다닥 붙
어있는 집들은 작고 초라하지만 거친 파도 소리에도 아랑곳하지 않고
비탈에 딱 붙어있다. 그것들을 붙들고 있는 것은 굵은 동아줄처럼 보이
는 좁고 복잡하게 얽힌 골목들이다. 집들은 그 비좁은 골목을 전후좌우
에 두고 다닥다닥 붙어있지만 와르르 쏟아지지 않는다. 그 골목 바닥
쪽문 앞에서 한 노파가 김장 배추를 다듬고, 혹시 겉잎이라도 밟을까봐
한 주민이 조심스레 그 곁을 지난다. 작고 초라한 집들과 그곳에 사는
사람들, 그들의 터전인 산비탈을 단단하게 묶고 있는 것은 결국 '굵은
동아줄'로 상징되는, 타자를 껴안는 '긴 팔'이다. 이러한 위로와 공감 덕
분에 거칠고 가난한 것들은 초라하지 않고 튼튼하고 굳건하다.

문인수는 산비탈 동네에서 소외와 헐벗음이라는 사회적 주제를 끌
어내지도 않고, 가난한 삶에 대한 섣부른 연민을 건네지도, 그들의 삶
을 개선해야 한다는 계몽적인 메시지를 던지지도 않는다. 중요한 것은
누군가가 그 산비탈 동네에서 살고 있다는 것이고, 거기서 살고 있는
이들 또한 때로 기쁘거나 슬프고, 때로 행복하거나 불행한, 평범한 일
상을 살고 있다는 사실이다. 그들의 삶을 안쓰러워하며 분노하는 데는

그것을 바라보는 자의 시혜적인 시선이 섞여 있다. 문인수의 시에는 그 우월감이 없다.

그가 택한 시인의 자리는 스스로를 물들이지 않는 '물'과도 같은 것이다("물은, 저를 물들이지 않았다" – 「물빛, 크다」, 11). '나는 지금 이곳이 아니다'라는 말은, 타자의 삶을 옮기는 '나'가 그것들을 왜곡하지 않고 있는 그대로 전달할 수 있는 무관심의 자리에 있겠다는 다짐이다. 즉 타자와 동등한 위치에서 타자의 삶의 모습을 기록하는 무심의 리얼리즘, 생활의 리얼리즘인 것이다. 이런 면에서 문인수의 시는 독보적이고 단단한 지위를 확보하고 있다.

시집 연보 ──────────

1. 『늪이 늪에 젖듯이』, 심상, 1986.
2. 『세상 모든 길은 집으로 간다』, 문학아카데미, 1990. (문학의 전당, 2006)
3. 『뿔』, 민음사, 1992.
4. 『홰치는 산』, 만인사, 1999.
5. 『동강의 높은 새』, 세계사, 2000.
6. 『쉬!』, 문학동네, 2006.
7. 『배꼽』, 창작과비평사, 2008.
8. 『적막소리』, 창작과비평사, 2012.
9. 『그립다는 말의 긴 팔』, 서정시학, 2012.
10. 『달북』, 문학의전당, 2014.
11. 『나는 지금 이곳이 아니다』, 창작과비평사, 2015.

분노와 자기풍자,
전략적인 해체시

─ 박남철*론

　　박남철의 시는 시와 시인에 대한 고정관념을 파괴하면서 시작된다. 상식의 틀을 깨뜨리는 과감한 실험성과 그를 통한 시대적 현실 비판, 반짝이는 재치와 신랄한 풍자, 자신의 시에 대한 자부심, 세상에 대한 공격성 등은 박남철 시를 설명하는 중요한 특징들이다. 그는 '시인'이 한낱 포즈와 허세가 되어버렸음을 비꼬는가 하면, 시를 쓰고 싶다는 간절한 열망만큼 '시'를 부정하는 모순된 감정을 드러낸다. 등단작인 「연날리기」는 기본적인 현실 감각과 비판 의식, 미래를 향한 갈망 등 등단작으로서의 ABC를 갖춘 모범답안 같은 시이지만, 이와 달리 형태 실험 또한 초기 시에서부터 나타난다. 1시집 『지상의 인간』에는 그의 대표시인 「주기도문」, 「독자놈들 길들이기」뿐만 아니라 「없는 애인을 위하여」, 「무서운 啓示─1984년 2월 8일」 등과 같은 파격적인 형태를 가진 시들이 나란히 실려 있다.1)

---

* 1953년 경북 영일 출생, 1979년 『문학과 지성』으로 등단.

1) 1시집 『지상의 인간』은 모두 3부로 구성되어 있는데, 창작 시기로 보면 3부(1978~

그의 실험의식과 부정적인 세계관은 가난이라는 개인적 삶의 환경과 거기에서 비롯된 열등감과 분노를 바탕으로 하고 있다. 분노가 자신을 향할 때 자기 풍자가 발생하고, 시대나 사회와 연결될 때 사회적 부조리와 정치 권력에 대한 비판적인 목소리가 드러난다. 이와는 달리 분노가 개인적인 관계에 있는 현실의 특정 인물을 겨냥할 때 그의 시는 종종 상대방에 대한 언어폭력의 양상을 띠기도 한다.

그 중에서도 그의 시가 출발하는 지점은 자기 자신에 대한 풍자와 조롱이다. 시의 화자는 학교에서의 가르침을 따라 성장한 평범한 아이였지만, 성장하면서 세상이 원칙도 기준도 없는 부조리한 곳임을 알게 된다. 세상을 알아가면서 그가 터득한 처세술은 어디에서도 자신을 내세우지 않고 중간에서 조용히 숨죽여 사는 것이다("1등 하지 마라. 꼴찌도 하지 마라. 그저 묵묵하게 박수만 쳐대거라" —「박수부대」, 1). 자본주의 사회에서 돈 없고 빽 없는 개인이 목숨을 부지할 수 있는 방법은 납작 엎드려 사는 것뿐이다.

시인 자신의 개인사에 바탕한 것으로 보이는 「추석」, 「백의환향」, 「아버지」(이상, 1) 등에는 가진 것 없고 무력한 가족의 모습이 그려진다. 아버지는 무능력하고 가난하고("아버지는 잘 계시고요? 응…… 인자 논에 나가셨다……/ 아버지는 대구 공사장에서 내려오신 거로 게군/ 우린 논을 다 팔았다 시골집은 저당 잡혀 있고" —「어머니」, 2), '나'는 그런 집에 태어나 논을 판 돈으로 대학원까지 진학하지만 별다른 수입이 없는 한심한 인물이다("졸……업하고 나면 갑자기 푸른 달이/ 흰 구름 속으로 …… 버님 걱정 마세요 제가/ 이제 곧 장가만 들게 되면 맞벌이를 하지요 아버님/ 기운을 내세요 이까짓 낡은 집은 헐어 버리고요/

1982)→2부(1982~1983)→1부(1983~) 순으로 되어 있다. 가장 먼저 쓰여진 3부의 시들에서부터 이미 형태의 파격이 이루어지고 있음을 볼 수 있다.

어머님 신경통약…… 기운을 내세요 어머님 그까짓" ―「백의환향」, 1).
사실상 '나'가 할 수 있는 일은 시간강사 생활을 견디며 학교 측의 눈에
들어 대학교수가 되거나, 상업적인 소설을 써서 돈을 많이 버는 것뿐이
다. 그러나 그는 하필 돈도 빽도 안되는 '시'를 쓰고 싶어한다.

　　　나도 한때는 시인이고자 했었노라. ㅎㅎㅎ
　　　굉장히 열심히 세수도 않고 다니고
　　　때묻은 바바리 코우트의 깃을 세워 올리면서
　　　봉두난발한 머리카락의 비듬을 자랑했거니,
　　　이미 내 등이 꺼꾸정하게 굽은 뒤에
　　　형사 콜롬코가 기막힌 포옴으로 수입되었었노라
　　　무엇인가 비웃는 듯한 미소를
　　　한시라도 지우지 않으려고 노력하면서
　　　먼 허공에서 아물거리는 하늘과,
　　　바람과 별과 시만을 바라보는
　　　내 순수 고독의 시선하며
　　　그것을 담은 시전(詩展) 팜플렛을, 오호호
　　　저 무지 몽매한 중생들에게
　　　노나 주었었노라

　　　항상 국가와 민족의 앞날을
　　　걱정하면서, 우주와 평화를 걱정하면서
　　　윤동주의 혈서를, 에즈라 파운드를
　　　옆구리에 끼고 다녔었노라
　　　어디 나도 한번 머엇있게 살아 볼려고
　　　오른손을 번쩍 번쩍 치켜 들면서
　　　인생이란 뭐 다 그런 거라고, 아무 때고간에
　　　떠나고 싶을 때 혹 떠날 수 있는 거라고

목에 힘 꽉 주어 엄격하게 단언하면서
귀족처럼 우아하게 주점 할미집을
들락거렸었노라

때로는
끓어오르는 시흥(詩興)을 가누지 못하여
별로 인적이 뜸하지 않은 오솔길을
홀로 사색에 잠겨 비틀거리곤 했었노라
납작하니 짓밟힌 꽁초를 주워 피우면서
이소룡이처럼 절묘한 비명을 질러댔었노라,
아카! 아카카카!

아아, 근데 누가 뭐 신경이나 좀 써 줘야지
태산 명동에 서일필이더라, ㅍㅍㅍ
좌우지간 나도 한때는 굉장히 열심히
시인이고자 했었노라

> ─「시인연습」(1)

  'ㅎㅎㅎ'나 'ㅍㅍㅍ'처럼 자모 하나만을 가지고 웃음 소리를 표현하거
나, 이소룡의 기합소리를 그대로 흉내낸 '아카! 아카카카!' 같은 구절들
은 언어의 함축적 의미를 강조하는 시의 전통적인 개념을 정면으로 부
정하고 있다. 또한 시인이라는 것이 한갓 포즈로 전락한 현실을 조롱함
으로써 그에 대한 환상과 경의를 깨부순다.

  이러한 비판은 일차적으로 자신을 향하고 있다. '나'가 시인이 되기
위해 선택한 것은 '시 연습'이 아니라 '시인 연습'이다. 시인들의 포즈를
따라 하며 시인이 되고자 하는 '나'의 행위는 이소룡 흉내를 낸 "아카!
아카카카!"에 이르러 코미디로 전락한다. '나'는 이러한 자기 풍자까지

를 "무엇인가 비웃는 듯한 미소를 하시라도 지우지 않으려고 노력하면서"라고 조롱함으로써 자신의 속물성을 적나라하게 드러낸다. 그럼으로써 자신의 허위의식을 비판함과 동시에 모방의 대상이 되는 '시인' 일반에 대해 신랄한 비판을 가하는 것이다.

> 내 시에 대하여 의아해하는 구시대의 독자 놈들에게→차렷, 열중
> 쉬엇, 차렷,
>
> 이 좆만한 놈들이……
> 차렷, 열중쉬엇, 차렷, 열중쉬엇, 정신차렷, 차렷, ○○, 차렷, 헤쳐
> 모엿!
>
> 이 좆만한 놈들이……
> 헤쳐모엿,
>
> (야 이 좆만한 놈들아, 느네들 정말 그 따위로들밖에 정신 못 차리
> 겠어, 엉?)
>
> 차렷, 열중쉬엇, 차렷, 열중쉬엇, 차렷……
> ─「독자놈들 길들이기」 (1)

이 시는 「시인연습」에 나타나는 자기 풍자와는 정반대의 입장에 있다. 시 자체는 단순한 동작을 계속 반복시켜 군기를 잡는 장면을 그리고 있을 뿐 별다른 내용이 없어 보인다. 그러나 이 시의 포인트는 "내 시에 대하여 의아해하는 구시대의 독자 놈들"이라는 한 구절에 있다. 군기를 잡히는 대상은 '독자놈들'이고 그 중에서도 "내 시에 대하여 의아해하는" 놈들이다. 이는 자신의 실험적인 시들을 이해하지 못하는 독

자를 조롱하고 동시에 문학이나 시에 대한 고정관념을 비판하는 것이다. 「시인연습」이 자기 풍자와 희화화로 이루어진 반면 이 시는 정반대로 자신의 시에 대한 강한 자부심과 그것을 인정해주지 않는 세상에 대한 직접적인 공격을 내용으로 하고 있다. 그러나 사실상 두 시는 말하는 방법의 차이가 있을 뿐 기존의 시적 관습에 대한 비판과 실험의식이라는 동일한 목적을 가지고 있다.

박남철의 적나라한 자기 풍자가 보편적인 의의를 획득하는 것은, 개인적인 삶을 소재로 하면서도 그것 자체가 전형성을 획득하고 있기 때문이다. 농사를 지으며 근근이 살아가는 무력한 아버지, 평생 가난 때문에 마음을 졸이는 어머니, 누이동생 결혼식에 부조할 형편도 못되는 시간강사인 '나', 무능력한 남편 대신 생활을 꾸려가는 아내 등 그의 시에 등장하는 인물들은 각각의 처지에 있는 사람들이 겪는 보편적인 상황을 재현한다. 아버지는 평생을 죽어라고 일했지만 자식들을 대학에 보내고 쌓인 빚에 허덕이며 논을 팔고(「어머니」, 2), 시간강사인 '나'는 지방까지 가는 교통비도 안 되는 시급을 받으며 미래가 안 보이는 반실업자 생활을 하고 있다(「외등의 시간」, 5). '나'와 종종 갈등을 빚는 아내는 결국 작은 가게를 차려 궁핍한 생활을 떠맡는다(「아빠와 아이」, 5). 돈이 없어서 아이를 두 번이나 지우게 하고, 아이를 낳고 나서도 실업자로서 아이에게 아무것도 해주지 못하는 '나'는, 논을 팔아서 '나'를 대학에 보낸 아버지보다도 무능력한 인간이다. 대를 이은 가난은 극복되지 않고 시간이 흐를수록 점차 극심해진다.

이런 '나'의 빈궁한 삶은 개인의 일일 뿐만 아니라 그 자체가 전형적인 서민의 삶을 대변하고 있다. '나'의 취약한 삶을 적나라하게 반복하여 보여주는 것은 자신의 치부를 드러냄으로써 세상의 부정적인 측면을 폭로하는 일종의 자기 풍자이다. 그런 면에서 이 시들은 자신의 비루한 일상성을 주제로 삼았던 김수영의 후기 시를 닮아있다.

박남철은 시적 상황을 일부러 과장함으로써 '나'의 무능력을 조롱하고 희화화한다. '나'가 무능력한 자식일 때는 회한과 자책, 부모에 대한 죄스러움 등 반성의 태도가 나타나는 것에 반해, 한 가정의 가장으로서 무능력한 '나'는 가족에 대한 미안함을 과장된 폭력으로 표출하고 그것에 마음이 아파 눈물 흘리는 모순되고 자학적인 태도를 보인다.

1

17개월, 제 엄마는 버릇을 가르친다고
애를 자꾸 찰싹찰싹 때린다.
아이는 세상에서 처음으로 당하는
폭력에 눈물을 뚝뚝 흘리며 내 쪽으로 걸어 오며
서럽게 서럽게 울어 댄다.

눈물이 다 글썽해진다.

좀 내버려 둬, 이 ☒ 같은 년아
니가 무슨 선생이라고 왜 애를 자꾸 때리니
엉, 넌 피도 눈물도 없니, 엉? 이 ☒☒☒만도 못한 년아!

2

눈이
둥그레진 아내, 조용히 아이의
눈물을 닦아주더니 빵과 우유를 먹인다.

아이는 빵을 내쪽으로 내밀며 '아빠, 빠방……빠방!'
하며 나도 먹어 보라고 웅얼거린다.

연놈들, 진작 그렇게 평화롭게 놀고 있을 일이지……

주르르, 내 방쪽으로 돌아서서 몰래 눈물을 찍어낸다.
―「아버지」(2)

　2시집 『반시대적 고찰』에 실려있는 이 시의 상황은 아이와 엄마가
작은 실랑이를 벌이는 장면으로서 어느 집에서나 흔히 볼 수 있는 풍경
이다. 그런데 '나'는 아이를 때리는 것을 '폭력'이라고 표현하면서 정작
자신은 아내를 향해 그보다 더한 욕설을 쏟아낸다. '눈이 둥그레진' 아
내가 아이를 달래며 실랑이는 끝이 나는데, '나'는 그것을 보며 "주르르,
내 방쪽으로 돌아서서 몰래 눈물을 찍어낸다." '나'의 비상식적이고 과
장된 반응은 이면에 감추어져 있는 불안과 울분을 짐작하게 한다. 세상
에 대한 불만을 직접 말하지 못하고 대신 만만한 아내에게 화풀이를 하
는 모양은 '나'를 최대한 비굴하고 초라한 존재로 보이게 한다.
　아내와 아이를 소재로 한 이런 시들은 시인의 개인사에 바탕을 두고
있긴 하지만 실제 생활과 일치하는 것은 아니다. 특히 아내를 소재로
한 시들은 이상(李箱)의 작품들과 상호텍스트적 관계에 있다. 현실부적
응자인 남편과 남편 대신 돈을 버는 아내의 대비는 이상의 「날개」에 등
장하는 '나'와 아내의 관계를 연상시킨다. 「날개」에서 아내가 생활을
위해 매춘을 한다면, 박남철의 시에서 아내는 '장터국수'에서 국수를
팔아 돈을 번다. 실업자인 '나'는 아들과 함께 집에서 빈둥대다가 가게
구경을 가거나 국수를 얻어먹는다(「아빠와 아이」, 「추운 날」, 5). 이혼

과 재결합을 반복하는 '나'와 '아내'의 관계(「이혼」, 5) 역시 이상의 소설에 등장하는 '나와 아내의 특이한 관계를 연상시킨다. 빈번하게 등장하는 아내와 아들, 풍비박산난 가정의 모습 등은 사실상 포스트모더니즘의 중요한 특징인 상호텍스트성을 활용한 시 쓰기 전략인 셈이다.[2]

> 아빠, 나도 진짜 총 갖고 싶어
> 아빠 허리에 걸려 있는,
>
> 이 골목에서
> 한 눔만 죽일 테야
>
> 늘 술래만 되려 하는
> 도망도 잘 못 치는
> 아빠 없는 돌이를 죽일 테야
>
> 그 눔 흠씬 패기만 해도
> 다들 설설 기는데,
> 아빠.
>
> [黃東奎, 「아이들 놀이」, 『나는 바퀴를 보면 굴리고 싶어진다』,

---

2) 박남철의 시가 이상을 패러디하고 있다는 것은, 화자가 그리워하는 여성의 이름이 '정희'라고 되어있는 것에서도 알 수 있다(「사랑하는 나의」, 「1988년 1월 7일, 새벽」, 2). '정희'는 이상의 소설 「종생기」에 등장하는 인물로서 '나'를 속이고 놀리며 쥐락펴락하는 '치사한 소녀'로 표현되어 있다. 박남철의 시 「사랑하는 나의」에서 그려지는 '정희'의 이미지는 이와 아주 흡사하다.
이와는 별개로, 「1988년 1월 7일, 새벽」은 새벽에 잠이 깬 화자가 배가 고파 청진옥에 들러 해장국을 먹은 이야기를 내용으로 하고 있는데, 화자가 이동하는 길과 거리풍경을 세세하게 묘사하는 것이 박태원의 「소설가 구보씨의 일일」을 연상시키기도 한다.

(서울, 文學과知性社, 1978)]

― 「묵상 ; 예수와 술래」(2)

황동규의 시 「아이들 놀이」와 출전의 서지사항까지를 본문으로 하고 '묵상;예수와 술래'라는 제목을 붙인 이 시는 기존의 시의 정의를 벗어나 있다. 시의 내용은 황동규의 시를 전혀 수정하지 않은 상태로 옮겨왔고 출전 또한 사실적인 기록일 뿐 창작된 내용이 아니다. 이 시에서 새롭게 창작된 부분은 제목을 만들어 붙인 것뿐이다. 같은 제목을 가진 「묵상 ; 예수와 아기 장수」 역시 하창수의 「전설 · 역사 · 삶」이라는 글의 일부를 옮기고 출전을 밝힌 후 제목을 붙인 것이다. 박남철은 이처럼 다른 시인들의 시를 베껴오기도 하고 시가 아닌 연구논문이나 사신(私信) 등을 그대로 인용하여 시의 본문을 삼기도 한다. 더 나아가 인용된 글의 각주나 참고문헌이 시의 본론으로 들어오는 경우도 있다 (「バカヤロウ!」, 2).[3]

이 때 인용된 원 텍스트는 새로운 시의 창작자인 박남철에게 '묵상'의 계기로 작용한다. 윗 시에서 박남철은 황동규 시에 나오는 아이들의 놀이가 섬뜩한 어른들의 세계를 보여준다는 것에 착안한다. '약자를 골라서 흠씬 두들겨 패면 다들 알아서 긴다'는 아이의 생각은 어른 세계의 폭력성을 그대로 모방한 것이다. 박남철은 이 시를 다시 한 번 인용함으로써 현실의 폭력성을 강조한다.

그러나 박남철이 더욱 주목하고 있는 것은 '도망도 못 치고 늘 술래만 되려고 하는 아빠 없는 아이'인 '돌이'이다. 돌이가 술래가 된 것은 힘이 없어서이기도 하고 본인이 원한 것이기도 하다. 도망을 가야 어차

---

3) 3시집 『용의 모습으로』는 다른 시인들의 시를 인용하고 그에 대한 메모나 짧은 연구 단상들을 덧붙여 놓은 것으로서 부제 자체가 '박남철 비평시집 I'로 되어 있다.

피 금방 잡힐 것이므로 차라리 술래를 자처하는 것이다. 박남철은 술래를 자처한 돌이가 매를 맞는 것을 사람들에게 돌팔매를 맞은 예수에 비유하고 있다.

「묵상 ; 예수와 아기 장수」에서 아기장수에 관한 해석도 이와 유사하다. 인용된 하창수의 글은 하층민을 구원해줄 아기장수를 죽이는 것은 어머니로 대표되는 같은 하층민이라는 점을 지적하고 있다. 상층의 압력을 피하기 위해 하층민 스스로 자기 거세를 행한다는 것이다. 박남철은 이 글을 인용해놓고 부제를 '예수와 아기 장수'라고 붙여서 아기장수의 고난이 예수의 그것과 같음을 말하고 있다. 두 시에서 술래와 아기장수의 공통점은 사회의 다른 구성원들과 어울리지 못하고 핍박받으면서도 그 집단을 떠나지 않고 핍박을 견딘다는 것이다. 그러한 특징이 예수에 비유되면서 술래와 아기장수는 시대와 사회를 잘못 만나 박해 받는 영웅의 이미지를 가지게 된다.

이것은 박남철이 자신의 이미지를 형상화한 것이다. 그는 종종 자신의 생활의 무능력과 폭력적 성향, 여성 비하 등이 현실사회의 모순과 불합리에 근거한 것임을 강조한다. 그리고 자신을 술래(「못 찾겠다 꾀꼬리」, 5)나 시대를 만나지 못한 영웅 혹은 예수(「실업」, 2)에 비유하고 있다. 그런 면에서 그의 자기 풍자는 자기 연민 혹은 자기 현시와 동일한 성격을 띠기도 한다.

이외에도 그는 띄어쓰기 없는 미완성의 문장을 연결한 줄글 형태(「금도끼 Ⅲ」, 1), 네모난 박스와 사진을 결합하고 이를 변주해가는 방법(「텔레비전」 연작, 2), 글자를 뒤집어 상이 맺히게 하는 방식(「권투」, 2), 본문의 몇 페이지를 비우고 참고문헌을 다는(「バカヤロウ!」, 2) 등 파격적인 실험을 계속한다.

이러한 형태 실험은 기본적으로 사회 현실적인 연결 고리를 가지고 있다. 그는 분단된 한국의 역사에 대한 울분을 직설적으로 토로하기도 하고(「해미르 Ⅲ-2」, 2), 반미를 부르짖고(「애아와 애린 사이」, 2), 자신의 실업 상황을 열여섯 살 재단공의 생활과 연결시켜 바라보기도 한다 (「실업」, 2). 다음 시는 형태 실험과 사회적 이슈가 결합된 대표적인 예이다.

해미르야,
사랑하는 나의 아들아,
네가 태어나게 된 ㅣ

왜 죽였니 !

해미르야, 사랑하는 나의 아들아, 네가 태어나게 된 내력은 이러하니라.

天照聖母, 아니, 西述聖母 즉 仙桃聖母께서―"聖母께서"―제Ⅰ세 왕 朴赫世居西干을 낳으시고,

(중략)

阿達羅尼師今은 碧芳을, 碧芳은 武英을 낳고, 武英은 判得을, 慶尙 北道 迎日郡 興海邑 烏島洞, 그 앞의 烏島 섬 …… 判得은 光欽을 낳고, 光欽은 美一을, 美一은 乃物을 낳고, 乃物은 相建을 낳고, 相建은 仁燁을……

해미르야, 아부지도 아무 할 말 없대이……
― 「박해미르 Ⅺ-2[試稿]」 부분4) (2)

그의 시 곳곳에서 드러나는 개인사에 의하면 '해미르'는 박남철의 아들이다.5) 이 시에서 '해미르'는 시인의 실제 아들이면서 박혁거세 신화와 연결된 민족적인 영웅의 이미지를 가지고 있다. 박남철은 마치 아이에게 태어날 때의 이야기를 들려주는 것과 같은 형식 속에 박씨 성의 시조인 박혁거세 설화를 끌어들여 성스러움을 부여하고, 중간 중간에 자신의 고향인 '영일군 홍해읍 오도동'과 같은 개인사를 배치함으로써 설화와 시라는 장르의 경계를 허물고 있다.

이 시가 앞에서 말한 상호텍스트적인 시들과 구별되는 것은 그것이 개인적인 이미지 구축을 넘어서 시대적인 현실과 직접 맞닿아있기 때문이다. 중간 중간 삽입되어 있는 고딕체로 표시된 구절들은 1987년에 고문으로 죽은 박종철의 이야기이다. 「박해미르 XI-1」의 부제인 '1987년 1월 14일'은 박종철이 죽은 날짜이고, "해미르야, 아부지도 아무 할 말 없대이……"는 박종철 아버지의 "철아, 잘 가그레이 이 아버지는 아무 할말도 없대이"라는 말을 따온 것이다. 박남철은 시 중간에 박종철 사건을 은폐하려는 정권의 음모를 폭로하고 그에 대한 직설적인 울분과 항의를 표시한다. 시의 중간 중간에 삽입된 **왜 죽였니?**'라는 고딕체는 시를 읽어가는 중에 영상 이미지처럼 수시로 떠올라 와서 선명하게 각인된다.

또 「박해미르 XI-1」의 텅 비어있는 네모는 「텔레비전」 연작의 네모 모양과는 다르게 굵은 테두리를 가지고 세로로 긴 형태를 가지고 있다.

---

4) 이 시는 분량이 시집 11페이지에 달하고, 한문 원문이 빈번하게 노출되고 다양한 형태 실험을 담고 있어서 전문을 그대로 옮기는 데는 무리가 있다. 따라서 해당 부분만을 인용하기로 한다.

5) 특히, 『반시대적 고찰』 2, 3부에 해미르와 관련된 시들이 집약되어 있다. 그는 「해미르 III-1」에서 '물[미르]과 불[해]의 온전한 결합 즉 진정한 태극의 형성을 기원하는 뜻'에서 아들 이름을 '해미르'라고 지었다고 쓰고 있다.

이것은 영정 사진의 틀을 그려놓은 것이고, 그 아래 독립적으로 쓰여있는 "아(芽)"는 돋아나는 싹과도 같은 한 청년이 죽었음을 한 글자로 표현해놓은 것이다. 이때 '박해미르'는 박남철의 실제 아들이면서 동시에 고문으로 죽어간 박종철을 상징한다. 박혁거세 설화는 박해미르/박종철이 고귀하고 성스러운 인간임을 강조하기 위한 장치로 기능한다. 여기서 박남철의 시는 개인적인 분노를 즉자적으로 발화하는 수준을 넘어서 그것을 시적인 전략으로 활용할 수 있게 되었음을 증명해 보인다. 이는 해체가 시적 유희가 아니라 간접적인 정치적 발언이었던 80년대 시의 특징을 보여주는 성공적인 예이다.

그러나 그의 시가 차지하고 있는 이같은 시적 위상은 폭력적이고 외설적인 언술들로 인해 희석되거나 간과된다. 시적 계기인 분노가 지극히 개인적인 에피소드와 결합될 때, 그의 시는 특정한 개인에 대한 인신공격과 여성 비하, 성희롱의 차원으로 전락한다. 특정인을 거론하며 개인적 유감을 늘어놓거나(「그 젊은 성자(聖子)의 대가리를」, 2), 폭력 사건과 관련된 이야기를 소재로 할 때, 그의 시는 자기변명이나 사건에 대한 주관적인 일지가 된다(「러시아집 패설」, 4).

그의 시에서 가장 빈번하게 폭력과 비하의 대상이 되는 것은 여성이다. 5시집 『자본에 살어리랏다』에서 여성은 대부분 섹스와 연결되어 있다. 화자는 여성을 성적으로 대상화하고 여성이 화자를 대하는 태도 또한 마찬가지다. 이런 연유로 해서 여성이 등장하는 대부분의 시들은 성희롱과 외설에 가까워진다.

　　1

　　탱자나무꽃 하얗게 질려 있는 그 위에

흰칠하게 둥실 떠 있던

그대 얼굴이여

그 둥글고 환한 어리숙한

그대 얼굴이여

포르노처럼 피어 있던

탱자나무꽃이여

탱자나무꽃이여

갑자기 머리가 뽀개지듯 아파서

2

우리 춘천 여자, 처음에

그날 저녁 나를 보자마자

우리 집으로 가시지요……

백색 캐피탈에 태워 가서는

그 너른 오디오의 공간에서

제가 벗지요……

벗는 동안에 나는 잠들었었고

이튿날 강원대 교정에서 전화를 거니

시간이 넘었는데도 전화가 안 와서 많이 조마조마했었지요……

(엉엉……)

　　　　　　　　　　　　　　 ─「고흥반도 위에 뜬 달」(5)

　인용된 시에서 '춘천 여자'는 '나'를 보자마자 반해서 자기 집으로 데리고 가서는 먼저 섹스를 요구한다. 그 후에도 혹시나 전화가 안 오면 어쩌나 조마조마하며 '나'의 연락을 기다린다. 월 순수익이 5백 이상인 가게 주인인 그녀는 교양 있는 여자인 체 하면서 사실은 섹스만 밝히고 머리는 텅 빈, 헛물 든 여자로 그려진다(「에디히 프롬과 미셸 꼬뿌」, 6).

　그러나 성적인 언술들로 가득 찬 그의 시들을 찬찬히 읽어보면, 여성과의 성행위를 소재로 하는 시들에서조차 화자는 성행위에 소극적이거나 실패한다. 이 시에서 역시 화자는 여자가 벗는 동안에 잠이 들어버린 것으로 되어있다. 실제 현실에서의 '나'는 "비디오테이프나 보는 폐인"으로서 그대로부터 "밥 한끼 먹는 것조차 아깝다 하며" 이별을 통보 받고(「새벽, 북한강가에서」, 5), 섹스도 하지 못한 채 무기력하게 돌아와 '집에 와서 자는' 인물에 더 가깝다(「아름다운 것들」, 「새벽, 북한강가에서」, 5). 그럼에도 불구하고 여성들이 자신의 성적인 매력에 반해 언제든 자신을 받아들일 준비가 되어있다고 믿는 것(「대학로」, 5)은 '나'의 환타지일 뿐이다. 오직 섹스를 통해서만 우월감을 확인하려는 것은 현실에서 '나'가 전혀 유용하지 않은 인물임을 반증한다.

　여성을 비하하는 많은 시들은 여성에 의해 선택받지 못할 것이라는 열등감의 반어적인 표현이다. 그 이면에는 여성에게 의지하고 보호받고 싶다는 상반된 감정과 갈망이 숨어있다. 그가 종종 비하의 대상으로 삼는 '아내'는 실제 그의 생활을 책임지는 보호자이며 그를 이해하는 유일한 존재로서 구원의 여성상으로 그려진다(「이혼, 5」).

　　어제 서울의 아내가 '당신은 참 강한 사람'이라 했다.
　　지난 2월 8일날 이혼하고 조그만 아파트단지 상가에서 '장터국수'를 운영하며 아들을 키우고 있었던 아내의 입에서 나온 소리다.

　　"저 같았으면 새로 얻은 여자가 혼인신고를 재촉하다 몇 대 얻어맞고는 가족들을 따라 내려가버렸다면……"

　　말꼬리를 흐렸었다.

　　"그랬다면 당신은 어쨌을 텐데?"

　　우리는 비가 약간 뿌린 일요일의 단지 안을 거닐었다.

"아마 미쳐버렸거나 칼부림이 일어났을 테죠……"

춘천 여자의 변심에 대하여 더욱 분격한 것도 아내였다. 전화까지 끊어져 있는 아파트 안에서 신음하고 있을 전 남편을 상상한 것도 그녀였고. '카페 오페라'의 이철준 선생님께 전화를 걸어와 대성통곡을 하더라고 전해주던 이철준 선생님 당신의 눈에서도 눈물이 비오듯이 흘러내렸었다.

정작 나는 "왜 여기까지 전화를……"하며 말꼬리를 흐렸었고.

"엄마가 '밤 딸 때쯤이면 박서방이 돌아올 텐데 너 어쩔래?' 하데요."

아내가 씩 웃으며 말했다.

장모, 장모, 장모, 으으……장모님이 꿈을 꾸셨던 모양이었다.

"그래, 당신은 뭐라고 대답했어?"

간신히 빙그레 웃으며 되물으니,

"'그때 가봐야 알지 뭐……' 했죠."

담담하니, 한이 많이 풀어진 얼굴로 대답해왔었다.

하늘은 많이 흐려 있었고, 내 가슴은 더욱 답답해지는 것이었다.

청바지에 분홍 청자켓을 걸친 아내의 체구는 너무나 자그마했고 그녀는 아무리 보아도 못생긴 나의 또 하나의 분신이었고 약하디약한 나의 딸이었다.

아아, 해미르의 누나 같은 나의 딸이었다.

                        ―「당신은 참 강한 사람」(5)

앞의 시에 등장하는 '춘천 여자'가 성적으로 대상화된 여성의 전형적인 예라면, '아내'는 육체적 관계를 초월한 성모(聖母)에 가까운 여자이다. 심지어 아내는 이혼을 하고 아들의 생계까지 떠맡고 살면서도 전 남편인 '나'를 버린 '춘천 여자'에 분개하며 한결같이 '나'를 보살핀다. 이는 젊은 날의 숱한 방랑 뒤에 자신이 버렸던 여성에게 돌아가 쉰다는, 흔한 남성적 환타지를 재현한다. 그가 꿈꾸는 여성은 무슨 짓을 해도 변함없이 자신을 지지하고, 언제든지 돌아가면 쉴 수 있는 고향 같고 어머니 같은 여자이다("이제 그대 사랑으로 내 울면서/ 다시 일어서 노니 이제/ 그대 사랑으로 내 울면서/ 다시 세상으로 걸어나가노니/ 쫓기는 아이처럼 부활하는/ 미아처럼"―「벤자민 나무 그늘 아래」, 5). 수없이 등장하는 여성에 대한 비하와 경멸은 그가 얼마나 나약하고 감상적이며 여성에게 사랑받기를 원하는지를 역설적으로 보여주는 것이다.

아울러 이 시집에서는 일상적인 자아의 모습이 좀더 전면에 드러난다. '나'는 위악의 포즈 없이 가장으로서의 다짐을 드러내기도 하고(「눈보라 속의 벌」, 5) 재기를 꿈꾸기도 한다(「벤자민 나무 그늘 아래」, 「시인」, 5). 여기서 '나'는 이전 시에서처럼 예수나 영웅이 아니라 '개'에 비유되고 있다. 「목련에 대하여」 연작에서 '목련'은 실제 목련꽃이기도 하고 '개'로 환생한 목련존자를 의미하기도 한다. 전봇대 옆에 오줌을 싸 영역 표시를 하고 뒷발로 머리 부분을 긁거나 냄새를 맡는 개의 행동은, 화자에게 반성을 불러일으키는 구도적인 행위로 재해석된다("그러더니 개는/ 왼쪽 뒷발을 들어 자신의/ 귀때기를 세차게 몇 번// 때리고는/ 온몸을 한번/ 부르르 떤 다음"―「목련에 대하여 Ⅰ」, 5).

이러한 구도적인 경향은 6시집『바다 속의 흰머리뫼』에서 '진아(眞我)'를 찾는 것으로 집약된다. 그러나 이는 불교적인 화두가 아니라 세상과 대결하려는 '나'의 일관된 태도를 재차 확인하는 것이다. 이는 "나는 나다. 나는 나이고 너는 너이다. 내가 어떻게 너일 수 있으랴?"(「[물아일체론비판] "킬리만자로의 표범"」, 6)라는 구절에 단적으로 드러나 있다. 황지우의 시집 제목인 '나는 너다'를 다분히 의식하고 있는 이 발언은 평생을 세상과 타협하며 살지 않겠다는 다짐이자 지금까지 그렇게 살아왔다는 그의 자부심을 표현한 것이다. '썩은 고기를 먹고 목숨을 연명하느니 산정 높이 올라가 굶어 죽는 표범이 되겠다'는 조용필의 <킬리만자로의 표범> 가사를 시에 변주해놓은 것 역시 같은 이유에서이다.

꼬리로 바다를 치며 나아간다

타아앙……

갈매기 떼, 들, 들, 갈매기들 날고

타아앙……

어디 머리가 약간 모자라는

돌고래 한 마리도 꼬리에 걸리며

타아앙……

자기가 고래인 걸로 잠시 착각한 늙은

숫물개 한 마리도 옆구리에 치인다

타아앙……

입 안에 가득 고이는 새우, 새우들,

타아앙……

나는 이미 바다이고 바다는 이미 나이다

타아앙……

나는 이미 고래이고 고래는 또한 나이다

타아앙……

분별하려는 것들은 이미 고래가 아니다

타아앙……

분별하려는 것들은 이미 바다도 아니다

타아앙……

꼬리로 바다를 치며 나아간다

타아아아앙……

꼬리로 나를 치며 나아간다,

타아아아아아앙······

시작 메모

1999년 봄여름에 써두었던 시다.

Dschinghis Khans "Dschinghis Khan"
<embed src=
"http://song.oldbutgood.co.kr/GenghisKhan—GenghisKhan.wma"
loop="true">

— 「고래의 항진」(6)

　마치 유작과 같은 느낌을 주는 이 시는 박남철이 꿈꾸었던 진정한 '시인'으로서의 자화상을 '고래'에 비유하여 표현하고 있다. '나'는 곧 '바다'이고 '고래'이며 그 모든 것이라는 오만. 폭력과 성희롱의 경계를 넘나들며 형태 실험을 거듭했던 그가 진정으로 원했던 것은 일류 시인이 되는 것이다. 자기풍자와 거듭된 형태 실험은 '시가 아닌 시 한 편'(「자유······로운 잡념」, 1)을 얻고 싶다는 갈망에서 비롯된 것이다. 그는 '시란 무엇인가'라는 근본적인 질문을 던지고, 자신의 시가 그에 대한 해답을 줄 수 있기를 간절히 원했다.

　그의 시의 구절을 빌려서 비유하자면, 비난과 찬사가 엇갈리는 그의 시들은 갈매기들의 배설물이 쌓여 봉우리를 이룬 '오도(烏島)'의 '흰머리뫼' 같은 것이다. 배설물이 쌓이고 쌓여 만들어진 봉우리가 바다 한가운데 우뚝 솟은 거대한 고래처럼 보이듯이, 그는 자신의 시가 오해와 비난 속에서도 결국에는 한국 시사의 중요한 봉우리를 이룰 것을 갈망했고, 또 확신했다.

시집 연보 ──────────

1. 『지상의 인간』, 문학과지성사, 1984.
2. 『반시대적 고찰』, 한겨레, 1988.
3. 『용의 모습으로』, 청하, 1990.
4. 『러시아집 패설』, 청하, 1991.
5. 『자본에 살어리랏다』, 창작과비평사, 1997.
6. 『바다 속의 흰머리뫼』, 문학과지성사, 2005.
7. 『제1분』, 문학수첩, 2009.

노동시의 탄생과 성장, 소멸,
그 후의 생명과 나눔의 철학
- 박노해*론

한국 현대시사에서 노동시가 독립된 장르로 자리 잡게 된 것은 박노해의 1시집 『노동의 새벽』 출간과 더불어 가능해진 일이다.[1] 그 이전에 쓰여진 신동엽의 「종로 5가」, 신경림의 「농무」, 「장마」와 같은 시들 역시 노동의 문제를 소재로 했으나, 그것은 비노동자인 주체가 노동자의 삶을 보여주고 그들의 입장을 대변한다는 점에서 제한적이었다. 이와 비교할 때 박노해의 시는 노동자가 자신의 노동 현실을 직접 써냄으로써 구체적인 현장성을 확보하고 있다. 『노동의 새벽』 이전의 문학이 민중을 향한 민중문학이었다면, 그 이후의 문학은 민중에 의한 민중문학이 되는 것이다.[2] 이런 점에서 이 시집은 리얼리즘 시만이 아니라

---

* 1957년 전남 함평 출생, 1983년 『시와 경제』로 등단.
1) 이 글의 앞부분은 졸고, 「순결한 혁명성과 본격적인 노동시의 출현」, 산사 김재홍 교수 화갑기념논문집 간행위원회 편, 『한국현대시사연구』, 시학, 2007 ; 「1980년대 박노해 시의 특징과 의의」, 김인환 외, 『한국문학과 민주주의』, 소명출판, 2013를 바탕으로 하고 있다.
2) 이는 1980년대에 행해진 민족문학 주체논쟁의 중요한 주제가 된다. 이에 대해서는

한국 현대시사에서도 중요한 분기점이 된다.

이 시집이 80년대 문단을 충격할 수 있었던 가장 큰 요인은 노동 현장에서 확보된 체험의 진실성이다. 산업공단과 방직 공장, 버스 운수회사, 시다와 버스 안내양 등은 80년대 초반 한국 사회의 노동 현실을 잘 보여주는 대표적인 소재들이다. 또한 여기에는 노조가 결성되기 이전 무력한 개인으로 분산되어 착취당하는 노동자의 모습들이 형상화되어 있다. 노동자들은 10년 동안 일한 퇴직금을 브로커에게 떼이고 자살하거나(「얼마짜리지」, 1), 일당 4000원을 받으면서도 갈 곳이 없는(「바겐세일」, 1) 현실에서 "때리면 돌아가는 팽이", "돌릴수록 쥐어짜지는 빨래"(「멈출 수 없지」, 1), 라인에 일렬로 앉아 일하는 "양계장 닭"(「어쩌면」, 1)과 같은 존재로 취급된다. 인간으로서 최소한의 대우도 받지 못하는 삶은 그들 자신의 정체성마저 부정적인 것으로 인식하게 한다.

이 시집의 시들은 노동 현실을 적나라하게 고발하고 있을 뿐만 아니라 노동자의 삶에 대한 진정한 이해와 공감을 바탕으로 하고 그것을 서정적으로 형상화하는 데 성공하고 있다.

> 긴 공장의 밤
> 시린 어깨 위로
> 피로가 한파처럼 몰려온다
>
> 드르륵 득득
> 미상을 타고, 꿈결 같은 미싱을 타고
> 두 알의 타이밍으로 철야를 버티는
> 시다의 언 손으로

졸고, 「1980년대 박노해 시의 특징과 의의」를 참고할 수 있다.

장미빛 꿈을 잘라
이룰 수 없는 헛된 꿈을 싹뚝 잘라
피 흐르는 가죽본을 미싱대에 올린다
끝도 없이 올린다

아직은 시다
미싱대에 오르고 싶다
미싱을 타고
장군처럼 당당한 얼굴로 미싱을 타고
언 몸뚱아리 감싸 줄
따스한 옷을 만들고 싶다
찢겨진 살림을 깁고 싶다

떨려 오는 온몸을 소름치며
가위질 망치질로 다짐질하는
아직은 시다,
미싱을 타고 미싱을 타고
갈라진 세상 모오든 것들을
하나로 연결하고 싶은
시다의 꿈으로
찬 바람 치는 공단거리를
허청이며 내달리는
왜소한 시다의 몸짓
파리한 이마 위으로
새벽별 빛나다

— 「시다의 꿈」(1)

이 시에서 '시다의 꿈'은 자본주의 사회를 전복시키거나 혁명으로 세상을 바꾸는 것이 아니라 미싱사가 되는 것이다. 미싱과 미싱 사이를 누비며 옷본을 옮기고 실밥을 마무리하는 시다에게 가장 부러운 것은 미싱 하나를 차지하고 있는 미싱사이다. 어린 시다의 눈에 미싱사가 '장군처럼 당당한 얼굴'로 보이는 것을 포착한 것이야말로 이 시가 가지고 있는 구체적인 현장성이며 진정한 리얼리티이다. "언 몸뚱아리 감싸줄 따스한 옷을 만들고 싶다"나 "찢겨진 살림을 깁고 싶다"는 구절 또한 돈을 더 많이 벌어서 가난한 생활에 보탬이 되고 싶다는 소박한 꿈을 표현한 것이다. 이 지점에서 박노해의 시는 이전의 시혜적 노동시와 구별된다.

한편 시다의 상황은 조직화되기 이전 노동자의 절망감을 표현하고 있기도 하다. '장밋빛 꿈', '이룰 수 없는 헛된 꿈'은 시다의 꿈이 결국 이루어지지 않을 것임을 암시한다. 이 때 '꿈'은 미싱사가 되려는 실제적인 희망이 아니라 뒷부분에 나오는 "갈라진 세상 모오든 것들을 하나로 연결하고 싶은" 꿈이다. 그러나 그것이 현실적으로 불가능한 '장밋빛 꿈'일 뿐이라는 것이 시의 비극성을 만들어낸다. 공단 거리를 허청이며 내달리는 '왜소한 시다의 몸짓'과 '파리한 이마' 위에 비치는 새벽별의 이미지는 이러한 비극성을 더욱 배가시키는 역할을 한다. "아 그러나/ 어쩔 수 없지 어쩔 수 없지/ 죽음이 아니라면 어쩔 수 없지/ 이 질긴 목숨을,/ 가난의 멍에를,/ 이 운명을 어쩔 수 없지"(「노동의 새벽」, 1)라는 구절은 자신들의 삶을 숙명적으로 받아들이는 노동자의 체념 어린 목소리를 반영하고 있다. 노동을 하면 할수록 빈부 차이는 더 커지고 착취 구조는 공고해지는 비극적 아이러니를 보여주는 부분이다.

박노해는 노동 운동의 현실을 사실적으로 형상화한 것뿐만 아니라 이를 타개할 수 있는 방안으로서 노동자의 단결을 통한 현실 전복의 가능성을 스스로 발견해내고 있다. 「시다의 꿈」, 「노동의 새벽」, 「떠나가는 노래」 등의 후반부는 현실의 비극성을 껴안은 채 모두 미래를 향해 열려 있다. '시다'는 이룰 수 없는 장밋빛 꿈을 안은 채 새벽별 빛나는 공단 거리를 내달리고(「시다의 꿈」, 1), 죽음이 아니면 운명을 벗어날 수 없다는 자포자기 상태에서 노동자들은 소줏잔을 돌리며 '햇새벽'을 기다린다(「노동의 새벽」, 1). 또 선진노동자인 '나'는 정든 작업장을 떠나 "죽음의 연기 뿜어내는 저 거대한 굴뚝 속을 폭탄 품고 추락하는 새"가 되기로 작정하고 싸움의 길을 떠나간다(「떠나가는 노래」, 1). 이 시들이 비극적인 현실 속에서도 미래를 향해 열려 있는 것은 궁극적으로는 현실의 억압과 희생 속에서도 역사는 발전한다는 것을 믿기 때문이다.

다음 시는 무기력한 노동자의 현실에 대한 뼈저린 인식과 분노가 현실에 대한 투쟁으로 이어지는 과정을 설득력 있게 형상화함으로써 리얼리즘적인 전망을 획득하는 데 성공하고 있다.

올 어린이날만은
안사람과 아들놈 손목 잡고
어린이 대공원에라도 가야겠다며
은하수를 빨며 웃던 정형의
손목이 날아갔다

작업복을 입었다고
사장님 그라나다 승용차도
공장장님 로얄살롱도
부장님 스텔라도 태워 주지 않아
한참 피를 흘린 후에

타이탄 짐칸에 앉아 병원을 갔다

기계 사이에 끼어 아직 팔딱거리는 손을
기름먹은 장갑 속에서 꺼내어
36년 한 많은 노동자의 손을 보며 말을 잇는다.
비닐봉지에 싼 손을 품에 넣고
봉천동 산동네 정형 집을 찾아
서글한 눈매의 그의 아내와 초롱한 아들놈을 보며
차마 손만은 꺼내 주질 못하였다

훤한 대낮에 산동네 구멍가게 주저앉아 쇠주병을 비우고
정형이 부탁한 산재관계 책을 찾아
종로의 크다는 책방을 둘러봐도
엠병할, 산데미 같은 책들 중에
노동자가 읽을 책은 두 눈 까뒤집어도 없고

화창한 봄날 오후의 종로 거리엔
세련된 남녀들이 화사한 봄빛으로 흘러가고
영화에서 본 미국 상가처럼
외국 상표 찍힌 왼갖 좋은 것들이 휘황하여
작업화를 신은 내가
마치 탈출한 죄수처럼 쭐드만

고층 사우나 빌딩 앞엔 자가용이 즐비하고
고급 요정 살롱 앞에도 승용차가 가득하고
거대한 백화점이 넘쳐 흐르고
프로 야구장엔 함성이 일고
노동자들이 칼처럼 곤두세워 좆빠져라 일할 시간에
느긋하게 즐기는 년놈들이 왜 이리 많은지

－ 원하는 것은 무엇이든 얻을 수 있고
　　　바라는 것은 무엇이든 이룰 수 있는 －
　　선진 조국의 종로 거리를
　　나는 ET가 되어
　　얼나간 미친 놈처럼 헤매이다
　　일당 4,800원짜리 노동자로 돌아와
　　연장노동 도장을 찍는다

　　내 품속의 정형 손은
　　싸늘히 식어 푸르뎅뎅하고
　　우리는 손을 소주에 씻어 들고
　　양지바른 공장 담벼락 밑에 묻는다
　　노동자의 피땀 위에서
　　번영의 조국을 향락하는 누런 착취의 손들을
　　일 안 하고 놀고먹는 하얀 손들을
　　묻는다
　　프레스로 싹둑싹둑 짓짤라
　　원한의 눈물로 묻는다
　　일하는 손들이
　　기쁨의 손짓으로 살아날 때까지
　　묻고 또 묻는다
　　　　　　　　　　　　　　　－「손 무덤」(1)

　프레스에 손이 잘린 동료를 위해 대형서점에서 산재 관련 책을 찾았
으나 이해하지 못하고, 자신의 존재가 한없이 위축되는 것을 경험한
'나'는 공장으로 돌아와 연장 노동을 약속하는 도장을 찍는다. 현실의
벽 앞에 어쩔 수 없이 굴복하는 장면이지만, 중요한 것은 그 다음의 일
이다. 결국 '우리'는 정형의 잘린 손을 봉합하지 못하고 공장 담벼락에

묻는다. 그러나 '우리'의 모습은 다친 정형을 구하기 위해 사장과 공장
장에게 차를 애원하던 때와 달리 냉철하고 단단하게 가라앉아 있다. 노
동자의 피땀 덕분에 놀고먹는 손들이 있고 일하는 손들이 착취당하고
있음을 알게 되었기 때문이다. 공장 담벼락에 손을 묻는 장면은 '우리'
의 분노가 개인적인 감상과 절망으로 끝나지 않고 저항과 투쟁으로 이
어질 것을 암시한다. '손'의 죽음은 새로운 미래를 기약하는 희생 제의
와도 같다. 지금은 잘린 손을 묻지만 그것이 투쟁의 도화선이 되어 노
동자가 주인인 새로운 시대의 도래를 앞당길 것이기 때문이다. 이러한
다짐은 다음 단계에서 조직화된 집단 투쟁의 형태로 표출된다.

> 이제 투쟁이다
> 드디어 투쟁의 시간이다
> 이 핑계 저이유 단체협상 질질 끌며
> 냉각기간 내내 갖은 협박 온갖 술책
> 파업투쟁 무산시키려는 저들의 지랄발광을
> 피를 말리는 인내로 힘겹게 돌파해온
> 살얼음 준법투쟁도 오늘부로 끝이다
>
> 대강당이 떠나갈 듯
> 투쟁가도 힘차고 구호소리 드높아라
> '결사투쟁' '일치단결' '승리쟁취' '노동해방'
> 붉은 천 위에 박혀 살아 펄펄 뛰는
> 선명한 머리띠를 양손에 펼쳐 잡는다
> 강당 안은 일시에 메인스위치 내린 듯
> 숙연하고 비장한 침묵이 흐르고
> 우리 모두 한 가슴으로 머리띠를 묶는다

노사는 공동운명 한가족이라고
고향이 같고 성씨가 같고 학교동문이라고
입사시켜준 먼 친척간이라고
심란하게 맘 약하게 안면을 맞대던
이사 부장 과장 계장 관리자놈들과는
노동자편과 자본가편으로 확연하게 갈라내며
죽었다 깨나도 하나 될 수 없는 아군 적군으로
명확한 전선으로 가차없이 매듭지어
단호하게 머리띠를 질끈 묶는다

부서별로 반별로 조별로 나뉘어져
서로 경쟁하고 씹어대던 너와 나
시다라고 초짜라고 여자라고 아줌마라고
서로 무시하고 곁돌기만 하던 우리는
똑같이 몸 팔아야 먹고 사는 계급이기에
너나없이 착취당하는 노동자이기에
투쟁전선에 함께 선 굳센 동지로
일사분란하게 조직된 전투부대로
뜨겁게 머리띠를 함께 묶는다

떨리는 손길로 머리띠를 묶는다
너무도 아득히 떨어져나가버린
우리의 꿈과 미래를
맑은 하늘 향그러운 꽃 빛나는 햇살을
잊혀져가는 벗들과 친지와 이웃들을
사무치게 하나로 질끈 묶는다

아 뜨거운 열망으로 머리띠를 묶는다
제멋대로 진행되는 이 나라 역사를

두동강난 분단조국 그리운 내 형제를
찢겨져 대립하는 전세계 인류공동체를
피어린 투쟁으로 하나로 묶는다

머리띠를 질끈 묶으며
적과 아들 확연히 갈라내어 묶으며
전선에 선 동지들을 한 대오로 묶으며
'결사투쟁' '일치단결' '승리쟁취' '노동해방'
살아 펄펄 뛰는 구호들을 정수리에 새기며
결연한 투지로 비장한 맹세로
떨리는 손길로 머리띠를 묶는다

— 「머리띠를 묶으며」 (2)3)

　　이 시에서 노동자들은 뿔뿔이 흩어진 무력한 개인들이 아니라 "똑같이 몸팔아야 먹고 사는 계급"이라는 계급적 동질성으로 묶인다. 이 계급적 동질성은 노동자와 자본가 즉 우리와 적을 명확하게 구분하면서 더욱 두터워진다. 『노동의 새벽』의 시들이 공감과 연민을 바탕으로 노동자의 현실을 형상화하는 데 초점을 맞추고 있다면, 이 시는 계급적 정체성을 분명히 하고 노동해방 투쟁에 나설 것임을 예고하고 있다. 노동 현실을 개혁하기 위해 조직적이고 체계적인 투쟁이 필요함을 역설하고 있는 것이다. 이것은 노동 운동 자체의 발전과 더불어 더욱 현실

---

3) 2시집 『참된 시작』(1993)은 옥중에서 출간되었다. 시집의 1, 2부는 옥중시를 싣고 있고 3, 4부에는 1988~1989년 『노동해방문학』과 무크지 『노동문학』에 발표된 선동적 성격이 강한 시들을 싣고 있다. 박노해가 쓴 가장 강경한 선동조의 시들과 사상적 전환을 예고하는 시가 같이 묶여 있는 셈이다. 창작 시기상 뒤에 쓰여진 1, 2부의 시들은 선동조가 사라지고 다시 개인적인 서정성으로 회귀하는 것을 볼 수 있다. 특히 「그해 겨울나무」는 혁명의 실패와 회한, 자기반성을 보여준다는 점에서 3시집 『그러니 그대 사라지지 말아라』의 시들에 가깝다.

적인 힘을 가지게 된다.

그러나 계몽과 선동이 강화되면서 체험에 바탕한 현장성은 희석되고 생경한 구호와 당위가 시의 내용을 이루게 된다. 이 단계에 이르러서 박노해의 시는 자본가에 대한 증오와 극단적인 투쟁을 선동하는 도구로 전락한다. '시사시'라고 불리는 「인신매매범의 화끈한 TV 신상발언」, 「'히로뽕 당' 결성하여 민중에게 기쁨을!」 등의 시(이상, 2)가 쓰여지는 것도 이와 같은 맥락이다. 그는 판소리 사설이나 장사치의 말투를 흉내 내거나 뉴스나 연설 형식을 빌려서 현실을 풍자하고 비판한다. 이때 형식의 파괴는 지적인 욕구를 동반한 형식 실험이 아니라 대중을 선동할 수 있는 최선의 방법으로 선택된 것이다.4)

동지 여러분! 긴급뉴스입니다!
이 땅에 역사적 사명을 띠고 노동자로 태어나 참말로 서글프고 한심하고 쪽팔리고 짜증나고 불안하고 그러나 장렬하고 비장하고 보람차고 감명 깊고 기쁨에 찬 파업농성을 개기시느라 얼마나 수고가 많으시므니까?
동지들의 답답하고 후덥지근한 가슴에 한줄기 씨원한 지리산 뱀사골 바람 천안삼거리 능수나 버들 바람 금강산 폭포수 바람 바람 바람 바람 같은 기쁜 소식을 가져왔습니다. 이 복음을 듣는 자에게는 천국행 티켓이 주어질 것이요 극락행 비표가 주어질 것이요 홍콩행 크레디트 카드가 주어질 것이요 스위스 비밀은행 구좌표가 주어질 것이니 귀를 쫑긋 코를 벌쯤 입을 움찔 두 눈 부릅뜨고 들으시오!

---

4) 이 시들은 판소리 사설을 활용한 김지하의 「오적」과 유사한 특징을 보여준다. 그러나 김지하의 시가 지적 유희와 난해성 때문에 민중과 오히려 괴리되는 반면, 박노해의 시사시는 직접적이고 현실적인 내용을 말하기 형식과 결합시켜서 선동과 계몽에 유용한 형태를 만들어낸다. 이러한 차이는 민중문화의 형식 문제와도 연결되는 부분이다.

— 어따 사설이 길다! 본론을 말하시요!

예 예 좋습니다. 다름아니라 우리의 청순하고 가련하고 요염하고 섹시한 스타 스타 스타킹! 강수연양이 영화 「씨받이」에서 열연하여 제44회 베니스 국제영화제에서 한국영화 60년 사상 처음으로 여우 주연상을 수상했다는 긴급뉴스, 특종뉴스, 대한국민만세다 뉴스, 축하뉴스올시다.

— 에잇! 우우 물러가라! 쉬이.

(중략―인용자)

그렇습니다. 동지들!

자본가 덕분에 우리가 밥먹고 사는 게 아니라, 자본가들을 우리 노동자가 생산하여 먹여 살려주고 있지 않습니까? 감사할 자들은 바로 자본가들입니다. 우리의 요구안은 인간답게 살기 위한 그야말로 최소한의 것에 불과하고, 우리의 투쟁은 이제 출발에 지나지 않습니다. 임금인상 되고 작업조건이 좋아지는 것은 우리의 15일간에 걸친 파업농성투쟁, 우리 아내들과 어린자식들까지 "아빠, 힘내세요!" 외쳐대며 피눈물의 뒤범벅으로 이룩해낸 '쟁취물'이 아니고 무엇입니까!

— 와아. 옳소! (박수)

―「씨받이 타령―파업농성장의 한마당」 부분 (2)

이 시는 화자가 파업농성을 벌이고 있는 동지들에게 떠들썩하게 영화제 수상 소식을 알리는 것부터 시작된다. 화자가 마치 판소리의 사설을 늘어놓듯이 운을 떼면, 농성을 하고 있는 노동자들이 청중이 되어 '어따 사설이 길다', '에잇 물러가라' 등의 반응을 하는 형식으로 이루어져 있다. 시에서 화자는 영화에서 아이를 뺏기고 목매달아 죽는 '씨받이'를 노동자 민중의 처지에 비유하며 파업을 승리로 이끌어서 노동 해방의 세상을 이루자고 강력하게 호소한다.

제목인 '씨받이 타령'은 실제로 강수연이 베니스영화제 여우주연상을 받은 영화 이름이다. 이것을 중요한 소재로 삼은 것은 단지 내용을 비유하기 위한 것이 아니라 민중을 기만하는 '3S(sex, screen, sports) 정책'의 하나로서의 영화를 비판하고 있는 것이다. 또한 앞부분의 사설에서 국민교육헌장의 문구("이 땅에 역사적 사명을 띠고 노동자로 태어나")와 종교적인 말투를 패러디하거나("이 복음을 듣는 자에게는 천국행 티켓이 주어질 것이요"), 대중가요의 일부분을 차용하는 것("바람 바람 바람 바람 같은 기쁜 소식을") 역시 투쟁의 의지를 희석시키고 노동자를 기만하는 것들에 대한 비판으로 볼 수 있다. 시의 대부분의 내용은 실제 농성 현장에서 이루어지는 연설과도 같이 직접적이고 실질적인 투쟁의 메시지를 담고 있다.

이러한 시적 변화는 그가 노동 현장을 떠나서 직업적 혁명가로 변신하는 것과 직접 연관되어 있다. 그는 1985년에 결성된 노동자 정치 조직 <서울노동연합(약칭 서노련)>을 창립하여 활동했고, 서노련이 와해된 후 1989년 <남한사회주의노동자동맹(약칭 사노맹)>을 결성했다. 이 과정에서 그는 노동자 계급의 당파성을 주장하며 선진적 이데올로기 구축과 계급 혁명을 외치는 선동가로 변모하게 된다. 「손을 내어뻗는다」, 「임투전진 족구대회」, 「소를 찌른다」(이상, 2) 등은 이러한 이데올로기적 지향을 시로 옮겨놓은 것으로서, 노동자들의 단결과 힘에 대한 확신, 혁명의 완수에 대한 불굴의 의지로 가득 차 있다. 자신이 선택한 길이 역사적 · 사회적 대의라는 확신이 이를 뒷받침한다.

시가 투쟁의 도구로서 선전 선동의 가장 강력한 무기가 되면서 『노동의 새벽』이 획득하고 있던 체험에 바탕한 리얼리티는 소멸된다. 자각적인 깨달음이 실천으로 연결되기 전에 시인이 프롤레타리아 계급의 해방을 부르짖는 혁명 투사로 변모함으로써, 그의 시는 노동자의 실제적인 삶과 오히려 괴리되는 아이러니를 낳게 된다.

이후 박노해는 1991년 사노맹 사건으로 체포된 후 사형선고와 무기징역, 특별 감면으로 석방되기까지 7년 6개월 동안 투옥 생활을 한다. 1998년 석방된 후 오랫동안 침묵했던 그는 2010년 17년 만에 3시집 『그러니 그대 사라지지 말아라』를 출간한다.[5]

이 시집은 혁명의 실패에 대한 인정과 그에 대한 반성에서 출발한다(「살아있는 실패」,「사람의 깃발」등, 3). 그는 자신의 지난날이 패배로 끝났음을 인정하고 그 원인을 일차적으로 자신의 내부에서 찾는다. 자신을 작고 하찮은 것들에 비유하며(「나의 풀꽃 대학교」,「나의 못난 것들아」,「잎으로 살리라」,「삶에 대한 감사」등, 3) 자신의 부족한 점을 겸허하게 받아들이고 가장 낮은 자세로 살아가고자 한다. 그런 면에서 이 시들은 자기수양이나 자기성찰과 비슷한 성격을 가지고 있다.

그러나 자기 수양이 내면의 덕을 쌓아 자신의 몸과 마음을 다스리는 것을 목표로 하는 것과는 달리, 그의 반성적인 시들은 자신의 실패를 되짚어보며 과오가 무엇인지를 찾고 새롭게 출발하기 위한 것이다.

> 실크로드 사막 길의
> 거센 모래바람 앞에 서면
> 옷자락이 깃발처럼 펄럭인다
> 감싸인 몸도 마음도
> 휘청이며 펄럭인다

---

5) 『그러니 그대 사라지지 말아라』에 실려있는 연보에는 이 시집이 "10여년의 침묵정진 속에서 육필로 새겨온 5천여 편의 시 중에서 300편을 묶은" 것이라고 되어 있다. '10여년'이라는 표현은 박노해가 옥중에서 출간한 에세이집 『사람만이 희망이다』(1997)를 기준으로 한 것으로 추정된다.

온몸을 던져
혁명의 깃발을 들고 살아온 나는,
슬프게도, 길을 잃어버렸다

이제 깃발도 없이
실패한 혁명가로
정직한 절망을 걸어온 길

무력한 사랑의 슬픔 하나로
이 막막한 사막 지평에 서면
바람이 크다
바람이 크다
거센 모래바람에 휘청이며
푹푹 빠지고 쓰러지며 가다 보면
다시 온몸으로 펄럭이며 가다 보면

때로는 사람이 깃발이 되는 것이다
깃발도 없이 길을 찾아가는
사람이 깃발이 되는 것이다

― 「사람의 깃발」(3)

  자기 수양과 반성을 통해서 그가 얻어낸 결론은, 혁명이 실패한 이유
가 관념성과 비구체성 때문이라는 것이다. 그는 '막대기가 오른쪽으로
기울었으면 혁명은 반대쪽으로 확 기울여야 한다'는 레닌의 말을 비판
한다. 그것은 인간과 사회는 살아있는 나무와 같은 것이어서 단숨에 잡
아당겨 세우면 오히려 뿌리부터 죽어간다는 점을 간과하고 있기 때문
이다(「혁명은 거기까지」, 3). 이론이 실제 삶과 괴리되고 정치적인 신

넘이 고착화될 때 혁명은 실패할 수밖에 없다. '너무 많은 그럴 듯한 지식들'은 '하늘로 이어진 마음속의 올바른 줄'을 느슨하고 흐릿하게 한다 (「올 줄」, 3).

이러한 반성을 바탕으로 해서 박노해가 꿈꾸는 새로운 세상은 모든 사람이 함께 일하고 나누며 살아가는 소박하고 평화로운 공동체이다.[6] 그것은 종종 원시공동체적인 모습으로 형상화되기도 한다. 안데스 산맥의 사내들이 사냥을 가기 전에 사냥할 짐승들의 영혼의 안식을 구하며 심신을 정화하거나(「숲 속의 친구」, 3) 날마다 태양이 뜨는 것을 신의 은총이라고 생각하며 감사를 올리는 것처럼(「괘종시계」, 3), 자연에 있는 모든 것들을 귀하게 여기고 살아감 자체에 감사하며 사는 소박한 삶이다. 이것이 실제 삶에서 구현될 때는 대부분 농사가 시의 소재가 된다.

> 인간의 대지에서
> 가장 섬세하고 정직한 도구는
> 삽과 호미다
> 지상의 모든 사람들이
> 하루에 단 한 번씩이라도
> 삽과 호미를 잡는다면
> 세상은 평화 쪽일 것이다
>
> 하루 단 한 시간이라도
> 대통령도 종교인도 사장님도 교수들도
> 노동자도 학생들도 장사꾼도 다들 멈춰 서서

---

6) 시에서 인용된 헬렌 니어링이나 헨리 데이빗 소로우의 구절들은 박노해가 구상하는 공동체의 모습을 간접적으로 보여준다.

반질거리는 자기 삽과 호미를 꺼내 들고
온몸에 햇살을 받으며 맨발로 흙을 일구고

저기요, 상추가 참 잘됐네요
제 토마토 좀 갖다 드시지요
어쩜 고추가 그리 잘컸어요 어머, 깔깔깔
제 감자와 오이 좀 바꿔 드실래요
새참 막걸리 한 잔 들고 하시지요
서로 웃고 땀 흘리고 나누고 연애하고 노래한다면
세상은 확실히 좋은 쪽으로 돌아갈 것이다
삽이 후졌다고, 삽질이 낡았다고,
난데없이 삽질 경제를 집어치우라고
누가 삽질해온 농사꾼을 모독하는가

삽질은 결코 세상을 망치지 않는다
삽과 호미를 든 사람은 타인을 착취하지도
가난한 자를 우습게 보지도 않는다
대지와 농사꾼을 경외할 줄 아는 자는
농사마을과 전통문화의 고귀함을 아는 자는
약자를 억압하고 산과 갯벌과 강을 망치지 않는다
우리 삶과 국토를 대량학살하는 자들은
경제, 경제밖에 모르는 도시의 지식분자들이고
포크레인을 앞세운 자본가들일 뿐

나는 삽질 경제를 예찬한다
나의 세끼 밥은 삽질로 차려진다
나의 생존은 삽과 호미로 지켜진다
제 몸을 써서 생명을 일구는 삽질 경제는
얼마나 인간적이고 얼마나 따뜻한가

탐욕은 작고 느린 삽질을 견뎌내지 못한다
시장은 돈 안 되는 삽질을 품어내지 못한다
첨단 거대과학은 인간적인 삽질을 존중하지 못한다
대학은 자유와 우애의 삽질을 가르치지 못한다

나는 삽질 경제를 예찬한다
죽어가는 지구마을에 삽질 경제를
시장만능의 세계에 삽질의 세계화를
무한경쟁의 질주에 삽질의 단순한 기쁨을
— 「삽질 경제를 예찬함」(3)

    '제 몸을 써서 생명을 일구는' 노동이야말로 그가 생각하는 가장 정직하고 정당한 노동이다. 이것이 중요한 이유는 사람들의 삶을 실제로 경험한다는 게 있다("안 믿어, 제 손발에 흙 안 묻힌 자들 난 안 믿어, / 땅을 돌보지 않고 생명을 길러보지도 않고 말여/ 살림살이에 대한 아무 감도 없는 자들이 말여" — 「안 믿어」, 3). "서로를 필요로 할 수밖에 없고/ 서로의 재주와 힘을 나눌 수밖에 없"는(「모내기 밥」, 3) 두레노동은 필연적으로 사람의 귀함을 알게 하고 노동의 신성함을 깨닫게 하는 소중한 경험이다.

    위의 시에서 흥미로운 점은 직접적인 노동과 생산, 생명의 소중함을 강조하는 한편, 그것에 대척되는 것으로서 약자에 대한 억압과 자연 훼손, 지식과 자본가를 설정하고 있다는 것이다. 약자를 착취하고 억압하는 자본가들에 대한 비판은 이전의 시와 동일하지만, 비판 대상은 부르주아지라는 특정 계급이 아니라 공동체의 삶을 위협하고 부정하는 세력으로 변화되어 있다. 즉 계급 대 계급의 투쟁이 아니라 생명과 노동을 부정하는 것들에 대한 비판으로 일반화되어 있는 것이다. 글로벌 자본의 침략과 고통받는 전 세계 민중의 삶을 고발하거나 반미·반전을 주장하는 것 역시 이와 비슷한 맥락이다.

이는 박노해의 사상적 변화와 연결되어 있다. 그는 2000년에 '생명 평화 나눔'을 모토로 한 사회운동단체 <나눔문화>를 설립했다. 이 단체는 '전 지구적 생태재앙, 심화되는 양극화, 전쟁과 기아질병, 영혼의 상실'을 인류의 '4대 위기'라고 규정하고 이를 해결하기 위한 활동을 펼치고 있다. 이는 "혁명이란/ 새로운 것을 만드는 것이 아니라/ 본성대로 돌려놓는 것이고/ 참모습을 되찾는 것"(「혁명은 거기까지」, 3)이라는 생각이 실천적으로 나타난 것이다. 그는 인간의 삶을 해치고 파괴하는 모든 위협들─전쟁, 기아, 생태계 파괴, 양극화, 물질주의 등을 비판한다. 대표적인 예로 전쟁은 소수의 이윤을 극대화하기 위해 인간의 삶을 짓밟는 반인륜적이고 비도덕적인 행위이다. 미국은 전쟁 당사국에 군수 물자를 팔아넘겨 막대한 이윤을 취하면서 표면적으로는 평화유지군을 자처하는 기만적인 양태를 보인다. 그가 반미와 반전을 주장하는 것은 그 때문이다. 레바논 전쟁에 대해 침묵하는 정부를 비판하거나 이라크전 파병에 반대하는 것도 마찬가지다.

그는 국가와 민족, 인종의 차원을 넘어서 전 인류의 고통을 함께 나누고자 한다. 이같은 신념은 새롭게 습득된 지식에 기인한 것이 아니라 어릴 적부터 자연스럽게 익혀온 체험적인 결과물이다. 예컨대 그가 강조하는 '감사'와 '나눔'은 어머니가 수확물을 나누는 것에서 자연스럽게 배운 것이다. 어머니는 수확물을 세 갈래로 나누어, 가장 좋은 것은 씨뿌릴 종자로 하고, 그 다음 좋은 것은 이웃들 품삯과 선물로 챙기고, 그 나머지 것들을 먹을 식량으로 갈무리했다(「가을날의 지혜」, 3). 가장 좋은 수확물을 종자로 삼는 것은 땅에 대한 감사의 표시이면서 내년의 수확을 감안한 미래적인 행동이다. 그 다음 좋은 것을 이웃들에게 나누는 것은 개인의 이익보다 관계를 중시하는 공동체적인 생각이다. 나보다 남을 먼저 생각하는 배려의 마음이 확산되어 공동체를 살리고 유지할 수 있기 때문이다. 나보다 공동체를 먼저 생각하고 미래를 준비하는 어머니의 태도는, 그가 인류에 대한 무한의 책임의식과 사명감을 지니도록 하는 원천적인 경험으로 작용한다.

> 지상에 집 한 칸 갖지 못하고
> 한 뼘의 땅도 갖지 못한 나는
> 이 지구에 엄청난 내 땅을 갖고 있음을
> 솔직히 고백해야만 한다
>
> 나는 떠다니는 신대륙을 분양받았다
>
> 인류가 창조한 가장 큰 인공물
> 한반도 면적의 일곱 배 크기에 달하는
> 태평양에 떠다지는 거대한 쓰레기 대륙
> 10년 주기로 10배씩 자라고 있는 유령의 섬
>
> 내가 먹고 입고 쓰고 내다 버린
> 수많은 쓰레기로 이루어진 섬
> 나에게 의무분양된 거대한 땅
> 암세포처럼 무섭게 늘어나는 내 땅
>
> 오늘도 나는 썩지 않는 물건 두 개를 소비하며
> 내 죽음의 부동산을 한 뼘 더 늘렸다
>
> ―「의무분양」(3)

이 시에서 '나'는 집도 땅도 가지지 못한 사람이고, 가진 것이 없으므로 갚아야 할 빚 또한 없는 사람이다. 그럼에도 불구하고 '나'는 쓰레기를 보탠 것만으로 바다에 떠다니는 쓰레기섬에 대한 책임을 자처한다. 현실적인 이득이 되는 집과 땅을 분양받지는 못했지만 거기서 생겨나는 책임은 의무적으로 분양받아야 하는 것이다. 권리는 없고 의무만이 주어지는 이러한 계산법은 상식적으로 공정하지 못한 것처럼 생각되지만, 사실은 당연한 것이다. 세상에 살아가는 것만으로도 지구와 우주에 빚을 지고 있는 것이므로 그에 대한 값을 치르는 것이기 때문이다. 이것은 '인간다운 삶을 살 수 있는 권리'를 넘어서 생명 전체의 일원으로서 그에 준하는 책임을 다해야 한다는 것이다.

이 시들에서 그는 혁명 투사이자 영웅의 자리에서 내려와 '바람 찬 허공에 매달려 온몸이 얼어붙고 말라가는 종자'(「종자」, 3)로서 희생과 헌신의 삶을 살아갈 것을 다짐하고 있다. 그가 자신을 기꺼이 희생할 수 있는 것은, '나'가 전지구적·전세계적인 연관 안에 놓여있고 현재가 새로운 미래로 향해 열려있기 때문이다. 그는 종자가 되는 씨앗들이 땅 속에 묻혔다가 새싹으로 피어나듯이, 오늘 '나'의 희생이 바람직한 미래를 싹트게 하는 바탕이 될 것을 믿는다. 그런 면에서 박노해의 시는 여전히 미래적이고 희망적이다.

박노해의 시는 초기부터 현재에 이르는 동안 사상적 변화와 그에 따른 내용의 변화를 보여주지만, '인간에 대한 사랑과 신뢰'라는 주제를 포기한 적은 한 번도 없다.[7] 인간에 대한 믿음은 삶이 그에게 준 가장

---

7) 주제의 일관성과 더불어 시적인 특징과 창작 방식 또한 크게 변화하지 않았다. 그의 시는 대부분 수사학적 장치에 기대지 않고 생각 그대로를 직설적으로 옮겨놓은 것이다. 그는 이분법을 사용하여 메시지를 선명하게 하고 단순한 구절을 반복하거나 변주함으로써 내용을 알기 쉽게 전달한다. 1인칭 서술이 독자에 대한 계몽으로 연결되는 경우도 종종 눈에 뜨인다. 이같은 특징은 종종 그의 시를 지나치게 단순화하거

큰 보상이자 자원이다. '범수아제'(「올 줄」, 3), '김점두 아저씨'(「몸속에 남은 총알」, 3) 등은 어린 그에게 삶의 깨우침을 준 사람들이고, 감옥에서 독방에 있는 그를 위해 새를 보내준 사람들(「새」, 3)이나 눈 속에서 길을 잃은 그를 며칠 동안 돌봐준 오지의 할머니(「너와집 한 채, 3」)는 절망 속에서도 사람에 대한 믿음과 감사를 잃어버리지 않도록 해 준 사람들이다. 특히 나보다 다른 사람을 더 위하고 자신을 단정하게 갈무리했던 할머니(「그 겨울의 시」, 「그녀가 떠나간 자리에는」, 3)와 평생 고된 노동을 하고 살면서도 자식들한테는 바르고 옳은 길을 가르쳤던 어머니(「어머니의 새해 강령」, 「숟가락이 한주먹이면」, 3)는 박노해의 삶의 평생의 모델이 된다. 덕분에 그의 시는 여전히 인간에 대한 사랑과 희망을 버리지 않고 있다. 다만 그 사랑을 어떻게 실천할 것인가 하는 방법론이 달라졌을 뿐이다.

나 관념적인 추상성으로 떨어지게 하는 것이 사실이다. 그러나 이러한 형식적 잣대들은 그의 시를 설명하는 부분적인 기준일 뿐이다.

시집 연보 ————————

1. 『노동의 새벽』, 풀빛, 1984.
2. 『참된 시작』, 창작과비평사, 1993.
3. 『그러니 그대 사라지지 말아라』, 느린걸음, 2010.

정·반·합의 과정을 반복하는
생명 활동으로서의 노동

– 백무산*론

한국시에서 노동시가 하나의 장르로 자리 잡을 수 있었던 것은, 박노해에 이어 백무산이라는 걸출한 노동자 시인이 등장함으로써 가능한 일이었다. 백무산이 「지옥선」 연작을 발표하며 등장한 것은 1984년으로 시기상 박노해와 큰 차이가 없지만, 노동시의 발전 과정에서 두 시인이 차지하고 있는 위상은 사뭇 다르다. 박노해가 광범위한 의미에서 '노동하는 민중'의 삶을 소재로 하고 노동자의 대동단결을 촉구하며 노동시의 지평을 열었다면, 백무산은 울산의 조선소에서 일하는 노동자들의 조직화된 투쟁을 그림으로써 한층 더 세분화된 노동시의 형태를 보여준다.

그의 시 세계는 정−반−합의 변증법적 발전 과정으로 설명될 수 있다. 노동해방을 향한 결의와 투쟁을 보여주는 초기의 시들을 '정(正)'이라고 한다면, 자기 성찰과 반성이 주를 이루는 그 이후의 시들은 '반

---

* 1955년 경북 영천 출생, 1984년 『민중시』로 등단.

(反)'에 해당하고, 그를 바탕으로 하여 새롭게 열리는 세계가 '합(合)'이다. 그러나 이것이 그의 시가 이제 완결되었다는 의미는 아니다. 그는 여전히 활발하게 시집을 출간하면서 스스로를 허물고 다시 세우는 자기 부정과 정립의 과정을 반복하고 있다.

1시집 『만국의 노동자여』는 80년대 민중문학의 '우리' 혹은 '민중'이라는 포괄적인 개념을 '계급'이라는 기준으로 다시 나누고("무슨 밥을 먹는가가 문제다/ 우리는 밥에 따라 나뉘었다"―「만국의 노동자여」, 1) 투쟁 주체와 대상을 명확하게 규정하면서 출발한다. 공간이 울산 지역 조선소로 한정되므로 투쟁의 목표와 지향점이 분명하고 단결력 또한 강하다. 이를 시적인 소재로 하는 그의 시들은 선명하고 강렬하다. 중요한 시적 소재이자 투쟁 현장인 '조선소'는 대기업의 노동 착취와 왜곡된 식민 자본주의가 결합된 복합적인 장이다("육신을 헐값에 처분한 댓가에 보답하는/ 저 협박적인 미소 위에/ 종말처리장이나 지어주고 뼈를 판 돈을 긁어가는 코 큰 귀빈의 미소 위에/ 식민의 다국적 버섯은 흐드러졌다"―「지옥선 9」, 1). 이는 한국사회를 다국적 기업을 앞세운 새로운 식민 수탈 시스템과 그에 협조하는 국가, 그리고 독점 자본이 결합되어 착취 카르텔을 구성하고 있는 신식민지국가독점자본주의로 파악하고 있는 것이다.

그의 시는 이에 맞서서 노동자들이 조직화되고 체계화되어가는 과정(「인부들의 합창」, 1)과 현실적인 투쟁이 전개되는 파업 현장을 그린다(『동트는 미포만의 새벽을 딛고』, 2). 노동 해방을 향한 투쟁 현장은 생생하고 활기가 넘치는 것으로 그려지는데, 이것은 80년대 민중시들에서 드러나는 비장미와 대비되는 특징이다. 예컨대 노동의 도구이자 노동자들의 손발과 같은 공구들은 시위 현장에서 그들을 지키고 표현하는 무기가 된다("요즘 지게는 지게차로 한몫 한다/ 시위대 선두에 서서 위풍도 당당하다/ 이놈의 배지기는 당할 자가 없다/ 사장놈 자가용을 뒤집기로 해치우고/ 가스차 허리를 꽂아 꼬나박기로 해치운다"—「공구와 무기 1」, 1). 노동 현장은 착취와 억압으로 짓눌린 일방적인 패배의 공간이 아니라 다른 한편으로 노동자의 각성과 단결, 일체감이 형성되는 긍정성을 가진 이중적인 공간이다. 노동자 또한 체념과 절망에 익숙한 약자에서 스스로의 삶의 조건을 분명하게 인식하고 그것을 변혁하려는 적극적인 존재로 거듭난다("저들이 저들의 도구의 이름을/ 우리에게 붙였다 산업전사/ 저들의 부를 위해 가난을 지키다/ 죽어라는 산업전사 (……) 아니다 우리는 노동자다/ 노동자는 노동자다/ 노동자는 노동자를 위해 싸우는/ 노동전사일 뿐이다." —「전진하는 노동전사」, 1).

　　　피가 도는 밥을 먹으리라
　　　펄펄 살아 튀는 밥을 먹으리라
　　　먹은 대로 깨끗이 목숨 위해 쓰이고
　　　먹은 대로 깨끗이 힘이 되는 밥
　　　쓰일 데로 쓰인 힘은 다시 밥이 되리라
　　　살아 있는 노동의 밥이

　　　목숨보다 앞선 밥은 먹지 않으리
　　　펄펄 살아오지 않는 밥도 먹지 않으리
　　　생명이 없는 밥은 개나 주어라
　　　밥을 분명히 보지 못하면
　　　목숨도 분명히 보지 못한다

살아 있는 밥을 먹으리라
목숨이 분명하면 밥도 분명하리라
밥이 분명하면 목숨도 분명하리라
피가 도는 밥을 먹으리라
살아 있는 노동의 밥을

—「노동의 밥」(1)

위의 시는 백무산의 초기 시에 넘쳐나는 생동감이 어디에 근원을 두고 있는지를 보여주고 있다. 그가 기대고 있는 것은 노동의 진정성과 생명력이다. '진정한 노동'은 생명을 유지하려는 주체의 고유하고 자연스러운 활동이다. 그것은 "먹은 대로 깨끗이 목숨 위해 쓰이고/ 먹은 대로 깨끗이 힘이 되는 밥"처럼, 노동의 실제 주체인 '나'를 살아있게 하고 보존하는 생명 활동이다. 그런 의미에서 노동은 건강하고 생산적인 것이다.

이와 대비되는 '왜곡된 노동'은 목숨을 유지하기 위해서가 아니라 이윤을 위한 것이다("목숨보다 앞선 밥"). 생존에 필요한 것 이상의 잉여분을 만들고 그것을 재투자하여 이윤을 불리는 자본주의적인 노동이 그렇다. 그렇게 생겨난 이윤은 노동의 실제 주체인 노동자와는 분리되어 자본가에게 돌아간다. 이때 노동은 "펄펄 살아오지 않는 밥", "생명이 없는 밥"처럼 생명력을 잃고 죽은 노동이 된다. '나'의 노동이 '나'의 생명 활동이 되지 못하고 다른 이들의 이익을 불리는, 노동으로부터의 소외가 일어나는 것이다("근육을 태워 만든 쇠들은 또 실려가서/ 저들의 자가용이 되고 트로피가 되고/ 고층건물이 되고 비행기가 되고/ 총칼이 되어 우리 귓전에/ 에밀레 종소리가 되어 되돌아 온다" —「에밀레 종소리」, 1). 그가 꿈꾸는 노동 해방은 왜곡된 노동으로부터 노동자

스스로를 구제하고 노동의 고유한 가치와 생명성을 회복하기 위한 투쟁이다.

2시집 『동트는 미포만의 새벽을 딛고』는 1988년 말부터 1989년 초까지 4개월에 걸친 울산 현대중공업 파업투쟁을 소재로 한 시집으로서, 파업을 할 수밖에 없는 필연성을 설명하고 의지를 다지는 '서시'로 시작해서 파업이 시작되고 끝나기까지의 과정을 상세하게 그리고 있다. 이는 당시의 투쟁의 기록인 동시에 그에 대한 시인 자신의 평가와 정리 작업이다.

> 만여개의 손을 일제히 내어 뻗는다
> 만여개의 붉은 머리띠가 출렁거린다
>
> 여섯 동지가 구속이 되었다!
> 장엄한 투쟁가가 울려퍼진다!
>
> 일곱 동지가 수배를 당하였다!
> 함성이 터진다 정상조업 어림없다!
>
> 불법농성 엄단할 방침 발표!
> 이만여개의 번득이는 눈빛이 꽂힌다
>
> 구사대를 조직하고 있다!
> 깃발이 출렁인다 노동해방 쟁취하자!
>
> 공권력을 준비한다 무기고를 점검한다!
> 파업 지도부는 야전사령부 조직체계로!
> 전 조합장 불신임 통과

규약 개정 새 조합장 선출
폭력세력으로 매도하고 있다!
잠시도 늦출 수 없다
긴급하게 그러나 치밀하게
그러나 민주적으로 그러나 조직적으로
그러나 대중적으로!
파업진행대를 조직하라
각 사업부 임시대표를 선출하라
정당방위대를 조직하라
선봉대를 특별조직하라!

혈서를 써라 피를 보여라!
혈서의 각오 없이
선봉대가 될 자격이 없다!

위원장, 기획실장 팔뚝을 그어
뿜어대는 핏물을 찍고
따라서 2백여 명
새하얀 깃발은
붉은 핏물에 젖고

ㅡ「피로 그린 깃발」(2)

이 시는 동지들이 수배당하고 구속되면서 달아오르는 투쟁 현장을
그대로 시로 옮기고 있다. 단체 협약이 결렬되고 투쟁이 길어지면서 노
동자들 사이에는 불화와 갈등이 생겨나고(「아직은 돌아오라고」, 2), 사
측이 분열을 조장하면서 상황은 점점 악화된다(「탈영」, 「새해의 약속」,
2). 그 와중에 동지들이 잡혀가고 투쟁이 불법 농성으로 진압될 위기에

처하자, 노동자들은 새 조합장을 선출하고 혈서를 쓰며 전의를 다지고 있다.

이처럼 파업의 진행 과정을 기록한 것과 같은 이 시들은 시적인 형상화 이전에 현장의 급박한 상황을 생생하게 기록하고 복원하는 데 목적을 두고 있다. 또한 현대중공업 노동자 파업이라는 특정 노동자들의 파업을 그림으로써, 노─노간 입장 차이나 노조 간 이해 충돌 등 다가올 노동 운동의 현실을 예고하고 있다.

그러나 3시집 『인간의 시간』 이후, 백무산의 시는 1, 2시집에 드러나는 노동 해방을 향한 결연한 의지와 투쟁이 사라지고 대신 회한과 자기 반성이 주를 이룬다. 이는 사회주의권의 몰락과 사노맹 해체로 자신이 꿈꾸던 혁명이 실패한 데서 오는 절망감과 회한이 결합된 결과로 보인다. 그는 옛길은 사라지고 새 길은 보이지 않는 '칼날 같은 경계'(「경계」, 3)에서 현실과 거리를 두고 칩거하며 스스로의 삶을 돌아본다. 「한걸음」, 「눈 위에 부는 바람」, 「물」, 「꽃」, 「부리가 붉은 새」(이상, 3) 등은 그의 좌절과 회의, 외로움을 가감 없이 표현하고 있는 시들이다. 이 시들은 변명이나 자기연민이 아니라 자신을 정직하고 전면적으로 돌아다보는 과정이다. 80년대를 풍미했던 민중시가 위축되고 변질되는 지점에서, 그는 자신의 실패를 회피하지 않고 정면으로 그것과 마주해서 과오를 찬찬히 짚어나간다.

> 해토머리 봄도 아직 이른 봄날
> 시골 닷새장에 묘목시장이 열리면
> 내 마음 시리도록 늘 안타까웠네
> 아무도 봄이 왔다고 말하기 전에
> 저 어린 가지들이 먼저 깨어나

땅속 물소리를 들려주는데

살아 있는 것도 죽은 것도 아닌 대지가
자신의 몸에 잔뿌리를 내린 생명들을
가슴에 품어주고 젖줄기를 끌어다주면
그 품에서 자란 나무들은 다투어
대지의 큰 사랑을 노래하는데

나는 늘 안타까웠네
내 가난하여 묘목 하나 심을
쪼가리 땅 하나 없어 안타깝더니
그 마음이 밭이 되어
어린 뿌리를 받아들이고 싶어하네

누가 내 마음밭에 묘목으로 와서
죽지도 살지도 않은 내 마음에
뿌리를 내리고 젖을 마시고
푸른 가지들이 구름 몇점
바람도 불러오고
새들도 불러와 우짖게 한다면

그들이 무슨 노래를 부르든 내 알 바 아닌 것을
나는 죽지도 살지도 눈도 귀도 없는 것을
그들이 내 노래 대신 부르지 않아도 좋으리
내 거친 마음밭에도 생명을 키울 수 있다는
그 기쁨 하나 얻으면 족하리

시골 닷새장 묘목시장이 열리면

나는 늘 안타까웠네

—「묘목시장에서」(3)

시에서 '나'는 가난해서 묘목 하나 심을 땅이 없다는 사실이 늘 안타까웠지만, 대지가 자신이 품은 물과 양분으로 묘목을 키워내고 묘목들이 자라서 큰 나무를 이루는 것을 보면서 새로운 깨달음을 얻고 있다. 묘목을 키울 땅이 없다는 것보다도 자신의 마음밭이 황폐해져서 불모가 된 사실을 발견한 것이다. 그리하여 '나'는 '죽지도 살지도 않은 마음'에 어린 생명을 키우고 싶다는 소망을 가지게 된다.

생명들을 바라보며 얻은 깨달음은 '진정한 노동'이 무엇인가에 대한 반성을 불러온다. 진정한 노동은 "노동과 휴식 사이 찾아오는/ 몸과 마음이 허물없이 가벼워/ 절로 절로 꽃잎 물결 흔들려 가듯"(「붉은 웃음 하나」, 3) 자연스러운 생명 활동이다. 그러나 노동을 착취당하고 그것에 저항하는 반복된 투쟁 속에서 노동은 생명력을 상실하고 관념화되고 경직된다. 노동이 생명 활동이 아니라 '나'를 지배하는 외부적인 힘이 되어버리는 것이다("노동은 다시 우리의 피와 땀으로부터 분리되었다/ 노동이 우리를 이겼다/ 우리의 생애를 노동에 실어 건너가지 못했다/ 노동은 거대한 기관, 그것을 움직여 갈 힘은 우리의 피와 땀/ 그러나 예기치 못한 생애의 문제에 부닥친다/ 노동의 결과가 우리를 버린 것뿐만이 아니다/ 그것은 다만 힘의 문제만이 아니다/ 우리가 생애의 문제를 끌고 가는 길과/ 인간 자체의 문제를 끌고 가는 길 위에 있다/ 다시 어둠에서 우리를 일으켜 세우는 것은/ 힘의 문제만이 아니다"—「기차」, 3). 혁명이 실패한 것은 단지 힘이 모자라서만이 아니라 가장 기본적인 생명의 문제를 예측하지 못했기 때문이다. '한 치의 물러섬이나 과오 없이 전진하는 노동자'의 모습은 관념적인 이상형일 뿐이다. 실제 인간의 삶은 무수히 많은 변수들에 의해 굴절되고 변화되는데, 그것을 예상하지 못한 결과 다시 노동은 주체와 분리되고 혁명은 실패로 돌아간 것이다.

4시집『길은 광야의 것이다』, 5시집『초심』, 6시집『길 밖의 길』은 생명과 자연을 중요 소재로 하는 가운데 시인의 자기 성찰과 반성이 주를 이루고 있다. 노동의 주체인 자신에게로 돌아가서 인간의 욕망과 본성을 들여다보고 나아갈 길을 헤아려보는 것이다.

> 언제 저리 피었나
> 그저께가 입동인데
> 대문간에 한 그루 산수유나무
>
> 앙상한 가지마다 돋은 망울들
> 뽀얀 털 뒤덮인 꽃망울들
> 산엔 아직 나무들 낙엽도 다 떨구기 전인데
> 한결울이 오기 전에 이미 꽃망울 다 이루고
> 기다린다네 봄날 같은 너를 기다린다네
>
> 네가 내게로 온다고 꽃이 피는 건 아니야
> 꽃망울을 내 가슴에 다 이루기 전에
> 나를 버리고 너를 사랑한다는 맹세는 헛되다
>
> 내가 나를 통과하지 않고
> 어찌 너를 만나랴
> 너를 만나 꽃을 피우랴
> 이 겨울 다 건너기 전에
> 네게로 이르는 쉬운 길로 나는 나서지 않으련다
> ─「네게로 가는 길」(6)

입동을 막 지난 즈음에 꽃망울을 피워올린 산수유는 저 혼자 한 계절을 앞서 있다. 산에 있는 나무들는 아직 낙엽을 다 떨구지도 못했는데, 한겨울을 건너 뛰어 홀로 봄맞이를 나선 것이다. 그러나 산수유나무 하나의 꽃망울이 봄을 불러올 수 없듯이, '나'의 사랑과 간절한 그리움이 '너'를 불러오지는 못한다. 설령 네가 온다고 하더라도 '내가 나를 통과하지 않는다면' 만남은 아무 의미가 없다. 스스로를 알지 못하면서 "나를 버리고 너를 사랑한다는 맹세"는 헛되고 헛될 뿐이다. 오직 '나'에 대한 끝없는 성찰과 반성을 통해서만 '나'는 이 겨울을 건너서 너에게로 갈 수 있는 것이다.

이러한 반성의 자세는 7시집 『거대한 일상』, 8시집 『그 모든 가장자리』를 거쳐서 9시집 『폐허를 인양하다』에서 정점에 달한다.

어쩌다 한밤중 산길에서
올려다본 밤하늘
만져질 듯한 별들이 패닉처럼
하얗게 쏟아지는 우주

그 풍경이 내게 스며들자
나는 드러난다
내가 폐허라는 사실이

죽음이 갯벌처럼 어둡게 스며들고
사랑이 불같이 스며들고
모든 질서를 뒤엎고 재앙의 붉은 피가 스며들 때
나는 패닉에 열광한다
내게 고귀함이나 아름다움이나
사랑이 충만해서가 아니다

내 안에 그런 따위는 눈을 씻고 봐도 없다
그런 따위로 길이 든 적도 없다

다만 가쁜 숨을 쉬기 위해서
갈라터진 목을 축이기 위해서
존재의 소멸이 두려워 손톱에 피가 나도록
매달린 적은 있다
고귀함이나 사랑 따위를 발명한 적은 있다

패닉만이 닿을 수 없는 낙원을 보여준다
나는 그 폐허를 원형대로 건져내야만 한다

―「패닉」(9)

이 시는 스스로를 성찰하는 시선이 싸늘하리만큼 날카롭고 건조하게 드러나 있다. '나'는 망설임이나 주저함 없이 자신이 폐허라는 사실을 인정한다. 죽음과 사랑이 얽히고 모든 질서가 뒤집힌 상황, 재앙과도 같은 그 패닉의 상황에 오히려 나는 열광한다. '나'는 고귀함이나 아름다움, 사랑을 받으며 살지 못했으나, 가쁜 숨을 이어가며 살아남기위해 싸우는 동안 스스로 고귀함과 사랑을 만들어냈다. 그것은 가진 자들은 결코 이룰 수 없는, 모든 것이 무너져내린 폐허를 경험한 사람만이 도달할 수 있는 낙원 같은 것이다. 폐허가 된 자신을 들여다보고 그것을 인정하고 견디며 끝끝내 살아남는 자만이 그곳에 다다를 수 있다.

10시집『이렇게 한심한 시절에』는 혹독한 자기반성과 인내의 시간을 걸쳐서 얻어진 소결론과도 같다. 여기에는 오랜 시간 동안의 사색과 성찰에 바탕한 분명하고 힘 있는 단언들이 자주 나타난다.

죄 없는 자들일수록 더 많이 참회하고
적게 먹는 자들이 더 많이 감사하고
타락하지 않은 자들이 더 많이 뉘우치고
힘들여 사는 자들일수록 고행의 순례길을 떠나고
적게 살생한 자들이 더 많이 속죄한다는

사실을 깨닫게 되었지만
그것이 나에게 아무른 감동을 주지 못했다

그러한 감사와 참회가 낡아빠진 문화라는 사실 때문에
그리하여 내가 사는 곳에 감사와 참회 따위가
입에 오르는 일이 사라지고 있기 때문에

우리는 오래 전에 낡은 체제를 혁명하고
또 혁명에 혁명을 거듭했기 때문에
더 혁명할 것이 없을 즈음에
마침내 어떤 진리에 이르렀기 때문에

많이 먹고 많이 가질수록 죄가 줄어든다는,
— 「히말라야에서」 (10)

이 시의 1연은 삶의 현실에서 발견한 사실이다. 죄 없는 자들이 더 많이 참회하고 적게 먹는 자들이 더 많이 감사하는 것은, 논리적으로는 모순이지만 실제 삶에서 흔히 볼 수 있는 것이다. 이는 소박한 삶, 최소한의 삶 등을 대안으로 제시했던 90년대 생태 담론을 연상시키기도 한다. 그러나 동일한 사실 앞에서 백무산은 생태시와는 전혀 다른 반응을 보인다("나에게 아무런 감동을 주지 못했다"). 태도 자체는 아름다울지 모르지만 감사와 참회는 현실에서 빛을 잃었고 "많이 먹고 많이 가질수록 죄가 줄어든다는" 진리가 현실을 지배하고 있기 때문이다.

　더욱 놀라운 것은 현실을 지배하는 이 진리가 '낡은 체제를 혁명하고 혁명에 혁명을 거듭한 후'에 도달한 것이라는 점이다. 혁명이 이루어졌는데 사회적 모순은 오히려 공고해졌다. 혁명의 결과가 자본주의적인 모순을 그대로 보존하는 것이라면 그것은 실패한 것이다. 실패의 원인이 직접적으로 드러나 있지는 않지만, 그것은 실제 삶과 괴리된 혁명의 고정성 때문이다. 실제 삶의 면면을 살피지 못하고 관념상으로만 추진하는 혁명은 삶의 현장과 동떨어진 생태론처럼 공허한 것이다.

　　　굶주리는 사람이 건강단식을 어떻게 이해하나
　　　없는 사람이 무소유를 어떻게 이해하나
　　　글자 조합이 잘못된 낱말을

　　　잃을 것이 없는 사람은 아무도 없지
　　　잃을 것은 사슬뿐인 사람들은 자유를 위해 떨쳐 일어날 거라지만
　　　그들도 잃을 것이 한두 가지가 아니지
　　　가진 것 아무 것도 없는 거지는 동냥 구역을 잃을 게 있지
　　　없을수록 집착할 수밖에

　　　거액의 자산가가 방송에 나와 무소유의 자유로움에 대해
　　　진지한 표정으로 말할 때 그건 진심이었을 거다
　　　무소유의 청빈함을 제대로 글로 쓰는 작가는 좀 살만한 작가다
　　　어디 가나 밥과 집이 넉넉한 스님이라야 무소유를 제대로 설법할
　　수 있다

　　　무소유는 가진 뒤의 자유다

무소유는 소유라는 단어가 있은 뒤 조합된 낱말이다
다 내려놓은 사람의 무소유는 이미 그 낱말이 아니다

가진 것이 있어야 무소유를 맘껏 가질 수 있다
― 「무무소유」(10)

'무소유'는 '소박한 삶'이라는 말과 비슷하게 인간으로서의 '윤리적인 삶'을 상징하는 것처럼 여겨져 왔다. 그러나 애초부터 소유한 것이 없는 사람에게 '무소유'라는 말은 성립되지 않는다. 소유를 해봐야 무소유가 자유롭다는 것을 알고, '무소유'를 설법하는 스님조차도 소유한 것이 있으니 무소유에 대한 설법을 제대로 할 수 있는 것이다. 즉 '무소유'는 소유를 전제로 한 것이며, 소유를 바탕으로 해서 가능한 또 다른 소유인 것이다. 여기서 좀더 나아가면 '가진 것이 없는 사람은 잃을 것이 없으므로 두려울 것이 없다. 오직 앞으로 나아가는 길만 남는다'는 80년대식 투쟁의 논리와 연결된다. 물러설 곳이 없으므로 나아갈 수밖에 없다는 논리는 운동에 당위성을 부여하고 부가적으로 비극적인 아름다움을 만들어낸다.

백무산의 성찰이 빛을 발하는 부분은 2연이다. 그는 위의 논리가 가지고 있는 허점을 짚음으로써 80년대 민중시에 깃들어있는 낭만성을 짚어낸다. 실제 현실에서 도출된 사실은 '노동자는 잃을 것이 없으므로 떨쳐 일어난다'가 아니라 '잃을 것이 없는 사람일수록 가지고 있는 작은 것에 집착한다'는 것이다. 거지조차도 동냥구역을 잃을까 봐 전전긍긍하는 것이 사람 사는 세상의 현실이다. 잃을 것이 없는 사람은 없고, 그러므로 '잃을 것이 없는 사람은 자유를 위해 투쟁할 것'이라는 기대는 잘못된 전제에서 출발한, 실패가 예정된 것이다.

그러므로 새로운 혁명은 무소유 자체에서 벗어나야 한다. 무소유는 소유가 전제된 것이므로, 무소유하기 위해서는 먼저 무언가를 소유해야 하는 모순이 발생한다. 이 모순을 끊는 방법은 '무소유'조차를 지워버리는 것이다. 소유의 반대는 무소유가 아니라 무소유라는 것 자체를 넘어서는 '무무소유'인 것이다.

노동 해방을 위한 투쟁이 운동을 보여주는 '정(正)'이라면, 현실과 거리를 두고 스스로의 행위를 비판적으로 성찰하는 시인은 '반(反)'의 자리에 있다. 그러나 그것이 단지 회의와 물러섬일 뿐이라면 그것은 '반'이 아니라 포기이며 운동 자체를 무화하는 것이다. 진정한 '반'은 '정'의 움직임에 대응하는 의지적인 멈춤으로서의 '정지'의 힘이다.

> 기차를 세우는 힘, 그 힘으로 기차는 달린다
>
> 시간을 멈추는 힘, 그 힘으로 우리는 내일로 간다
>
> 일하지 않을 자유, 그 때문에 우리는 일할 권리를 가진다
>
> 정지에 이르렀을 때, 우리가 달리는 이유를 안다
>
> 생명의 축은 정지의 힘이다
>
> 씨앗처럼 정지하라, 그 힘으로 우리는 피어난다
>
> ─「정지의 힘」(10)

끊임없는 전진만이 강조되던 때, 가만히 있는 것은 비겁한 것이고 시대를 역행하는 반동적인 것으로 비판되었다. 그러나 지금 그는 정작 어

려운 것이 '정지'라는 것을 깨닫고 있다. 이미 시작한 운동은 가속도가 붙어서 갈수록 더 빨라지므로 그것을 멈추는 것은 그만큼 더 힘든 일이다. 위의 시에서 '기차, 시간, 노동'이 운동을 의미하는 '정'이라면, '달리지 않고(세우고), 가지 않고(멈추고), 일하지 않는' 부정성의 단어들은 정지를 의미하는 '반'이다. 진행되는 운동을 정지시키는 것은 잠시 멈춰서 숨을 고르고, 그것을 발판으로 해서 다시 출발할 힘을 얻기 위해서다. 그것은 마치 새의 알이 부화하기 직전 멈춰있는 고요한 상태와 같다. 알이 스스로 껍질을 깨고 부화하기까지 어미가 할 수 있는 일은 날개를 펴서 알을 품고 기다리는 것뿐이다("지금은 축의 시간/ 주둥이가 막힌 병/ 거센 물살 가운데 정지한 나무/ 꼭지가 막 떨어진 사과의 시간// 지금은 오직 전체를 기울여야 할 때/ 시간은 숫컷처럼 둥지 밖에서/ 초조하게 서성일 뿐"ㅡ「축의 시간」, 10).

생명이 '정지'를 깨고 탄생할 수 있는 것은 그 안에 소용돌이치는 중심을 가지고 있기 때문이다. 그것은 끊임없이 출렁이고, 휘어져 굽이치고, 흐른다(「물아」, 5, 「노래」, 6, 「나도 그들처럼」, 7). 생명은 그 출렁임 혹은 소용돌이에서 거듭 피어나고, 고정되어 있지 않음으로 해서 그때마다 변화한다("그대는 하나의 얼굴이 아니다/ 그대는 그곳에 그렇게 늘 있는 것이 아니다/ 그대는 일렁이는 바다의 얼굴이다"ㅡ「그대에게 가는 모든 길」, 6). 이 변화는 내가 나를 지우고, 나를 통과하고, 나를 베어버리고 가는 끊임없는 자기 변혁을 의미한다. 생명은 그 '정지'의 시간을 거쳐서, 그 힘으로 비로소 '피어난다'("나에게는 오늘도 하나 이상의/ 감당 못할 목숨이 새로 피어나고 있네"ㅡ「안락사」, 10). 이것이 정ㅡ반의 과정을 거쳐 백무산이 도출해낸 '합(合)'이다.

시집 연보 ─────────

1. 『만국의 노동자여』, 청사, 1988.
2. 『동트는 미포만의 새벽을 딛고』, 노동문학사, 1990.
3. 『인간의 시간』, 창작과비평사, 1996.
4. 『길은 광야의 것이다』, 창작과비평사, 1999.
5. 『초심(初心)』, 실천문학사, 2003.
6. 『길 밖의 길』, 갈무리, 2004.
7. 『거대한 일상』, 창작과비평사, 2008.
8. 『그 모든 가장자리』, 창작과비평사, 2012.
9. 『폐허를 인양하다』, 창작과비평사, 2015.
10. 『이렇게 한심한 시절의 아침에』, 창작과비평사, 2020.

전형성을 이용한
성공한 대중시

– 안도현*론

안도현은 ≪대구매일신문≫과 ≪동아일보≫ 신춘문예에 연이어 당선되면서 화려하게 등단했다. 이후 2020년까지 모두 11권의 단독 시집을 출간했고, 시집 외에도 '어른을 위한 동화'라는 이름으로 『연어』, 『짜장면』 등 다수의 산문집을 출간해서 밀리언셀러를 기록하기도 했다. 그런 면에서 안도현은 김용택, 정호승과 더불어, 80년대 리얼리즘 시인으로서 대중적 성공을 거둔 대표적인 예라고 할 수 있다.

그의 시가 대중성을 확보하는 가장 큰 요인은 대중의 요구를 간파하고 그에 부응하는 답을 보여준다는 것이다. 그의 시는 시 한 편에 하나의 깨우침 혹은 교훈을 담고 있는 것이 많다. 대표적인 예로 "연탄재 함부로 발로 차지 마라/ 너는/ 누구에게 한 번이라도 뜨거운 사람이었느냐"(「너에게 묻는다」, 4)는 짧은 형식에 간결한 메세지를 결합하여 촌철살인의 깨우침을 준다. 여기에 '연탄재'라는 서민적인 소재가 담고

---

* 1961년 경북 예천 출생, 1981년 ≪대구매일신문≫ 신춘문예로 등단.

있는 수수한 서정성이 계몽에 대한 독자의 거부감을 누그러뜨린다. 어렵지 않으면서도 시적인 느낌을 받을 수 있고, 교훈적이지만 정치적이지 않은 일상의 작은 깨달음을 준다는 면에서, 그의 시는 이른바 '소확행'을 가능하게 하는 텍스트인 셈이다.

창작 방법으로 볼 때, 안도현의 시가 대중적인 성공을 거둘 수 있는 것은 전형성을 최대한 활용한 덕분이다. 그의 시는 전형적인 소재와 주제를, 전형적인 장치를 사용하여 표현한다. 가난하고 보잘 것 없는 것들에 대한 연민과 위로는 대부분의 사람들이 동의하는 '선(善)'이고, 그것을 표현하는 비유와 알레고리는 독자에게 가장 친숙한 전통적인 창작 방식이다. 이렇게 창작된 시는 독자가 기대하는 내용과 방향으로 전개되어 그들과의 거리를 좁힌다.

1시집 『서울로 가는 전봉준』, 2시집 『모닥불』은 80년대 전반기의 암울하고 억압적인 시대 분위기를 바탕으로 하면서 당시 리얼리즘 시들에 나타나는 일반적인 특징을 가지고 있다.

눈 내리는 만경 들 건너가네
해진 짚신에 상투 하나 떠 가네
가는 길 그리운 이 아무도 없네
녹두꽃 자지러지게 피면 돌아올거나
울며 울지 않으며 가는
우리 봉준이
풀잎들이 북향하여 일제히 성긴 머리를 푸네

그 누가 알기나 하리
처음에는 우리 모두 이름 없는 들꽃이었더니
들꽃 중에서도 저 하늘 보기 두려워

그늘 깊은 땅속으로 젖은 발 내리고 싶어하던
잔뿌리였더니

그대 떠나기 전에 우리는
목쉰 그대의 칼집도 찾아주지 못하고
조선 호랑이처럼 모여 울어주지도 못하였네
그보다도 더운 국밥 한 그릇 말아주지 못하였네
못다 한 그 사랑 원망이라도 하듯
속절없이 눈발은 그치지 않고
한 자 세 치 눈 쌓이는 소리까지 들려오나니

그 누가 알기나 하리
겨울이라 꽁꽁 숨어 우는 우리나라 풀뿌리들이
입춘 경칩 지나 수근거리며 봄바람 찾아오면
수천 개의 푸른 기상나팔을 불어제낄 것을
지금은 손발 묶인 저 얼음장 강줄기가
옥빛 대님을 홀연 풀어헤치고
서해로 출렁거리며 쳐들어갈 것을

우리 성상(聖上) 계옵신 곳 가까이 가서
녹두알 같은 눈물 흘리며 한 목숨 타오르겠네
봉준이 이사람아
그대 갈 때 누군가 찍은 한 장 사진 속에서
기억하라고 타는 눈빛으로 건네던 말
오늘 나는 알겠네

들꽃들아
그날이 오면 닭 울 때
흰 무명띠 머리에 두르고 동진강 어귀에 모여

척왜척화 척왜척화 물결 소리에
귀를 기울이라

　　　　　　　　　　　　　－「서울로 가는 전봉준」(1)

　이 시는 동학혁명이라는 역사적 사건을 도입하여 현실을 우회적으로 표현하고, 시대의 억압에 저항한 역사적 인물인 전봉준을 등장시킴으로써 저항 의지를 간접적으로 드러낸다. '풀잎', '들꽃', '풀뿌리' 등은 '민중'을 의미하고, '닭 울음'과 '무명 띠'는 억압에 맞서는 민중의 저항을 의미하는 전형적인 상징들이다. 들이나 산맥과 같은 자연물에 역사와 사회를 결합시키는 것도 전형적인 비유법이다. 그의 시에 종종 등장하는 '만경강'(「서울로 가는 전봉준」,「만경평야의 먼 불빛들」, 1)은 신동엽의 '금강'이나 김용택의 '섬진강'과 마찬가지로 민족과 역사를 비유하는 자연물이다.

　1시집의 대부분의 시에서, 화자는 공동체의 대표 단수로서 사회적이고 역사적인 맥락을 품고 있다. 암울한 현실 앞에 좌절하고 우울해하는 화자(「변방에서」,「유민」,「북일동」 등, 1)는 80년대 당시 청년들의 일반적인 감정과 정서를 대변한다. 또 군대를 소재로 한 시들(「초소에서」,「전야」,「회군」 등, 1)이나 북녘 땅에 대한 그리움을 담은 시(「강원도 땅」,「기러기야 발해 가자」,「산맥노래」 등, 1)에서, 화자는 민족 통일이라는 시대적 주제에 적극적으로 부응하는 공동체의 목소리를 대신한다. 종종 사용되는 청유형이나 독백 형태의 명령형(~하자, ~하라)은 그의 시가 사회적인 이슈를 향해 열려 있음을 보여준다. 시대적인 주제가 개인의 내면과 성찰을 압도하는 것이다.

　이러한 전형성은 2시집에서도 마찬가지로 나타난다. 대부분 시인과 동일시되는 화자는 대학생과 군인이었던 시절을 지나 교사가 되어 구체적인 삶의 현장에 있다. 화자는 관제교육을 앵무새처럼 반복하는 교육 현실과 참교육에 대한 갈망 사이에서 갈등을 겪는다. 이것을 소재로 한 시들은 전교조에 가입하고 그 이유로 해직당한 안도현의 실제 경험을 바탕으로 하고 있다. 그럼에도 불구하고 화자가 겪는 갈등은 개인적인 것이 아니라 잘못된 교육 현실을 비판하고 참교육을 실현하려는 교사 일반의 것이다. 소재가 역사와 민족에서 '교사'라는 특정 이해 집단의 현실로 변화되었지만, 공공의 정의와 선을 구현한다는 면에서 그의 시는 여전히 공동체적이고 화자 또한 공동체를 대변하는 인물이다. 시적인 표현 또한 익숙한 것들을 그대로 사용하고 있다. 예를 들어 자신이 가르치는 아이들을 '조국의 미래'라고 말하는 것(「노을」, 「어린 조국」, 「놀이터」 등, 2)은 비유라고 말하는 것이 오히려 어색할 만큼 익숙하고 당연한 것이다.

1, 2시집이 시대적 상황과 그에 대응하는 공동체적 자아의 반응을 표현하고 있는 것에 비할 때, 3시집 『그대에게 가고 싶다』는 90년대로 접어드는 지점에서 쓰여진 시들을 묶은 것으로서 개인적이고 서정적인 화자가 등장한다. 시인은 2인칭의 '그대'를 호출하고 전형적인 연시 형태를 재현한다.

해 뜨는 아침에는
나도 맑은 사람이 되어
그대에게 가고 싶다
그대 보고 싶은 마음 때문에
밤새 퍼부어대던 눈발이 그치고
오늘은 하늘도 맨처음인 듯 열리는 날
나도 금방 헹구어낸 햇살이 되어

그대에게 가고 싶다
그대 창가에 오랜만에 볕이 들거든
긴 밤 어둠 속에서 캄캄하게 띄워 보낸
내 그리움으로 여겨다오
사랑에 빠진 사람보다 더 행복한 사람은
그리움 하나로 무장무장
가슴이 타는 사람 아니냐

진정 내가 그대를 생각하는 만큼
새날이 밝아오고
진정 내가 그대에게 가까이 다가가는 만큼
이 세상이 아름다워질 수 있다면

그리하여 마침내 그대와 내가
하나되어 우리라고 이름 부를 수 있는
그날이 온다면
봄이 올 때까지는 저 들에 쌓인 눈이
우리를 덮어줄 따뜻한 이불이라는 것도
나는 잊지 않으리

사랑이란
또 다른 길을 찾아 두리번거리지 않고
그리고 혼자서는 가지 않는 것
지치고 구멍난 삶을 데리고
그대에게 가고 싶다
우리가 함께 만들어야 할 신천지
우리가 더불어 세워야 할 나라
사시사철 푸른 풀밭으로 불러다오
나도 한 마리 튼튼하고 착한 양이 되어

그대에게 가고 싶다

―「그대에게 가고 싶다」(3)

　이 시는 연시가 가지는 전형적인 특징을 내포하고 있다.[1] '너/그대/당신'으로 지칭되는 그리움의 대상이 있고, 그 대상은 현재 (시공간적, 심정적, 상황적으로) 멀리 있어 만날 수 없다. 그리워하는 '나'와 그리움의 대상인 '그대'의 관계 양상은 이미 고정되어 있어서 '나'가 할 수 있는 일은 오직 그리워하는 것뿐이다. 이 그리움은 사랑이 이루어질 가망이 거의 없음으로 해서 더욱 애틋해진다. 그럼에도 불구하고 사랑은 삶의 전부를 지배하는 절대적인 것이고, '나'는 기꺼이 사랑으로 인한 고통을 감수한다.

　이때 '그대'는 사랑하는 연인만이 아니라 '그리운 모든 대상'을 통칭하는 추상적인 개념이다. '그대'는 먼 길, 강물이나 눈송이, 새벽 거리, 밤 불빛일 뿐만 아니라 "나의 별 나의 조국" 그리고 "나 자신"까지를 의미한다(「그대」, 3). 인용된 시 또한 '그대'에 대한 그리움보다 '그대'에게 이르는 길을 '함께 가는 것'이 더 강조되고 있다("사랑이란/ 또 다른 길을 찾아 두리번거리지 않고/ 그리고 혼자서는 가지 않는 것/ 지치고 상처입고 구멍난 삶을 데리고/ 그대에게 가고 싶다/ 우리가 함께 만들어야 할 신천지/ 우리가 더불어 세워야 할 나라").

　이는 투쟁의 대의와 목표가 선명했던 80년대적 상황이 종료된 후 시대적인 변화를 맞이한 시인의 고민과 모색을 반영하고 있다. '함께 가야 한다'는 것은 당위적인 명제이지만 어디로 어떻게 가야할 지는 정확하게 드러나지 않는다. 즉 '그대'는 아직 특정되지 않는 막연한 목표일

---

[1] 연시의 일반적인 특징에 관해서는 졸고, 「고정희 연시의 창작 방식과 의미 ―『아름다운 사람 하나』를 중심으로」, *Comparative Korean Studies* 19권 2호, 2011. 참고.

뿐이다. 시인이 할 수 있는 것은 어디엔가 '그대'가 있음을 믿고 거기에 이르는 길을 모색하면서 견디는 것뿐이다.2)

그런데 '그대'를 특정할 수 없는 과도기적 상황은 아이러니하게도 대중성을 확보하는 중요한 요인이 된다. 조국이나 민족, 역사, 민중과 같은 단어들이 지워진 채 '그대'에 대한 그리움을 노래하고 있는 시들이 쉬운 연애시로 인식되면서 대중성을 확보하게 되는 것이다. 안도현의 시에 일반적인 계몽의 메시지가 실리기 시작하는 것도 이 즈음부터이다.

그는 4시집『외롭고 높고 쓸쓸한』부터 본격적으로 쉽고 익숙한 비유를 사용하여 계몽적인 목소리를 담아낸다. 낮은 곳, 가난, 희생, 우리, 사랑 등은 그의 시를 설명하는 중요한 키워드들이다. 그는 가난하고 낮은 곳으로 내리는 눈발처럼("낮은 곳으로 자꾸 제 몸을 들이미는 눈발이/ 오늘밤 내 사랑하는 사람들에게 이불이 되었으면 좋겠다, 라고"─「겨울밤에 시 쓰기」, 4) 혹은 가난한 사람들의 추운 저녁을 덥혀주는 연탄 한 장처럼("삶이란/ 나 아닌 그 누구에게/ 기꺼이 연탄 한 장이 되는 것"─「연탄 한 장」, 4) 이웃을 감싸고 다독이며 살자고 권유한다.

이 시들에서 화자/시인은 선한 의지를 가진 윤리적인 자아이다. 그는 시대적 상황이나 조건의 변화에 상관없이 항상 바른 길을 향해서 가는 인물이고, 그러므로 타락한 세상에 비해 도덕적으로 우월한 지위에 있다.3) 안도현의 시가 일관되게 독자를 계몽할 수 있는 것은 이와 같은

---

2) 안도현의 3시집은 주제와 형식, 표현 면에서 고정희의 연시집『아름다운 사람 하나』와 매우 흡사하다. 고정희가 '그대'를 호명하며 방향성을 상실한 시대의 시적 모색을 보여준 것처럼, 안도현의 '그대'에 대한 그리움은 앞이 보이지 않는 시대를 견디기 위한 방법론적인 것이라고 할 수 있다.

3) 한 예로 안도현의 「나를 열받게 하는 것들」(4)은 김수영의 「어느 날 고궁을 나오면서」, 「파자마 바람으로」 등에 나타나는 자기 풍자를 연상시키지만, 김수영이 자신

도덕적 우월감에 근거한 것이다. 화자/시인의 우월성은 시적인 대상과 주체의 관계에서도 동일하게 적용된다. 그의 시에서 시적 대상은 전적으로 주체인 시인의 해석에 따라 의미가 부여된다. 시인은 시적 대상보다 우월한 위치에서 그것을 마음대로 해석하고 의미를 부여하고 이야기를 만들어낸다.

이것은 자연을 대상으로 할 때도 마찬가지다. 그의 시에 자연이 본격적인 소재로 들어오는 것은 5시집 『그리운 여우』부터인데, 여기서 자연은 철저하게 인간 중심적인 관점에서 해석된다. 자연친화적이거나 생태적인 관심을 보여주는 시들(「자작나무의 입장을 옹호하는 노래」, 「측백나무가 되어」 등)은 극히 일부이고, 자연물을 알레고리화하여 교훈을 이끌어내는 시들이 대부분이다. 자연이 인간의 이야기를 만들어내는 소재거리가 되는 것이다(「단풍나무 한 그루」, 「바람이 부는 까닭」, 「가뭄」 등, 5).[4]

> 바깥으로 뱉어내지 않으면 고통스러운 것이
> 몸 속에 있기 때문에
> 꽃은, 핀다
> 솔직히 꽃나무는
> 꽃을 피워야 한다는 게 괴로운 것이다
>
> 내가 너를 그리워하는 것,
> 이것은 터뜨리지 않으면 곪아 썩는 못난 상처를
> 바로 너에게 보내는 일이다

을 포함한 인간의 소시민성을 비판하고 있음에 반해 안도현의 시에서 화자는 비판의 대상인 세상 사람들과는 구별되는, 사소하지만 올바른 인물이다.
4) 그런 면에서 안도현의 시는 90년대의 생태시의 흐름과는 전혀 별개의 것이다.

꽃이 허공으로 꽃대를 밀어올리듯이

그렇다 꽃대는
꽃을 피우는 일이 너무 힘들어서
자기 몸을 세차게 흔든다
사랑이여,나는 왜 이렇게 아프지도 않는 것이냐
몸 속의 아픔이 다 말라버리고 나면
내 그리움도 향기나지 않을 것 같아 두렵다

살아남으려고 밤새 발버둥을 치다가
입 안에 가득 고인 피,
뱉을 수도 없고 뱉지 않을 수도 없을 때
꽃은, 핀다

—「꽃」(6)

6시집『바닷가 우체국』에 실려있는 이 시는 대상을 해석하고 의미를 부여한 후 인간의 이야기를 연결하는 전통적인 방식으로 쓰여져 있다. 1연에서 시인은 '꽃은 고통스러워서 피는 것이며 꽃나무는 꽃을 피워야 하는 게 괴롭다'고 단정 지은 후, 2연에서 '내가 너를 그리워하는 것도 고통스러워서 그렇다'고 말한다. 이후의 내용은 꽃이 피는 것과 '나'가 아픈 것을 비교하며 전개된다. 이 시에서 '꽃'은 '나'의 마음을 표현하기 위한 도구일 뿐 그 자체의 의미를 가지고 있지 않다. 이는 감자에 대해서 "언젠가 썩어야 한다는 것을 알면서도/ 감자는 점점 몸이 부풀어갔을 거야/ 날이 갈수록 주렁주렁 매달리는 기쁨과 슬픔을/ 반반씩 키우며 속이 꽉 찬 감자가 되어갈 때/ 감자꽃은 하얗게 피었을 테고/ 어라, 감자꽃이 피었네, 하며 나는 그곳을 지나쳤겠지"(「감자 익는 냄새」, 6)라고 쓰는 것과 동일한 방식이다. 시인이 감자를 두고 펼친 상상은 사람의 일생을 염두에 둔 상태에서 진행된 것으로서 결국 인생을 유추하기 위한 것이다. 그는 감자, 꽃과 같은 흔한 소재들을 배치하고 그것을 인간의 시선에서 바라보면서 '사람이 살아간다는 것은 그런 것이다'라고 말하며 독자들을 다독인다.

> 내 손이 닿지 않는 곳에서 떨어져 앉아 우는 여치
>
> 여치 소리를 듣는다는 것은
> 여치 소리가 내 귀에 와 닿기까지의 거리를 생각하는 것
> 그 사이에 꽉 찬 고요 속에다 실금을 그어 놓고
> 끊어지지 않도록 붙잡고 있는 것
> 밤낮으로 누가 건너오고 건너가는가 지켜보는 것
> 외롭다든지 사랑한다든지 입밖에 꺼내지 않고
> 나는 여치한테 귀를 맡겨두고
> 여치는 나한테 귀를 맡겨두는 것
>
> 여치 소리를 듣는다는 것은
> 오도카니 무릎을 모으고 앉아
> 여치의 젖은 무릎을 생각한다는 것
> ─「여치소리를 듣는다는 것」 (8)

그러나 자연에 감정을 이입한 시들 중에서 성공적인 예는 대상인 자연과 그것을 바라보는 시인 사이에 거리가 성립할 때이다. 8시집 『너에게 가려고 강을 만들었다』에 있는 이 시는 대상에 대한 관찰과 주체의 감정이 조화와 균형을 이루고 있다. 시에서 '나'와 여치의 관계는 사랑하면서도 다가갈 수는 없는 연인과도 같다. '나'가 다가가면 위험을 감지한 여치가 울음을 멈추므로, '나'는 여치소리를 듣기 위해서 떨어져

앉아 귀를 기울일 수밖에 없다. 여치 또한 위험을 감지하기 위해서 '나'의 움직임에 귀를 기울인다. 한편 여치소리가 들린다는 것은 그만큼 조용하다는 것을 의미하는데, 시인은 그것을 '꽉 찬 고요 속에다 실금을 그어놓고 붙잡고 있는 것'이라고 표현하고 있다. 그만큼 주변은 고요하고 적막하다. 3연의 '오도카니 모은 무릎'은 이 적막한 상황이 주는 외로움과 기다림을 집약해놓은 표현이다. 시인은 이 지점에서 비로소 '여치의 젖은 무릎'을 생각하게 된다. 이는 대상을 바로 보기 위해서는 그것과 떨어져서 간격이 필요하다는 것을 말해준다. 대상과 거리를 두어야만 비로소 그것이 보이고 그것과 '나' 사이의 공감과 이해가 형성되는 것이다.

이것은 계몽가가 아닌 시인의 개인적 자아가 전면화될 때 나타나는 자기성찰과 맥을 같이 한다. 8시집에서 그는 비로소 사람 사이에 '채워지지 않는' 혹은 '채울 수 없는' 간격이 있음을 인정하고(「간격」, 8), "끝내 차지할 수 없는 게 있다"(「토란잎」, 8)는 것을 인정한다. "나무와 나무 사이/ 그 간격과 간격이 모여/ 울울창창 숲을 이룬다는 것을/ 산불이 휩쓸고 지나간/ 숲에 들어가 보고서야 알았다"(「간격」)라는 것은, 그가 일관되게 추구해온 '우리'에 대한 반성과 성찰을 보여준다. '우리'는 '너'와 '나'가 딱 붙은 하나가 되어 만들어지는 것이 아니라 거리를 두고 각각의 자리를 지킴으로 해서 전체적으로 하나를 이루는 것이다. 그러나 '거리'와 '간격'을 인정하는 반성적인 태도는 그의 시 전체로 보면 이질적이고 예외적인 부분이다.

개인적 자아가 얼굴을 드러내기 시작하는 6시집 이후 그의 시는 일반 독자를 향한 계몽 대신 일종의 자기 계몽으로 변화한다. "이제는 나를 사로잡고 있는 것이 그 무엇 무엇이 아니라/ 그 무엇 무엇도 아닌 헛것이라고, 써야겠다"(「헛것을 기다리며」, 7)라는 구절은 사회적 역할 이전에 한 개인으로서 자신의 시적 역량을 가늠해보려는 포부와 같다.

고니 떼가 강을 거슬러 오르고 있다
그 꽁무니에 물결이 여럿 올올이
고니 떼를 따라가고 있다
가만, 물결이 따라가고 있는 게 아니다
강 위쪽에서 아래쪽까지 팽팽하게 당겨진
수면의 검은 화선지 위에
고니 떼가 붓으로 뭔가를 쓰고 있는 것,
붓을 들어 뭔가를 쓰고 있지만
웬일인지 썼다가 고요히 지워버리고
또 몇 문장 썼다가는 지우고 있는 것이다
저 문장은 구차한 형식도 뭣도 없으니
대저 만필(漫筆)이라 해야 할 듯,
애써 무릎 꿇고 먹을 갈지 않고
손가락 끝에 먹물 한 점 묻히지 않는
평생을 쓰고 또 써도 죽을 때까지
얇은 서책 한 권 내지 않는 저 고니 떼,
이 먼 남쪽 만경강 하구까지 날아와서
물 위에 뜻 모를 글자를 적는 심사를
나는 사사해야 하지 않겠는가?
그렇게 쓰고 또 쓰는 힘으로
고니떼가 꽈아니, 꽈아니, 하며
한꺼번에 붓대를 들고 날아오르고 있다
허공에도 울음을 적는 저 넘치는 필력을
나는 어찌 좀 배워야 하지 않겠는가?
　　　　　　　　　　　　　—「고니의 시작(詩作)」(9)

이 시는 9시집 『간절하게 참 철없이』에 실려있는 것으로서, 독자에 대한 계몽을 중요한 특징으로 했던 이전의 시들과는 확연하게 구별된다. 제목인 '고니의 시작(詩作)'이란 고니 떼가 움직임에 따라 생겨난 물결무늬를 말하는 것이다. 안도현은 그것을 붓으로 쓴 문장에 비유하고, 물결무늬가 사라지는 것을 '썼다가 지워버리는 문장'이라고 말한다. 그 것은 일정한 형식 없이 자유롭게 쓰여진 '만필'로서 흠잡을 데 없는 천의무봉의 문장이다. 여기서 주목할 것은 '고니 떼가 시를 쓴다'라는 비유가 아니라 쓰여졌다가 지워지는 문장을 '나'가 읽어내고 그 뜻을 헤아리고 있다는 점이다. 이는 천의무봉의 문장을 읽어내는 화자/시인 또한 그 경지에 올라 있음을 암시하는 것이다. '나비의 문장'을 읽어내거나(「나비의 문장」, 8) 허공에 정지해있다가 순간에 내리꽂히는 황조롱이의 뜻을 알아채는 것(「공부」, 9) 역시 마찬가지다. 이 시들은 일견 인간 외의 자연물에 대한 예찬처럼 보이지만, 그보다는 자연의 비의를 알아채는 화자/시인의 비범함을 강조하는 성격이 짙다.

국화꽃 그늘이 분(盆)마다 쌓여 있는 걸 내심 아까워하고 있었다
하루는 쥐수염으로 만든 붓으로 그늘을 쓸어 담다가
저녁 무렵 담 너머 지나가던 노인 두 사람과 만나게 되었다
한 사람이 국화꽃 그늘을 얼마를 주면 팔 수 있느냐고 물었다
또 한 사람은 붓을 팔 의향이 없냐고 흥정을 붙였다
나는 다만 백년을 쓸어 모아도 채 한 홉을 모을 수 없는 국화꽃 그늘과
쥐의 수염과 흰 토끼털을 섞어 만든 붓의 내력에 대해 말해주었다
그 대신 구워서 말려놓은 박쥐 몇 마리와 박쥐의 똥 한 홉,
게으른 개의 귓속에만 숨어 사는 잘 마른 일곱 마리의 파리,
입동 무렵 해 뜨기 전에 채취한 뽕잎 일백이십 장, 그리고

술에 담가놓았다가 볶아 가루로 만든 깽깽이풀 뿌리를 내어놓았다
　두 노인은 그것들을 한번 내려다보더니 자신들은 약재상이 아니
라 했다
　그러고는 바삭바삭 소리가 날 것은 같은 국화꽃 그늘에 귀를 대
보고
　쥐수염붓을 오래 만지작거리더니 가을볕처럼 총총 사라졌다
　그렇게 옛적 시인들이 나를 슬그머니 찾아온 적이 있었다
―「국화꽃 그늘과 쥐수염붓」(10)

　이러한 경향은 10시집 『북항』에서 한결 더 강하게 드러난다. 이 시에서 쥐수염으로 만든 붓과 국화꽃 그늘을 사려 하는 노인 두 사람은 왕희지와 추사로 추정되는 '옛적 시인들'이다. 그들은 '나'가 사는 집 담 너머를 지나가다가 '나'가 쥐수염 붓으로 국화꽃 그늘을 쓸어 담는 것을 보고 흥정을 붙여온다. '나'는 '옛적 시인들'인 그들에게 국화꽃 그늘과 붓의 내력에 대해 들려주고 있다. 이것은 '나'가 신비로운 사물들의 내력을 말해줄 수 있을 만큼 오래 살았고 그것을 두고 옛 시인들과 이야기를 나눌 만큼의 경지에 올라섰음을 말한다. 즉 '나'는 선계(仙界)의 신선과도 같은 경지에 도달한 인물인 것이다. 이는 안도현의 호기(豪氣)와 시인으로서의 소망을 상징적으로 보여준다.

　소재에 의미를 부여하고 교훈을 이끌어내는 창작 방법은 동식물이나 사물의 내력을 들려주는 '가전체' 형식과도 유사하다. 이전 시들이 교훈과 계몽성에 초점을 맞춘 것에 비할 때 가전체 형식에 바탕한 시들은 이야기를 만들어내는 것 자체에 더 집중하고 있다. 시인은 이제 계몽가라기보다 사물의 내력을 일러주는 현자(賢者)와 유사한 존재이다. 그는 「월식」(9)처럼 자연 현상에 전래동화 같은 이야기를 덧붙이기도 하고 자연물에 인물을 결합시켜 인물의 개인사를 들려주는 것 같은 형

식을 취하기도 한다(「명자꽃」, 9).

　　남쪽 끄트머리 해안이 보이는 언덕에 차를 세우고 무작정 매화꽃
이 핀 비탈로 들어갔습니다 매화나무들은 한창 꽃의 생산이 활발해
서 천 개의 마을과 만 개의 골짜기에 일일이 신방(新房)을 들였습니
다 이 마을은 인구가 조밀하고 물자가 창고마다 쌓여 있어서 벌과
벌레와 새들이 상해나 서울과 같은 큰 도회지를 찾아온 듯하였습니
다 나는 매화나무들이 경영하는 나라의 신민(臣民)으로 등재되기를
바랐습니다

　　내 이마 높이쯤에서 바다는 어린 날 오후의 치통처럼 칭얼댔습니
다 바다는 매화나무의 가랑이 사이로 들락거렸고, 그래서 마치 내
마른 허벅지에 물때가 오르는 것 같았습니다 나는 그때 매화꽃들이
괴로워하는 소리를 들었습니다 내 입술로 꽃잎을 받는 일은 매화나
무의 신체를 받는 일이었습니다 매화나무는 낙화의 시절을 알면서
도 참으로 괴롭게 일생을 꿰매어 한 땀 한 땀 나뭇가지에 내걸었던
것입니다 서러워할 것들이 많은 매화나무의 발등에 적설량이 늘었
습니다

　　이런 날이 올 줄 몰랐습니다 누님, 누님이 위독하다는 소식이 봄
날의 화유(花遊)였으면 했습니다 누님의 위독한 증세는 매화나무로
이주해 매화꽃은 뱃속에 큰 병을 얻었습니다 울지도 못하고 꽃이 피
었다가 무너지고 있습니다 죽음은 한 차례도 닿지 못한 누님의 내해
(內海) 같아서, 살고 죽는 일이 허공에 매화무늬 도배지를 바르는 일
과도 같아서

　　나도 길에서 벗어나 바닥에 주저앉고 싶었습니다 수평선을 바라
보는 일이 나의 직업이라고 약력에 쓰고 싶었습니다 그러나 완성하
지 못한 숙제는 출근처럼 아득하였습니다 저기, 저기 좀 보십시오
누님의 치마폭을 닮은 꽃그늘이 일렁이고 있습니다 밟고 다닌 모든
길을 착착 접어보면서 바다는 파도, 파도, 라는 소리를 내고 있습니

다 매일 해변에 자신을 버리면서 평생 자신을 적재하는 바다에 이르려면 누님, 아직은 캄캄해질 때가 아닙니다

이 세상의 암향(暗香)을 편지에 첨부하여 보냅니다 내년 봄, 매화꽃이 처녀와도 같이 자지러질 때, 밤길에 연애하러 갈 때 써보기를 바랍니다

—「편지」(11)

매화나무와 누님의 개인사를 연결시키고 있는 이 시는 매화꽃이 핀 풍경을 소재로 하면서 한편으로 병환이 위중한 누님에 대한 안타까움을 표현하고 있다. 2연에서 잠깐 화사하게 꽃피었다가 화르르 떨어져 내리는 "서러워할 것들이 많은" 매화나무는 사연 많은 누님의 일평생에 비유되고, 3연에 이르면 매화나무와 누님은 아예 동일시되어 "누님의 위독한 증세는 매화나무로 이주해 매화꽃은 뱃속에 큰 병을 얻었습니다 울지도 못하고 꽃이 피었다가 무너지고 있습니다"라고 서술된다. 매화나무 나라의 신민이 되길 소망하는 '나'는 매화나무와 누님에 얽힌 연관성을 소리로 듣고, 입술로 받고, 눈으로 보고 있다. '나'가 매화의 '암향'을 첨부해 보냄으로써 누님의 쾌유를 비는 것은 마치 화타나 편작의 신비로운 처방을 보는 듯하다.

이같은 시도들은 "말과 문체를 갱신해 또 다른 시적인 것을 찾고자"(『북항』 시인의 말) 하는 시적 모색의 결과이다. 그의 시는 초기부터 개인의 정서를 표현한 서정시보다는 이웃들의 살아가는 이야기를 담은 시에 이끌리는 특징을 보인다. 이것은 시인이 공동체의 목소리를 대변할 것을 요구받던 80년대적 상황이 작용한 것도 있지만, 시는 독자와 소통이 되어야 한다는 신념과, 이야기를 만드는 데 능한 개인적 재능 때문이기도 할 것이다. 10시집 이후 시도되고 있는 서간체, 우화와 풍

유 등의 방식은 그의 시적인 모색이 여전히 계속되고 있음을 말해준다. 자신이 가진 이야기꾼 재능을 살리면서 고유한 시적인 영역을 창조하는 것이 안도현 시의 방향이 될 것이다.

시집 연보

1. 『서울로 가는 전봉준』, 민음사, 1985.

2. 『모닥불』, 창비, 1989.

3. 『그대에게 가고 싶다』, 푸른숲, 1991.

4. 『외롭고 높고 쓸쓸한』, 문학동네, 1994.

5. 『그리운 여우』, 창비, 1997.

6. 『바닷가 우체국』, 문학동네, 1999.

7. 『아무것도 아닌 것에 대하여』, 현대문학북스, 2001.

8. 『너에게 가려고 강을 만들었다』, 창비, 2004.

9. 『간절하게 참 철없이』, 창비, 2008.

10. 『북항』, 문학동네, 2012.

11. 『능소화가 피면서 악기를 창가에 걸어둘 수 있게 되었다』, 창작과비평사, 2020.

체화된 생태시와
지구적인 상상력
– 이문재*론

이문재의 1시집 『내 젖은 구두 벗어 해에게 보여줄 때』는 서구적인
보헤미안적 감성과 사라져가는 농촌에 대한 아련한 향수를 결합한 독
특한 분위기를 형성하고 있다. 나직하게 웅얼거리는 음유시인의 노래
와도 같은 시들은 아름답고 다정했던 공간을 떠나 낯선 곳으로 떠밀리
는 젊은이의 고독과 방황을 그리고 있다. 그러나 그것은 단지 낭만적인
방랑의 노래가 아니라 농촌의 몰락과 도시로의 이주라는 사회적인 맥
락 속에 있다. 우울하고 섬세한 그의 시들은 미학적인 아름다움을 간직
하면서 동시에 현실비판적인 요소를 담보하고 있다. 또한 초기 시부터
드러나는 농촌(자연)[1])에 대한 애정은 90년대 생태시로 연결되면서 사
회사적인 주제로 발전한다. 그런 면에서 이문재의 시는 80년대 시단의

---

* 1959년 경기 김포 출생, 1982년 『시운동』으로 등단.
1) 이문재의 초기 시는 농촌적인 풍경을 보여주기는 하지만 실제 생활의 방편으로서의
   농업이나 농사를 짓는 모습이 나타나지는 않는다. 그러나 그것은 감상과 향유의 대
   상인 '자연'과는 달리 생활과 관련된 풍경이라는 점에서 '자연'과 '농촌'의 교집합 즈
   음에 있다.

예술지향성과 현실참여성이라는 양분된 특징을 아우르고, 90년대 시로 넘어가는 경계에 있다고 할 수 있다.

마지막으로 내가 떠나오면서부터 그 집은 빈집이 되었지만
강이 그리울 때 바다가 보고 싶을 때마다
강이나 바다의 높이로 그 옛집 푸른 지붕은 역시 반짝여 주곤
했다
가령 내가 어떤 힘으로 버림받고
버림받음으로 해서 아니다 아니다
이러는 게 아니었다 울고 있을 때
나는 빈집을 흘러나오는 음악 같은
기억을 기억하고 있다

우리 살던 옛집 지붕에는
우리가 울면서 이름붙여 준 울음 우는
별로 가득하고
땅에 묻어주고 싶었던 하늘
우리 살던 옛집 지붕 근처까지
올라온 나무들은 바람이 불면
무거워진 나뭇잎을 흔들며 기뻐하고
우리들이 보는 앞에서 그해의 나이테를
아주 둥글게 그렸었다
우리 살던 옛집 지붕 위를 흘러
지나가는 별의 강줄기는
오늘밤이 지나면 어디로 이어지는지

그 집에서는 죽을 수 없었다
그 아름다운 천정을 바라보며 죽을 수 없었다

우리는 코피가 흐르도록 사랑하고
코피가 멈출 때까지 사랑하였다
바다가 아주 멀리 있었으므로
바다 쪽 그 집 벽을 허물어 바다를 쌓았고
강이 멀리 흘러나갔으므로
우리의 살을 베어내 나뭇잎처럼
강의 환한 입구로 띄우던 시절
별의 강줄기 별의
어두운 바다로 흘러가 사라지는 새벽
그 시절은 내가 죽어
어떤 전생으로 떠돌 것인가

알 수 없다
내가 마지막으로 그 집을 떠나면서
문에다 박은 커다란 못이 자라나
집 주위의 나무들을 못박고
하늘의 별에다 못질을 하고
내 살던 옛집을 생각할 때마다
그 집과 나는 서로 허물어지는지도 모른다 조금씩
조금씩 나는 죽음 쪽으로 허물어지고
나는 사랑 쪽에서 무너져 나오고
알 수 없다
내가 바다나 강물을 내려다보며 죽어도
어느 밝은 별에서 밧줄 같은 손이
내려와 나를 번쩍
번쩍 들어올릴는지

―「우리 살던 옛집 지붕」(1)

등단작인 이 시는 이문재 시의 출발점이면서 앞으로의 지향점을 암시하고 있다. '그 집'은 나무와 별, 푸른 지붕이 있던 곳으로서 힘들고 어려울 때마다 위안이 되는 곳이다. 1시집의 다른 시들과 연결해볼 때 '그 집'이 있는 곳은 강과 들, 외양간이 있는 도시 근교의 농촌이다(「돌은 움직이지 않으려고 얼마나 애쓰는 것일까」, 「유월의 여섯 시」, 1). 시인의 자전적인 성장 환경[2]이었을 이 풍경은 농촌에 대한 기본적인 친화감을 형성하는 근거가 된다.

그러나 "마지막으로 내가 떠나오면서부터 그 집은 빈집이 되었다"라는 첫 구절이 말해주듯이, 그 풍경은 이제 기억 속에 남아있을 뿐이다. 그의 시는 '그 집'을 떠나면서부터 시작되므로, 그의 시가 상실감과 향수, 고독에서 출발하는 것은 당연한 일이다.

1시집은 고향을 떠난 자의 쓸쓸함과 고독감을 주제로 하고 있다. 「나는 그를 모른다」, 「검은 돛배」, 「저문 비」, 「황혼병」, 「어디로 가는 길」, 「아픈 사람」(이상, 1) 등에서 화자는 저물녘의 길에 있다. 그 길은 목적지가 뚜렷하지 않고, 다만 길 위에 있음만이 반복해서 강조된다. 화자는 우울한 사색에 사로잡혀 길을 걷고 있다. 그 길은 해 지는 서편을 향해 있고(「양떼 염소떼」, 1) 시간은 대개 저물녘이다. 저물 무렵, 혼자 걷고 있는 사람, 비어있는 길 등은 쓸쓸함과 아련함이 어우러져 낭만적이고 센티멘탈한 느낌을 주는데, 그의 초기 시가 서구적인 보헤미안적 감성을 느끼게 하는 것은 이같은 장치 덕분이다. 초기 시에서 시인은 저물녘의 감수성이라고 할 만한 것들, 소멸하거나 이미 사라져버린 것들에 쏠려있는 듯하다.

---

2) 이문재는 경기도 김포에서 태어나 그곳에서 유년시절을 보내고 중학교까지 마친 후 인천고등학교에 진학했다. 고등학교 또한 집에서 통학을 했기 때문에, 김포에서의 생활은 그의 성장기 전체를 좌우하는 원체험이라고 할 수 있다.

이러한 우울과 방황은 단지 개인의 기질에서 비롯되는 것이 아니라 사회적인 맥락과 연결되어 있다. '나'가 집을 떠나는 것은 고향인 농촌을 떠나 도시로 진입함을 의미한다. 아버지는 농사를 지으며 땅을 터전으로 생활을 영위했던 세대이지만 '나'는 그 터전을 떠나야만 생활을 기획할 수 있는 세대이다.[3] '나'는 새로운 생활 기반을 찾아 도시로 가야 하고, 그 곳에서 독립적인 자신의 삶을 꾸려야 한다. 시인이 길에 있는 화자를 '도보고행승'이라는 말로 표현하고 있는 것(「검은 돛배」, 「새야 새야」, 1)은 이 방랑이 결국은 생활로 이어질 것임을 이미 알고 있기 때문이다.

2시집 『산책시편』은 개인적인 우울과 사색이 문명비판으로 변화하는 과정을 담고 있다. 여기서 화자는 고향을 떠나서 도시에서 살고 있는 생활인이다. 화자는 도시에 살면서 그곳의 특징을 이야기하고 그것과 대비되는 고향의 생활을 기억해낸다. '걷는다'는 행위가 중요하게 등장한다는 점에서 1시집과 유사하지만, 그것이 의도적이고 전략적이라는 점에서 차이가 있다. 그의 시를 자각적이고 적극적인 것으로 변화하게 하는 계기는 아이러니하게도 도시에서의 삶이다.

그가 살고 있는 도시는 철저하게 목적지향적인 곳이다. 의미가 없거나 가시적인 성과가 없는 행위들은 용납되지 않는다. 도시에서 사는 것은 그것 자체가 시간과의 싸움이다. 모든 일에는 제한된 시간이 있고 시간 안에 완수되지 않은 것들은 용도 폐기된다. 횡단보도 신호등, 엘리베이터 표시등, 컴퓨터의 커서처럼 깜빡이는 표지들은 정해진 시간

---

3) '나'가 고향을 떠나는 실질적인 이유는 대학에 진학하기 위한 것일 가능성이 크다. 이것은 이문재 세대의 공통적인 경험이다. 그들의 부모는 대부분 태어나고 자란 곳에서 농사 등을 생업으로 하며 자식을 서울 소재 대학에 보낸 사람들이다. 자식들에게 자신들의 힘든 삶을 물려주지 않는 유일한 방법은 교육을 통한 신분 상승뿐이었기 때문이다.

안에 무언가를 해내야 한다는 강박감과 초조함을 가중시키고(「저 깜빡이는 것들」, 2), 그에 따라 사람의 호흡의 길이 또한 가빠진다.

　이곳에서 느리게 걷거나 혼자 있는 것과 같은 것은 게으름이자 죄악이다(「마지막 느림보」, 2). 도시에서는 저물녘조차도 상념의 시간이 되지 못한다(「저녁 산책」, 「저물녘에 중얼거리다」, 2). 상념은 쓸쓸하고 고요한 시간에 천천히 작동하는 것인데, 도시는 그러한 시간을 허용하지 않는다. 산책은 속도제일주의의 도시에서 살면서 그것을 견디는 방법이자 속도에 저항하는 전략으로 제시된다.

> 아름다운 산책은 우체국에 있었습니다
> 나에게서 그대에게로 가는 편지는
> 사나흘을 혼자서 걸어가곤 했지요
> 그건 발효의 시간이었댔습니다
> 가는 편지와 받아볼 편지는
> 우리들 사이에 푸른 강을 흐르게 했고요
>
> 그대가 가고 난 뒤
> 나는, 우리가 잃어버린 소중한 것 가운데
> 하나가 우체국이었음을 알았습니다
> 우체통을 굳이 빨간색으로 칠한 까닭도
> 그때 알았습니다 사람들에게
> 경고를 하기 위한 것이었겠지요
> 　　　　　　　　　　　　　　　－「푸른곰팡이－산책시1」 (2)

　'산책'은 우체국까지 가는 동안의 걷기만이 아니라 편지를 기다리는 시간 전부를 의미한다. 손 글씨로 편지를 쓰고 그것을 부치러 우체국까지 가는 시간, 부친 편지가 도착하기까지의 시간, 편지를 받은 이가 그것을 읽는 시간, 답장을 쓰고 그것이 쓴 사람에게 돌아오는 시간. 이 아날로그적인 시간에서 중요한 것은 결과가 아니라 편지가 오가는 과정 전부이다. 편지를 쓰고 부치고, 받은 이가 다시 답을 전해오기까지 모든 시간은 설렘과 기대로 가득 찬 충일한 시간이다. 그것은 결과와 속도만을 중시하는 도시적 사고로는 경험할 수도 이해할 수도 없는 시간이다. 산책의 느릿함과 어정거림, 쓸모없음은 도시의 속도주의와 효율성의 원칙, 목적지향성에 정면으로 위배되는 것으로서, 속도 지향적인 도시의 삶을 간접적으로 비판하는 것이다.

2시집에는 이와 더불어 도시의 환경오염과 생태계 파괴 등 문명의 폐해를 직접적으로 비판하는 시들도 있다. 도시의 인공적인 환경은 자연을 병들게 하고 생명체의 존속을 위협한다(「산성눈 내리네」, 「비닐우산」, 2).

> 그 무렵의 보리밭
> 이라고, 중얼거려 보면 마음 한 켠 언뜻 환해진다
> 여기에는 푸름 전혀 없는 탓
> 내 속에 푸르름이 없는 까닭이다
>
> 푸른 것들은 살의를 품은 듯
> 있는 힘 다해 햇빛 빨아들인다
> 살아서 푸르른 것이다 내 어려 살던 곳
> 보리밭 이랑이랑 푸른 것들의
> 무더기들 더운 흙 속을 쑤셔대고 있었거니
>
> 비닐우산 들고 여기, 아침으로 나오는데
> 그 여린 보리들처럼 너는 이 비를

빨아들이지 않는다 이 비 나는 비켜간다

너도 그러할 터, 비닐 한 겹으로 하늘과
나는 막혀 있구나, 갈라져 있구나
이러한 투명은 절망일 터, 너와 나도
빤히 보임으로써 갈려져 있다

썩어져 없어지지 않는다는 것이
가장 큰 죄, 죄악이다
비닐 같은 문명들 겹겹으로
오늘을 뒤덮고 있다 이 봄날 지나면
우선 내가 먼저
너로부터 썩어져 나가리니

— 「비닐우산」(2)

　　푸르른 보리밭이 있었던 어린 시절과 비닐우산을 쓰고 있는 현재는 산 것과 죽은 것으로 나뉜다. 보리밭의 보리들은 강렬하게 햇빛과 비를 빨아들여 푸르게 자라나지만, 현재 화자가 있는 곳에서는 투명한 비닐우산이 내리는 비와 '나' 사이를 가로막는다. 비닐우산은 내리는 비를 막아줄 뿐 아니라 자연과 인간이 소통하는 것을 막는 상징으로 표현되고 있다. 우산의 실용성보다도 우산을 만든 비닐이라는 원료에 초점을 맞추고 있기 때문이다. 비닐처럼 썩지 않는 것들이 넘쳐나면서 도시는 점점 사람이 만들어낸 지옥이 되어가고 있다.

　　이처럼 환경오염에 대한 각성과 고발, 묵시록적 경고가 전면화된 시들은 90년대 생태시가 가지고 있는 문제의식을 공유하고 있다. 그런 면에서 그의 90년대 시들은 당대의 최우선적인 사회적 주제에 동참하고 있지만, 이미 체화되어 있는 내면적 가치를 지키기 위한 지속적인 투쟁이라는 점에서 다른 생태시들과 차이가 있다. 예를 들어 3시집 『마음의 오지』에 있는 「농업박물관 소식」 연작은 농촌에 대한 기본적인 친화감을 농업이라는 생산 양식과 연결시켜 문명의 대안으로 제시한 것이다.

만일 지금 예수가 오신다면
십자가가 아니라 똥짐을 지실 것이라는
권정생 선생의 글을 읽었다

점심 먹으로 갈 때마다 지나다니는 농업박물관
앞뜰에는 원두막에 물레방아까지 돌아간다
원두막 아래 채 다섯평도 안 되는 밭에
무언가 심어져 있어서 파랬다
우리 밀, 원산지: 소 아시아 이란 파키스이라고 쓴
푯말이 세워져 있었다

농업박물관 앞뜰
나는 쪼그리고 앉아 우리 밀 어린 싹을
하염없이 바라다보았다
농업박물관에 전시된 우리 밀
우리 밀, 내가 지나온 시절

똥짐 지던 그 시절이
미래가 되고 말았다
우리 밀, 아 오래된 미래

나는 울었다
　　　　　　　　　　　　－「농업박물관 소식－우리 밀 어린싹」(3)

1시집의 원형을 이루고 있던 농촌은 그리운 자연 풍경과 유사한 것이었지만, 이 단계에서 시인이 말하고자 하는 것은 농촌의 풍경이 아니라 생활양식과 삶의 방식으로서의 농업이다. 그는 후기 자본주의가 망쳐놓은 현대 사회의 난점을 해결할 수 있는 것은 결국 농업의 시대, 농경공동체 문화의 삶의 방식뿐이라고 주장한다. 농업이 현재의 대안이자 '오래된 미래'[4]일 수 있는 것은, 그것이 자연의 리듬에 맞춰서 이루어지는 가장 정직한 생산방식이기 때문이다. 아무리 기술이 발달한다고 하더라도 농업은 기본적으로 일조량이나 강수, 온도 등 자연적인 조건에 좌우될 수밖에 없다. 농업은 "인간과 자연이, 생산과 소비가, 과거와 미래가 분리되지 않는 하나의 '낙원'"[5]이다. 자연의 일부분으로서 자연의 흐름에 순응하며 살아가는 것, 그것은 사실상 오래 전에 선조들이 살았던 삶의 방식이기도 하다.

이문재는 현대 문명의 본질적인 문제점이 자연스러움을 파괴하고 생태계의 흐름을 인위적으로 조작하는 데 있다고 본다. 비근한 예로, 도시의 겨울은 해가 져도 어두워지지 않는다. 해가 지면 가로수에 매달린 전구에 불을 켜서 다시 낮처럼 밝아지기 때문이다. 인위적으로 만들어진 화려한 도시 풍경은 감탄을 자아내지만, 어둠이 사라지자 사람과 나무와 거리에는 휴식이 사라지고 계절감을 잃어버린 생태계는 교란된다(「광화문, 겨울, 불꽃, 나무」, 4). 시인은 이러한 도시의 상태를

---

4) 그가 호출한 '오래된 미래'는 당시 유행했던 헬레나 노르베리-호지의 책 제목이기도 하다. 이문재가 이 말을 사용하는 것은 다분히 의식적이고 전략적이다. 그것은 농업의 중요성을 강조하는 동시에 『오래된 미래』에서 보여준 라다크 사람들의 삶에 대한 동의이자 지지를 표시하기도 한다. 그 또한 생태계의 위기를 극복하는 방법은 자연의 일부분으로서 그 리듬에 맞춰 살아가는 전통적이고 오래된 방식을 따르는 것이라고 생각한다.
5) 이문재, 「미래와의 불화」, 『마음의 오지』, p.102.

'power on'이라고 표현한다. 즉 도시는 언제든지 작동 가능한 '준 활동' 상태이자 항상 대기 중인 상태로 있다.

디지털 시대에 이르면 'power on'은 아예 삶의 기본 조건이 되어버린다. 4시집 『제국호텔』에서, 모든 사람은 'World Wide Web'이라는 거대한 네트워크에 연결되어 온라인 상태에 있다. 사람끼리 직접 대면하는 기회는 점차 줄어들지만, 그 대신 보이지 않는 망에 접속해서 정보를 얻고, 물건을 사고 팔며, 유대감을 확인한다(「제국호텔—비밀번호」, 4). 디지털 제국에서 인간은 '@'에 모여 사는 원주민들이 되어 잠시라도 접속이 끊기면 불안과 초조함을 견디지 못한다.

스스로 전원을 내리고 접속을 차단하지 않는 한 결코 휴식은 주어지지 않는다. 핸드폰이 켜지지 않는 오지를 찾아들어가거나(「비박」, 4) 사하촌에서 며칠을 보내고(「사하촌」, 4), 강원도 고성이나 섬진강으로 마음이 가있는 것은(「입춘」, 「화신」, 4) 'power on' 상태를 끊고 휴지기를 가지려는 의식적인 행위이다("마침내 언플러그드/ 빈틈없는 어둠/ 꿈 없는 잠/ 나는 탈주에 성공한 것이다"—「비박」). 문명과 접속되는 전원을 끈다는 상상력은 자연에서 빌려온 것이다. 자연이 휴지기를 가짐으로써 새로운 생성의 힘을 얻듯이 '나' 또한 잠시 휴지기에 들어가는 것이다.

나 도망가는 법 터득했다
집 떠날 필요 없다
파워 오프—
가만히 앉아서 모든 전원을 끌 것

고개 들어 먼산 바라보니

만산홍엽
빨갛게 불을 켠 나뭇잎들이
전원을 내리고 있다

내 안에 조금씩 전기가 고이고
밤이 오고 아침이 온다
그러고 들여다보니
나 아주 오래 된 수력발전소

저 아래 중력의 끝이 보이고
만산홍엽의 빈 데가 커지고
한 칸씩 뛰어오르는
물방울들의 그늘들

밖의 전원은
더 오래 끈 채로 두자
지금 땅 위는 겨울
몸의 안쪽도 혹한
파워 오프—
꺼놓고 기다리자

— 「만산홍엽」(3)

　그가 도시의 'power on' 상태를 벗어나는 방법을 자연에서 찾는 것은 지극히 당연하고 자연스러운 일이다. 그는 이 시에서 단풍 든 나뭇잎들을 'power off' 상태에 비유하면서 '불을 켠다'는 모순적인 진술을 하고 있다. 이것은 수사학적 비유가 아니라 소멸이 생명의 한 과정으로서 휴식의 시작이라는 점을 표현한 것이다. 낙엽이 떨어지거나 생명이 사라지는 것은 생태계의 자연스러운 흐름이다. 썩고 죽고 사라지는 것들은 흙으로 돌아가 양분이 되고 새로운 생명을 키울 동력이 된다. 나뭇잎이 떨어지고 동물들이 동면하는 겨울은 생명들이 쉬는 휴지기이다. 접속을 끊고 그 흐름을 바라보는 "내 안에 조금씩 전기가 고이"는 것은 휴식이 가져다준 힘이다. '나'를 내려놓고 '나'의 밖에 있을수록, 자연에 가까워질수록 '나'는 자연의 기운으로 활발해진다("그곳에서 멀어진 만큼/ 나는 나를 완화하고 있었다/ 나는 나에게 활발해져 있었다/ 흔쾌하게 나의 바깥에 있었다" — 「신새벽에 나를 놓다」, 4). 그것은 '나'가 자연의 일부분으로서 그 리듬을 따르고 있기 때문이다.

이문재의 생태시는 5시집 『지금 여기가 맨 앞』에서 인상적인 발상의 전환을 보여준다. 생태계의 흐름을 자신의 몸을 통해 구체화하고 그것을 지구적인 상상력으로 확장하는 것이다. 그는 음식을 먹고 배설하는 가장 기본적인 생명 활동에서 자신의 몸과 생태계의 연결성을 발견한다(「독실한 경우 — 식탁이 지구다」, 5). 식탁에 오른 음식들이 거쳐온 길을 되짚어 보면 나가 그것들과 더불어 생태계의 일원으로 자리하고 있음을 알게 된다(「농업박물관 소식 — 식탁에서 길을 묻다」, 3). 나는 음식을 먹음으로써 바다와 땅과 동식물과 연결되고, 그것을 배설함으로써 그것들이 자연으로 돌아가는 통로가 된다("명태 등뼈를 발라내며/ 홍어 무른 살 입안에서 굴리며/ 먼 바다 캄캄한 심해/ 그러나 우리 입까지 이어져 있는/ 아주 멀고 넓은 바다를/ 생각한다.(……) 바다가 내 몸속으로 들어온다./ 바다가 내 세포 속에 가득 들어 있다./내가 우주를 통째로 먹는 것이다./ 내가 먹는 것이 바로 나다." — 「바다는 매일」, 5). 먹고 배설하는 가장 단순한 일이 '내 몸이 곧 자연이다'라는 자명하면서도 쉽지 않은 깨달음을 이끌어내는 것이다.

나는 태생적으로 다른 생명체들과 연결되어 있고, 그러므로 그 자체가 더불어 사는 '우리'다("나는 내가 아니다./ 나는 우리 우리들이다./ 새 끼발가락이 간지러운 이른 봄날/나는 이렇게 우리다./ 우리가 이렇게 커질 때가 있다" – 「봄날 2」, 5). 이때 '우리'는 나 자체가 이미 다른 생명체들로 채워져 있음 즉, 나와 생태계의 유기적 연관성을 뜻한다. 우월한 인간이 아닌 '우리'의 눈으로 주변을 둘러보면, 지구는 맹렬하게 번식하고 살아내는 것들로 꽉 차 있다(「꽃 멀미」, 「봄날 입하」, 「모르는 척」, 「벚꽃터널」, 「물의 결가부좌」, 「금줄」 등, 5).

거기 연못 있느냐.
천 개의 달이 빠져도 꿈쩍 않는, 천 개의 달이 빠져 나와도 끄떡 않는 고요하고 깊고 오랜 고임이 거기 아직도 있느냐.

오늘도 거기 있어서
연의 씨앗을 연꽃이게 하고, 밤새 능수버들 늘어지게 하고, 올 여름에도 말간 소년 하나 끌어들일 참이냐.

거기 오늘도 연못이 있어서
구름은 높은 만큼 깊이 비치고, 바람은 부는 만큼만 잔물결 일으키고, 넘치는 만큼만 흘러 넘치는, 고요하고 깊고 오래된 물의 결가부좌가 오늘 같은 열엿샛날 신새벽에도 눈뜨고 있느냐.

눈뜨고 있어서, 보름달 이우는 이 신새벽
누가 소리 없이 뗏목을 밀지 않느냐, 뗏목에 엎드려 연꽃 사이로 나아가지 않느냐, 연못의 중심으로 스며들지 않느냐, 수천수만의 연꽃들이 몸 여는 소리 들으려, 제 온몸을 넓은 귀로 만드는 사내, 거기 없느냐.

어둠이 물의 정수리에서 떠나는 소리

달빛이 뒤돌아서는 소리, 이슬이 연꽃 속으로 스며드는 소리, 이슬이 연잎에서 둥글게 말리는 소리, 연잎이 이슬방울을 버리는 소리, 연근이 물을 빨아올리는 소리, 잉어가 부레를 크게 하는 소리, 진흙이 뿌리를 받아들이는 소리, 조금 더워진 물이 수면 쪽으로 올라가는 소리, 뱀장어 꼬리가 연의 뿌리들을 건드리는 소리, 연꽃이 제 머리를 동쪽으로 내미는 소리, 소금쟁이가 물위를 걷는 소리, 물잠자리가 제 날개가 있는지 알아보려 한 번 날개를 접어보는 소리―

소리, 모든 소리들은 자욱한 비린 물 냄새 속으로

신새벽 희박한 빛 속으로, 신새벽 바닥까지 내려간 기온 속으로, 피어오르는 물안개 속으로 제 길을 내고 있으리니, 사방으로, 앞으로 나아가고 있으리니.

어서 연못으로 나가 보아라.

연못 한가운데 뗏목 하나 보이느냐, 뗏목 한가운데 거기 한 남자가 엎드렸던 하얀 마른 자리 보이느냐, 남자가 벗어놓고 간 눈썹이 보이느냐, 연잎보다 커다란 귀가 보이느냐, 연꽃의 지문, 연꽃의 입술 자국이 보이느냐, 연꽃의 단 냄새가 바람 끝에 실리느냐.

고개 들어 보라.

이런 날 새벽이면 하늘에 해와 달이 함께 떠 있거늘, 서쪽에는 핏기 없는 보름달이 지고, 동쪽에는 시뻘건 해가 떠오르거늘, 이렇게 하루가 오고, 한 달이 가고, 한 해가 오고, 모든 한살이들이 오고가는 것이거늘, 거기, 물이, 아무 일도 아니라는 듯, 다시 결가부좌 트는 것이 보이느냐.

― 「물의 결가부좌」(5)

이 시에서 '물의 결가부좌'란 "천 개의 달이 빠져 나와도 끄떡 않는 고요하고 깊고 오랜 고임"이다. 그것은 씨앗을 키워서 연꽃이 피게 하고 능수버들을 늘어지게 하고 이따금 사람의 혼을 부르기도 하는 연못의 신비로운 힘이다. 그러나 이것은 연못 속에 초월적이고 절대적인 힘이 존재한다는 것이 아니라 생태계의 긴밀한 연결과 의존 관계를 강조한 것이다. "어둠이 물의 정수리에서 떠나는 소리~한 번 날개를 접어보는 소리"에서, 각각의 구절들은 이슬, 연잎, 연근, 잉어, 진흙, 물, 뱀장어, 연꽃, 소금쟁이, 물잠자리의 생명 활동을 '소리'로 포착하고 있다. 그것들은 이슬이 연꽃 속으로 스며들고 연꽃은 해를 보며 광합성을 하는 것처럼, 각각의 생명 활동에 충실하면서 서로 긴밀하게 연결되어 있다.

연못은 무수한 생명체들의 활동으로 꽉 차 있고, 시인은 그것을 '소리'로 듣고 있다. '뗏목에 엎드려 연꽃 사이로 나아가는 사내'는 당연히 시인의 분신이다. 사내가 뗏목에 엎드리는 것은 연못의 생명체들과 눈높이를 맞추려는 행위이다. 그는 엎드린 채 '제 온몸을 넓은 귀로 만들어' 연못의 소리를 듣는다. 이 단계에서 몸과 생태계 사이의 열림은 '귀'를 통해서 가능해진다.[6]

소가 제 꼬리를 휘둘러 쇠파리를 쫓는다

물에서 나온 개가 부르르 몸서리치며 물방울을 털어낸다

---

[6] 생명의 활동을 감지하는 것이 '눈'이 아니라 '귀'라는 것에 주목할 필요가 있다. 시각이 대상을 노예화하는 감각이라면 청각은 주변으로부터 오는 소리에 주목하도록 하는 수동적인 감각이다. 시각은 빠르게 변화하는 도시 문명에 부합하는 감각이지만 청각은 느리고 오래된 '옛날'을 불러오는 감각이다(「내가 아는 자본주의」, 5).

아토피에 걸린 어린아이가 밤새도록 제 살을 긁는다

지구가 무서운 속도로 자전하는 까닭을 알겠다

하루도 거르지 않고 일광욕하는 이유를 알겠다

피부병이 도져서 그러는 것이다

제 살갗에 들러붙은 것들을 떼어버리려는 것이다

태양광의 힘으로 소독하려는 것이다
— 「지구 생각」(『문학동네』, 2014. 봄)

생태계로 열린 몸은 더 나아가 생태계의 터전인 지구와 곧바로 소통
한다. 위의 시에서 소가 쇠파리를 쫓아내거나 개가 물을 터는 것, 아이
가 살을 긁는 것은 모두 몸에 일어난 일을 해결하기 위해 몸이 하는 일
이다. 시인은 동일한 맥락에서 지구가 자전하는 것 또한 햇빛을 쪼임으
로써 지구 스스로 피부를 소독하고자 하는 것으로 해석한다. 생태계의
동식물이 자정능력을 가지고 있다면 그 터전인 지구 또한 순환과 정화
능력을 가지고 있을 것이라고 믿는 것이다.

이렇게 연결된 지구적인 상상력은 그의 시에 놀라운 발견을 가져온
다. 지구의 입장에서 본다면 우리가 알고 있는 상식들은 전혀 다르게
설명될 수도 있다. 예를 들어 우리가 '땅바닥'이라고 말하는 것은, '지
구'라는 구의 중심에서 본다면 정수리 혹은 머리 거죽이다. 우리는 단
지 바다가 깊다고 생각할 뿐 그 바닥을 상상하지 않지만, 바다의 바닥
은 지구의 지표일 수 있다(「천개의 고원」, 5).

길을 걷는 것도 마찬가지다. 지구가 둥글다는 것을 감안하면, 사실상 '땅끝'이라거나 '맨 끝'이라는 말은 의미가 없다. 초기 시에서는 땅 끝을 향해 걷기만 할뿐 정작 그곳에 도달하는 것을 미루지만, 이제 화자는 그 땅끝에 도달하고 있다. 그리고 막상 거기에 이르자 다시 돌아선다 ("너는 이윽고 돌아서는 것인데, / 이윽고 땅의 끝에서 돌아서는 것인데"―「땅끝이 땅의 시작이다」, 5). 그는 늘 '모든 길의 끝이 물로 끝난다'고 말해왔지만, 막상 도달하고 나서는 그 물 또한 새로운 시작임을 깨달았기 때문이다. 땅끝이 물이며 거기서 모든 것은 끝난다고 생각했던 것은 직선적이고 일방적인 사고가 낳은 결론일 뿐이다. 지구의 입장에서 본다면, 땅이 끝나고 물이 있는 것이 아니라 땅의 끝과 물의 끝이 만나고 있을 뿐이고, 사실 그것은 끝이 아니라 맞붙어 있는 것일 뿐이다. 지구는 둥글게 연결되어 있어서 어디가 끝이고 시작이라고 말할 수 없다. 그래서 땅끝은 바다의 끝이고, 곧 땅의 시작이다.

> 나무는 끝이 시작이다.
> 언제나 끝에서 시작한다.
> 실뿌리에서 잔가지 우듬지
> 새순에서 꽃 열매에 이르기까지
> 나무는 전부 끝이 시작이다.
>
> 지금 여기가 맨 끝이다.
> 나무 땅 물 바람 햇빛도
> 저마다 모두 맨 끝이어서 맨 앞이다.
> 기억 그리움 고독 절망 눈물 분노도
> 꿈 희망 공감 연민 연대도 사랑도
> 역사 시대 문명 진화 지구 우주도

지금 여기가 맨 앞이다.

지금 여기 내가 정면이다.

―「지금 여기가 맨 앞」(5)

5시집 제목이기도 한 '지금 여기가 맨 앞'이라는 말은 '땅끝이 땅의 시작'이라는 말과 동일하다. 이 시는 그것을 나무의 성장에 빗대어 구체적으로 말하고 있다. 새로운 가지가 돋고 새순이 돋는 것은 언제나 나무 가지의 끝이다. 꽃도 열매도 나무의 끝에서 맺힌다. 즉 끝은 끝이 아니라 시작, 맨 앞인 것이다. 이는 생태 운동이나 사회 개혁, 역사 발전에서도 마찬가지다. 모든 것이 끝났다고 생각될 때, 이제 몰락만이 남았다고 생각될 때, 그 때가 어쩌면 새로운 시작일지도 모른다. "지금 여기 내가 정면이다"라는 선언은 끝이 곧 시작이 되는 지구적 상상력을 바탕으로 해서 얻어진 경이로운 결론이다. 그것은 평생을 '이방인'으로 살아온 그가 던진 발언이라는 점에서 더욱 의미심장하다. 이문재에게 있어서 생태시는 시의 갈래나 화두이기에 앞서 그 자신의 삶의 일지이며 시 자체인 것이다.

시집 연보 ────────

1. 『내 젖은 구두 벗어 해에게 보여줄 때』, 민음사, 1988.
2. 『산책시편』, 민음사, 1993.
3. 『마음의 오지』, 문학동네, 1999.
4. 『제국호텔』, 문학동네, 2004.
5. 『지금 여기가 맨 앞』, 문학동네, 2014.

사랑의 주제학과
시의 영역에 대한 실험
– 이성복*론

　이성복의 1시집『뒹구는 돌은 언제 잠 깨는가』는 당시 사회에 만연해있는 억압과 폭력을 내면적인 진술로 고발하는 동시에 형태적인 실험을 보여줌으로써 한국 현대시의 전환점을 이룬다. 이후 그의 시들은 서구적인 분위기와 동양적인 사고가 교차하고, 기독교적 상징과 불교적인 화두가 나란히 있는가 하면, 전통 서정시의 특징을 가지는 한편으로 다른 시에 대한 메타시를 시도하기도 한다. 시집 발간 주기가 길고 시집 간 특징 또한 차이가 큰 편이다.

　1시집의 시들은 시기상 1978~1979년 사이에 쓰여진 것들로서 유신 정권을 시대적 배경으로 하고 있다. 시인은 사회 전반에 만연한 억압과 폭력을 고발하는 한편 그것이 일상화되어 숨죽이고 살아가는 사람들의 모양을 그려낸다. 해체된 가족, 도시로의 이사, 실직과 방황, 우울 등의 주제들은 이것을 형상화한 것이다.「꽃 피는 아버지」,「어떤 싸움의

---

* 1952년 경북 상주 출생, 1977년『문학과 지성』으로 등단.

기록」, 「가족 풍경」, 「모래내 · 1978년」 등(이상, 1) 가족사를 소재로
한 시들이 대표적이다.

    1

아버지
만나러 금촌 가는 길에
쓰러진 나무 하나를 보았다 흙을
파고 세우고 묻어 주었는데 뒤돌아 보니
또 쓰러져 있다
저 놈은 작부처럼 잠만 자나?
아랫도리 하나로 빌어먹다 보니
자꾸 눕고 싶어지는가 보다
나도 자꾸 눕고 싶어졌다
나는 내 잠 속에 나무 하나
눕히고 금촌으로 갔다
아버지는
벌써 파주로 떠났다 한다
조금만 일찍 와도 만났을 텐데
나무가 웃으며 말했다 고향 따앙이 여어기이서
몇리이나 되나 몇리나 되나 몇나나되나……
학교 갔다 오는 아이들이 노래 불렀다
내 고향은 파주가 아니야 경북 상주야
나무는 웃고만 있었다
그날 밤
아버지는 쓰러진 나무처럼
집에 돌아왔다 내 머리를 쓰다듬으며
아버지가 말했다
너는 내가 떨어뜨린 가랑잎이야

2

언덕배기 손바닥만한 땅에 아버지는
고추나무를 심었다
밤 깊으면 공사장 인부들이
고추를 따갔다

아버지의 고함 소리는 고추나무 키 위에
머뭇거렸다
모기와 하루살이 같은 것들이
엉켜붙었다

내버려두세요 아버지
얼마나 따가겠어요

보름 후 땅 주인이 찾아와, 집을 지어야겠으니
고추를 따가라고 했다

공사장 인부들이 낄낄 웃었다

3

아무 일도 아닌 걸 가지고 아버지는 저리
화가 나실까 아버지는 목이 말랐다 물을
따라드렸다 아버지, 뭐 그런 걸 가지고
자꾸 그러세요 엄마가 말했다 얘, 내버려
둬라 본디 그런 양반인데 뭐 아버지는
돌아누워 눈썹까지 이불을 끌어당겼다

1932년 단밀 보통학교 졸업식
며칠 전 장날 아버지 떡 좀 사먹어요
그냥 가자 가서 저녁 먹자
아버지이…… 또! 이젠 너 안 데리고 다닌다
네 월사금도 내야 하고 교복도 사야 하고……
아버지, 아버지는 굶었다 그해 모심기하던
날 저녁 아버지는 어지러워 밥도 못 잡숫고
그 다음날 새벽 돌아가셨습니다
아버지, 약 한 첩 못 써보고

아무도 일찍 잠들지 못했다 아버지는 꽃 모종
하고 싶었지만 꽃밭이 없었다 엄마, 어디에
아버지를 옮겨 심어야 할까요 살아온 날들
물결 심하게 이는 오늘, 오늘

4

아버지가 회사를 그만두기 며칠 전부터 벌레가 나왕 책장을 갉아
먹고
있었다 처음엔 두 군데, 다음엔 다섯 군데 쬐그만 홈을 파고
고운 톱밥 같은 것을 쏟아냈다 저도 먹어야 살지, 청소할 때마다
마른 걸레로 훔쳐냈다 아버지는 회사를 그만두고 집에만 계셨다
텔레비 앞에서 프로가 끝날 때까지 담배만 피우셨다 벌레들은
더 많은 구멍을 파고 고운 나무 가루를 쏟아냈다 보자 누가 이기나,
하릴없이, 자전거를 타고 수색에 다녀오시고 어머니가 한 숨 쉬
었다
그만하세요 어머니, 이젠 연세도 많으시고……어머니는 먼 산을
바라보며

또 한 주일이 지나고 나는 보았다 전에 구멍 뚫린 나무 뒷편으로
새 구멍이 여러 개 뚫리고 노오란 나무 가루가 무더기, 무더기
쌓여 있었다 닦아내도, 닦아내도 노오랗게 묻어났다 숟가락을 지
우며
어머니가 말했다 창틀에 문턱에 식탁에까지 구멍이……약이 없
다는데,
아버지는 밥을, 소처럼, 오래오래 씹고 계셨다
― 「꽃 피는 아버지」 (1)

이 시는 화자인 '나'의 할아버지와 아버지의 이야기가 섞여 있다. 2와
3의 전체 내용은 화자의 아버지의 이야기로서, 내용상 화자의 아버지
는 자그마한 땅을 빌려 정착하고자 했으나 그곳이 개발됨으로 인해 터
전을 빼앗기고 상심해있다. 3에서 시 속의 이야기처럼 독립되어 있는
"1932년~못 써 보고" 부분은 아버지의 어릴 적 기억으로서, 여기에 등
장하는 '아버지'는 화자의 할아버지이다. 아버지의 기억 속에는 현재의
무력한 자신과 흡사한, 젊은 시절 아버지(화자의 할아버지)의 초라한
모습이 있다. 가난한 형편에 농사를 짓던 할아버지는 약 한 첩 써보지
못한 채 죽고, 그 아들인 아버지는 여전히 삶의 터전을 마련하지 못하
고 회사에서도 실직을 당한다. 새로운 터전을 마련하는 데 실패하면서
아버지는 점점 무력해지고 가족들 역시 뿔뿔이 흩어진다. 장남인 형은
장자(長子)이기를 거부하고 차라리 하나님의 아들이기를 자처하고(「가
족 풍경」, 1), 누이는 가족의 상황과 무관하게 연애 중이다(「정든 유곽
에서」, 1).
그러나 각각의 시들은 시인 자신의 실제 경험과 완전히 일치하지도
않고 특정한 가족의 모습을 그대로 옮겨놓은 것도 아니다.[1] 서울 근교
로의 이사는 시인의 실제 경험에 바탕하고 있지만[2], 이사한 곳에서 벌

어지는 가족의 이야기는 농촌의 몰락과 가족의 해체라는 당시의 시대적인 특징을 상징적으로 보여주고 있다. 근대화와 경제 성장 뒤에 가려진 공동체의 붕괴와 뿌리 뽑힌 사람들의 삶, 소비와 환락, 일탈이 넘치는 도시의 이면 등은 70년대 사회가 가지고 있던 사회적 문제들을 반영하고 있다. 그런 면에서 여기에 등장하는 내면적인 독백과 그를 통해 묘사되는 가족사의 풍경은 그 자체가 시대성을 띠고 있다.

이성복 시의 특징이 드러나는 것은 이것을 바라보는 화자의 위치 혹은 태도이다. 가족사를 소재로 한 시들에서, 화자인 '나'는 가족들을 관찰하고 그들의 일을 서술하는 자리에 있다. 화자는 종종 잠이 들고 꿈속에서 조국과 사회의 현실을 엿본다(「정든 유곽에서」, 1). 해체되어가는 가족 사이에서도 '나'는 대부분 관찰자이다가 딱 한번 싸움에 끼어든다(「어떤 싸움의 기록」, 1). 이러한 화자의 위치는 서술 내용의 범위를 확대하고 사건을 객관적으로 전달할 수 있도록 한다.

한편 그것은 시대에 대한 시인의 대응 방식이기도 하다. '잠'은 현실과의 거리두기를 통해 여린 자아를 지키는 방법이면서 '꿈'이라는 상황을 빌려 현실을 비판할 수 있는 조건이다("여러 번 흔들어도 깨지 않는 잠, 나는 잠이었다/ 자면서 고통과 불행의 정당법(正當法)을 밝혀냈고 반복법과/ 기다림의 이데올로기를 완성했다 나는 놀고 먹지 않았다/ 끊임없이 왜 사는지 물었고 끊임없이 희망을 접어 날렸다"—「어째서 이런 일이 벌어졌을까」, 1).

---

1) 하나의 예로, 「1959년」, 「정든 유곽에서」에서 가족의 일원으로 등장하는 여동생 혹은 누이는 「세월에 대하여」에서 '봉제 공장 누이들'이라는 시대적 상징으로 나타난다. 가족사를 소재로 한 시들 역시 한 가족의 이야기가 아니라 가족의 붕괴와 해체를 보여주는 장면들을 뽑아서 구성한 것임을 알 수 있다.
2) 이성복은 상주에서 파주로 이사를 했다. 이사와 관련이 있는 「꽃피는 아버지」, 「모래내 · 1978년」 등은 이러한 경험을 바탕으로 하고 있다.

아울러 적지 않은 시들에서 '그 해 가을', '그날', '그해 여름' 등의 표현이 사용되는데, 이 같은 지시대명사의 사용은 말하는 주체와 말해지는 사건에 대한 거리감을 형성함으로써 그 '사건'에서 어느 정도 자유로울 수 있도록 해준다. '그 해'와 '그날'을 기억하는 '나'의 입장은 사건의 현장성에서는 벗어나 있기 때문이다. 그 결과 '그 일'은 일 자체의 사실적인 전개보다도 그 일을 직간접적으로 경험한 '나'의 기억 혹은 감정에 초점이 맞추어진다. 우울하고 섬세한 자아의 웅얼거리는 독백과도 같은 이성복의 시적 특징은 이렇게 해서 만들어진다.

1시집의 앞부분에 있는 「1959년」, 「정든 유곽에서」, 「루우트 기호 속에서」, 「구화(口話)」 등은 현실의 억압과 공포 속에서 우울과 무기력에 사로잡힌 자아, 출구 없는 현실의 암담함 등을 반복해서 보여주는데, 시집 뒷부분으로 갈수록 그것이 방법론적 모색의 과정이라는 것이 드러난다. 1시집을 요약함과 동시에 이성복의 세계관과 시적인 지향을 집약해 보여주는 것이 다음의 시이다.

> 아들아 시를 쓰면서 나는 사랑을 배웠다 폭력이 없는 나라,
> 그 곳에 조금씩 다가갔다 폭력이 없는 나라, 머리카락에
> 머리카락 눕듯 사람들 어울리는 곳, 아들아 네 마음 속이었다
> 아들아 시를 쓰면서 나는 지둔(遲鈍)의 감칠맛을 알게 되었다
> 지겹고 지겨운 일이다 가슴이 콩콩 뛰어도 쥐새끼 한 마리
> 나타나지 않는다 지겹고 지겹고 무덥다 그러나 늦게 오는 사람이
> 안 온다는 보장은 없다 늦게 오는 사람이 드디어 오면
> 나는 그와 함께 네 마음 속에 입장할 것이다 발가락마다
> 싹이 돋을 것이다 손가락마다 이파리 돋을 것이다 다알리아 구근 같은
> 내 아들아 네가 내 말을 믿으면 다알리아 꽃이 될 것이다

틀림없이 된다 믿음으로 세운 천국을 믿음으로 부술 수도 있다

믿음으로 안 되는 일은 없다 아들아 시를 쓰면서 나는

내 나이 또래의 작부들과 작부들의 물수건과 속쓰림을 만끽하였다

시로 쓰고 쓰고 쓰고서도 남는 작부들, 물수건, 속쓰림 ……

사랑은 응시하는 것이다 빈말이라도 따뜻이 말해 주는 것이다 아
들아

빈말이 따뜻한 시대가 왔으니 만끽하여라 시대의 어리석음과

또 한 시대의 송구스러움을 마셔라 마음껏 마시고 나서 토하지
마라

아들아 시를 쓰면서 나는 고향을 버렸다 꿈엔들 네 고향을 묻지
마라

생각지도 마라 지금은 고향 대신 물이 흐르고 고향 대신 재가 뿌
려진다

우리는 누구나 성기(性器) 끝에서 왔고 칼 끝을 향해 간다

성기로 칼을 찌를 수는 없다 찌르기 전에 한 번 더 깊이 찔려라

찔리고 나서도 피를 부르지 마라 아들아 길게 찔리고 피 안 흘리
는 순간,

고요한 시, 고요한 사랑을 받아라 네게 준다 받아라

　　　　　　　　　　　　　　　　　　　　　　　—「아들에게」(1)

시를 쓰는 것은 곧 사랑을 배우는 것이고 폭력 없는 세상을 꿈꾸는
것이다.3) 현재의 폭력적인 세상이 언제 바뀔 지 알 수 없지만, 시인은

---

3) 이 시는 언뜻 김수영의 「사랑의 변주곡」에서 "아들아 너에게 광신을 가르치기 위한
　것이 아니다/ 사랑을 알 때까지 자라라(……) 이 단단한 고요함을 배울 거다"라는 부
　분을 떠올리게 한다. 시의 어조와 서술 방식은 다르지만, 아들에게 말하는 형식을 통
　해 미래에 대한 희망과 확신을 강화하는 점, 부정적인 현재와 긍정적인 미래를 대비
　시키고 시가 현재에서 미래로 가는 과정을 견디는 방법으로 제시되는 것 등이 그렇
　다. 이외에도 이성복의 시 중에는 김소월과 서정주, 김수영 등의 시를 연상시키는 대
　목이 많다. 이성복 스스로도 "나의 삶, 즉 나의 문학세계는 김소월과 김수영의 문학
　세계를 모자이크한 또 하나의 어떤 세계를 지향한다" ("이성복 시인 '김소월·김수

그래도 싹이 돋고 이파리가 돋고 꽃이 피어날 것을 믿는다. 시를 쓴다는 것은 왜곡된 현실을 당장 바꿀 수 있는 일은 아니지만 아직 오지 않은 것을 참고 견디며 '드디어' 그것이 오는 때를 예비하는 것이다. '사랑'이 그의 시의 중요한 키워드로 등장하는 것 또한 눈여겨볼 부분이다.

2시집 『남해 금산』은 광주 학살과 5공화국 성립 후에 쓰여진 시들을 묶은 것으로서, 1시집과는 다른 역사적 상황을 배경으로 하고 있다. 하지만 이성복의 시적인 주제나 특징은 크게 변화하지 않는데, 이는 그의 시가 특정한 역사적 사건에 직접적으로 대응하는 것이 아니라 시대적인 변화 이면에 자리 잡고 있는 근원적인 폭력성을 드러내는데 초점을 맞추고 있기 때문이다.

다만 2시집에서는 1시집에서 추상적으로 그려졌던 현실이 일상적인 삶과 연결되며 좀더 구체화되고 선명해진다. 1시집에서 현실이 '불임의 살구나무'(「1959년」), '벌목당한 여자'(「정든 유곽에서」), '바퀴벌레들이 동요하고 꿈이 떠내려가는'(「루우트 기호 속에서」) 등의 비유적 표현으로 묘사되는 것에 비해, 2시집의 「강변 바닥에 돋는 풀」, 「인형을 업은 한 아이를」, 「어머니 1」, 「어머니 2」, 「수박」 등 다수의 시에서는 고된 일상을 살아가는 사람들의 실제 모습이 그려진다. 화자의 위치 또한 잠이나 꿈속에 있는 자아가 아니라 같은 현실을 살아가는 한 사람으로서 시적 대상과 가까운 거리에 있다(「나는 식당 주인이」, 「다시 봄이 왔다」 등, 2). 화자는 불안과 공포 속에서 살아가면서 고통에 익숙해져가는 사람들과 크게 다르지 않은 생활 속의 자아이다.

영 잇는 문학적 소명, 괴롭지만 내가 해야 하는 일'", ≪전북일보≫, 2018.11.28.)라고 말한 바 있다. 이는 그가 문학사적인 맥락을 강하게 의식하고 있음을 말해준다.

2시집의 중요한 키워드인 '치욕'은 여전히 암울한 현실을 생활인으로서 살아야 하는 시인의 소회인 동시에 생활에 매몰되지 않으려는 자기 정화 수단이다("치욕이여,/ 모락모락 김 나는/ 한 그릇 쌀밥이여,/ 꿈 꾸는 일이 목 조르는 일 같아/ 우리 떠난 후에 더욱 빛날 철길이여!" – 「치욕의 끝」, 2). 치욕적 현실은 종종 묵시록적인 분위기와 기독교적인 상징을 빌려 나타나고, 종교적인 믿음조차 불확실한 불안한 현실로 묘사된다(「높이 치솟은 소나무 숲이」, 2).

이러한 현실을 말하는 화자의 목소리는 기본적으로 낮고 담담하다. 그러나 현실에 대응하는 화자의 태도는 약간의 변화를 보이는데, 그것은 '잠' 대신 '걷다'라는 능동적인 움직임이 나타난다는 것이다(「이윽고 머릿속에」, 「어제는 하루종일 걸었다」 등, 2). 화자는 저주받은 땅을 걸어서 계속 걷고 있다("그는 걸어갔다 열(熱)덩어리 해가 꺼지지 않는 길을" – 「그의 집 지붕 위엔」, 2). 그 길은 방향이 뚜렷하지 않지만, 걷는다는 것은 '슬픔을 넘어서려는'(「상류로 거슬러오르는 물고기떼처럼」, 2) 행위이고 고통 다음에 돌아와 정다운 사람들과 마주 앉을 것(「고통 다음에 오는 것들」, 2)을 기약하는 것이다.

이것은 3시집 『그 여름의 끝』에서 사랑의 과정으로 형상화되어 나타난다. 이 시집은 '연애시집'이라는 말을 붙여도 좋을 만큼 사랑이라는 주제에 초점을 맞추고 있다. 시집의 주제인 '사랑'은 시인의 삶의 태도이자 방식이며 시로써 완성해야 할 세계관이다. 당신을 상정한 편지투의 1인칭 독백으로 이어지는 시들은 순정한 어조로 간결하게 쓰여져 있다. 여기에는 사랑이 싹트고 진행되다가 이별을 맞이하게 되는 사랑의 전 과정이 들어있는데, 이것은 1시집의 「아들에게」에서 나타난 시적 지향을 보다 일반적인 범위로 확대한 것이라고 할 수 있다.

이때 '당신'은 사랑하는 연인일 수도 있고 시인이 추구하는 진리 혹은 종교적인 절대자일 수도 있다. 「낮은 노래」 연작에서 '하나님'은 영양들에게 사막을 건너는 힘이 되고 반다지꽃을 피게 하는, 삶을 지탱하는 희망이자 상징이다("모래바람 속 타는 발바닥으로 사막을 건너간 영양(羚羊)들이 살가죽 밖으로 뼈를 보일 때 나의 하나님, 당신은 그들 귀에만 들리는 낮은 노래라지요" - 「낮은 노래 3」). 이에 비해 「그대 가까이」 연작(3)에서 '당신'은 종교적인 절대자의 느낌이 강하지만 상대적으로 추상적이고 관념적이다. 반복되어 나타나는 "그대 가까이 하루 종일 햇빛 놀고"라는 구절에서 '그대'는 종교적인 절대자일 수도 있지만 도달하고 싶은 진리의 경지 혹은 목표일 수도 있다. 「비단길」 연작(3)에서 그려지는 사랑은 일반적이고 구체적인 남녀의 사랑에 가장 가깝다. 여기에는 사랑이 깊을수록 외로와지고 그럴수록 상대방을 구속하게 되면서 이별에 이르게 되는 역설이 잘 드러나 있다.

누군가를 사랑하게 되는 것은 어두웠던 마음이 일순간 환해지는 것 같은 놀라움과 충일함을 동반한다("온갖 새소리, 짐승 우짖는 소리 들려 나는 잠을 깼습니다 당신은 언제 이곳에 들어오셨습니까" - 「만남」, 3)이다. 그러나 사랑이 진행될수록 처음의 충만함은 모자람과 초조함으로 바뀐다. 사랑하는 대상을 소유하고 싶은 욕심이 생겨나고("그것이 당신을 가두는 일인 줄 몰랐습니다/ 퍼덕이던 당신 촘촘한 내 괴로움에 지쳐 잠드시고/ 지금 나는 동네 아이들이 버려둔 곤충 채집망 같습니다/" - 「비단길 3」, 3), 그 순간 사랑은 불안과 고통의 원인이 된다("저물녘의 못물같이 내 당신을 보고 또 보았습니다/ 끝없는 동굴 같은 것이 마음속에 깊어갔습니다/ 내 몸 비틀면 당신의 이마 위 맑은 물방울 굴러내리고/ 처음엔 형벌인 줄 몰랐습니다/ 나의 괴로움, 당신의 형

벌일 줄 몰랐습니다"—「비단길 2」, 3) 상대방을 소유하고자 하는 욕망
이 커질수록 사랑은 기쁨 대신 고통이 되고(「앞날」, 「거울」, 「꽃피는
시절」 등, 3), 나와 상대방을 피폐하게 한다(「두 개의 꽃나무」, 「비단길
2」 등, 3). 결국 사랑은 이별을 맞이하고 당신은 나를 떠나간다.

중요한 것은 이별을 겪음으로써 당신이 비로소 영원히 내 마음속에
남게 된다는 것이다("어느 날 몹시 파랑치던 물결이 멎고/ 그 아래 돋아
난/ 고요한 나무 그림자처럼/ 당신을 닮은 그리움이 생겨났습니다/ 다
시 바람 불고 물결 몹시 파랑쳐도/ 여간해 지워지지 않았습니다."—
「비단길 1」, 3). 당신은 떠났지만 이제 나의 마음 안에 나와 더불어 있
다. 이것은 그리움이나 영원히 잊지 못함을 상투적으로 비유한 것이 아
니라, 상대방의 독립성을 인정하는 동시에 나 또한 그로부터 자유로운
독립적 존재임을 깨닫는 것이다.

> 내 그대를 떠난 날부터 그대는 집을 가졌네 오직 그대만이 들어
> 갈 수 있는 집, 그대의 무덤
>
> 난 그대의 집으로 들어갈 수 없네 오직 그대만이 들어갈 수 있는
> 집, 내 떠나므로 불 밝은 집
>
> 내 그대를 떠난 날부터 그대는 집을 가졌네 상처처럼 푸른 지붕
> 과 바람처럼 부드러운 사면의 집
>
> 내 그대를 떠남은 그대 속에 나의 집을 짓기 위해서라네 상처처
> 럼 푸른 지붕과 바람처럼 부드러운 사면의 무덤
>
> —「숨길 수 없는 노래 4」 (3)

'그대'는 그대만의 집을 가지고 있고, '나'는 그곳으로 들어갈 수 없다. 내가 그대의 집으로 들어가기 위해서는 그대 안에 나의 무덤을 짓는 수밖에 없다. 그러나 이때 '무덤'은 죽어서 끝이라는 것이 아니라 존재의 고유성을 의미한다. 사람은 저마다 자신만의 고유한 죽음으로서 무덤을 지니고 있다. '그대'와 '나'는 각각 고유한 무덤을 가지고 있는 독립적 존재들로서, 서로를 떠남으로써 서로를 마음속에 품게 되고 푸른 지붕과 부드러운 사면을 가지게 된다.

이처럼 진정한 사랑은 상대방과 거리를 두고 그의 독립성을 인정해주는 것이다. 두 사람이 하나가 되어 완성되는 것이 아니라 서로에게 거리를 둠으로써 비로소 진정한 관계가 형성되는 것이다(「숨길 수 없는 노래 3」, 「입술」, 3). "아직 서해엔 가보지 않았습니다/어쩌면 당신이 거기 계실지 모르겠기에(……) 당신이 계실 자리를 위해/ 가보지 않은 곳을 남겨두어야 할까 봅니다/ 내 다 가보면 당신 계실 곳이 남지 않을 것이기에"(「서해」, 3)는 이별 혹은 만나지 못함이 사실은 전략적 방편임을 알게 한다. 빛나고 아름다운 것들은 소유하지 않고 놓아둠으로써 삶을 지탱하는 원동력이 되고(「병든 이후」, 「사슬」, 「이별 1」 등, 3), 이기심과 소유욕을 내려놓았을 때 비로소 '온전한' 당신이 떠오르고 '나' 또한 진정한 독립의 첫 발을 떼게 된다. 이별은 고통스럽기 그지없으나 그것을 받아들임으로써 사랑은 새롭게 형성될 가능성을 배태한다("불탄 살가죽 뚫고 다시 태어날 일 꿈같습니다"―「꽃피는 시절」, 3). 이런 맥락에서 사랑은 타성화된 관성을 깨고 새로운 관계를 창조하는 삶의 전략이다.

이와 비교한다면, 4시집 『호랑가시나무의 기억』은 프랑스 파리 체류기간의 경험을 바탕으로 한 것으로서, 시인의 일상적인 모습들을 평이하게 담고 있다. 이 시집의 시들은 이성복의 시들 중에서 가장 일상적이고 구체적인 소재와 내용을 담고 있다. 아이들과 아내 등 가족에 대한 그리움과 어머니에 대한 안타까움, 어린 시절의 기억들을 진술하게 표현한 시들은 내용상 수필에 가까울 만큼 평이하고 직설적이다. 특유의 추상적이고 불투명한 수사들이 현저히 줄어들고 단순하고 간명한 표현들이 두드러진다.

특히 2부의 시들은 대상을 관찰하고 그것을 시로 형상화하는 방법 자체에 주목하는 것처럼 보이기도 한다. 예컨대 「정물」, 「소묘」와 같은 시들은 마치 대상의 밑그림을 그리기 위해 구도를 잡아가는 과정을 보는 것 같은 느낌을 준다. 시의 중심이 주체에서 관찰되는 대상으로 옮겨짐에 따라 시의 내용적 범위 또한 확대된다. 이같은 특징은 내면적 독백과 서술을 바탕으로 하는 이전의 시와는 확연히 다른 특징으로서, 그가 새로운 방향을 모색하고 있음을 말해준다.

이후 이성복은 '시란 무엇인가' 혹은 '시적인 효과는 어떻게 만들어지는가'와 같은 시에 대한 근본적인 질문을 던지고 답을 찾아가는 과정을 시로 옮겨놓는다. 5시집 『아, 입이 없는 것들』은 그가 자서에서 밝힌 것처럼, 시집 전체가 하나의 이야기로 이어져 있다. 따라서 시마다 제목이 따로 있지 않고, 일련번호와 시의 한 구절이 제목을 대신하고 있다. 그는 이를 두고 플롯을 구상했다고 말하는데, 이것은 가족사를 소재로 한 초기 시에서부터 드러나는 서사에 대한 욕망을 반영한 것이다.

내용상으로 볼 때 5시집은 여전히 사랑이라는 주제를 중심으로 하고 있으나, 사랑의 속성이나 과정이 아니라 그것을 매개로 하여 형성되는 '관계'에 주목하고 있다. 4시집에서 시작된 대상에 대한 객관적인 관찰은 보다 적극적인 대상과의 관계 맺음으로 변화된다. 여기서 나와 대상은 경계를 트고 열려있다. 나에 속하는 것들은 외부의 대상으로 옮겨져서 새롭게 태어나고 다시 나에게로 돌아온다("아, 돌에게 내 애를 배게 했으니/ 그 돌 해산의 고통 못 이겨/ 불 속으로 뛰어들어,/ 날개 푸른 새처럼 버둥거린다/ 그 새, 내 눈에서 영원히 발버둥치리/ 다시는 울지도 못하는 새" ―「21. 아, 돌에게 내 애를」, 5).

> 햇빛 속 떠도는 바람은
> 무슨 얘기를 듣고 찾아온 걸까
> 자갈투성이 길을 걸어
> 내 괴로움 안으로
>
> 이것을 누구의 집이라 할까
> 햇빛 속 떠도는 바람의 집이라 할까
> 내 괴로움에는 내가 없고
>
> 보아라, 슬픔이 한 손으로
> 속곳을 잡고 조심조심 걷는 것을
> ―「37 누구의 집이라 할까」(5)

위의 시에서 주체와 대상의 관계는 오히려 역전되어 있다. 나의 안에 있는 것들이 대상에게 전해지는 것이 아니라 대상인 '바람'이 '내 괴로움'을 전해 듣고 나를 찾아온 것이다. 1연의 '자갈투성이 길'은 '바람'이 나를 찾아온 길인 동시에 나의 괴로움의 표현이다. '바람'이 내 안으로 들어온 후 '나의 괴로움'은 나의 것도 바람의 것도 아닌 제3의 것 혹은 바람과 나의 것이 된다. 즉 나는 바람의 도움으로 '나의 괴로움'과 거리를 두게 되고 괴로움의 즉자적 상태를 벗어나게 된다. 그 뒤에 찾아온

'속곳을 잡고 조심조심 걷는 슬픔'은 괴로움을 객관적인 자리에서 바라
본 후 생겨난 정제된 정서이다. 그것은 서로의 고통을 주고받는 상호적
이고 공평한 소통의 관계에서 얻어진 결과물이다.

사랑이 독립된 존재 사이에 형성되는 동등하고 상호적인 것이라는
생각은 3시집의 결론과 동일하지만, 5시집에서는 사랑의 대상이 인간
을 비롯한 동식물에게로 확대되고 표현 방식 또한 육체적인 감각으로
처리되고 있다는 것이 특징적이다.

> 저 꽃들은 회음부로 앉아서
> 스치는 잿빛 새의 그림자에도
> 어두워진다
>
> 살아가는 징역의 슬픔으로
> 가득한 것들
>
> 나는 꽃나무 앞으로 조용히 걸어나간다
> 소금밭을 종종걸음 치는 갈매기 발이
> 이렇게 따가울 것이다
>
> 아, 입이 없는 것들
>
> —「51 아, 입이 없는 것들」(5)

'나'는 꽃나무를 관찰하고 그것의 삶의 고통을 몸의 감각으로 느끼고
있다. 새 그림자와 같은 아주 작은 환경에도 영향 받는 꽃나무는 그곳
에서 생을 살아내느라고 혼신의 힘을 다하고 있다. '나'는 꽃나무 앞으
로 조용히 걸어감으로써 꽃나무의 고통에 동참하고, 그것을 실제 '따갑

다'는 느낌으로 전해 받는다. '소금밭을 종종걸음치는 갈매기 발'은 '나'가 꽃나무에로 가는 길인 동시에 꽃나무의 삶의 고통을 표현하는 것이다.

시집의 제목이기도 한 '입이 없는 것들'은 고통을 표현하지 못하는 모든 생명들뿐만 아니라, 은폐된 역사적 진실과 그에 연관된 희생자들을 의미하기도 한다. 제주도의 학살 현장을 소재로 한 시들(「25 남국의 붉은 죽도화」, 「29 지금 살아 있다는 것은」, 「31 밤인가, 캄캄한 몸인가」, 5)에서 4·3이라는 역사적 사건이나 학살의 진상은 직접 드러나지 않지만, 시인은 현장에서 알 수 없는 떨림과 고통을 느낀다. 희생자가 느꼈을 고통이 몸의 감각으로 포착되어 들어오는 것이다. 이것은 시인이 모든 생명들과 더불어 살아가는 세계의 일부분임을 육체적인 감각으로 받아들이고 있음을 뜻한다.

6시집 『달의 이마에는 물결무늬 자국』은 외국 시인의 시에서 영감을 받아 쓰여진 시들을 묶은 것이다. 시의 제목이 시의 구절에서 추려진 것은, 시의 한 구절을 제목으로 하여 구성된 5시집의 구성 방식과 유사하다. 다른 시인들의 시에서 창작 동기가 주어졌다는 것은, 시가 시인의 주관적인 감정과 사고의 창조적 산물이라는 전통적인 생각을 전면적으로 부정하는 것이다. 실려 있는 시들 또한 시에 대한 감상을 시적으로 표현한 메모처럼, '시'에 대한 메타적 시 쓰기에 가깝다.4) 이는 5, 6시집이 4시집 발간 이후 십여 년 동안 계속된 반성적 작업의 결과물로서 시적인 돌파구를 찾기 위한 모색이라는 것을 알게 한다.5)

---

4) 이는 이성복 시의 상호텍스트성을 직접 보여주는 것이다. 이성복은 서정주의 「동천」을 패러디하거나 고려가요 「청산별곡」의 가락을 패러디하는 등 끊임없이 다른 작품들과의 상호텍스트성을 의도하고 있다.

5) 4시집부터 5시집 사이의 십여 년 동안 이성복은 산문집 두 권(『나는 왜 비에 젖은 석류 꽃잎에 대해 아무 말도 못 했는가』, 문학동네, 2001; 『네 고통은 나뭇잎 하나 푸

6시집 이후 십년 만에 발간된 7시집 『래여애반다라(來如哀反多羅)』는 5, 6시집의 자문자답의 과정을 통해 도달한 이성복 시의 소결에 해당한다. 몸의 감각은 더 예민해지고 표현 또한 지극히 감각적이다("은박지에 썰어 놓은 해삼 같은 입술/ 양잿물에 헹궈놓은 막창 같은 입술/ 쓰레기통 속 고양이 탯줄 같은 입술," ─「입술」, 7). 구체적이고 직접적인 몸의 감각들이 살아나고, 생식활동, 짝짓기, 교미 현장 등이 자주 소재로 등장하면서 외설적인 느낌을 줄 만큼 관능적인 표현들이 두드러진다(「조각에서 1」, 「조각에서 2」, 「앉아있는 누드」 등, 7).

그러나 그것은 생명 현상에 대한 외경이나 생태주의적인 지향과는 관계가 없다. 그의 시에서 생은 죽음과 함께 있음으로 해서 한층 강렬하게 빛난다("그날 밤 동산병원 응급실에서/ 산소 호흡기를 달고 헐떡거리던 청년의/ 내려진 팬티에서 검은 고추, 물건, 성기!/ 이십 분쯤 지나서 그는 숨을 거뒀다/ 그리고 삼십년이 지난 오늘 밤에도/ 그의 검은 고추는 아직 내 생속을 후벼 판다/못다 찌른 하늘과 지독히 매운 성욕과 함께" ─「오다, 서럽더라 1」, 7). 이를 통해 이성복이 그리고자 하는 것은 '죽음과 함께 하는 생' 혹은 '생과 늘 더불어 있는 죽음'이라는 역설적인 실존의 상황이다.

시집 제목인 '래여애반다라'는 결국 삶과 죽음의 문제로 집약된다. 시인이 의역한 "이곳에 와서, 같아지려 하다가, 슬픔을 맛보고, 맞서 대들다가, 많은 일을 겪고, 비단처럼 펼쳐지다"는 결국 삶의 전 과정을 요약해놓은 것이다. 삶이라는 것은 처음 주어질 때부터 죽음을 데리고 와서("바람의 어떤 딸들이/ 신음하는 어미의 자궁을 열고/ 피 묻은 나를

르게 하지 못한다』, 문학동네, 2001)을 출간했고, 2004년에는 사진에세이 『오름 오르다』(현대문학, 2004)를 출간한다. 이는 시인이 시 창작의 위기에 봉착해서 끊임없이 다른 길을 모색하고 있었음을 말해준다.

번쩍 들어 올릴 때/ 또 다른 딸들이 깔깔거리며/ 빛바랜 수의를 마름질하는 것"-「래여애반다라 2」, 7), 온갖 일들을 겪으며 살아가다가, 마침내 비단처럼 펼쳐지며 생을 마감하는 것이다. 혹은 그 과정 전체가 펼쳐진 비단과 같은 것이다. 이 단계는 삶을 초월해서 벗어나는 것이 아니라 오히려 삶 속에 죽음이 들어와 혼융되어 있는 상태이다.

> 추억의 생매장이 있었겠구나
> 저 나무가 저리도 푸르른 것은,
> 지금 저 나무의 푸른 잎이
> 게거품처럼 흘러내리는 것은
> 추억의 아가리도 울컥울컥
> 게워 올릴 때가 있다는 것!
> 아, 푸르게 살아 돌아왔구나,
> 허옇게 삭은 새끼줄 목에 감고
> 버팀대에 기대 선 저 나무는
> 제 뱃속이 온통 콘크리트 굳은
> 반죽 덩어리라는 것도 모르고
>
> ―「래여애반다라 1」(7)

콘크리트로 일부가 메워지고 버팀목으로 수명을 연장하고 있는 나무는 그럼에도 불구하고 남은 가지에 푸른 이파리를 매달고 있다. 이 나무는 살아있기도 하고 죽어있기도 하다. 그러나 그것을 죽었는지 살았는지 규정하는 것은 중요하지 않다. 문제는 나무가 그럼에도 불구하고 삶을 계속 이어가고 있다는 것이다. 삶이란 그렇게 죽음을 한켠에 거느린 채 주어진 시간을 살아내는 것이다. 마치 "도저히, 부탁하기 어려운 일을/ 부탁하러 갔을 때/ 그의 잎새는 또 잔잔히 떨리며 속삭였다/ ―

아니 그건 제가 할 일이지요"(「기파랑을 기리는 노래」, 7)라고 말하는 나무처럼 자신의 운명을 수임하고 살아가는 것, 그것이 이성복이 도달한 삶의 본질이다. 생은 고통스럽고, 그만큼 강렬하고, 그래서 서럽다. 그럼에도 불구하고, 삶은 계속되는 것이다.

시집 연보 ————————

1. 『뒹구는 돌은 언제 잠 깨는가』, 문학과지성사, 1980.
2. 『남해금산』, 문학과지성사, 1986.
3. 『그 여름의 끝』, 문학과지성사, 1990.
4. 『호랑가시나무의 기억』, 문학과지성사, 1993.
5. 『아, 입이 없는 것들』, 문학과지성사, 2003.
6. 『달의 이마에는 물결무늬 자국』, 열림원, 2003.
7. 『래여애반다라(來如哀反多羅)』, 문학과지성사, 2013.
8. 『어둠 속의 시』, 열음사, 2014.

상생과 소통의
생태시

– 이하석*론

이하석의 시는 '광물적 상상력'이라는 독특한 수사로 지칭되어 왔고, 90년대 이후에는 생태시로 분류되어 왔다. 이질적일 수도 있는 두 개념은 그의 시의 흐름을 상징적으로 보여준다. 즉 그의 시는 광물질의 상상력에서 시작해서 생태시적 사유로 옮겨가면서 시적인 정체성을 확립해간다.

하지만 그의 시가 광물(금속)–생명, 문명(인간)–자연, 안–밖의 이분법적 대립을 설정해놓고 그것들을 통합하는 과정이라고 설명하는 것은 바람직하지 않다. 오히려 그의 시는 처음부터 대립항이 대립적이지 않다는 가설에서 출발해서 그 가설을 증명하는 순서로 진행되어 왔다고 보는 것이 옳을 것이다. 가설이 만들어진 것은 시인적인 상상력에 의거한 것이었으나 시를 쓰는 과정에서 상상력이 기반하는 현실적인 근거들을 발견하고, 그로 말미암아 시적인 상상력이 실천적인 사유로

---

* 1948년 경북 고령 출생, 1971년 『현대시학』으로 등단.

발전해가는 것이다.

이런 면에서 그의 시는 스스로가 던진 시적 화두에 스스로 답을 찾아가는 자문자답 형식의 산물이라고 볼 수 있다. 특이한 점은 이러한 자문자답이 한 개인의 내면적 여정으로 끝나는 것이 아니라 사회적인 이슈들과 맞물려 있다는 것이다. 그러나 그것이 인위적이지 않고 자연스럽다는 것이 그의 시가 가진 강점이다.

광물적 상상력은 이미 신동엽의 60년대 시에서 중요하게 나타난 바있다. 그러나 신동엽의 시에서 광물적 상상력은 물질이라는 속성보다 그것이 형태화된 총이나 대포 같은 무기의 금속성에 더 가깝고, 그래서 '금속－흙, 공격성－방어성, 가해－피해'의 이분법에서 부정적인 자리에 있다. 이에 비하면 이하석의 광물적 상상력은 활주로, 폐선로 등을 소재로 하더라도 녹슬거나 낡아서 이미 그 쓰임새가 다한 것들에 초점을 맞추고 있다.

> 활주로는 군데군데 금이 가, 풀들
> 솟아오르고, 나무도 없는 넓은 아스팔트에는
> 흰 페인트로 횡단로 그어져 있다. 구겨진 표지판 밑
> 그인 화살표 이지러진 채, 무한한 곳
> 가리키게 놓아 두고.
>
> 방독면 부서져 활주로변 풀덤불 속에
> 누워 있다. 쥐들 그 속 들락거리고
> 개스처럼 이따금 먼지 덮인다. 완강한 철조망에 싸여
> 부서진 총기와 방독면은 부패되어 간다.
> 풀뿌리가 그것들 더듬고 흙 속으로 당기며.
> 타임지와 팔말 담배갑과 은종이들은 바래어

바람에 날아가기도 하고, 철조망에 걸려
찢어지기도 한다, 구름처럼
우울한 얼굴을 한 채.

타이어 조각들의 구멍 속으로
하늘은 노오랗다. 마지막 비행기가 문득
끌고 가 버린 하늘.

—「부서진 활주로」(1)

1시집『투명한 속』맨 앞에 실려 있는 이 시에서, 활주로나 방독면, 철조망 같은 것들은 금이 가고 부서진 채로 부패되어 가고 있다. 그것들을 풀뿌리가 흙 속으로 당긴다는 것은 그것들이 단단하고 날카로운 성질들을 버리고 삭아서 흙으로 돌아감을 의미한다. 광물질로 만들어진 그것들은 식물의 단단한 생명력을 해치지 못하고 오히려 그것에 용해되어 흙으로 돌아가기를 갈망하고("잊혀진 철길. 녹슬은 쇠들 흙 속에/ 몸이 묻히며, 풀들의 뿌리에 얽힌다,/ 처음에는 완강히 거부하다가/ 마침내는 흙을 끌어 당기며"—「폐선로」, 1), 풀들의 뿌리에 스며들어 풀을 확장시키는 역할을 한다. 그러므로 광물적 상상력은 사실상 흙의 상상력이고, 흙에 뿌리를 둔 식물의 상상력을 지향하고 있다.

이러한 상상력은 시인이 자신의 얼굴을 시에 드러내면서 점차 구체성을 확보해간다. 1시집의 시들이 인간을 배제하고 그 흔적을 폐기물의 풍경으로만 그려내고 있다면, 2시집『김씨의 옆 얼굴』은 도시에서 살아가는 사람들의 이야기가 시의 중요한 소재가 된다. 여기서 광물적인 상상력은 특정한 사물이나 장소에 국한되지 않고 인간이 살고 있는 기본적인 환경을 구성하는 요인이다. 주된 공간인 백화점(「비밀」,「여름 휴가」)이나 다방(「휴지장미」,「캄캄한 손」), 여관(「아메리카」,「잡지와 담배」), 유원지(「강변 유원지」)같은 소재들은 소비적이고 유흥적인 목적을 가진 도시 공간으로 나타난다.

이를 배경으로 남녀가 종종 등장하지만 이들 사이에는 정서적 교류가 없고("그러나 그들은 다방에 마주 앉아서,/ 서로를 지나 유리에 비친 바깥을 내다 볼 뿐." —「얼룩」, 2), 남녀의 성적 결합은 어딘지 모르게 외설스럽거나(「애인들은 쪽, 쪽, 소리를 낸다」, 2) 일회적인 일탈로 끝난다(「죽은 아기를 새내에 띄우며」, 2). 또한 다방 레지(「부재」, 「국토순례」, 2)나 미군에게 몸 파는 여자들(「잡지와 담배, 「처용의 딸, 2)이 자주 등장하는데, 이들의 상품화된 성은 도시의 비생산적이고 퇴폐적인 특징을 상징한다.

아울러 이 시집에는 도시에서의 삶의 모습을 관찰하는 제3자인 '어부 김노인'(「세사람」), '세돌씨'(「비밀」, 「여름 휴가」, 「아치형의 창」, 2)와 같은 사람이 있고, 그것을 지켜보는 동시에 아웃사이더로서 살아가는 세일즈맨 '김모돌씨'(「우주선」, 「빈터」, 부재」, 2)와 '박씨'(「동물도감」, 2)가 있다. 후자가 도시의 삶에 적응하지 못하고 낙오되는 인물들이라면, 전자는 도시의 삶을 비판적인 시선으로 바라본다는 점에서 시인의 시선에 더 가깝다고 볼 수 있다. 이처럼 등장인물들은 조금씩 입장이 다르기는 하지만, 도시의 생활에 적응하지 못하고 결국 도시를 탈출한다는 공통점을 가지고 있다.

> 분홍빛 스타킹이, 한 켤레. 구겨진 채
> 길게 놓여 있다. 초록의 융단 위에.
> 그것들은 금방이라도 어디론가 떠오를 듯.
> 검은 솥이 그 밑에 놓이고. 따스한 기운 속
> 그녀의 연약한 목덜미의 기억을 드러낸다.

스타킹의 발치에는. 마루 바닥에 누운 여자의
벌거벗은 하체를 찍은 흑백 사진이 한 장.
던져져 있다. 사타구니의 검은 숲은
늘 스타킹 속 장미 팬티 안에서 젖어 있던.
그녀의 가랑이의 어둠을 보여 준다. 그 아래
흑갈색의 무늬 아로새겨진 빗이. 놓여 있다.
이 모든 것은 그녀의 것. 그러나 이것들
속에 그녀는 없다. 이 정물의 풍경 속. 나른한
초록의 융단 위에 그녀는 찍히지 않았다.
그녀는 이것들을 벗어놓고
어디로 갔나?

— 「나른한 현장」 (2)

　　벗어놓은 스타킹과 검은 숄, 머리빗, 벌거벗은 하체를 찍은 사진 한
장 등은, 이 시를 마치 범죄 현장인 것처럼 보이게 한다. 행 중간 중간에
찍혀있는 마침표로 인해 문장들은 하나로 연결되지 못하고, 마치 범죄
와 관련된 단서들을 하나씩 포착하는 것처럼 토막 나 있다. 그러나 이
러한 장치들과 정반대로, 포착된 장면 안에서 감지되는 느낌은 격렬한
정사 뒤에 오는 나른함 혹은 억압된 것에서의 해방감이다. 스타킹은
'초록의 융단' 위에 놓여있고, '금방이라도 어디론가 떠오를 듯' 편안하
게 풀어져 있다. 이렇듯 범죄를 연상시키는 표면의 긴장감과 이면의 나
른한 해방감 사이의 모순된 느낌이 미묘한 분위기를 형성하면서 생생
함을 만들어낸다. 이 모든 것을 벗어놓고 사라진 '그녀'가 간 곳은 결국
'초록의 융단'이 암시하는 자연이다.

　　이하석은 3시집 『우리 낯선 사람들』에서 비로소 자신의 내면에 초록
으로의 이끌림, 자연에 대한 갈망이 내재하고 있었음을 발견/고백한다.

그의 마음의 화살표는 처음부터 일관되게 자연을 향하고 있었으며, 몸은 자연적인 것들을 예민하게 감지한다("하늘이 조금 비친 빌딩의 윗쪽으로는/ 파란 색이 창백하게 그물에 걸린 새처럼/ 퍼덕이고, 그 쪽으로 누군가가/ 가슴에 통증을 느낀다" —「상처 · 1」, 3)

그러나 본성이 감지하는 자연에 대한 이끌림을 인정하는 것은 불편하고 낯선 일이다. 신문기자라는 직업에 요구되는 객관적 인식, 현실에 대한 관심, 명석하고 투명한 논리성 등으로 설명되지 않는 이 간절함은 외면해야 하거나 다스려야 할 것들이다(「상처 · 2」,「잠드는 것이 무서워」, 3).

이는 1980년대가 지녔던 원죄와도 같은 '사회성'이라는 억압에 연유한 것이다. 신문기자로서 불의와 억압의 시대 전면에 서 있어야 하는 현실과 서정 시인이고자 하는 본성은 갈등과 충돌을 일으킨다("시여, 몹쓸 것, 하며/ 탁자 위 흰 종이와 향나무연필의 그늘을 걷어내며/ 한 시인이 한국의 최루탄 자욱한 매운 거리를 내다본다./ 이 속에 이 눈물 속에 분노와 그리움과/ 꿈과 순수와 서정이 있고 아름다운/ 말이 있음을 알아야 한다고/ 누가 소리칠 때,/ 그의 심장은 파리하고/ 그의 눈동자는 창백하다." —「시여, 몹쓸 것, 3」). 끊임없이 밖의 초록을 감지하면서도 그러한 자신의 감성을 자아 비판해야 했던 시대적 현실은, 시집 전체의 시들이 전체적으로 우울하고 갇혀있는 인상을 주는 원인이 되고 있다.[1]

'안'과 '밖'이라는 구분이 나타나는 것도 이 시집부터이다. 그러나 이하석에게 있어서 안과 밖의 구별은 내면적 자아와 사회적 자아, 미학적

---

1) 이 갈등은 한편으로 그의 시를 풍성하게 하는 계기가 되기도 한다. 신문기사적인 건조함을 표방한 그의 시에 인간적인 낌새가 엎어지는 것도 이 시집이고, 그에게 김수영 문학상을 안긴 것 또한 이 시집이다.

인 욕망과 사회적인 의무 사이에서 갈등하는 80년대 시인들의 일반적인 그것과는 다르다. 그에게 있어서 '안'은 화자의 내면이 아니라 현실적인 공간 예컨대 사무실이나 집과 같은 생활공간이고, 이에 대비되는 '밖'은 사회성이 아니라 밝고 트여있는 '자연'으로서 생명끼리의 소통이 이루어지고 있는 공간이다. '안'이 신문기자로서의 그의 생활이라면 '밖'은 시인으로서의 그가 이끌리는 자연의 삶이다.

> 구석진 내 넋의
> 차고 빛나는 유리덮개를 닦으면
> 꿈인가 강 저편 언덕의 푸른 풀춤이 보인다
> 사람들이 모여 내지르는 함성의 몸짓일까
> 강물엔 햇빛 들끓고
> 끊임없이 흐르며 사방에서 누가
> 나를 부르고 부르고
>
> 그러나 나는 다만 은밀히 내다보며
> 나의 춤을 휘장 속에 숨기며
> 또 내다볼 뿐
> 유리창 안으로
> 내 말과 춤을 어둠에 문지를 뿐
>
> —「안·1」(3)

이같은 사실은 다음의 두 가지 소결론을 도출해낸다. 첫째, 그의 시는 자연에 대한 이끌림만큼이나 자연스럽게 사회성을 담지하고 있다는 것, 둘째, 그가 90년대 이전에 이미 생태시의 기반을 선취하고 있었다는 것이다.

첫째, 그의 시에서 사회성은 사무실 안을 지키고 있는 그의 '안'에 이미 포함되어 있다. 예를 들어 1시집에서 폐허가 된 비행장이나 공터에 타임지 쪼가리와 팔말 담배갑이 굴러다닌다는 것(「부서진 활주로」, 1)은, 그 장소가 미군이 거주했던 지역임을 알려주는 동시에 곳곳에 미군 기지가 있는 한국의 현실을 말해준다. 미군의 흔적이 생활 깊숙이 들어와서 같이 녹슬고 버려지는 현실은 직접적인 비판보다도 더 서늘하게 현실을 그려낸다. 사회성이 강해질 때 그의 시들은 반미, 전쟁, 통일, 분단과 같은 역사적인 이슈나 동강 개발, 구제역과 같은 사회적 이슈와 결합되고, 한걸음 물러나 내면으로 들어설 때는 자연의 산과 나무, 새들이 살아난다.[2]

둘째, 이하석의 생태시는 외부적인 요청이나 실천적 당위가 아니라 본성으로서 각인되어 있는 것이다. 그가 본격적으로 생태시를 쓰기 시작하는 것은 90년대부터이지만 그 바탕은 개인적인 체질에 가까운 것이다. 초기시의 광물적 상상력이 사실은 흙과 식물의 상상력을 지향하는 것임은 이미 밝힌 바 있다. 생태시는 시인의 천성을 따르는 가장 자연스러운 것이고, 그런 면에서 그가 생태시 논의의 중심에 서게 되는 것 역시 당연한 일이다.

아울러 이 시집에는 난개발 현장을 포착하고(「낮아진 산」, 3) 환경오염을 고발하는 등(「흐르는 두 얼굴」, 3) 그의 시가 본격적인 생태시로 발전될 것을 예고하는 시들이 나타난다. 환경을 오염시키는 쓰레기들은 쓸모가 다해서 폐기된 것들이라는 점에서 1시집의 '폐 선로'나 '부서

---

[2] 그러나 그가 세상의 삶을 작파하고 자연으로 들어가 선적 세계로 빠져드는 경우는 없다. 내재한 사회성은 문명이나 도시 생활에서만 드러나는 것이 아니라 자연을 소재로 했을 때도 마찬가지다. 그의 시는 종종 여행길에서 쓰여지지만, 그럼에도 불구하고 여행의 정한을 노래하거나 풍경을 예찬하는 경우는 없다. 그가 여행에서 발견하는 것은 결국 인간의 생활의 흔적이다.

진 활주로' 등과 비슷한 소재이지만 그것들이 놓여있는 맥락은 전혀 다르다.

4시집 『측백나무 울타리』는 이하석 시의 출발점인 광물적 상상력과 생태시 사이의 거리감을 어떻게 조율할 것인가에 대한 고민이 나타나 있다. 폐차장 근처에서 흘러나오는 녹물이 달개비꽃 주변으로 몰려드는 것을 보고 "수줍게 쇠들을 물로 달래는 보랏빛 달개비꽃"이라고 표현하거나(「폐차장 2」, 4), 녹슨 쇳조각들 사이로 풀들이 돋아나는 것을 보고 생명의 힘을 다시 생각하는 것(「폐차장 3」, 4) 등이 그렇다. 또한 그는 개발로 훼손되는 자연의 강과 산의 모습들을 돌아보고 그것들을 시로 기록해낸다(「합강」, 「신천 세미나 1」, 「지리산」 등, 4).

이러한 관찰을 통해 그가 내린 결론은, '썩을 수 있는가' 하는 것이 중요한 판단 기준이 된다는 점이다. 이미 본 것처럼 광물적 상상력이 생태시와 연결될 수 있는 것은 썩을 수 있다는 점 때문이다. 부식된 것들은 물질의 상태가 되어 다시 흙으로 돌아간다. 이에 비해 플라스틱이나 비닐과 같은 것들은 썩지 않고 그래서 자연으로 환원되지 못한다(「검은 길」, 4). 생태계의 흐름에 합류하지 못하는 그것들은 환경을 오염시키는 유해한 것들이다. 그가 생각하는 생명과 생명 아닌 것의 구분 기준은 '썩을 수 있는가' 하는 것이다. '썩음'이 중요한 것은 다른 것으로 용해될 수 있는 상태가 되어 생명과 생명 사이의 소통을 가능하게 하기 때문이다.

일간지의 비무장 지대 화보는
인간 없는 세계의 환한 빛깔을 보여준다.
흙의 시간이 솟구쳐올린 토끼풀꽃 햇빛에 반짝이고
그 위에 앉아 참알락팔랑나비가 오월의 솔직함에 젖어

날개로 바람을 읽는다.

그리고 나는 안다,
저 나비들의 빛남도
한때 폭탄과 아우성 소리에 심장이 터지고
알락무늬 날개가 산산조각이 났었다는 것을,
죽은 이의 썩은 살과 뼈로 자란 저 토끼풀꽃의 뿌리는
여전히, 검고 단단한 지뢰가 묻힌 땅의 어둠을 더듬는다.

화보는,
　　　비무장 지대는 민족의 단절선이지만
　　　생태계에는 접합의 띠
라고, 썼다. 화보는
봄의 아름다운 빛깔이
우리의 싸움 속에 펼쳐져 있음을 보여준다.
　　　무엇인가 검고 단단한 것들을 우리들 마음에서 걷어낸다면
　　　참알락팔랑나비의 하늘은 넓어질까
하고, 잠깐 봄꿈에 젖는 사이
참알락팔랑나비가 날아오른다.

기막혀라. 내가 맘놓고 따를 수 없는 저 토끼풀밭의 길을
알락무늬 날개가 반짝이며 멀어져간다.
나는 사진 너머 저 가벼운 날개의 바람길이
마음만 실을까봐 조바심낸다.

　　　　　　　　　　　　　　　 —「비무장 지대」(5)

　　5시집 『금요일엔 먼 데를 본다』에서 그가 생각하는 생태계는 원래
생명과 생명이 소통하고 있는, 열려있는 하나의 흐름이다. 눈앞에 보이

는 토끼풀꽃과 나비는 '죽은 이의 썩은 살과 뼈'로 자란 것이다. 즉 하나의 생명이 썩어서 다른 생명을 키우는 것이다. 이와 달리 '검고 단단한 지뢰'는 썩지 못함으로 해서 다른 생명에 스며들지 못하고 다른 생명을 해친다.

시의 배경이 되는 '비무장지대'는 그가 생각하는 소통을 눈으로 확인할 수 있는 곳이다. 인간이 나누어놓은 경계 지대에 위치한 그곳은, 역설적으로 경계에 있기 때문에 온갖 희귀한 생물들이 보존되는 곳이다. 나비와 풀꽃은 이데올로기가 나눈 경계를 가볍게 넘어간다. 인간이 아무리 구획을 지어도 생태계에는 '접합의 띠'가 있어서 어느 것도 그 접합을 방해하지 못한다. 생명과 생명은 원래부터 연결되어 하나의 시스템을 이루고 있는 것이다.

이렇게 발전된 생태적 사유는 6시집 『녹』에서 체계화되어 나타난다. 여기에 실린 시들은 자연의 섭리를 말하기보다 인간에 의한 개발이 그 섭리를 어떻게 파괴하고 있는지를 보여주는 데 초점을 맞추고 있다.

> 섭새마을부터 정선까지
> 길이 없으리라.
> 도리(道理) 없으리라. 우선, 만지동이 잠기면
> 만지동 사람 목이 잠겨
> 아리랑 가락 나오지 않으리라.
> 그 위 된꼬까리 여울물 소리 없고
> 어디에서든 구석진 수달의 사랑은 끝나고
> 어라연의 하선암 중선암 상선암은
> 별을 비추지 못하리라.
>
> 문산리 분교 국기 게양대는

끝도 보이지 않을 게다.
거기 매달아 펄럭였던 아이들의 꿈의 호명과
반짝이는 연놀이도 없어지리라.
문산나루 건너와 젖은 몸 부리던 사내들은
어슥하니 마음 댈 곳 없어
어디에서 몸 말리나.

황새여울은 이름마저 없고
뗏목 지나던 소리 울려 퍼지던 벼랑도 잠겨
앞뒤 이은 소리들 메아리칠 골짜기도 없어지리라.
까막딱따구리는 눈 부빌 곳 잃고 헤매리라.
무당소 절벽에 깃들이던 황조롱이의 집 물 아래 비고,
그 건너편 민박집 찾아들던 사람들의
캄캄하고 고요한 밤은 없으리.

아아 백룡동굴은 앞뒤가 막히리.
가수리 삽다리 건너 자갈들 햇빛에 굽히던,
단풍물 곱던 소사 지나 하방소 이르는
용틀임 길은 이젠 없으리라.
원앙들 서로 부르며 교태 꾸미던 물거울도
백운산 아래 빛나던 나리소도
꼴깍하고 자취 감추리라.

이 모든 것이 왜 없어져야 하나.
엄청난 힘에 눌려 물 아래 저 용궁 아래,
곧 검어져서 밑이 안 보일 용궁도 아닌 저 아래
파묻혀 입 닫아야 하나.
다목적의 댐 아래
너무 많은 목적들 수장되고

마침내 모든 이 죽일
재앙의 물만 그득하리라.

― 「동강댐 막으면」 (6)

　이 시는 개발을 앞둔 동강 주변 풍경을 사진 찍듯 찬찬히 열거하며, 그 많은 것들이 곧 사라지고 인간이 자초한 재앙이 올 것을 경고하고 있다. 고발과 항의, 예언적 목소리가 어우러진 이 시는 무분별한 개발로 훼손되는 자연환경을 보여주고 상황을 알리는 데 목적을 두고 있다. 그는 특파원이 실시간으로 급박한 전황을 타전하듯이 동강의 난개발 현장을 보고하고(" 벼랑에 날개 접고 살던 새들 급한 소리/ 요란하게 돌과 함께/ 떨어져 내린다./ 절벽 절벽 절벽, 끊임없는……/ 그 아래 텀벙대는 삶이/ 노을에 잦아진다." ― 「동강 2」, 6), 개발로 황폐해진 지역의 사람들의 삶을 서사적으로 이야기한다("태백에서 석탄 캐다 병신되어 돌아온 김은/ 땅 밑이 시커멓다고 여긴다/ 그가 일구는 비탈밭 밑에는/ 거대한 검은 손이 나무 뿌리를 잡고 있단다" ― 「새벽의 손―포산일기 13」, 6). 체질에 가까운 자연에 대한 이끌림이 첨예한 사회적 주제와 만나면서, 그의 시는 사회 고발적이고 실천적인 성격을 지닌 적극적 생태시로 변모되는 것이다.
　이 시집의 후기는 '생태시'에 대한 개념을 확정하고, 자각적이고 적극적으로 생태시를 채택할 것임을 선언하고 있다.

　　그럼에도 불구하고, 특히 우리 삶의 전망을 두고 볼작시면, 시의 말이란 게 현실적인 것과 얼마나 어긋나 있기 일쑤인지 헤아리기 힘들 지경이다. 무엇보다 우리와 함께 살았던 이 땅의 많은 야생동물들이 멸종해버렸고, 그 멸종의 역사를 들여다보는 것은, 모든 존재

상생과 소통의 생태시　327

는 서로 얽혀 있고, 그 얽힘을 통해 살아가며, 그렇게 모든 것은 소통된다는 점에서, 우리 자신의 멸종을 예견하고 확인하는 일에 다름아닌 것이라는 어두운 세상살이 넘겨다봄만 해도 그러하다. 우리와 관계를 가진 생물들의 멸종의 결과는 존재와 존재의 내밀한 연결을 끊어놓는다는 것에 다름아니라는 우울한 생각도 거기서 나온다.

이 글은 그동안 이하석이 추구해온 생태시의 지향점을 명확하게 표현하고 있다. 그가 처음부터 관심을 기울였던 것은 자연에 대한 예찬과 감동이 아니라 생명끼리의 원활한 소통이고 그것이 유지되는 시스템으로서의 자연이다. '생명시'가 모든 살아있는 것들의 생명 자체에 주목하는 것이라면, '생태시'는 그 생명들이 어울려 살아가는 시스템으로서의 자연을 보는 것이고 생명들끼리의 상생의 관계에 주목하는 것이다. 인간은 그 시스템의 일부를 담당하는 생명체의 하나로서 존재한다.

요약하면 이하석이 생각하는 생태시는 '인간과 다른 생명체들이 공평하게 상생하는 자연이라는 시스템을 유지하고 보존하려는 시'로 설명될 수 있을 것이다. 이는 '자연에 대해 지금까지 당연히 가졌던 가치와 믿음들이 이제 와서 제대로 수용될 수 있는가'라는 자기반성적 질문에서 도출된 자율적인 답안이라는 점에서, 80년대 민중 시인들이 90년대에 생명시 혹은 생태시로 전환해간 것과는 차이가 있다.

8시집 『것들』에서는 환경오염이나 생태계 보존이라는 시대적 이슈가 실제 살아가는 생활과 연결되어 나타난다. 의자나 가방은 그것을 소유한 주인들과 연결되어 해석되고("안에 든 게 뭐든 제 것이 아닌/ 가방은 아무도 함부로 열어볼 수 없다/ 열어보려는 이도 없이 가방들은 버려진 채 떠도는 늙은이의 어깨들처럼/위가 짓눌린 채 구겨져 있다" —「누런 가방」, 8), 배를 기다리고 있는 여자들(「서 있는 여자들」)이나 뺑

튀기를 파는 사내(「뻥튀기 파는 사내」), 커피숍에서 커피를 마시는 사람(「커피숍」)처럼 일상에서 흔히 마주치는 사람들이 자주 소재가 된다. 여기서 생태시적인 관심은 사람들이 살아가는 생활 현장에서 포착된다.

> 외부인 출입 금지 구역을 둘러친 띠가 무지개처럼 흔들린다
> 소독한 죽은 나뭇가지에도 걸려 펄럭인다
> 불탄 돼지와 소의 재의 영혼들이 쌓인 채 바람에 뒤적여지고
>
> 무지개는 죽은 나무가 피우는 불 속에 제 짐승을 묻는,
> 머리에 띠 감은 남자의 이마에 그려지는
> 그늘의 빛깔이기도 하다
> 그는 이제부터 불에 덴 영혼을 가진다
>
> 비는 외부인 출입 금지 구역 안을 적시고
> 그 경계의 생석회 뿌린 땅 위에
> 죽은 무지개의 얼룩을 남긴다
>
> — 「야적— 구제역 1」 (8)

이 시는 가축 전염병인 구제역으로 인해 소와 돼지를 살처분한 현장을 소재로 하고 있다. 살아있는 가축을 대량으로 살처분하고 접근 금지를 표시해놓은 현장은 불탄 자국 위에 바람이 불고 비가 내리고 있다. 소와 돼지를 산 채로 땅 속에 파묻는 살처분 현장은 아비규환의 지옥과도 같았을 것이다. 살아서 버둥거리는 목숨을 제 손으로 끊어야 했던 '남자'는 평생을 끔찍한 기억을 각인한 채 살게 될 것이다. 그 모든 것을 덮어버린 고요한 현장의 모습은 역설적으로 더 서늘하고 섬뜩한 느낌

을 준다. 이것은 소와 돼지만이 아니라 인간에게 보내는 생태계의 경고 메세지이기도 하다.

이런 맥락에서 9시집 『상응』은 시집 제목에서부터 인간과 다른 생명들의 조화로운 삶을 상징하고 있다. 여기 실린 시들은 이하석의 생태시론을 시로써 옮겨놓은 것과 같다.

> 비탈로만 기어올라 돌담 위에 전신을 뉜 비루한 삶이 피우는 꽃들이 어찌 저리 큰가? 끝까지 일관되게 그 노란 꽃의 논리를 따라 뻗치던 여름. 그 여름이 이룬 역사의 무늬와 힘줄이 호박의 겉과 속을 밝게 지펴놓는다. 할머니는 그 거대한 열매의 꽉 찬 속을 거슬러 오르내리는 길을 안다. 구덩이를 파고 스스로의 똥으로 채운 그 위에 씨를 놓고 흙으로 덮는 것으로 자신의 꿈의 서사를 펼쳤으니, 저 까칠까칠한 호박 넝쿨을 따라가면 틀림없이 당신의 생의 탯줄이 뻗어나온 길을 되짚어볼 수 있으리라. 그렇게 익은 누런 금빛 사상을 툇마루에 덜렁 놓아둔 게 참 당당하다.
>
> ― 「호박」(9)

땅 속에 뿌리를 내리고 있는 식물은 그 자체가 땅 위의 세상과 땅 속 세상이 연결되어 있음을 증명한다. 이 시에는 거기에 '인간'이 곁들여져 있다. 할머니가 눈 똥이 흙에 섞이고 그것에서 호박이 피어나는 것은, 인간이 생태계의 존재로서 그 흐름에 합류하는 방식 중 하나다. 할머니가 호박을 통해 꾸는 '꿈의 서사'는 자연과 평생을 같이해 온 인간의 삶의 이야기인 동시에 인간과 자연이 소통하며 원활하게 돌아가는 생태계에 대한 소망의 표현이기도 하다.

생태시에 대한 그의 사유는 인간을 포함한 모든 생명체가 지닌 '죽음'의 문제에서 정점에 이른다. 이것은 앞에서 보았던 '썩음'의 문제와도 연결되어 있다. 썩음은 죽음을 지향하는 생명체의 현상 혹은 죽음 후에 유기체가 자연으로 되돌려지는 현상이다. 썩은 것들은 흙에 녹아 들어 그것을 양분으로 하는 생명을 키우고, 생명은 죽어서 다시 다른 것들의 몸으로 흘러간다. 그 과정을 통해서 하나의 생명은 자연으로 돌아가 다른 생명으로 스며드는 것이 가능해진다. 거시적인 차원에서 보면 한 생명의 죽음이 다른 생명의 탄생으로 이어지는 것 또한 생태계의 상생인 셈이다. 이런 면에서 죽음은 생명의 끝이 아니라 오히려 '생명을 가진 것'이라는 가장 강력한 증거이다. '죽어서 썩을 수 있는 것'만이 생태계의 흐름에 합류할 수 있기 때문이다.

한편 10시집 『연애 간』에 실려 있는 「가창댐」에서 죽음은 집단학살 사건이라는 끔찍한 역사와 연결된 생명의 박탈로 그려진다. 이는 한국전쟁 당시 대구 달성군 가창골 일대에서 보도연맹원과 재소자 양민 수천 명이 집단으로 학살됐던 일을 소재로 한 것이다("푸른 하늘 아래 용수 덮어쓰고/ 애비는 마구 실려와 이 골짝에서/ 총 맞아 죽었다./ 그 캄캄하게 파묻히고,/ 다시 질척하게 수장해버린/ 역사의 수면에/ 수척하게 떠오르는 아들딸의 얼굴들이여,"). 이하석은 가창댐으로 수몰되어버린 학살터에서, 죽은 이들을 애도하고 다시 되살아나는 생명의 불씨를 본다. 수몰되어버린 가창골을 품고 있는 댐의 물이 이 논 저 논으로 흘러들어가 곡식을 키우고 그것을 먹는 사람을 살게 할 것이기 때문이다("언제나 새로 이 물 제 논에 끌어들이는 이는/ 모진 사랑의 힘 되지 피는게 분명하다."). 그것은 결국 삶과 죽음을 하나로 연결하는 생태계의 힘이다.

1
왜 잔인한 기억의 흙들에 뿌리내려 저리 퍼렇게 우거질까? 슬금

슬금 밭떼기 가에서 솟아오르더니 여름 오기 전 못된 질문처럼 숲을 이룬다.

    2

    여름이 지쳐갈 무렵 노란 꽃들이 숲의 상부에 피어나 마구 주위를 살핀다. 자신의 뿌리 감추려 눈치 보는 걸까? 그 뿌리들이 여전히 주검들에 닿아 있다면, 가을에 밭주인은 울퉁불퉁하게 뭉쳐진 덩어리들을 캐내면서 문득 새로 드러나는 대답의 뼈들인가 싶기도 하리라.

    3

    돼지감자 뿌리는 당뇨 등에 좋단다. 주검들이 북돋워서 무성하게 했다면, 저 숲 갈아엎어 그 뿌리 맺힌 응어리들을 수확한 게 내 트라우마인 그리움의 치료약이 되기도 할까? 뚱딴지* 같으니라구? 글쎄, 저것들 점점 더 번져나가 총살한 이들 파묻은 언덕 덮은 것 보라구. 그게 자연스럽다면, 숨기려는 게 아니라 보듬는 것 아니겠어?

    * 돼지감자의 다른 이름

—「돼지감자」(11)

11시집 『천둥의 뿌리』에 있는 이 시에는 죽음과 그것을 양분으로 한 새로운 생명의 탄생이보다 직접적으로 그려지고 있다. 사람을 죽여 파묻은 땅에서 돼지감자가 자라난다. 죽은 이들은 고유한 생명을 다하지 못하고 전쟁이나 이데올로기에 얽혀서 억울하게 죽은 사람들이다. 그런데 그 주검을 먹고 자란 돼지감자는 살아있는 사람의 병을 치료하는 특효약이 된다. 무고한 죽음은 지워지고 거기서 자라난 생명이 또 다른 생명을 살리고 있다. 이 시 역시 「가창댐」처럼 집단학살이라는 끔찍한 역사적 사실을 바탕으로 하고, 죽음과 생명의 문제를 다루고 있다.

특히 이 시집의 2부는 아예 학살당한 이들을 애도하고 제사지내는 형식으로 이루어져 있다. 이하석은 억울하게 죽은 사람들의 이야기를 시로써 증언함으로써 그들의 혼을 위로하고, 죽음에서 다시 태어나는 생명을 꿈꾼다. 그것은 실제 삶의 터전인 지역의 역사를 시로써 정리하는 일인 동시에3), 그가 평생 동안 탐구해 온 생태계의 상생과 소통을 시로써 재현하는 일이다.

그러나 이하석은 그래서 자연이 위대하다거나 잘못된 역사를 바로잡아야 한다고 주장하지는 않는다. 생태계의 흐름과 그에 얽힌 인간의 삶을 바라보고, 그것을 시로 옮길 뿐이다. 그것을 바라보는 건조하고 객관적인 시선 역시 초기부터 일관되어온 그의 시의 또 다른 특징이다. 그의 시는 선동적 메시지나 대중적인 친밀함, 예리한 실험성이 없이도 좋은 시가 될 수 있다는 사실을 실천적으로 보여준다. 당연한 것들을 당연한 것으로 증명해 보이는 것, 그것이 이하석의 시가 주는 묵직한 단단함이다.

---

3) 7시집 『고령을 그리다』, 11시집 『천둥의 뿌리』, 12시집 『향촌동 랩소디』, 13시집 『다시 고령을 그리다』 등은 이하석의 고향인 고령과 삶의 터전인 대구 지역의 역사와 문화를 소재로 한 특수한 형태의 시집이다. 이 시집들에 드러나는 지역성과 사회성의 의의에 대해서는 다른 연구가 필요할 것이다.

시집 연보 ————————

1. 『투명한 속』, 문학과지성사, 1980.
2. 『김씨의 옆얼굴』, 문학과지성사, 1984.
3. 『우리 낯선 사람들』, 세계사, 1990.
4. 『측백나무 울타리』, 문학과지성사, 1992.
5. 『금요일엔 먼데를 본다』, 문학과지성사, 1996.
6. 『녹(綠)』, 세계사, 2000.
7. 『고령을 그리다』, 만인사, 2002.
8. 『것들』, 문학과지성사, 2006.
9. 『상응』, 서정시학, 2011.
10. 『연애 간(間)』, 문학과지성사, 2015.
11. 『천둥의 뿌리』, 한티재, 2016.
12. 『향촌동 랩소디』, 시와반시, 2019.
13. 『다시 고령을 그리다』, 만인사, 2020.

낮은 곳을 향한
방법론적 슬픔
– 정호승*론

정호승은 1980년대 대표적인 민중 시인으로서 흔히 '슬픔의 시인' 혹은 '기다림의 시인'이라고 불린다. 민중시로서 그의 시는 가난하고 신산한 삶을 슬픔으로 위무하며 새벽을 기다리는 잔잔하고 따뜻한 서정을 특징으로 한다. 그는 현실을 냉철하게 분석하는 이론가나 열정적인 혁명가가 아니라 슬픔을 몸으로 감지하는 섬세한 시인이다.

그의 시는 처음부터 낮은 곳을 향해 있다. 겨울날 육교 아래서 노래하는 맹인 부부(「맹인부부가수」, 1), 거리 좌판에서 귤을 파는 할머니(「슬픔이 기쁨에게」, 1), 구두 닦는 소년(「구두 닦는 소년」, 1) 등 가난하고 힘없는 사람들이 시의 소재이다. 정호승은 그들의 슬픔을 읽어내고 그것을 말하는 것에서부터 시작한다. 그러나 그는 이들을 일방적인 동정의 대상으로 설정하고 연민을 강요하는 것이 아니라 그들의 삶을 따뜻한 시선으로 보듬으며 이면에 감춰진 슬픔을 드러냄으로써, 가난

---

* 1950년 경남 하동 출생, 1973년 ≪대한일보≫로 등단.

하고 낮은 삶에 대한 지지와 위로를 보낸다.

> 눈 내려 어두워서 길을 잃었네
> 갈 길은 멀고 길을 잃었네
> 눈사람도 없는 겨울밤 이 거리를
> 찾아오는 사람 없어 노래 부르니
> 눈 맞으며 세상 밖을 돌아가는 사람들뿐
> 등에 업은 아기의 울음소리를 달래며
> 갈 길은 먼데 함박눈은 내리는데
> 사랑할 수 없는 것을 사랑하기 위하여
> 용서받을 수 없는 것을 용서하기 위하여
> 눈사람을 기다리며 노랠 부르네
> 세상 모든 기다림의 노랠 부르네
> 눈 맞으며 어둠 속을 떨며 가는 사람들을
> 노래가 길이 되어 앞질러가고
> 돌아올 길 없는 눈길 앞질러가고
> 아름다움이 이 세상을 건질 때까지
> 절망에서 즐거움이 찾아올 때까지
> 함박눈은 내리는데 갈 길은 먼데
> 무관심을 사랑하는 노랠 부르며
> 눈사람을 기다리는 노랠 부르며
> 이 겨울 밤거리의 눈사람이 되었네
> 봄이 와도 녹지 않을 눈사람이 되었네
>
> ─「맹인 부부 가수」(1)

이 시는 당시 거리에서 종종 볼 수 있었던 장면을 담은 것으로서, 겨울 밤 눈 속에서 노래하는 맹인 부부 가수를 소재로 하고 있다. 맹인 부부는 아기를 업은 채 눈 속에 노래를 부르지만, 돈을 넣는 사람도, 그들의 노래를 듣는 사람도 없다. 사람들은 함박눈 속에 총총거리며 서둘러 집으로 가고, 돈을 벌지 못한 맹인 부부는 계속해서 노래를 부른다.

그러나 시는 이들 부부의 딱한 처지를 말하는 것에 그치지 않고, 사람들의 무관심과 타자에 대한 외면을 비판하면서 다른 세상에 대한 기다림의 자세를 보여준다. 돈을 벌기 위한 부부의 노래는 '눈사람을 기다리는' 노래로 변하고, 이 노래는 길이 되어 이 세상을 구원하는 가능성이 된다. 마지막 부분에서 부부는 노래를 부르면서 스스로 '봄이 와도 녹지 않을 눈사람'이 된다. 눈사람을 기다리다가 그들 스스로가 눈사람이 되는 것이다. 사람들의 무관심에 대한 비판과 눈사람에 대한 기다림이라는 두 가지 주제는 각각 다음의 시들로 연결된다.

> 나는 이제 너에게도 슬픔을 주겠다.
> 사랑보다 소중한 슬픔을 주겠다.
> 겨울밤 거리에서 귤 몇 개 놓고
> 살아온 추위와 떨고 있는 할머니에게
> 귤 값을 깎으면서 기뻐하던 너를 위하여
> 나는 슬픔의 평등한 얼굴을 보여 주겠다.
> 내가 어둠 속에서 너를 부를 때
> 단 한 번도 평등하게 웃어 주질 않은
> 가마니에 덮인 동사자가 다시 얼어 죽을 때
> 가마니 한 장조차 덮어 주지 않은
> 무관심한 너의 사랑을 위해
> 흘릴 줄 모르는 너의 눈물을 위해
> 나는 이제 너에게도 기다림을 주겠다.
> 이 세상에 내리던 함박눈을 멈추겠다.
> 보리밭에 내리던 봄눈들을 데리고
> 추위 떠는 사람들의 슬픔에게 다녀와서

눈 그친 눈길을 너와 함께 걷겠다.
슬픔의 힘에 대한 이야길 하며
기다림의 슬픔까지 걸어가겠다.

— 「슬픔이 기쁨에게」 (1)

이 시에서 '나'는 타자의 삶에 무관심한 '너'를 비판하며 '너'에게도 똑같은 슬픔을 주겠다고 말한다. 그렇지만 그것은 복수나 저주라기보다는 '너'에게도 슬퍼할 수 있는 기회, 기다림을 경험할 수 있는 기회를 공평하게 준다는 의미에 가깝다. 슬픔은 '추위에 떨며 귤을 파는 할머니'와 '가마니에 덮인 동사자'를 보고 느끼는 연민의 감정이기도 하지만, 동시에 현실의 고통과 기다림을 견디게 하는 힘이기도 하다. 그러므로 '너'에게 슬픔을 주겠다는 것은 이웃의 가난함을 생각할 줄 알고 기다림을 배울 수 있는 기회를 주는 것이다.

슬픔이 사랑보다 소중한 이유는, 그것이 다른 사람의 슬픔을 알게 하기 때문이다. 사랑은 스스로를 기쁨으로 채우지만, 슬퍼하는 자의 눈에는 자신과 비슷한 다른 이의 슬픔이 보이기 마련이다. 슬픔은 사람끼리 소통할 수 있는 창구이자 함께 할 수 있는 연결고리인 것이다. 그것은 맹인부부가수나 귤 파는 노인 같은 가난한 이웃을 보듬게 하고, 그들과 더불어 춥고 험한 현실을 견디게 한다. 슬픔이 힘으로 변화할 때 다음과 같은 시가 나온다.

사람들이 잠든 새벽거리에
가슴에 칼을 품은 눈사람 하나
그친 눈을 맞으며 서 있습니다
품은 칼을 꺼내어 눈에 대고 갈면서
먼 별빛 하나 불러와 칼날에다 새기고

다시 칼을 품으며 울었습니다
용기 잃은 사람들의 길을 위하여
모든 인간의 추억을 흔들며 울었습니다

눈사람이 흘린 눈물을 보았습니까?
자신의 눈물로 온몸을 녹이며
인간의 희망을 만드는 눈사람을 보았습니까?
그친 눈을 맞으며 사람들을 찾아가다
가장 먼저 일어난 새벽 어느 인간에게
강간당한 눈사람을 보았습니까?

사람들이 오가는 눈부신 아침거리
웬일인지 눈사람 하나 쓰러져 있습니다
햇살에 드러난 눈사람의 칼을
사람들은 모두 다 피해서 가고
새벽 별빛 찾아나선 어느 한 소년만이
칼을 집어 품에 넣고 걸어갑니다
어디선가 눈사람의 봄은 오는데
쓰러진 눈사람의 길 떠납니다

— 「눈사람」 (1)

이 시에 나오는 '눈사람'은 「맹인부부가수」의 주제 중 하나인 '눈사람을 기다림'과 연결된 맥락에서 설명된다. 스스로 눈사람이 된 맹인부부 가수는 봄이 오면 녹아버리는 눈사람처럼 패배했을지도 모르지만, 이 시에서는 눈사람이 녹자 '한 소년'이 눈사람 안에 있는 칼을 품고 다시 길을 떠난다. 비록 눈사람은 인간들에게 희망과 위로를 전하다가 배신을 당하고 쓰러졌지만, 그것이 품고 있던 마음 혹은 의지인 '칼'은

'소년'에게 전해져서 계속 살아있는 것이다.

　이때 '눈사람'은 리얼리즘적인 전망을 보여주는 전형적인 상징으로서 현실의 슬픔과 고통을극복하고 미래로 열려있는 가능성을 보여준다. 정호승의 시가 현실을 슬픔으로 인식하면서도 긍정적인 힘을 가지는 이유는, 이처럼 슬픔이 일반적인 부정적 감정과는 다른 방법론적인 것이기 때문이다.

　　　1
　　예수가 낚싯대를 드리우고 한강에 앉아 있다. 강변에 모닥불을 피워놓고 예수가 젖은 옷을 말리고 있다. 들풀들이 날마다 인간의 칼에 찔려 쓰러지고 풀의 꽃과 같은 인간의 꽃 한 송이 피었다 지는데, 인간이 아름다워지는 것을 보기 위하여, 예수가 겨울비에 젖으며 서대문 구치소 담벼락에 기대어 울고 있다.

　　　2
　　술 취한 저녁. 지평선 너머로 예수의 긴 그림자가 넘어간다. 인생의 찬밥 한 그릇 얻어먹은 예수의 등뒤로 재빨리 초승달 하나 떠오른다. 고통 속에 넘치는 평화, 눈물 속에 그리운 자유는 있었을까. 서울의 빵과 사랑과, 서울의 빵과 눈물을 생각하며 예수가 홀로 담배를 피운다. 사람의 이슬로 사라지는 사람을 보며, 사람들이 모래를 씹으며 잠드는 밤. 낙엽들은 떠나기 위하여 서울에 잠시 머물고, 예수는 절망의 끝으로 걸어간다.

　　　3
　　목이 마르다. 서울이 잠들기 전에 인간의 꿈이 먼저 잠들어 목이 마르다. 등불을 들고 걷는 자는 어디 있느냐. 서울의 들길은 보이지 않고, 밤마다 잿더미에 주저앉아서 겉옷만 찢으며 우는 자여. 총소리가 들리고 눈이 내리더니, 사랑과 믿음의 깊이 사이로 첫눈이 내리더니, 서울에서 잡힌 돌 하나, 그 어디 던질 데가 없도다. 그리운 사람 다시 그리운 그대들은 나와 함께 술잔을 들라. 눈 내리는 서울의 밤하늘 어디에도 내 잠시 머리 둘 곳이 없나니, 그대들은 나와 함께 술잔을 들라. 술잔을 들고 어둠 속으로 이 세상 칼끝을 피해 가다가, 가슴으로 칼끝에 쓰러진 그대들은 눈 그친 서울 밤의 눈길을 걸어가라. 아직 악인의 등불은 꺼지지 않고, 서울의 새벽에 귀를 기울이는 고요한 인간의 귀는 풀잎에 젖어, 목이 마르다. 인간이 잠들기 전에 서울의 꿈이 먼저 잠이 들어 아, 목이 마르다.

4

사람의 잔을 마시고 싶다. 추억이 아름다운 사람을 만나, 소주잔을 나누며 눈물의 빈대떡을 나눠 먹고 싶다. 꽃잎 하나 칼처럼 떨어지는 봄날에 풀잎을 스치는 사람의 옷자락 소리를 들으며, 마음의 나라보다 사람의 나라에 살고 싶다. 새벽마다 사람의 등불이 꺼지지 않도록 서울의 등잔에 홀로 불을 켜고 가난한 사람의 창에 기대어 서울의 그리움을 그리워하고 싶다.

5

나를 섬기는 자는 슬프고, 나를 슬퍼하는 자는 슬프다. 나를 위하여 기뻐하는 자는 슬프고, 나를 위하여 슬퍼하는 자는 더욱 슬프다. 나는 내 이웃을 위하여 괴로워하지 않았고, 가난한 자의 별들을 바라보지 않았나니, 내 이름을 간절히 부르는 자들은 불행하고, 내 이름을 간절히 사랑하는 자들은 더욱 불행하다.

　　　　　　　　　　　　　　　　　　　　　　　 ─「서울의 예수」(2)

2시집 『서울의 예수』에서는 슬픔이 연민으로 연결되고 보다 넓은 대상으로 확대되며 시대적인 상징성을 확보한다. 이 시에서 '예수'는 낮은 곳이면 어디에나 있는 고통 받고 고뇌하는 사람들이다. 한강에 낚싯대를 드리우고 앉은 사람이나 서대문 구치소 담벼락에서 울고 있는 사람, 자유를 그리워하며 담배를 피고 있는 사람들은 고통스러운 삶을 인내하며 살아가는 그 각각이 예수인 사람들이다. 즉 예수는 다른 이들의 죄를 대속하고 희생하는 영웅이 아니라 낮은 곳이면 어디든지 그곳에 있는 사람들과 더불어 혹은 그 사람들 자체로서 있다.

시인이라는 존재 또한 마찬가지다. 그는 낮은 곳을 보고 그들의 삶에 연민을 느끼지만, 그들의 고통을 대신 앓거나 어려움을 해결하는 우월한 자가 아니라 그들과 함께 고통스러운 삶을 살아가는 이웃일 뿐이다. 정호승의 시가 다른 민중시들과 구별되는 지점은 이것이다. 낮은 곳에 임하려는 그의 목소리는 그래서 더욱 호소력을 갖는다.

3시집 『새벽 편지』, 4시집 『별들은 따뜻하다』에서 현실적인 어둠은 극대화된다. 현실은 "정의를 좇다가 사랑을 잃은 한 사제도 깊이 잠이 든/ 별들도 사라져버린 밤"(「겨울밤」, 4)으로 묘사되고 절망감 또한 최고조에 이른다. 시대의 어둠은 역설적으로 그의 시의 순결성을 돋보이게 하는 효과를 낳기도 한다[1]. 그는 "세상은 강한 자가 이긴 것이 아니라/ 이긴 자가 강한 것"(「갈대」, 4)이라는 모범답안을 믿으며 분노로 칼을 만들어 미래를 예비하려는 순결한 의식의 시인이기를 자처한다. 그러나 이 순결성이 현실의 벽에 부딪쳐 의미를 가지지 못하고 희망을 찾을 수 없을 때(「겨울날」, 「산길에서」, 「길」, 「무덤에서」 등, 4), 그의 시는 중요한 전환점을 맞게 된다.

---

1) 정호승이 종종 시인 윤동주를 호명하는 것(「윤동주 무덤 앞에서」, 「시인 윤동주지묘」)은 '시대의 어둠에 맞서는 순결한 영혼'이라는 이미지 때문이다. 윤동주는 그가 좋아하는 시인이면서 롤모델인 셈이다.

사랑하다가 죽어버려라
오죽하면 비로자나불이 손가락에 매달려 앉아 있겠느냐
기다리다가 죽어버려라
오죽하면 아미타불이 모가지를 베어서 베개로 삼겠느냐
새벽이 지나도록
마지(摩旨)를 올리는 쇠종 소리는 울리지 않는데
나는 부석사 당간지주 앞에 평생을 앉아
그대에게 밥 한 그릇 올리지 못하고
눈물 속에 절하나 지었다 부수네
하늘 나는 돌 위에 절 하나 짓네

— 「그리운 부석사」 (5)

5시집 『사랑하다가 죽어버려라』의 제목으로 널리 알려진 이 시는 그의 시를 대중적으로 알리는 데 결정적인 계기가 되는 작품이다. 여기서 정호승의 시는 초기 시의 절제된 슬픔과 순결한 믿음 대신 즉흥적이고 파괴적인 발화를 내보인다. '사랑하다가 죽어버려라', '기다리다가 죽어버려라'라는 구절의 자기 파괴적인 어투는 감정을 한껏 끌어올려서 소진시켜 버리는 예정된 파국을 지시하고 있다.

화자의 정서적인 상황을 잘 보여주는 부분은 뒷부분인 "나는 부석사~ 절 하나 짓네"이다. 부석사 당간지주를 바라보며 평생을 앉아있어도 밥 한 그릇 올리지도 못하고 혼자 상상 속에서 절을 지었다 부수는 일을 반복하는 것은, 부질없는 인생에 대한 성찰이면서 그때까지 지켜온 믿음의 붕괴 상황에 놓인 시인의 절망과 자포자기의 심경을 그린 것이다. 그러므로 시 전체 맥락에서 보면 '사랑하다가 죽어버려라'는 '죽을 만큼 열렬히 사랑해라'가 아니라, 사랑으로 아무것도 이루지 못한 무기력한 순결성에 대한 고백이며 스스로에 대한 질책이자 회한이다.

그러나 이렇게 해서 탄생한 '사랑하다가 죽어버려라'라는 자포자기적인 어투가 대중들에게 어필하면서 원래 시에 짙게 깔려있는 자괴감은 삭제되고 이 구절은 가장 감각적이고 가벼운 광고 카피가 되어 버린다.

> 울지 마라
> 외로우니까 사람이다
> 살아간다는 것은 외로움을 견디는 일이다
> 공연히 오지 않는 전화를 기다리지 마라
> 눈이 오면 눈길을 걸어가고
> 비가 오면 빗길을 걸어가라
> 갈대숲에서 가슴검은도요새도 너를 보고 있다
> 가끔은 하느님도 외로워서 눈물을 흘리신다
> 새들이 나뭇가지에 앉아 있는 것도 외로움 때문이고
> 네가 물가에 앉아 있는 것도 외로움 때문이다
> 산그림자도 외로워서 하루에 한 번씩 마을로 내려온다
> 종소리도 외로워서 울려퍼진다
>
> —「수선화에게」(6)

6시집 『외로우니까 사람이다』에 실려 있는 이 시 또한 제목보다 "외로우니까 사람이다"라는 구절로 널리 알려져 있다. 여기서 초기 시의 '슬픔'은 '외로움'으로 바뀌고, 외로움은 사람이면 누구나 겪는 당연한 감정이 된다. 슬픔이 삶을 견디게 하는 강력한 무기였던 것과 달리, 이 시의 외로움은 '원래 인간은 모두 외로운 것이다'라고 말함으로써 상황에 대한 순응을 이끌어낸다. 이는 "눈물이 나면 기차를 타라", "사랑하다가 죽어버려라"처럼 각인 효과가 큰 구절들이 결국에는 현실 순응으

로 귀결되는 것과 유사하다. 여기에는 '눈사람의 칼을 품고 길을 떠나는 소년'의 따뜻한 아름다움과 미래의 전망이 없다. 아직 결정되지 않은(혹은 결정할 수 없는) 미래로 향하는 길을 열어놓은 초기 시와는 달리, 이 시들은 애초에 미래라는 시간을 상정하고 있지 않다. 과거에 대한 반성이나 현재의 성찰, 미래에의 기대는 삭제되고 오직 '~하라'는 부추김의 어조만이 남는 것이다.

이러한 변화는 시인의 개인사에 연관된 고통과 좌절이 가장 큰 요인인 듯하지만, 시대의 흐름에 따른 시인의 역할 변화와도 무관하지 않다. 70~80년대에 시인은 민중의 고통을 대변하고 그들을 위로하는 존재였지만 90년대는 공동체의 목표가 사라지고 노동운동 역시 지식인 운동과 분리되면서 복합적인 양상을 띤다. 민중 스스로 자신들의 권리와 이익을 주장할 수 있게 되면서 시혜적인 민중시는 존재 의의를 상실하게 된다. 여기서 오는 정체성 혼란과 개인적인 어려움이 겹치면서 정호승은 자신의 고통을 직설적이고 즉흥적으로 드러내는데, 그것이 아이러니하게도 대중성을 확보하는 결과를 낳는 것이다. 그런 면에서 정호승은 대중적인 감수성을 타고 난 시인이라고 볼 수도 있을 것이다.

7시집『눈물이 나면 기차를 타라』, 8시집『이 짧은 시간 동안』, 9시집『포옹』에서, 정호승은 낮은 곳을 바라보고 위로하는 입장을 벗어나 개인적인 가족사와 생활을 직접적으로 시에 드러내기 시작한다. 영정사진을 찍는 아버지(「파고다공원」, 7)나 할미꽃처럼 늙은 어머니(「어머니를 위한 자장가」, 8)를 바라보는 화자는 실제 시인 자신이다. 아버지와 어머니에 대한 이야기는 이후로도 그의 시의 중요한 소재가 된다(「나팔꽃」, 「허물」, 「노부부」, 「어머니의 물」, 9; 「허공」, 「풀잎에게」, 「마음의 준비」 등, 10). 그는 이제 독자보다 윤리적으로 우월한 계몽가가 아니라 한 사람의 생활인으로서 일상 속의 사람들과 마주친다(「유실」, 「윤동주 시집이 든 가방을 들고」 등, 8).

여기서 주목할 만한 것은, 대상에 대한 연민과 공감은 그대로이지만 연민을 품는 주체가 종종 화자/시인에서 시 속에 등장하는 제3자로 옮겨진다는 것이다. 만삭이 된 새댁은 임신한 도둑고양이에게 밥을 덜어주고(「만월」, 8), 염하는 김씨는 죽은 몸을 씻기고 옷을 입혀 죽은 자를 배웅한다(「시립 화장장 장례지도사 김씨의 저녁」, 8).

> 앞 못 보는 아들을 둔 늙은 어머니가
> 부처님이 가장 잘 보이는 곳에다 등을 달아달라고
> 돈 몇천원을 스님 손에 꼬옥 쥐어주면서
> 간절히 부탁하는 모습을
> 초파일날 조계사 앞을 지나가던 맹인수녀가
> 빙그레 웃으면서 바라보다가
> 가슴에 촛불 하나 밝히고 길 떠납니다
>
> ― 「맹인수녀」 (8)

무언가를 '보는' 것은 초기 시부터 반복적으로 나타나는 설정이다. 이 시에서 역시 맹인 아들과 맹인수녀가 등장하고, 맹인아들을 둔 어머니는 아들의 건강과 미래를 축원하는 등을 '부처님이 가장 잘 볼 수 있는 곳'에 달아달라고 간청한다. 이때 '본다'는 것은 신체 기관인 '눈'으로 대상을 인지하는 일반적인 감각을 뜻한다. 그러나 정작 그 간절한 장면을 보고 어머니의 마음을 전해 받은 것은 눈이 보이지 않는 맹인수녀다. 수녀가 가슴에 촛불을 밝히고 길을 떠나는 것은, 어머니의 애틋한 사연이 전달되었음을 표현한 것이다. 이때 '봄'은 신체의 눈으로 지각함이 아니라 마음의 눈을 사용한 '통합'에 가깝다.

시에서 아들을 향한 어머니의 간절한 마음은 '스님'과 '부처님', '맹인 수녀' 그리고 그들을 바라보는 화자/시인에게 전달되어 소통된다. 그것은 세속과 초월, 인간과 부처의 경계를 넘어서는 것이고, 불교와 천주교라는 종교의 구별을 넘어서는 것이다. 시인은 그러한 소통의 현장에 참여하고 있는 일원으로서 그 장면을 옮기는 존재일 뿐이다. 초기 시의 연민이 민중이라는 특정한 대상을 향한 것이었다면, 이제 시인의 시선은 특정 집단이나 계층에 한정되지 않고 사람들 자체로 향해있다. 또한 시인 자신도 그들의 하나로서 체험과 아픔을 같이 하고 있다.

10시집 『밥값』, 11시집 『여행』에서 정호승은 자신의 삶을 반성하며 시적인 대상들에게서 깨달음을 얻는다. 꽃과 나무, 청둥오리, 명태와 같은 동식물에게서 가르침을 구하고(「설해목, 「비닐하우스 성당」, 「왼쪽에 대한 편견」, 「바다의 성자」 등, 10), 폐사지와 성당, 절에서 위안을 얻는다(「폐사지처럼 산다」, 「명동성당」, 「나는 아직 낙산사에 가지 못한다」 등, 10). '슬픔과 연민의 시인'이기를 자처했던 그는 이제 자신의 시 쓰기가 진정으로 타인에 대한 연민과 관심이었는지 스스로에게 묻는다.

> 길을 가다가 새에게 물었다
> 당신은 누군가를 위해 상처받아본 적이 있는가
> 새가 부러진 날개를 펼치고
> 저녁 하늘 너머로 날아갔다
>
> 길을 가다가 풀잎에게 물었다
> 당신은 누군가를 위해 상처의 깊이를 쓰다듬어본 적이 있는가
> 풀잎들이 바람에 쓰러졌다가 일어나
> 천천히 손을 흔들었다

길을 가다가 돌아서서 달팽이에게 물었다
당신은 누군가를 위해 두 손 모아
상처의 눈물을 이슬처럼 받아본 적이 있는가
달팽이가 웃다가 울면서 절벽 위로 기어갔다

길을 가다가 돌아서서 나에게 물었다
당신은 누군가를 위해 상처받아본 적이 있는가
나는 무릎을 꿇고 나의 상처의 꽃만 꺾어들고
다시 길을 걸었다

— 「상처」 (11)

　새와 풀잎, 달팽이에게 했던 질문은 사실은 자기 자신에게 던지는 질문이다. 누군가를 위해 상처받고, 누군가의 상처를 진심으로 쓰다듬어본 적이 있는지, 누군가를 위해 진정으로 기도해본 적이 있는지. 질문을 받은 새는 날아가고 풀잎들이 손을 흔들고 달팽이는 절벽으로 기어간다. 4연에서 화자는 스스로에게 직접 질문을 던지고, 결국 자신이 스스로의 상처만을 보듬어 왔음을 깨닫는다. 평생 가난하고 힘없는 자를 소재로 한 시를 써온 그가 내린 결론은 회의적이고 부정적이다(「속죄」, 「꼬리가 달린 남자」 등, 11).

　그는 자신의 삶을 반성하고 한없이 자신을 낮추면서 가장 낮은 존재를 자처한다. 무력함에 대한 자책과 좌절, 회의와 자포자기를 겪으면서 그는 자신을 최소화함으로써 타자를 최대한 포용하는 견인적인 방식을 택한다("산사에 오시거든 언제든지/ 나의 집에 똥을 누고 편히 가시라/ 모든 망상과 번뇌의 똥까지 시원히 누고 가시라/ 가시다가 굳이 돌아보지는 마시고/ 발걸음도 사뿐히 떠나가시라/ 나는 남아 낙엽과 함께 향기롭게 썩어가리니/ 나는 당신의 해우소/ 낙엽의 집"—「해우소」, 11)

이를 통해 정호승은 절망 끝에서 다시 새롭게 나아갈 길을 발견하게
된다.

나는 희망이 없는 희망을 거절한다
희망에는 희망이 없다
희망은 기쁨보다 분노에 가깝다
나는 절망을 통하여 희망을 가졌을 뿐
희망을 통하여 희망을 가져본 적이 없다

나는 절망이 없는 희망을 거절한다
희망은 절망이 있기 때문에 희망이다
희망만 있는 희망은 희망이 없다
희망은 희망의 손을 먼저 잡는 것보다
절망의 손을 먼저 잡는 것이 중요하다

희망에는 절망이 있다
나는 희망의 절망을 먼저 원한다
희망의 절망이 절망이 될 때보다
희망의 절망이 희망이 될 때
당신을 사랑한다.

― 「나는 희망을 거절한다」(12)

12시집 『나는 희망을 거절한다』에 있는 이 시는 정호승의 시적인 소
결론이자 출발점이다. 그는 여기서 희망을 가지기 위해서는 절망을 거
쳐야 하고, 절망하고서만이 비로소 희망이라는 것을 가지게 되는 아이
러니를 보여준다. 희망은 절망에 상대되는 대응항으로서 존재할 때만
가치가 있다. 절망을 겪어보지 않은 희망, 희망만 있는 희망은 무의미

해서 생산적인 기쁨보다 오히려 소모적인 분노에 가깝다. 진정한 희망을 가지기 위해서는 절망이라는 고통이 수반될 수밖에 없고, 그 절망을 넘어설 때 비로소 희망을 가지게 되는 것이다. 이러한 삶의 아이러니를 깨닫고 받아들일 때, 당신을 사랑한다고 말할 수 있는 것이다.

여기에 나타나는 절망과 희망의 상관관계는 「슬픔이 기쁨에게」에서 슬픔과 기쁨의 관계와 일치한다. 슬픔이 다른 사람과의 소통의 고리가 되고 함께 살 수 있는 힘이 되었듯이, 절망 또한 그것을 견디면서 타자의 아픔을 이해하게 하고 사랑하게 한다.

이것은 '하나가 있음으로 해서 다른 하나가 의미를 가지게 된다'는 정호승 고유의 이분법을 그대로 반복하고 있다. 그늘이 있어야 햇빛이 있고(「내가 사랑하는 사람」, 6), 슬픔이 있어야 기쁨이 있다는 것(「슬픔이 기쁨에게」, 1)과 동일한 논리다. 부정적인 것들은 그것을 극복하면 긍정적인 것으로 바뀐다. 나아가 부정적인 것을 거쳐야만 긍정적인 것이 얻어진다. 그런 면에서 부정적인 것들은 긍정적인 결론을 얻기 위한 방법론적 전략인 셈이다. 12시집에 있는 「묵사발」, 「물거품」 또한 이와 유사하게 이분법을 바탕으로 해서 결론을 이끌어낸다.

한 가지 다른 점은, 그가 자신이 상정한 이분법이 관념적인 것을 알고 그것을 스스로 비판하고 있다는 점이다. 「무소유에 대한 명상」(12)에서, '소유'와 '무소유'는 이분법적으로 대응되지만 결국 통합되지 못하고 끝난다("나의 소유와 무소유는 서로 동거하지 못한다 / 만나기만 하면 서로 싸운다 / 하루는 내가 바닷물을 한입에 다 마셔버리자 / 소유는 나를 부러워하느라 잠을 못자고 / 무소유는 나를 질책하느라 잠을 못잔다"). 이것은 정신적인 승화나 관념적 사유를 동원하지 않고 해결되지 않는 갈등을 솔직하게 노출하고 있어서 오히려 신선하고 인간적인 느낌을 준다.

대상에 대한 연민과 공감을 바탕으로 해서 독자들에게 위로를 전해온 그의 시는, 처음의 자리로 돌아가서 잠시 숨을 고르고 있는 중이다. 14시집 『당신을 찾아서』는 정호승이 그 시간들을 견디며 써낸 시들을 모은 것이다. 다시 원점에서 출발하는 그의 시가 어떤 방향으로 나아갈지 지켜볼 일이다.

시집 연보 ————

1. 『슬픔이 기쁨에게』, 창작과비평사, 1979.
2. 『서울의 예수』, 민음사, 1982.
3. 『새벽편지』, 민음사, 1987.
4. 『별들은 따뜻하다』, 창작과비평사, 1990.
5. 『사랑하다가 죽어버려라』, 창작과비평사, 1997.
6. 『외로우니까 사람이다』, 열림원, 1998.
7. 『눈물이 나면 기차를 타라』, 창작과비평사, 1999.
8. 『이 짧은 시간 동안』, 창작과비평사, 2004.
9. 『포옹』, 창작과비평사, 2007.
10. 『밥값』, 창작과비평사, 2010.
11. 『여행』, 창작과비평사, 2013.
12. 『나는 희망을 거절한다』, 창작과비평사, 2017.
13. 『당신을 찾아서』, 창작과비평사, 2020.

실존의 고투를
체현하는 시

– 최승자*론

    최승자는 1981년 1시집 『이 시대의 사랑』을 낸 후 2016년까지 총 여덟 권의 시집을 출간했다. 삼십오 년의 기간에 비하면 발간된 시집의 양은 많지 않은 편이다. 생활을 도모하기 위한 번역일 말고는 다른 이력이 거의 전무한 것을 감안하면 더욱 그렇다. 그녀의 시는 그녀의 정신적인 궤적의 기록이고 정신의 궤적은 그녀의 삶과 분리되지 않는다. 최승자는 시와 사유와 삶이 하나로 통합되고 시가 곧 사람이 되는 독특한 경지를 보여준다. 그녀의 시는 한편 한편이 실존적 주체의 기투의 소산이다. 그녀는 초월을 말하는 시들에서조차 삶을 회피하지 않고 삶의 세계에서 초월로 옮겨가는 과정을 직시하며 기록해낸다.

    1시집은 3부로 나뉘어 있고 역순으로 배치되어 있다. 1부는 1981. 1~6월, 2부는 1977~1980년, 3부는 1973~1976년에 쓰여진 시들로서, 창작 시기상으로 볼 때 이 시집은 1970년대 유신정권을 거쳐 5공화

---

* 1952년 충남 연기 출생, 1979년 『문학과 지성』으로 등단.

국 초기를 시간적인 배경으로 하고 있다. 외부적인 탄압이 극심했던 이 시기에 쓰여진 시들은 사회적인 억압에 대한 저항인 동시에 인간으로서 실존의 한계 상황을 뛰어넘으려는 기획이다. 시대적 상황은 암울하지만 이 시기 시들은 역설적으로 사랑, 관능, 육체성, 실존, 허무, 절망 등 다양한 특징과 폭발적이며 적극적인 에너지로 충만해 있다.

예컨대 여기서 그려지는 사랑은 구체적이고 관능적이다. '너'에 대한 기억은 속속들이 육체에 각인되었다가("자주 너의 눈빛이 셀로판지 구겨지는 소리를 냈고/ 너의 목소리가 쇠꼬챙이처럼 나를 찔렀고" ─ 「청파동을 기억하는가」, 1) 만짐이나 입맞춤 같은 구체적인 몸의 감각을 통해서 재현된다(「비오는 날의 재회」, 「너의 약혼 소식을 들은 날 너에게」 등, 1). 썩은 육체에 들끓는 구더기들(「일찌기 나는」, 1), 혈관을 타고 흐르는 매독 균(「네게로」, 1) 등의 중요 이미지들 또한 오감을 자극하는 물질적이고 육체적인 것들이다.

> 일찌기 나는 아무 것도 아니었다.
> 마른 빵에 핀 곰팡이
> 벽에다 누고 또 눈 지린 오줌 자국
> 아직도 구더기에 뒤덮인 천년 전에 죽은 시체.
>
> 아무 부모도 나를 키워 주지 않았다
> 쥐구멍에서 잠들고 벼룩의 간을 내먹고
> 아무 데서나 하염없이 죽어 가면서
> 일찌기 나는 아무 것도 아니었다
>
> 떨어지는 유성처럼 우리가
> 잠시 스쳐갈 때 그러므로,

나를 안다고 말하지 말라.
나는너를모른다 나는너를모른다.
너당신그대, 행복
너, 당신, 그대, 사랑

내가 살아 있다는 것,
그것은 영원한 루머에 지나지 않는다.
　　　　　　　　　　　　　　　—「일찌기 나는」(1)

　부패하거나 죽은 육신은 폐기되고 부정되면서 오히려 생생한 물질
성을 확보한다. '구더기에 덮인 채로 있는 천 년 전에 죽은 시체'인 '나'
는 부모에게서 버려져 죽은 것과 마찬가지인 삶을 살았던 'undead'이
다. '나'는 시체이므로 이 세상에서는 '아무것도 아니고', 그럼에도 불구
하고 썩지 않고 남아있는 무엇이다. 경계에 있는 이 존재는 죽었으되
죽지 않음으로써 신의 지위를 넘본다. 그것은 죽었으므로 영생한다고
말할 수는 없으나 죽지 않음으로 해서 불멸을 꿈꿀 수는 있는 것이다.
이런 면에서 '육신은 죽었으나 죽지 않은 상태'는 실존의 가장 큰 조건
인 유한성을 넘어서는 하나의 방식으로서 암암리에 신에 대한 도전의
식을 내포하고 있다.
　최승자는 화자를 이승과 저승 사이에 위치시킴으로써 실존의 한계
를 극복할 방안을 모색한다. "그때 보아라 세상의 어머니 아버지여/ 내
가 내 뿌리로 아름답게 피어오르는 것을/ 나의 불모가 너희의 영원한
풍요가 되는 것을/ 그리고 마음껏 기쁘게 마셔라/ 오늘의 나의 피, 내일
의 너희의 포도주를"(「슬픈 기쁜 생일」, 1)에서, '나'는 육신의 부모를
부정하고 스스로를 희생하여 내일을 연다는 면에서 예수의 부활과도
같은 느낌을 준다. 그러나 그것은 시인이 다른 이들보다 영적으로 우월

하다는 것이 아니라 삶과 죽음을 동시에 바라보고 있는 경계에 있음을 말하는 것이다.

이처럼 파격적이고 감각적인 1시집의 특징들은 2시집 『즐거운 일기』에서 한결 정제되고 간결해진다. 1시집이 파괴적이고 강렬한 언어로 주목 받은 후, 최승자는 스스로를 경계하며 고통이 수사와 미학으로 변질되는 것을 막기 위해 비유와 상징, 화려한 수사들을 삭제한다. 이 과정에서 죽음, 신, 허무와 같은 단어들은 실존이라는 맥락 속에서 자각적으로 재정비된다. 죽음을 부정하거나 초월하는 1시집과 달리, 여기서 시인은 죽음을 실존의 유한성으로 인정하고 그것을 적극적인 기투의 바탕으로 전환한다.

> 많은 사람들이 흘러갔다.
> 욕망과 욕망의 찌꺼기인 슬픔을 등에 얹고
> 그들은 나의 창가를 스쳐 흘러갔다.
> 나는 흘러가지 않았다.
>
> 나는 흘러가지 않았다.
> 열망과 허망을 버무려
> 나는 하루를 생산했고
> 일년을 생산했고
> 죽음의 월부금을 꼬박꼬박 지불했다.
>
> 그래, 끊임없이 나를 호출하는 전화벨이 울리고
> 나는 피해 가고 싶지 않았다.
> 그 구덩이에 내가 함몰된다 하더라도
> 나는 만져 보고 싶었다,
> 운명이여.

그러나 또한 끊임없이 나는 문을 닫아 걸었고
귀와 눈을 닫아 걸었다.
나는 철저한 조건반사의 기계가 되어
아침엔 밥을 부르고
저녁엔 잠을 쑤셔 넣었다.

궁창의 빈터에서 거대한 허무의 기계를 가동시키는
하늘의 키잡이 늙은 니힐리스트여,
당신인가 나인가
누가 먼저 지칠 것인가
(물론 나는 그 결과를 알고 있다.
내가 당신을 창조했다는 것까지)

끊임없이 나를 찾는 전화벨이 울리고
그 전화선의 마지막 끝에 동굴 같은
썩은 늪 같은 당신의 구강(口腔)이 걸려 있었다.
어느 날 그곳으로부터 죽음은
결정적으로 나를 호명할 것이고
나는 거기에 결정적으로 응답하리라.
타들어가는 내 운명의 도화선이
당신의 썩은 구강 안에서 폭발하리라.
삼십 년 전부터 다만 헛되이,
헛되고 헛됨을 완성하기 위하여.

늙은 니힐리스트, 당신은 피묻은 너털웃음을 한 번 날리고
그 노후의 몸으로 또다시 고요히
허무의 기계를 돌리기 시작하리라.
몇 천 년 전부터 다만 헛되이,
헛되고 헛됨을 다 이루었다고 말하기 위하여.
　　　　　　　　　－「끊임없이 나를 찾는 전화 벨이 울리고」(2)

쉽게 짐작할 수 있는 것처럼, '끊임없이 나를 찾는 전화벨'은 죽음으로부터 걸려오는 전화이다. 전화선의 마지막 끝에 걸려 있는 동굴 같고 늪 같은 '구강(口腔)'은 죽음의 심연이다. '나'는 죽음으로부터 끊임없이 호출당하면서, 공포에 사로잡히는 것이 아니라 하루를 생산하고 일 년을 생산하면서 '죽음의 월부금'을 갚고 있다. 피투된 생을 슬퍼하며 그저 끌려가는 것이 아니라 주어진 삶을 살아가며 '나'의 기획에 의해 한발 한발 죽음을 향해 나아가는 것이다. 전력을 다해 살고 전력을 다해 죽어가는 것은, 유한한 존재인 인간이 니힐리스트인 신에 맞서는 최선의 방책이다("죽음은 결정적으로 나를 호명할 것이고 나는 거기에 결정적으로 응답하리라"). 그녀는 당당히 살아남아 죽음을 향해 주체적으로 다가갈 것임을 선언한다("사랑한다는 것은 너를 위해/ 살아,/ 기다리는 것이다,/ 다만 무참히 꺾여지기 위하여." — 「그리하여 어느 날, 사랑이여」, 2).

초기 시1)에서 그녀의 기투의 의지는 종종 대상과의 관계를 빌려서 표현된다. '당신', '너', '그대'로 표현되는 대상들은 '나'의 실존의 조건이자 기투의 대상으로서의 타자이다.

> 한잠 자고 일어나 보면
> 당신은 먼 태양 뒤로 숨어 보이지 않는다.
> 이윽고 어 얼마 뒤, 불편한 안개 뒤편으로

---

1) 최승자의 시는 크게 세 시기로 나눌 수 있다. 초기 시(1, 2시집)가 시대적 억압에 대한 저항과 실존적 기투를 보여준다면, 중기 시(3, 4시집)는 자본주의에 대한 패배를 선언하며 탈출을 모색하는 과정이고, 후기 시(5시집 이후)는 모색 끝에 초월적인 통합의 세계를 발견하고 그것을 기록한 것이다. 5, 6시집이 초월적 세계를 설명하는 것에 집중하고 있다면, 7, 8 시집은 시인 자신이 초월적 세계에 편입됨으로써 현실에서의 삶의 파국 양상을 보여준다. 그런 면에서 후기 시를 좀더 세분할 수도 있을 것이다.

당신은 어 엉거주춤 떠오르기 시작한다,
이상하게, 낯설게,
시체 나라의 태양처럼 차갑게.
나는 그 낯설고 차가운 열기에
온몸을 찔리며 포복한 채
당신에게로 기어가기 시작한다.
이윽고 거북스런 안개가 걷히고
당신과 나는 당당하게 서로를 바라본다.

그때 당신이 또 날 죽이려는 음모를 품기 시작한다.
뒤에다 무엇인가를 숨기고서
당신은 꿀물을 타 주며 자꾸만 마시라고 한다.
나는 그게 독물인 줄 알면서도 자꾸만 받아 마신다.
나는 내 두발이 빠져 들어가는 것을 알면서도
자꾸만 빠져 들어간다.
당신은 당신이 하는 장난이
내게는 얼마나 무서운 진실인가를 모르는 체한다.
당신이 모르는 체하는 것을 모르는 체하면서,
내가 자꾸 빠져 들어가는 게 나의 사랑이라는 것을 당신은 모르
고, 모르는 체하고,
그리고 보이지 않는 곳에서 진딧물이 벼룩을 낳고, 벼룩이 바퀴
벌레를 낳고, 바퀴벌레가 거미를 낳고……
우리의 사랑도 속수무책 거미줄만 깊어가고,
또 다른 해가 차가운 구덩이에 처박힌다

―「연습」(2)

'나'와 '당신'은 서로를 끔찍이 사랑하면서 동시에 서로를 파멸시키는
애증이 교차하는 관계다. '당신'은 나'의 절대적인 사랑을 미끼로 하여 '

나‘에게 독을 먹이고, '나'는 독인 줄 알면서도 그것을 먹음으로써 '당신'에 대한 사랑을 완성한다. '당신'은 '나'를 괴롭히고 파멸시킴으로써 쾌락을 얻는 사디스트이고, '나'는 기꺼이 파멸 당함으로써 기쁨을 얻는 마조히스트이다. 둘은 짝이 잘 맞는 연인인 듯하지만, 사실은 서로를 이용하여 각각의 사랑을 쟁취하고 있는 셈이다.

그러나 종종 사랑하는 연인 사이의 관계로 표현되는 이같은 양상은 실존적 주체가 겪는 삶의 자연스러운 양태를 표현한 것이다. 타자는 이미 그 자체가 '나'의 실존을 구성하는 요소이고, '나'는 타자와의 끊임없는 긴장과 균형을 유지하며 살아가는 것이다. '나'와 타자는 동등한 존재로서 상호적인 기투의 관계에 놓여있다. 인용된 시에서 '나'가 당신에게로 기어가는 것(포복)은 혼신을 다한 주체의 적극적인 기투 행위를 표현한 것이다. '당신과 나가 당당하게 서로를 바라본'다는 것은, 실존적인 기투를 감행한 대등한 주체끼리의 만남을 의미하는 것이다.

"나쁜 놈, 난 널 죽여 버리고 말 거야/ 널 내속에서 다시 낳고야 말 거야"(「Y를 위하여」, 2)라는 부분은 타자에 대한 완전한 지배를 꿈꾸는 것처럼 보인다. "널 내속에서 다시 낳"는 것은 먼저 '너'를 죽여 취함으로써 가능해지기 때문이다. 그러나 실제로 여기서 강조되는 것은 '너'를 죽이는 것이 아니라 '다시 낳는' 것이다. 식인 행위가 상대에 대한 정신적 육체적인 완전한 지배를 꿈꾸는 것이라면, '너를 다시 낳는다'는 것은 그 이상의 경지이다. 이것은 마치 크로노스의 뱃속에서 제우스가 탄생하는 장면을 연상시킨다. 상대에 대한 지배가 아니라 모든 것을 새롭게 창조하는 경지를 염두하고 있는 것이다.

이러한 기획은 "나는 거듭 낳을 것이다, / 이 세계를/ 거대한 암흑덩어리를./ 그리하여 내 태초의 남편아 받아라,/ 이 세계/ 이 거대한 핏덩어리를."(「혼수(昏睡)」, 2)에서 보다 분명하게 표현된다. '거대한 암흑덩어리'는 카오스이고 '나'는 그것을 거듭 낳는 존재로서 '태초의 남편'을 호명하고 있다. 이 때 '나'는 만물의 몸인 가이아와 같은 존재로서 신과 나란한 위치에 서 있다. '나'는 '자신의 의지와는 무관하게 세상에 내던져진' 피투적인 존재가 아니라 새로운 세상을 태어나게 하는 주체적 존재인 것이다. 비록 상상으로만 가능한 방식이지만, 그것은 기투의 방식 중 가장 극적이고 적극적인 것이다. 최승자의 담대한 스케일을 볼 수 있는 대목이다.

그러나 3시집 『기억의 집』에 이르면, 이상에서 보이는 적극적인 기투는 사라지고 2시집 뒷부분에서부터 나타나는 패배의식(「無題 2」, 「악순환」 등, 2)과 회의감이 짙어진다. 그녀는 시로 무엇을 할 수 있는지 그리고 그것이 사회적인 기투 행위가 될 수 있는지 반문한다(「길이 없어」, 「그날 이후」, 「물망초」 등, 3) 신과의 대결의식으로 충만했던 시간은 이제 '기억의 집'이 되어버리고, '맥도 긴장도 없이' 인생의 길을 그저 미끄러질 뿐이라는 자조와 무력감(「이천년대가 시작되기 전에」, 3)이 시집 전반에 우울하게 깔려있다. 이는 이때까지 시인이 고수했던 '온몸으로 살아내는' 실존의 방식이 패배했음을 뜻한다.

이러한 패배감은 4시집 『내 무덤, 푸르고』에서 절정을 이루고 있다. 「미망(未忘) 혹은 비망(備忘)」 연작은 시인의 회의와 분열적인 고통을 반복해서 표현하고 있다. 초기 시에서 썩은 육체는 '나'의 육화된 실존 양상을 표현하는 것이었지만 이제 육신과 정신은 분리되고 시인은 영과 육의 분열 앞에서 고통을 겪는다. "죽었다 깨어나도 밤은 밤"(「미망 혹은 비망 7」)이고 현실은 바뀌지 않는다. '나'는 살아있는 채로 무덤 안에 누워서 사방의 소리를 듣고 '허공을 둥둥 떠다니는 육신'을 멀거니 바라본다.

가을의 페이지가 넘길수록 깊어진다.
그리고 잠이, 마약 같은 마비의 잠이
온몸의 말초혈관부터 퍼져 올라온다.

곧 뇌중추가 항복하리라.
온 성(城)이 가뭇없이
잠의 빙하 속에 가라앉으리라.

그러나 아직은 흔들리는 이 끝에서,
흔들리는 이 물살이 심히 어지럽구나.
물살을 잠재우든가,
떠도는 이 일엽편주를 잠재우라,

　　　　　　　　　　　　　　－「미망 혹은 비망 16」(4)

　그녀의 시가 현실과의 긴장을 상실하고 회의적인 것으로 변하게 되
는 것은 시인의 개인사적인 이유도 있지만, 근본적으로는 급작스러운
시대적 변화에 대한 실망과 대책 없음에서 비롯된 것이다. 초기 시의
시대적 배경인 1980년대는 억압의 주체와 객체가 선명한 시대였고, 고
통 또한 개인적인 것인 동시에 사회적인 것이었다. 이때 절망은 80년대
의 시대적 방법론으로서 그 이면에는 희망과 기대를 간직하고 있었다.
이에 비해 새롭게 맞이한 1990년대는 군사 독재가 종식되고 사회적 억
압이 완화되는 한편 신자유주의의 영향으로 거대담론이 쇠퇴하고 급
속도로 개인화되는 시기이다. 공동체적인 목표가 사라졌으므로 그것
을 위한 방법론이라는 말은 성립되지 않고, 역설적으로 절망이 없으므
로 희망 또한 없다("우리 시대의 꿈들은 모두가 개꿈이라고,/ 철 지난
암호처럼 미래의 프로파간다처럼/ 허섭쓰레기로 웃고 있는 장미,/ 장미

송이들의 개개체,// 그래 아 드디어 이 시대, 이 세계,/ 희망은 죽어 욕설만이 남고/절망도 죽어 치정만이 남은……" —「말 못 할 사랑은 떠나가고」, 4).

최승자가 바라보는 90년대는 자본주의적 욕망이 넘쳐나는 시기이다. 이 욕망 앞에서 '우리'란 있을 수 없다. 사회는 그야말로 '만인 대 만인의 투쟁'으로 변화된 것이다. 정치적인 억압과 폭력이 난무했던 80년대는 오히려 치욕을 견디며 고유한 실존을 꿈꿀 수 있었던 시기였다. 그러나 모든 사람이 물질적인 욕망으로 가득한 세계에서 실존을 꿈꾸는 것은 불가능하다.

> 몇 행의 시라는 물건이
> 졸지에 만원짜리 몇 장으로 휘날릴 수 있는 시대에
> 똥이 곧 예술이 될 수 있고, 상품이 될 수 있는 이 시대에
> 쓰자, 그까짓 거, 까아아아아아아아아아아아짓거,
> 영혼이란 동화책에 나오는 천사지,
>
> 돈 엄마가 돈 새끼를,
> 자본 엄마가 자본 새끼를 낳는,
> (오 지상을 뒤덮는 자본 종족) 이 세상에서
> 자본의 새끼의 새끼의 새끼의 새끼가 시일 수 있다면
> (모든 시인은 부복하라)
> 오 나는 그 새끼를 키워 어미로 만들리라.
> 인간이라는 고등 포유 동물을 넘어서는
> (저 아리안족 같은) 고등 자본 동물을 만들리라.
>
> 곳곳에서 넘쳐나는 저 자본 동물들,
> 우리가 익히 잘 아는 인간들이

자본과(科) 파충류로 변해가는 것을,
오 내 팔뚝에 뱀의 살 무늬가 새겨지는 것을 지켜보는 이 슬픔.
새들도 자본 자본 하며 울 날이 오리라.

(나에게 뽀스또 모단의 방식을 가르쳐다오,
나는 왜 이렇게 정통적으로밖에 얘기할 수가 없는지.)
　　　　　　　　　　　　　　　　　　　　－「자본족」(4)

　이 시대에는 심지어 '시'조차 실존의 기록이 아니라 상품이 되어 삶과 분리된다. 몇 행의 시가 몇만 원에 팔리고, 예술과 예술 아닌 것의 경계가 사라지며 모든 것이 돈의 가치로 환산되는 세상에서 영혼 따위는 없다. 오직 돈이 돈을 낳고 자본이 자본을 낳는 무한 반복이 있을 뿐이다. 최승자는 이러한 자본의 논리가 자신을 잠식해 들어오는 것을 경계하고 비판한다. 한편으로 이것은 90년대에 대중적인 시인으로 변화해 간 시인들에 대한 비판이자 자조 섞인 한탄이기도 하다.
　그럼에도 불구하고 이 시집에 절망이나 치욕이 그려지지 않는 것은, 절망조차 불가능해진 현실 상황을 반영하고 있기 때문이다. 초기 시에서 절망과 치욕은 실존을 가능하게 하는 상황으로서의 정상성(情狀性, Befindlichkeit)과 같은 것이었다. 이것 자체가 불가능해진 상황에서 그녀는 모든 긴장을 놓아버리고 오직 죽음만을 기다리는 '무심'의 상태로 접어든다(「나날」, 「무심」, 「객사(客死)의 꿈」 등, 4). 말하자면 3, 4시집의 시들은 자본주의적 삶에 패배한 시인의 고통을 그대로 생중계하고 있는 것이다("네게 더 이상 팔게 없다./내 목숨밖에는" - 「너에게」, 4). 이후 그녀의 시는 육신이 속한 현실을 넘어서 정신과 영혼의 영역으로 옮겨간다. 4시집은 그 과도기에 해당하는 셈이다.

5시집『연인들』에서는 그녀가 옮겨간 초월의 세계가 어떤 것인지가 본격적으로 그려진다. 그녀는 몸과 정신을 물(物)과 심(心)의 관계로 설정하고, 몸의 출처가 마음(생각)에 있다고 생각한다. 고통을 느끼는 근본인 '마음'을 살피고, '혼/마음/생각/정신'이라는 보이지 않는 세계를 탐구해가는 것이다. 이 단계에서 정신에 대한 탐구는 '혼'이라는 것으로 집약된다. 그녀는 '혼'을 불변하는 실재로 규정하고 그것이 몇 생애를 걸쳐서 반복된다고 본다. 이승과 저승, 현세와 전생 등을 구별하는 것은 의미가 없다. 그것은 본래 하나인 혼이 현현되는 단면일 뿐 결국 하나이기 때문이다. 혼은 불멸하는 것으로서 수축과 팽창을 겪는데, 죽음은 혼의 수축된 상태에 해당한다. 그러므로 죽음은 삶의 끝이 아니라 혼의 다른 상태일 뿐이다.

이 모든 것은 빛과 흙과 물질만이 있는 카오스로 회귀한다. 이것을 깨달음으로써 시인은 비로소 '갇혀있는 지하 무덤'에서 빠져나와 새로운 세계로 돌입할 수 있는 에너지를 얻는다. 5시집의 마지막에 있는 「연인들」 연작은 파국 뒤에 다시 펼쳐지는 새로운 세계를 예고하고 있다.[2]

> 지하 사무실,
> 나의 지하 묘지,
> 아직 덜 깨어난
> 아직 덜 부활한 내 귀를 위해

---

2) 이는 카오스를 상정하고 '세상을 다시 낳음'으로써 신과 같은 지위임을 선언했던 초기 시와도 유사하다. 초기 시가 자신의 '몸'을 통해 세상을 다시 낳는 육체에 기반한 상상력의 소산이었다면, 후기 시에서 시인은 아예 자신이 발견한 카오스의 그 일부가 되어버린다. 6시집에서 시인이 자신을 '고요한 눈동자'로 지칭하거나 7시집에서 스스로 '망량'이 되는 것이 그 예이다.

낮게 열린 창 밖으로부터
들려오는 두 마리 새의 화답.
보이지 않는 어디에선가
서로 통신하는 저것들,
지직, 재잭, 지직, 재재잭,

저 두 마리 새는 내 안에서 울고 있나,
내 밖에서 울고 있나,
아니 저것들은 수세기 전에 운 것인가,
아니면 수 세기 뒤에 우는 것인가.

이제는 납골당만해진
시간의 이부자리를 마저
납작하게 개어놓고
나 또한 깨어나 그들에게
연인처럼 화답할 때,
갇혀있던 다른 한 마리의 새처럼
지하 무덤, 이제는 뻥 뚫려버린
시간을 뚫고 무한을 향해
우주 중심까지 수직 상승할 때.

　　　　　　　 ―「연인들 2 ― 두 마리 새의 화답」(5)

'나'는 지하묘지에 누워서 화답하는 새 소리를 듣고 있다. 그 소리는 내 안에서 들리는 것 같기도 하고 수세기 전에 울었거나 혹은 수세기 뒤에 우는 것 같기도 하다. 이것은 '나'가 수세기 전과 수세기 뒤를 모두 감지할 수 있는 능력을 가지고 있고, 지금은 묘지에 누워있지만 머지않아 부활할 것임을 예고하는 것이다. 그것은 다시 육신을 가진 그 무엇으로 태어나는 것이 아니라 단번에 "시간을 뚫고 무한을 향해 우주 중심까지" 수직으로 상승하는 것이다. 순간에 시공간을 뛰어넘어 중심까지 이르는 이 도약은 다음 시집에서 좀더 구체화된다.

11년만에 발간된 6시집 『쓸쓸해서 머나먼』에서 시인은 혼을 자신의 몸으로 구현해서 보여준다. '나'는 이 세계에 있으면서 먼 세계에 있는 존재로서 혼이 육신을 입어 현현된 존재이다(「쓸쓸해서 머나먼」, 「보따리장수의 달」 등, 6). 즉 이 세상에 머물러 있으면서 수천 년의 지난 세월과 아직 오지 않은 먼 세계를 볼 수 있는 '삼천갑자 동방삭'과 같은 존재이다(「가는길」, 6).

여기서 주목할 것은 시간에 대한 생각이다. 시간은 최승자의 후반부 시를 설명하는 중요한 키워드이다. 그녀는 시간을 '공시성'과 '통시성' 으로 나눈다(「시간이 사각사각」, 「반사(反史)」, 「그런데 여기는」, 「새 한 마리가」, 「구름 비행기」 등, 6). 이것은 '역사'와 '초시간성'으로 구별 되기도 하는데, '역사'가 인간 삶의 구체적이고 특정한 시간인 '공시성' 이라면 이와 구별되는 초시간적 시간 즉 구체적인 역사를 일시에 관통 하는 추상성으로서의 시간이 '통시성'이다("역사라는 무겁고 후덥지근 한/ 공간성을 떨쳐버리고/ 초시간적 시간 속으로 사라져가는……" − 「하늘 너머」, 6). '통시성'은 바로 무한으로 직진하는 초시간적인 시간 성이고 그것이 각각의 단면으로 드러나는 것이 '역사'이다. 불변하는 혼은 통시성에 해당하는 것이고 그것들이 드러나는 각각의 단면들이 이 세상에서의 인간의 역사인 셈이다. 인간은 그 단면들 중의 하나에 잠시 살고 있을 뿐이다. 반면에 '나'는 통시성을 알고 그것을 사는 존재 이므로 삼천갑자를 사는 동방삭에 비유되는 것이다. 여기서 시인은 초 시간을 알아보는 '혼'으로서 세상을 바라보는 '눈동자'로서 존재한다.

머나먼 바다 위에
두둥실 달이 떠 있습니다

허공에는 세상을 바라보는
고요한 눈동자 하나가 있습니다

그것은 루미*가 사랑했던 님의 눈동자입니다
(신비주의적 시간 바다 위의 풍경입니다)

머나먼 바다 위에
두둥실 달이 떠 있습니다

* 루미 13세기 페르시아의 신비주의 시인

—「머나먼 바다 위에」(6)

그러나 7시집 『물 위에 씌어진』에서 시인은 이러한 '사유'를 그만두고 사유에서 얻어진 세계 자체가 되어버린다. '나'는 불멸의 세계를 바라보는 존재가 아니라 불멸의 세계 자체이다. '나'가 곧 혼들의 다른 이름인 '신할애비', '망량'이 되는 것이다. 그림자의 그림자(「망량」), 귀신을 보는 신할애비의 짚신을 꿰매는(「아카시아숲이 흔들린다」) 영적인 존재가 되는 것이다. 이때 시인이 쏟아놓는 말들은 빙의된 자의 입을 통해 나오는 방언과도 같은 것이다. 「걸뱅이 神할애비」, 「말씀이 머흘고 머흘러서」, 「神할애비가 말하기를」, 「Godji가 말하기를」(이상, 7) 등과 같은 시들은 신의 말을 그대로 쏟아낸 것과 같다.

이 풍경 네가 만든 것이니
이 풍경 네가 네 잣대로 만든 것이니

그 안에서 울고 웃는
네가 우습구나
그 풍경도 환(幻)이지만
네 자신이 더한 환(幻)덩어리가 아니겠느냐
환(幻)으로 뭉쳐져 있는 게 너희니라

내가 너희에게 말하느니
인간의 문물 치고
애닯지 않은 것이 어디 있겠느냐

— 「Godji가 말하기를」(7)

여기서 화자는 인간인 '너희'에게 말하는 전지전능한 존재로서, 인간이 만들고 지우는 모든 것을 보고 그 희로애락까지를 본다. 그리고 그것이 결국 환(幻)에 불과하며, 인간 역시 환으로 뭉친 덩어리라고 말한다. 이때 화자는 신과 같은 경지에 있는 존재로서 이승의 인간들과는 구별된다. 신의 입장에서 본다면 이 세상의 언어와 시간은 오직 '잡음어의 시간'일 따름이다(「이 잡음어의 시간들」, 7). 정반대로 인간의 입장에서 본다면, 이 단계의 시들은 정신적인 파국이라고 말해질 것이다. 실제로 그녀는 7시집 '시인의 말'에서 이 시집의 시들 전부가 정신과 병동에서 쓰여졌다고 담담하게 말하고 있다.

내 손가락들 사이로
내 의식의 층층들 사이로
세계는 빠져나갔다
그러고도 어언 수천 년

빈 배처럼 텅 비어

나 돌아갑니다

—「빈 배처럼 텅 비어」(8)

8시집 『빈 배처럼 텅 비어』의 표제시이기도 한 이 시에서, 그녀는 죽지도 않고 살아있지도 않은 상태로 '혼'들의 출몰을 보고 그것들과 소통하면서 그러한 자신을 담담하게 관조하고 있다. '빈 배처럼 텅 비어' 통시성의 하늘을 노 저으면서, 죽지 않은 육신으로, 죽은 것과 같은 이 세상의 삶을 살아내고 있는 것이다.

8시집 이후의 시들은 육신을 남겨두고 떠났던 정신이 다시 돌아와 자신의 파국을 스스로 바라보고 있는 기록과 같다. 그러한 시들은 압도적으로, 찬찬히, 낱낱이, 고통스럽다. 그녀는 이 세상에서 완벽하게 파멸했고, 이 세상에서의 삶을 홀연히 버리고 정신의 영역으로 옮아갔다. 그리고 다시 돌아와, 파멸했으나 죽어지지 않는 육신을 거느리고 아무도 살아보지 않은 시간을 살아내는 것이다. 놀라운 것은 그 모든 과정을 시인 스스로가 투명하고 객관적으로 바라보고 있다는 것이다. 그녀는 늘 죽음과 함께 하며 고유한 실존을 지키기 위해 싸웠고, 고통이 심화될수록 고통을 호소하는 대신 그것을 정신적 모색의 에너지로 바꾸어 다시 싸웠다. 파국으로 치달을수록 자기연민과 센티멘탈리즘은 더 철저하게 배제된다. 그럼으로써 그녀는 한시도 놓은 적이 없었던 유한성인 '죽음'을 타고 넘어서, 끝끝내 고유한 실존을 지켜냈다.

시집 연보 ─────────

1. 『이 시대의 사랑』, 문학과지성사, 1981.
2. 『즐거운 일기』, 문학과지성사, 1984.
3. 『기억의 집』, 문학과지성사, 1989.
4. 『내 무덤, 푸르고』, 문학과지성사, 1993.
5. 『연인들』, 문학동네, 1999.
6. 『쓸쓸해서 머나먼』, 문학과지성사, 2010.
7. 『물 위에 씌어진』, 천년의시작, 2011.
8. 『빈 배처럼 텅 비어』, 문학과지성사, 2016.

물질과 더불어 구현되며
물질의 배면인 '공(空)'

- 최승호*론

　　최승호는 끊임없는 자기 갱신과 실험 의지로 충만한 시인이다. 그의 시는 폭력에 대한 고발, 자본주의 비판, 생태주의 표방 등 사회적 관계와 삶의 환경에 대한 관심을 놓치지 않는다. 그리고 이 특징들은 대부분 그의 안에서 촉발된다. 이것은 그의 관심사들이 실천적인 의지에서 비롯된다기보다 개인적인 발견과 깨달음에서 생겨난다는 의미이다. 그는 대상을 어떤 맥락에서 파악할 것인가를 유념하면서 동시에 그것을 어떻게 언어로써 표현할 것인가를 고심한다. 그것들은 등가 관계를 이루고 있어서 어느 한쪽으로 치우치지 않고 병렬적으로 진행된다. 시적인 주제 또한 다양하지만 하나의 방향으로 발전하거나 심화되는 것이 아니라 각각 독립적이다. 그것들은 단절적으로 반복되기도 하고 변형되어 나타나기도 한다. 예를 들어 문명 비판적인 성격은 처음에는 직접적으로 드러나다가 생태주의를 지지하는 형태로 간접화되고, 최근

---

* 1954년 춘천 출생, 1977년 『현대시학』으로 등단.

시에서는 전면에 드러나지 않고 감추어져 있다.

　1시집 『대설주의보』는 전체적으로 죽음이 소재가 되는 가운데, 늙은 것들, 죽어가는 것들이 감각적으로 묘사되어 있다("뼈다귀가 가죽을 내미는 늙은 것이/ 털이 빠지고/ 웅크린 채/ 홀쭉한 뱃가죽을 들썩이며/ 가쁜 숨을 몰아쉬는 늙은 것이/ 쇠사슬에 목덜미가 묶인 채/ 짖어댄다." ―「울음」, 1). 그가 바라보는 삶은 비루하고 죽음을 깔고 있으며 종종 죽음보다 못한 것으로 묘사된다. 삶은 통 속에 절여져 있는 것과 통조림과 같고(「통조림」, 「통 속에 죽어라」), 곳곳에 사산된 태아(「모자를 눌러쓴」)와 시체들(「병원 회랑」)이 넘쳐난다. 사람들은 각각 목숨만 겨우 보존하고 살다가 혼자 죽어간다. 설령 가족이라고 하더라도 그것은 온기와 위로 대신 의무만 남은 관계일 뿐이다(「소심한 망나니」).

　　　밤의 식료품 가게
　　　케케묵은 먼지 속에
　　　죽어서 하루 더 손때 묻고
　　　터무니없이 하루 더 기다리는
　　　북어들,
　　　북어들의 일 개 분대가
　　　나란히 꼬챙이에 꿰어져 있었다.
　　　나는 죽음이 꿰뚫은 대가리를 말한 셈이다.
　　　한 쾌의 혀가
　　　자갈처럼 죄다 딱딱했다.
　　　나는 말의 변비증을 앓는 사람들과
　　　무덤 속의 벙어리를 말한 셈이다.
　　　말라붙고 짜부라진 눈,
　　　북어들의 빳빳한 지느러미.
　　　막대기 같은 생각

빛나지 않는 막대기 같은 사람들이
가슴에 싱싱한 지느러미를 달고
헤엄쳐 갈 데 없는 사람들이
불쌍하다고 생각하는 순간,
느닷없이
북어들이 커다랗게 입을 벌리고
거봐, 너도 북어지 너도 북어지 너도 북어지
귀가 먹먹하도록 부르짖고 있었다.

— 「북어」(1)

이 시에서 말려진 상태로 꼬챙이에 엮인 '북어'는 그만그만한 삶을 살다가 죽는 '빛나지도 않는 막대기 같은 사람들'을 비유한다. 대가리를 꿰이고 혀가 말라붙은 그것들은, 통 속에 절여져 있는 썩지 못한 고기들처럼, 죽어서도 팔리기 위해 대기 중이다. 이는 살아서는 비루하고 죽어서도 쉬지 못하는 삶을 비유한 것으로서, 가난하고 힘없는 특정 계층만이 아니라 인간의 삶 자체의 특징을 말하는 것이다. 또한 '한 쾌의 혀가 자갈처럼 딱딱했다'는 것은 말을 제대로 할 수 없는 억압적인 현실 상황을 빗대어 말하는 것이기도 하다. 때문에 이 시는 종종 현실 비판이라는 주제로 설명되기도 한다.

그러나 이 시는 표면상으로 드러나는 삶의 비루함에 대한 표현, 억압적인 현실 비판 외에 다른 주제들을 포함하고 있다. '죽음이 꿰뚫은 대가리'는 삶과 늘 같이 하는 죽음에 대한 사유를 보여주는 것이고, '말의 변비증'이나 '무덤 속의 벙어리'는 통제된 현실을 비유하는 것을 넘어서 표현 매체로서의 언어에 대한 고민을 담고 있다. 그런 면에서 이 시는 이후 최승호 시의 중요 주제들을 이미 포함하고 있는 셈이다.

2시집 『고슴도치의 마을』, 3시집 『진흙소를 타고』, 4시집 『세속도시의 즐거움』 역시 주제와 특징 면에서 1시집과 크게 다르지 않다. 예를 들어 비루한 삶을 살아가는 개인의 모습은 2시집에서 '통 속의 게'(「냉각된 도시에서」), '굴비'(「무서운 굴비」) 등에 비유되고, 4시집에서 다시 '북어'로 형상화된다(「그로테스크한 죽음 앞에서」).

죽음에 대한 감각적인 묘사 역시 동일하지만, 죽어가는 상황 자체를 묘사하기보다는 죽음과 삶이 함께 있는 실제 생활 속 모습을 포착하는 것이 다른 점이다. 이 과정에서 최승호는 종종 아이러니와 풍자를 사용하는데, 그것은 계몽이나 교훈을 위한 것이 아니라 상황이나 장면 자체가 가지고 있는 속성을 드러내는 데 집중되어 있다.

상복 허리춤에 전대를 차고
곡하던 여인은 늦은 밤 손익을
계산해 본다.

시체 냉동실은 고요하다.
끌어모은 것들을 다 빼앗기고
(큰 도적에게 큰 슬픔 있으리라)
누워 있는 알거지의 빈 손,
죽어서야 짐 벗은 인간은
냉동실에 알몸거지로 누워 있는데

흑싸리를 던질지 홍싸리 껍질을 던질지
동전만한 눈알을 굴리며 고뇌하는 화투꾼들,
그들은 죽음의 밤에도 킬킬대며
잔돈 긁는 재미에 취해 있다.

외로운 시체를 위한 밤샘,

쥐들이 이빨을 가는 밤에
쭉정이 되는 추억의 이삭들과 침묵 속에서
냄새나는 이쑤시개를 들고 기웃거리는
죽음의 왕.

시체 냉동실은 고요하다.
홑거적 덮은 알몸의 주검이
혀에 성에 끼는 추위 속에 누워 있는 밤,
염장이가 저승의 옷을 들고 오고
이제 누구에게 죽음 뒤의 일을 물을 것인지
그의 입에 귀를 갖다댄다
죽은 몸뚱이가 내뿜는다 해도
서늘한
허(虛)

— 「세속도시의 즐거움 2」(4)

　　장례식장 풍경을 소재로 한 이 시는 죽음과 삶이 선명하게 엇갈리는
장면을 포착하고 있다. 낮 동안 슬픔에 젖어 조문을 받던 상제는 사람
들이 돌아간 늦은 밤에 조의금을 계산하고, 밤을 새는 문상객들은 화투
판의 자잘한 재미에 빠져있다. 그들에게 장례식장은 현실적인 삶의 공
간이다. 정작 이들이 조문하고 있는 죽은 이는 시체냉동실에 알몸으로
누워 염을 기다리고 있다. 가족들이 곡을 하고 문상객이 밤을 새는 것
과는 무관하게, 죽은 이는 냉동고 속에서 홀로 자신의 죽음을 감당하고
있다.
　　그러나 여기 등장하는 '곡하는 여인'이나 '화투꾼들'은 가장 현실적인
생활인일 뿐 부정적인 대상이 아니다. 죽은 사람의 시신 앞에서 곡을
하다가도 때가 되면 끼니를 챙겨먹고, 죽은 사람을 기리며 화투를 치고

밤을 새는 것 또한 실제적인 삶의 모습이다. 이처럼 죽음과 적나라한 생활이 함께 하는 현장이 오히려 서늘함을 배가시킨다. 삶은 이처럼 서로 모순되고 이질적인 것들이 한데 얽혀있는 아이러니한 것이다.

4시집에서는 특히 문명 비판적인 시각이 두드러지는데 이것이 자본주의 비판과 연결되어 나타난다. 자본주의 사회에서 욕망은 주체의 내부에서 비롯된 자발적인 것이 아니라 타자의 시선과 같은 외부적인 동기에 의해 촉발된다. 자신이 진정으로 원하는 것이 무엇인지를 알지 못한 상태에서 오직 '찐득하게 뭉쳐진' 욕망만 작동하고 있는 것이다. 그러므로 아무리 끌어 모으고 부풀려도, 욕망이 만들어낸 허상들은 변기에 물을 내리듯 순간에 미끄러져 내려가 버린다. 변기의 오물은 용해되지 않는 욕망의 찌꺼기들이고, 그것이 거품과 함께 변기 구멍을 빠져나가는 모양은 욕망의 덧없음을 보여주는 상징이기도 하다(「거품좌(座)의 별에서」, 4)[1].

> 무뇌아를 낳고 보니 산모는
> 몸 안에 공장지대가 들어선 느낌이다.
> 젖을 짜면 흘러내리는 허연 폐수와
> 아이 배꼽에 매달린 비닐끈들.
> 저 굴뚝들과 나는 간통한 게 분명해!
> 자궁 속에 고무인형 키워온 듯
> 무뇌아를 낳고 산모는
> 머릿속에 뇌가 있는지 의심스러워

---

1) '변기'는 문명 세계의 오물덩어리들을 받아내는 상징으로서, 욕망, 울음, 죽음, 정화 등을 상징하는 복합적인 소재이다. 2시집에서 등장한 변기 이미지는 4시집에서 본격적으로 형상화되는데, 그것은 실제 사물만이 아니라 출생에서 죽음까지 인생의 과정을 보여주는 상징이 되기도 한다(「지루하게 해체중인 인생」, 4) 이에 대한 자세한 논의는 별도의 연구를 필요로 한다.

정수리 털들을 하루종일 뽑아댄다.

—「공장지대」(4)

　최승호는 물질문명을 비판함과 동시에 환경오염에 대한 섬뜩한 경고를 보내고 있다. 이 시는 '무뇌아'라는 충격적인 기형아 출산을 소재로 해서 환경오염의 심각성을 고발한다. 산모의 젖과 공장의 폐수, 아이의 탯줄과 비닐 끈의 병치, 자궁 속의 태아와 고무인형의 비유는 충격적이면서 그로테스크한 장면을 연출한다.

　이것은 인간의 욕망이 자초한 필연적인 결과이다. 인간은 삶의 편리를 도모하기 위해 자연을 개발하고 문명을 이루었다. 그러나 그것은 인간을 위해 다른 생명의 목숨을 빼앗고(「물소가죽가방」, 4) 자연 환경을 파괴함으로써 얻어진 것이다. 환경오염으로 인해 생겨나는 예측 불가능한 상황들은 생태계의 흐름을 파괴한 대가인 것이다. 최승호의 '세속도시'는 물질문명이 만들어낸 암울한 종말론적인 세계이다.

　5시집『회저의 밤』은 이러한 종말론적 상황을 '재'의 세계로 표현하고 있다. '회저'는 '회저(灰底)' 즉 '재의 밑'이라는 의미와 신체 조직 세포의 죽음을 의미하는 '괴저(壞疽)'라는 의미를 동시에 가지고 있다. 시인은 일부러 한자를 병기하지 않음으로써 두 가지 의미를 동시에 담아내고 있다. 환경오염으로 종말에 다다른 세상은 모든 것이 재가 되는 세계이며 육신이 썩어 문드러지는 곳이라는 의미를 내포하고 있는 것이다("단숨에 죽는 자가 아니라, 고통을 겪을 만큼 겪으면서 느릿느릿 죽어가는 자의 병이기에, 회저에는 긴 울부짖음이 있다. 그러나 그 울부짖음도 소용이 없는 텅 빈 무덤 속에서, 진물 흐르는 썩은 살을 긁어내며, 흙더미 허물어지는 소리를 우리가 만약 듣게 된다면……" —「회저의 시간」, 5)

그러나 이때 '재'의 성격은 단지 종말을 의미하는 것이 아니라는 점에서 주목을 요한다. 여기서 죽음은 육신이 죽은 후에 일어나는 물질의 형태 변화라는 측면에서 조망된다. '재'를 소재로 한 시들(「밤」, 「회저의 시간」, 「회저」, 「말머리 성운」, 「재 된 사람」, 「너의 재로」, 「흰빛으로」, 「모습 없는 새」 등, 5)에서, '재'는 살과 뼈가 허물어진 후에 도달하게 되는 최후의 물질로서 해석된다.

> 온몸의 살이 썩고
> 온몸의 뼈가 허물어져서
> 재 밑의 재로 나는 돌아가리라
>
> 지금은 살이 썩고 곪아도
> 손으로 다 긁지 못하지만
> 터뜨리지 못하는 고름주머니 육신의
> 심한 가려움중도 그 재의 밤엔 다 나아 있으리
>
> 온몸의 살이 썩고
> 온몸의 뼈가 허물어져서
> 재 밑의 재로 나는 돌아가리라
>
> 지금은 재 위에 주저앉아
> 추한 꼴로 썩어가는 몸을 재로 씻으며
> 까마귀떼 울음 소리 듣고 있으나
> 재 휩쓸어가는 바람의 밤엔 다 조용해지리
>
> 나 없는 그 밤에
> 울음도 타버린 마른 재를 맡기면서

침묵의 밤으로 나 돌아가리라
재의 입술이 떨어지는
흙의 밤 속으로

　　　　　　　　　　　　　　　　　　　－「회저」(5)

　이 시에서 '재'는 살이 썩고 뼈가 허물어지는 고통이 다한 후에 오는 고요한 단계이다. 고름주머니 육신의 가려움증이 낫고 고통과 탄식도 사라진 '재의 밤'에 비로소 '나'는 침묵의 밤으로 돌아갈 수 있게 된다. '재'는 썩음이나 소멸과 같이 부정적인 이미지로 끝나지 않고 새로운 탄생으로 연결될 여지를 가지고 있다. 그것은 한 육신으로서는 최후의 물질이지만 동시에 새로운 것이 생겨나는 바탕이 되기도 한다("재를 뚫고 날아가는 법열의 새여/ 우리가 죽어 재 될 때에/ 너의 길을 따라가게 해다오/ 네가 날개 친 곳에서/ 우리도 날개 치게 해다오"－「모습 없는 새」, 5).

　또한 '재'는 '나'와 나 아닌 타자인 '너', '그'를 연결할 수 있는 매개가 되기도 한다("어두운 밤길 걸어가는 나의 육신 앞에, 먼저 재 된 사람은 서 있다. 그는 나의 미래이자 거울이다. 나는 호주머니에서 재의 탯줄을 꺼내 그에게 준다. 그리고 그를 부둥켜 안는다."－「재 된 사람」, 5). 이때 '너', '그'는 삶 속에서 마주하는 실제 타자일 수도 있고(「흰빛으로」, 5) 자신의 미래상일 수도 있지만(「재 된 사람」, 5), 공통적인 것은 그것을 감지하는 계기가 '재'라는 것이다. 그런 의미에서 '재'는 죽음과 탄생에 대한 사유가 시작됨을 알리는 상징이기도 하다.

　6시집 『반딧불 보호구역』은 최승호의 전체 시 세계로 볼 때 예외적으로 생명력이 충만한 시집이다. 여기에는 환경오염을 고발하는 시들(「도룡뇽 알주머니」, 「열목어」) 외에, 곤충과 새, 꽃 같은 소재들이 다

수 등장하고 그것들이 조화롭게 살아가는 자연 그대로의 모습이 그려진다. 시인은 자연 속에서 생명들과 더불어 살면서 호흡을 나누고 있다(「다올이」,「흑염소에게 둥근 풀을」,「새우의 눈」,「노는 새앙쥐」,「호박벌」 등). 냉정하고 객관적인 관찰의 시선은 잠시 멈춰지고, 생물들에서 얻어지는 깨달음이 종종 시의 주제가 된다.

> 평창동 공터를 가로지르다, 걸어오는 까치와 마주친 아침, 나를 먼저 봤는지, 까치가 나를 향해 느닷없이 깍! 하고 소리친다. 얼마나 당당하게 소리치는지, 무슨 생각을 하며 한동안 걸어왔는데 그 생각이 그만 깍 소리에 통째 날아가버렸다. 마음의 공터가 넓지 못한 나에게, 까치가 무슨 충격요법의 한 소식을 전해 주겠다는 것인가. 나의 생각을 산산조각 낸 까치 소리를, 나는 아침의 할(喝)로 받아들이고 골목길을 내려간다.
>
> ─「공터의 까치」(6)

화자는 공터를 가다가 '걸어오는 까치'와 마주치고, 느닷없는 까치의 소리에 하던 생각을 그만 놓치고 만다. 날개를 가진 새가 공터를 '걸어오는' 것도 이상한 일인데, 까치는 사람을 피해 날아오르기는커녕 마치 꾸짖기라도 하듯이 '깍!'하고 소리를 친다. 황당한 순간을 맞이한 '나'는 자신의 타성적인 사고를 바로잡으며 까치소리를 그날의 화두로 삼고자 한다. 유머와 재치가 돋보이면서도 교훈적인 내용을 담고 있는 시이다.

누에를 '은수자(隱修者)'라고 본다거나(「누에」) 나비에서 무소유의 깨달음을 얻고(「나비」), 까마귀를 '하늘의 가수들'이라고 표현하는 것들(「까마귀」) 역시 교훈적인 주제를 담고 있다. 이것들은 마치 우화적 성격을 띤 동물시집과도 같은 인상을 준다. 이처럼 단순하고 선명한 알레고리는 그의 말놀이나 동시집에서 시도되는 언어의 간명한 사용과도 연결되어 있다.

그러나 7시집『눈사람』, 8시집『여백』에서 화자는, 생물들과 더불어 살며 그것들을 관찰했던 것과는 달리 그것들과 떨어져서 홀로 내면을 향하고 있다. '눈'과 '얼음'은 화자의 변화된 상황을 보여주는 것들로서, 그것이 결합된 '눈사람'이 중요한 상징으로 등장한다. '없음'에 대한 생각이 본격적으로 시작되는 것도 이때부터이다(「황룡사」, 「어느날 또는 무생(無生)」, 「허무라는 이름」 등, 7). 8시집의 시들은 눈사람에 관한 이야기를 내용으로 하고 눈사람의 속성을 제목으로 삼기도 한다. '보석', '공', '순환의 바퀴' 같은 제목의 시들이 그 예이다.

> 눈사람이라는 게 이미 순환의 바퀴이기 때문에 대륙 횡단 열차의 바퀴 같은 것을 굳이 발 없는 눈사람에게 달아서 굴러가게 할 필요는 없다. 눈사람은 시냇물로 달려가는 바퀴이고 강으로 바다로 돌아다니는 바퀴이며 맑은 날이면 하늘로 굴러가는 바퀴이다. 그 바퀴는 들꽃 속으로 들어가고 나무 꼭대기로 오르며 샘에서 다시 굴러 나온다, 공중 목욕탕에서 솟아오르는 수증기를 보며 누가 바다 밑에서 팔 없이 헤엄치던 눈사람을 기억할까.
>
> ―「순환의 바퀴」(8)

이 시에서 눈사람은 순환의 상징으로 설명되고 있다. 그것은 눈을 뭉쳐서 만들어진 사람의 형태이다가 녹으면 물이 되어 시냇물로 강과 바다로 흘러가고, 열을 가하면 수증기가 되어 하늘로 올라간다. 그리고 다시 눈으로 내려 눈사람의 형태를 만들 것이다.

최승호가 주목하는 것은 이와 같은 순환과 흐름의 특징이다. 그것은 형태가 있는 고체이다가 녹아서 물과 같은 액체가 되고 열을 가하면 기체가 되어 사라진다. 몸이되 몸이지 않고, '유'이면서 '무'가 되는 과정을 보여주는 것이다. 아울러 그것은 중심이 비어있다는 점에서 더욱 중요하다. 눈송이로 눈사람을 만들면 어느 눈송이가 중심이랄 것 없이 하나로 뭉쳐서 형상을 만들다가 녹아내리면 아무 것도 남지 않는다. 그것은 "비어있음이 중심이라거나 없음이 중심이라는 말과 다르다." 중심은 그저 "비어있거나 없는 것이다."(「눈사람의 중심」, 8). 여기서 그의 시는 물질과 정신, 유와 무, 생명과 죽음의 경계를 넘어서 '공(空)'의 사유로 이행하게 된다2).

'공(空)'의 사유는 9시집 『그로테스크』 이후 '눈사람'이 아닌 '모래'를 화두로 해서 진행된다(「황사」, 9). 특히 10시집 『모래인간』에서 '모래'는, 사람이나 사물이 죽어서 모래가 되고 모래는 흘러다니며 형체를 가지지 않는다는 점에서 '눈사람'의 이미지와 유사성을 가지고 있다("모래인간은 일찍이 없었고 앞으로도 존재하지 않을 것이다. 모래가 된 인간은 많지만 모래로 된 인간은 없다. 모래는 잘 뭉쳐지지 않는다. 모래는 흩어진다. 모래는 흘러다닌다."—「모래인간」, 10). 이는 5시집의 '재'로부터 시작된 죽음과 탄생의 문제와 맞물려 있으며, 물질과 형태 간의 상관관계와도 결부되어 있다.

이는 최승호 시의 특징인 물질성의 시각에서 설명될 수 있다. 그가 생각하는 '공'은 선적인 경지나 해탈을 추구하는 것이 아니라 오히려

---

2) 최승호의 시에서 '공(空)'은 '허(虛)', '무(無)', '허공' 등과 유사한 맥락에 있는 개념으로서 '비어있음'이라는 속성을 공유하고 있다. 초기 시에서 '비어있음'은 구멍이나 자루와 같은 구체적인 공간의 내용 없음을 표현하는 것이지만, 점차 무한 혹은 한량없음 등 추상적인 의미로 확대된다. 그것은 불교나 도교적인 사유와 연결지어 설명될 수도 있고 '아무 것도 없는 상태'라는 일반적인 의미로 읽힐 수도 있다.

구체적인 물질성에 바탕하고 있다. 사라지고 해체되는 것들의 한편에
는 생성되는 것들이 있다.

1

죽뻘에서 죽는다는 것은
배설물처럼 죽뻘에 반죽이 되는 것이다
죽뻘에는 무덤이 없다 설령 있다 해도
무덤들은 죽뻘에서 뭉개져 죽뻘이 되었을 것이다

죽뻘에서 죽는다는 것은
썰물과 밀물, 그 반복되는 바다의 애무 밑에서
이불 없이 잠자는 것이다
죽뻘에는 비석이 없다 그러나 나는 게를 위해 묘비명을 쓴다
— 한 평생 옆으로 걸었노라!

구멍에서 나왔다가 구멍으로 들어가는
얇은 흔적들은 뭉개지고 지워진다
죽뻘에서 죽는다는 것은
죽은 것도 아니고 산 것도 아닌
혼돈의 반죽 같은 상태로
바다의 부드러운 애무를 받는 것이다 베개도 없이

2

젖무덤들의 만다라처럼
끈적끈적한 죽뻘에서
배를 밀며 기어다니고 꿈틀거리는 것들,

어디가 입구멍이고 어디가 똥구멍인지
그 구멍이 그 구멍 같을 때
앞장서는 구멍에 끌려가는 구멍이 항문 아닐까

갯지린내 속의 갯가재, 아무르불가사리,
가시닻해삼, 큰구슬우렁이, 서해비단고둥,
만약 뻘이 만물의 어머니라면
우리는 족보 어지러운 뻘가(家)의 자식들인가?

— 「죽뻘」 (11)

11시집 『아무 것도 아니면서 모든 것인 나』에 있는 이 시는 모든 것이 카오스처럼 섞여있는 가운데 살고 있는 생명들을 그리고 있다. 죽뻘에서는 배설물과 음식물, 똥구멍과 입구멍이 구별되지 않는다. 그것들은 진흙 속에서 하나의 반죽이 되어 섞이고, 갯가재, 아무르불가사리, 서해비단고둥 등 생명체들의 삶의 터전이 된다. 죽뻘은 만물이 탄생하는 혼돈이며 모든 것이 응집된 신성한 만다라이다. 그것이 가능한 이유는 뻘을 이루는 진흙이 물렁물렁하고 부드러운 무정형으로서[3] 다른 생명체를 품을 수 있는 품을 가지고 있기 때문이다. 이러한 생각은 물렁물렁한 진흙과 콘크리트나 플라스틱 같은 딱딱한 합성물의 대비를 통해 형상화된다.[4]

표면상으로 보면 물기와 양분이 없는 '모래'는 진흙과는 정반대의 물질인 것처럼 보인다. 그러나 최승호의 시에서 '모래'는 진흙의 물질적

---

[3] '물렁물렁함'은 무정형성, 비고정성, 자유로움을 의미하며, 동시에 시인이 지향하는 (어느 방향으로든지 진행하거나 심화가 가능한) 사유의 유연성을 상징하기도 한다 ("아직 태어나지 않은 책은 물렁하다" — 「물렁물렁한 책」, 7).

[4] 이에 대해서는 졸고, 「텅 빔과 섞임, 대상을 향한 두 가지의 시선」, 『시작』 2004. 봄호 참고.

이미지의 연장선상에 있다. 습기가 제거된 진흙은 덩어리로서 하나의 형상을 이루게 되고, 언젠가 부서져 내려서 흙의 상태로 돌아갈 것이다. 모래는 이 단계에 오는 물질적 이미지이다. 진흙과 모래는 모두 흙의 상상력에 바탕하고 있지만, 진흙이 습기가 제거되며 딱딱하게 굳어 고정되는 것에 비해 모래는 습기가 제거됨으로 해서 오히려 흐름이 가능한 무정형 상태가 된다. 마른 것들이 풍화되면서 오히려 부드러워지는 것이다.[5]

불두덩뼈든 골반이든 늑골이든
뼈가 모래의 가족이 되려면
더 부서져야 하고
더 보드라워져야 한다

모래산에는
흐르는 모래
바람따라 움직이는 고운 모래뿐
덩어리진 것이라곤 없다

울음을 터뜨리며 밀려나오는 덩어리
그런 물렁한 핏덩어리도 없고
진흙구덩이로 내려가는 덩어리
그런 뻣뻣한 살덩어리도 없다

모래산에는

---

5) 돌 또한 허물어지면 모래가 된다는 점에서 흐름이 가능한 물질적 속성을 가지고 있다(「돌미륵」, 15). 이처럼 해체와 전환이 자유로운 것은 자연적인 물질들 뿐이다. 예컨대 인위적 합성물인 플라스틱은 자연스러운 순환의 과정을 거칠 수 없다. 최승호의 생태주의는 이처럼 물질적 이미지 차원에서도 설명될 수 있다.

> 흐르는 모래
> 허공의 대가족인 별들처럼
> 흐름따라 흐르는 고운 모래들이 있을 뿐
>
> —「모래의 가족」(12)

　12시집 『고비』에서 그려지는 사막은 이러한 맥락에서 설명될 수 있다. 덩어리가 없이 풍화되어서 비로소 자유롭게 흐를 수 있는 그것이야말로 '공'에 근접하는 단계인 것이다. '고비의 돌산들'은 모래바람이 만들어놓은 산의 형상들이다. 그것은 분명히 형상을 가지고 있지만 언젠가는 다시 풍화되어 흔적도 없이 사라져버린다. 바람과 모래라는 형상 없는 것들이 만들어놓은 형상은 다시 그것에 의해 형상을 흐트러뜨리고 무의 상태로 되돌려진다.

　사막에서는 모래가 모든 것을 지우지만 동시에 새로운 길을 만들기도 한다. 어제의 길은 지워지고 다시 모래사막이 펼쳐진다. 사막은 있던 것을 지워서 모든 것을 '공'의 상태로 돌려놓고 다시 새로운 길을 만들어낸다. '비어있음'이 그 자체로 끝나는 것이 아니라 다시 무언가를 만들어내는 과정을 보여주는 것이다. 최승호는 사막 체험을 통해 유와 무, 고정성과 유동성, 덩어리와 알갱이 등 대칭적인 것들의 섞임을 발견하고, 유에서 무로 무에서 다시 유로 순환하는 자연의 과정을 실감하고 있다.

　13시집 『북극 얼굴이 녹을 때』 역시 해체되는 것들에 대한 관심을 드러내고 있다("형상 있는 것들의 미래는 붕괴, 해골, 흙먼지, 무형이었던 것이다" —「이름 붙일 수 없는 것」, 13). 그것은 해체가 파괴와 소멸이 아니라 고정적인 틀로부터 벗어나 자유로와지는 것이기 때문이다. 해체됨으로써 비로소 흐름의 상태가 되어 생성으로 연결될 가능성을

가지게 되는 것이다.6)

15시집 『허공을 달리는 코뿔소』는 이러한 물질성의 변화를 따라가면서 '공'을 어떻게 구현할 것인지에 대한 고민을 담고 있다. '허공을 달리는 코뿔소'에서 '코뿔소'는 실체가 아니므로 달릴 수 없지만 같은 이유로 해서 못 달릴 것도 없다("허공을 달리는 코뿔소는 갈 곳도 없고 못 갈 곳도 없다" – 시인의 말, 15). 이때 '코뿔소'는 '허공'을 인지하기 위한 상상 속의 표지이다. 즉 '공'은 상상의 표지들에 의해서만 품새를 드러내는 것이다.

> 앞바퀴는 해, 뒷바퀴는 달
> 공왕의 자전거는 허공에서 허공으로 달린다
> 달려도 아무런 자국이 없다
>
> 비행운이 길게 허공을 갈랐다
> 공왕은 눈썹털이 없다
> 공왕은 턱수염이 없다
> 공왕은 발바닥이 없다
>
> 앞바퀴는 해, 뒷바퀴는 달
> 공왕의 자전거는 허공에서 허공으로 달린다
> 그 뒤를 헐떡거리면서 허공이 따라온다
>   – 「공왕의 자전거」(『현대시학』, 2016.3)

---

6) 14시집 『아메바』는 기존 시집의 시들을 원형으로 하고 그것을 다시 해석하거나 이야기를 덧달아 쓴 시들로 이루어져 있다. 자기패러디 혹은 상호텍스트적인 성격을 가지는 메타시인 셈인데, 이것은 최승호가 지속적으로 실험해온 말놀이의 일환이라고 설명될 수 있다. 이에 대한 논의 또한 별도의 지면을 필요로 한다.

이 시에서 '공왕(空王)'은 부처의 다른 이름이기도 하지만, 여기서는 한자의 의미 그대로 '공(空)'을 지배하는 왕' 혹은 '공(空)의 왕'이라는 뜻으로 읽는 것이 더 적절하다. '공'은 눈썹이나 수염, 발바닥 같은 육체가 없기 때문에 그것 자체만으로는 감각하기 어렵다. 그것이 있다는 것을 깨닫는 것은 한줄기 비행운이 그어질 때 즉 허공에 무언가 현상이 나타날 때이다. 그 순간 허공은 현상의 배경으로서 존재감을 드러낸다. 아이러니하게도 '유'의 현상을 통해서 '공'의 비어있음이 구현되는 것이다.

해와 달을 두 개의 바퀴로 하는 자전거는 시간 혹은 세월을 비유한 것이라고 볼 수 있다. 시간 역시 실체가 없는 것이지만, "공왕의 자전거는 허공에서 허공으로 달린다/ 그 뒤를 헐떡거리면서 허공이 따라온다"에서는 마치 그것이 허공을 끌고 가는 것처럼 표현되어 있다. 허공에서 자전거가 달리는 모양을 상상할 때 허공은 자전거의 배경으로서 드러나게 된다. 물론 '자전거'는 실체가 아니라 상상 속에서 만들어낸 형상일 뿐이다. '허공'에 상상 속의 물질성을 부여함으로써 그것의 배경이자 전체인 '공'을 드러내는 것이다.

아이러니하게도 우리가 '공'을 인지하게 되는 것은 거기에 무언가 현상이 발생할 때이다. 그러나 상상 속에서 만들어진 이미지들은 단지 상상일 뿐이므로 '공'의 상태는 변화하지 않고 그대로 남는다. 즉 공의 상태에서 공 아닌 것을 창조했다가 다시 공으로 되돌려지는 것이다.

이처럼 최승호의 시에서 '공'은 사유가 아니라 물질성과 더불어 있다. '공'에 대한 생각 역시 논리적인 사유나 종교적 수행이 아니라 물질적 이미지 특히 '흙' 이미지의 전환을 통해 도달한 발견이라는 점에서 특징적이다. 그런 면에서 그의 시는 물질성에 단단하게 뿌리내리고 있는 공의 시학이라고 정의할 수 있겠다.

시집 연보 ————————

1. 『대설주의보』, 민음사, 1983.

2. 『고슴도치의 마을』, 문학과지성사, 1985.

3. 『진흙소를 타고』, 민음사, 1987.

4. 『세속도시의 즐거움』, 세계사, 1990.

5. 『회저의 밤』 세계사, 1993.

6. 『반딧불 보호구역』, 세계사, 1995.

7. 『눈사람』, 세계사, 1996.

8. 『여백』, 솔, 1997.

9. 『그로테스크』, 민음사, 1999.

10. 『모래인간』, 세계사, 2000.

11. 『아무것도 아니면서 모든 것인 나』, 열림원, 2003.

12. 『고비』, 현대문학, 2007.

13. 『북극 얼굴이 녹을 때』, 뿔, 2010.

14. 『아메바』, 문학동네, 2011.

15. 『허공을 달리는 코뿔소』, 난다, 2013.

형식 실험을 통한 저항과
자기 부정 사이의 딜레마
─황지우*론

　황지우는 1980년 「연혁(沿革)」이 ≪중앙일보≫ 신춘문예에 입선되면서 등단했다. 그가 등단한 것이 1980년이라는 것은 그의 시의 출발점이 역사적인 사건과 맞물려 있음을 의미하며, 그의 시가 어떤 방식이든지 사회적인 문제에서 자유로울 수 없을 것이라는 점을 예고한다.[1]

　1시집 『새들도 세상을 뜨는구나』에는 1980년대의 상황을 간접적으로 표현한 시들이 다수 포함되어 있다. 현실은 검열과 감시가 공공연하게 이루어지고(「인간적인, 너무나 인간적인 김형사에게」), 눈과 귀, 코와 입을 닫고 살아가야 하는 곳으로 표상된다("어제 나는 내 귀에 말뚝을 박고 돌아왔다/ 오늘 나는 내 눈에 철조망을 치고 붕대로 감아버렸다/ 내일 나는 내 입에 흙을 / 한 삽 처넣고 솜으로 막는다" ─「그날그날의 현장 검증」). 스스로를 부정함으로써만 살아남을 수 있는 상황은,

---

* 1952년 전남 해남 출생, 1980년 ≪중앙일보≫로 등단.
1) 이 글은 졸고, 「시적 저항과 자기 부정 사이의 딜레마」, 『새로 쓰는 한국 현대 시인론』, 상허학회 지음, 백년글사랑, 2003의 내용을 일부 포함하고 있다.

그만큼 철저하게 통제되고 감시당하는 현실을 고발한다.

> 영화가 시작하기 전에 우리는
> 일제히 일어나 애국가를 경청한다
> 삼천리 화려강산의
> 을숙도에서 일정한 군(群)을 이루며
> 갈대 숲을 이룩하는 흰 새떼들이
> 자기들끼리 끼룩거리면서
> 자기들끼리 낄낄대면서
> 일렬 이렬 삼렬 횡대로 자기들의 세상을
> 이 세상에서 떼어 메고
> 이 세상 밖 어디론가 날아간다
> 우리도 우리들끼리
> 낄낄대면서
> 깔쭉대면서
> 우리의 대열을 이루며
> 한 세상 떼어 메고
> 이 세상 밖 어디론가 날아갔으면
> 하는데 대한 사람 대한으로
> 길이 보전하세로
> 각각 자기 자리에 앉는다
> 주저 앉는다
>
> —「새들도 세상을 뜨는구나」 (1)

이 시는 그 당시 극장에서 영화가 상영되기 전의 상황을 묘사하고 있
다. 본 영화가 시작되기 전 애국가가 울리면 관객은 자리에서 일어나
애국가가 끝날 때까지 경의를 표해야 하고, 그것이 끝나 자리에 앉으면
'대한 뉴스'라는 이름으로 방영되는 정권의 홍보용 뉴스를 봐야 한다.

이 시는 그러한 장면의 일부를 별다른 편집 없이 그대로 옮겨놓고 있다.

애국가의 '무궁화 삼천리 화려강산'이라는 구절이 흐르는 동안, 스크린에는 우뚝 솟아있는 섬의 바위 위로 하얀 새떼들이 날아오르는 장면이 방영된다. 황지우는 이 장면을 포착한 후 그것을 '새들이 자기들의 세상을 이 세상에서 떼어 메고 세상 밖으로 날아간다'고 표현한다. 자유로움을 상징하기 위해 만들어진 영상은 '탈출'의 현장으로 재해석된다. 이러한 해석은 뒤에 이어지는 '우리들도 이 세상 밖으로 날아갔으면'하는 바람을 담고 있는 것이다. 하지만 그때 애국가는 끝나고 관객들은 자리에 (주저)앉는다.

시에 그려지는 영화관 풍경은 당시 사회의 억압을 단적으로 요약해 놓은 축소판과 같다. '대한(사람)'이라는 애국 이데올로기를 내세워 자유를 억압하고 온갖 규제의 형식들로 국민들을 통제하는 방식은 유신정권 때와 동일하다. 관객들을 주저앉히는 것이 '대한사람 대한으로 길이 보전하세'라는 구절이라는 것은, 국가나 민족이라는 이름으로 통제되는 현실의 억압들을 상징적으로 보여준다.

또한 황지우는 자본주의적 욕망이 낳은 물질만능주의 현실을 자주 시의 소재로 삼는다. 그의 시에서 영화나 드라마, 스포츠 등은 종종 정치적 억압을 은폐하기 위한 3S 정책(sex.screen.sports)의 소산으로 비판된다. 「徐伐, 셔블, 셔볼ㄹ, 서울, SEOUL」은 한 직장인의 일상을 보여줌으로써 물신화된 서울의 현실을 비판하고, 「5월 그 하루 무덥던 날」, 「숙자는 남편이 야속해」는 스포츠와 TV 드라마에 탐닉하는 소시민들의 모습을 그림으로써 우민화되어가는 현실을 비판하고 있다. 자본주의의 시장이 되어버린 현실과 그 이면의 정치와 자본의 결탁, 물질만능주의와 왜곡된 성(性), 그 안에서 살아가는 소시민의 무비판성 등에 대한 비판은 그의 시의 중요한 주제이다.

　드디어, 야구장 안으로 소주병이 날아 들어오고 난리다.
　숫제 웃옷을 벗어 버린 두 청년은 114M 외야석에서 구장으로 뛰어내린다.
　라디오 아나운서와 해설자는 혀를 차면서, 중계하고 훈계하고 경고한다.
　"여기는 어디까지나 교육의 연장입니다. 학생 야구에 성인들이 저런단 것은 용납할 수 없는 처삽니다. 스포츠 정신이란 게 뭡니까? 룰에 대한 절대적인 복종 아닙니까? 네네, 그렇습니다. 경기는 일단 중단됐읍니다만, 아 지금 경비원들이 외야 쪽으로 가고 있군요."
　주심에게 항의하러, 외야 쪽에서 홈으로 달려들어온 한 휴가병은, 전경 경비대에 그대로 안긴 채 들려 나간다.
　관중들은 그에게 박수를 보낸다.
　장내 방송 여자 아나운서가 싸나운 음성으로 계속 꾸짖어 대고 있다.
　"파울선에 내려와 있는 분들도 빨리 나가 주세요!"
　다시 남자 목소리가 튀어 나온다.
　'慶北高－光州一高, 숙명의 격돌'이라고, 정말 대문짝만하게 '미다시'를 뽑은 '日刊스포츠'로 모자를 만들어 이(李)선배와 나는 하나씩 머리에 썼다.
　이선배와 나는 안타 하나에 딱 한 잔씩만 하기로 한 소주를 공평하게 다 마셔 버렸다.
　"아마, 제 목숨이 하나뿐이라는 사실을 잊어 버린 사람들도 다 저런 사람들이었을 거야"
　나는 이선배의, 싼뿌라찌를 해박은 송곳니에 햇빛이 반사하는 것을 보았다.
　그는 웃고 있다.

나도 웃고 있다.

在京慶北高等學敎同門應援團 쪽은, "잘가세요 잘있어요"를 부르며, 징을 치며, 북을 치며, 그쪽은 그쪽대로 난리다.

이선배는 그쪽으로도 박수를 보낸다.

무엇에든 집착하지 않는 그의 천성을 나는 매우 존경한다: 그는 경쾌하고 경솔하다.

그런 그가 어느 해 봄날, 반포, 그의 아파트 앞 상가 켄터키 치킨집에서

"우리 모두 가서 죽어 버리자"고 울음을 터뜨렸을 때도 나는 그를 불신하진 않았다.

"광주일고는 져야 해! 그게 포에틱 자스티스야."

"POETIC JUSTICE요?"

"그래."

이선배는 나의 몰지각과 무식이 재밌다는 듯이 씩 웃는다.

그의 물기 젖은, 싼뿌라찌 가짜 이빨에 햇빛이 반짝거렸다.

나는 3루에서 홈으로 생환(生還)하지 못한, 배번 18번 선수를 생각하고 있었다.

― 「5월 그 하루 무덥던 날」 (1)

이 시는 고교야구 경기 중 판정 시비가 붙어서 경기가 중단된 장면을 포착하고 있다. 흥분한 관중 몇이 구장으로 뛰어내리자 경비원들이 달려가서 제압하고, 그 중 휴가병은 전경 경비대에 의해 들려 나간다. 장내 아나운서와 해설자는 고교야구 또한 교육 현장임을 강조하며 훈계와 중계를 번갈아 하고 있다. 이선배와 '나'는 소주를 마시며 그 장면을 지켜보는 중이다.

시에 나오는 장면은 당시 종종 있었던 야구장의 풍경을 옮겨놓은 것이다. 1982년 3월 27일 한국프로야구가 개막된 후2) 프로야구는 전 국

민의 스포츠로 각광을 받았고, 고교야구는 프로야구단으로 입성하는 관문이자 예비 경기로서 더욱 인기를 끌었다. 이에 따라 판정 시비나 응원단 간 충돌 등 크고 작은 시비도 잦았다. 시는 일차적으로 이같은 실제적인 소재를 취하고 있다.

황지우는 이러한 실제적 장면 곳곳에 은폐되어 있는 이데올로기를 폭로한다. '慶北高－光州一高, 숙명의 격돌'이라는 타이틀은 경기에 대한 광고를 넘어서 '영호남 간 경기'라는 점을 강조함으로써 지역 간 경쟁 심리를 자극한다. '재경경북고등학교동문응원단'은 출신고등학교에 대한 애교심만이 아니라 지연과 학연으로 뭉쳐있는 폐쇄적인 집단을 상징한다. 스포츠를 빌미로 해서 국민 간 편가르기가 조장되고 있는 현장인 셈이다. '스포츠 정신은 룰에 대한 절대적인 복종'이라는 아나운서의 말은 통제적인 현실에 복종할 것을 지시하고, 전경 경비대에 의해 들려 나가는 휴가병은 전경과 사복경찰이 곳곳에 배치되어 있음을 환기시킨다.

'이선배'의 정체성은 선명하게 드러나지 않지만, 그와 연결된 구절들은 이 시가 광주학살을 지시하고 있음을 알게 한다. 이선배가 제압당하는 사람들을 바라보며 '제 목숨이 하나라는 것을 잊어버린 사람들'과 같다고 말할 때, 그가 말하는 사람들은 광주학살로 죽어간 사람들을 지시한다. 제목의 '5월'과 아웃당한 선수의 '배번 18번'을 연결하면 '5·18'이 되므로, 결국 제목인 '5월 그 하루 무덥던 날'은 '야구 경기가 있던 그날'이라는 의미와 '광주학살이 벌어진 그날'이라는 이중적 의미를 가

---

2) 5공화국은 출범 후 정권의 불법성을 희석시키는 방안 중의 하나로 프로야구팀 창설을 서둘렀고, 그 결과 1982년 3월 27일 한국프로야구가 개막되었다. 출범 당시 프로야구팀은 지역 연고에 따라 MBC 청룡(서울), 롯데 자이언츠(부산, 경남), 삼성 라이온즈(대구, 경북), 해태 타이거즈(광주, 전라도), OB 베어즈(대전, 충청도), 삼미 슈퍼스타즈(인천, 경기, 강원도) 등 6개 팀이었다.

지고 있는 것이다. 이런 맥락으로 보면, 이선배와의 대화에서 나온 '시적 정의'는 사실상 황지우가 자신과 사회에 던지는 질문인 셈이다.

학살의 장본인이 대통령이 된 5공화국 현실에서 직접적인 상황이 불가능해지자, 황지우는 시적인 실험을 통해 은폐된 진실을 드러내고자 한다. 이는 신문이나 잡지의 한 부분, 동사무소의 벽보 등을 그대로 차용하거나 행과 연을 구별하지 않는 긴 산문체의 문장, 일상어와 시어를 구별하지 않는 단어의 사용 같은 실험적인 시도를 통해 표현된다(「심인」, 「벽」 연작, 「한국생명보험회사 송일환 씨의 어느 날」 등). 그중에서도 황지우의 장기가 잘 드러나는 것은 짧은 구절들 속에 촌철살인의 풍자를 보여줄 때이다.

> **김종수** 80년 5월 이후 가출
> 소식 두절 11월 3일 입대 영장 나왔음
> 귀가 요 아는 분 연락 바람 누나
> 829 ─ 1551
>
> **이광필** 광필아 모든 것을 묻지 않겠다
> 돌아와서 이야기하자
> 어머니가 위독하시다
>
> **조순혜** 21세 아버지가
> 기다리니 집으로 속히 돌아오라
> 내가 잘못했다
>
> 나는 쭈그리고 앉아
> 똥을 눈다
>
> ─「심인」 (1)

'심인'은 여러 가지의 이유들로 헤어진 사람들을 찾는 신문 광고란이다. 한정된 몇 줄 안에 찾고자 하는 사람과 헤어진 이유가 간명하게 드러난다. 세 연으로 되어 있는 심인 광고 중에서 초점이 맞추어져 있는 것은 1연의 광고이다. 80년 5월 이후에 가출했다는 것으로 미루어볼 때, '김종수'의 가출 원인은 '광주'와 연관되어 있고, 입대 영장이 나왔다는 것으로 보아 그의 나이는 대학생 정도일 것으로 짐작할 수 있다. 아마도 '김종수'는 80년 광주항쟁 당시 행방불명된 대학생이라고 추정된다. 나머지 2, 3연의 내용은 개인사가 얽혀있는 일반적인 심인 광고로서, 1연의 내용이 직접적으로 노출되는 것을 방지하는 역할을 한다. 즉 사람을 찾는 비슷한 광고들을 함께 늘어놓음으로써 1연의 광주학살이라는 메시지를 감추는 것이다. 시인은 "나는 쭈그리고 앉아 똥을 눈다"라고 마무리를 지음으로써 1연의 내용을 한 번 더 은폐한다. 3연까지의 내용은 화장실에서 우연히 보게 된 신문의 일부분을 옮겨놓은 것뿐이라고 말함으로써, 1연에 대한 검열의 빌미를 없애는 것이다.

이러한 형식 실험들은 그 자체가 목적이 아니라 정치적인 탄압과 검열을 피하기 위한 수단적인 것이다. 형식이 단지 시적인 특징에서 끝나는 것이 아니라 시대와 역사에 대응하는 문학적 무기로서 기능하고 있는 것이다. 그의 실험적인 시들에서 형식은 그 이면의 내용을 지시하고 있다. 시를 읽기 위해서는 시 뒤에 감춰진 시대적인 상황을 먼저 알아야 하기 때문이다. 즉 형식의 실험은 그것이 감추고 있는 시대 상황을 지시한다.

1983년 4월 20일, 맑음, 18℃

토큰 5개 550원, 종이컵 커피 150원, 담배 솔 500원, 한국일보

130원, 자장면 600원, 미스 리와 저녁 식사하고 영화 한 편 8,600원,
올림픽 복권 5장 2,500원.

표를 주워 주인에게 돌려
준 청과물상 金正權(46)

령 = 얼핏 생각하면 요즘
세상에 趙世衡같이 그릇된

셨기 때문에 부모님들의 생
활 태도를 일찍부터 익혀 평

가하는 것이 더욱 중요한 것
이다. (李元柱군에게) 아

임감이 있고 용기가 있으니
공부를 하면 반드시 성공

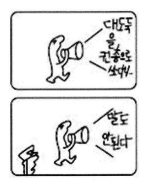

대도둑은 대포로 쏘라

― 안의섭, 두꺼비

▲일화15만엔(45만원) ▲5ㆍ75캐럿물방울다이아1개(2천만원)
▲남자용파텍시계1개(1천만원) ▲황금목걸이5돈쭝1개(30만원)
▲금장로렉스시계1개(1백만원) ▲5캐럿에메랄드반지1개(5백만원)
▲비취나비형브로치2개(1천만원) ▲진주목걸이끈것1개(3백만원)
▲라이카엠5카메라1대(1백만원) ▲청자도자기3점(싯가미상)
▲현금(2백 50만원)
　　너무 토(土)하여 귀퉁이가 안 보이는 灰의 왕궁에서 오늘도 송일환 씨
는 잘 살고 있다. 생명 하나는 보장되어 있다.
　　　　　　　—「한국생명보험회사 송일환 씨의 어느 날」(1)

　이 시는 한 일간신문에 실린 기사들을 콜라주함으로써 현실의 단면
들을 요약해서 보여주고 있다. 시에 나온 내용은 당시 실제로 있었던
절도 사건으로서, 부잣집 일대에서 절도를 한 '조세형'을 수배하고 체
포하는 과정을 중간중간 잘라서 편집한 것이다.

　시에는 1983년 4월 20~21일자 ≪한국일보≫ 기사와 시사만화 <두
꺼비>의 일부가 편집되어 있고, 실제 토큰 값과 자판기 커피 값, 담배
와 자장면 값까지 나와 있어서 당시의 경제적인 상황을 짐작하게 한다.
만화 아래에 있는 "▲일화 15만 엔(45만 원) ▲5ㆍ75캐럿 물방울 다이
아 1개(2천만 원) ▲남자용 파텍 시계 1개(1 천만 원) (……)" 등은 조세
형이 훔친 장물 목록이다. 당시 시민들은 조세형의 범죄 행위보다 어마
어마한 장물 목록에 더 충격을 받았고, 그중에서도 '5ㆍ75캐럿 물방울
다이아'는 부유층의 재산 정도를 보여주는 상징으로서 신문에 대서특
필되기도 했다.

　이 사건은 한국 사회의 빈익빈 부익부 현상을 적나라하게 보여주는

것으로서, 부자들에 대한 거부감이 커지면서 물건을 훔친 조세형에 대한 동정적인 여론이 형성되기도 했다. 안의섭의 <두꺼비>는 그러한 여론을 풍자하고 있다. 도둑을 권총으로 쏜 것을 비판하는 사람을 경찰이 지켜보자, 비판의 말은 '대도둑은 대포로 쏘라'는 말로 바뀐다. 표면적으로는 도둑질이라는 범죄 행위를 비판하는 것처럼 보이지만, 이면에는 경찰의 과잉 진압과 부자들에 대한 반감이 감춰져 있다.

이는 검열과 감시가 심한 상황에서, 직접 사회적인 발언을 하는 대신 이미 승인된 형식들을 교묘하게 편집함으로써 현실을 제시하는 방식이다. 황지우는 신문 기사 외에도 관공서나 방송국의 벽을 이용하여 현실을 제시한다. 예비군 훈련을 알리는 동사무소의 벽(「벽 · 1」, 1)이나 이산가족을 찾는 사연을 붙여놓은 방송국의 벽(「벽 · 3」, 2)은 그것 자체가 시대의 사회적인 이슈들을 보여주는 것이다. 게시판 역할을 하는 '벽'은 현실의 단면을 차용할 수 있는 가장 적절한 공간이다. 이때 시인은 눈에 보이는 것들을 그대로 옮기는 카메라와 같은 역할을 하는 것처럼 보이지만, 실제로는 현실의 단면을 집약적이고 효율적으로 보여줄 수 있도록 정교하게 시를 구성하고 있다.

2시집 『겨울―나무로부터 봄―나무에로』는 1시집의 주제들이 반복되고 형식 실험 또한 계속된다. 분단과 이산가족 문제가 여전히 중요한 소재가 되고(「벽 · 3」, 「마침내, 그 40대 남자도」, 「꽃피는, 삼천리 금수강산」, 2), 광주학살이라는 소재는 '무등산'의 형태로 상징되거나(「무등(無等)」, 2) 시민군으로서 죽은 윤상원의 목소리를 대신하여 표현된다(「윤상원」, 2). 타락한 욕망으로 가득한 물질 만능의 현실 또한 비판의 대상이다(「버라이어티 쇼, 1984」, 2).

다만 1시집에 비해 자기풍자적인 경향이 짙어진다는 것을 주목할 필요가 있다. 1시집에서 화자는 부정적인 현실과 거리를 두고 그것을 관찰하거나 비판하는 입장에 있지만, 2시집에서 화자는 물질만능주의의 현실을 살아가는 실제 생활 속의 일상적인 인물로 등장한다(「그들은 결혼한 지 7년이 되며」, 「똥개의 아름다운 갈색 눈동자」, 「잠든 식구들을 보며」, 「바퀴벌레는 바퀴가 없다」, 「도화나무 아래」 등).

> 아침에 집을 나서는데 골목 어귀에서 우연히, 똥개 한 마리와 눈이 마주쳤다. 그 똥개의 눈이 하두 맑고 슬퍼서 나는, 고개를 갸우뚱하고 그놈을 눈깔이 뚫어져라 들여다보았다. 아 그랬더니 그놈도 고개를 갸우뚱하고 나를, 눈깔이 뚫어져라 바라본다. 우리나라 봄하늘같이 보도랍고 묽은, 똥개의 그 천진난만─천진무후한 角膜→水晶體→網膜 속에, 노란 봉투 하나 들고 서 있는, LONDON FOG表 ポリエステル 100% 바바리 차림의, 나의 全身이, 나의 全貌가, 나의 全生涯가 들어가 있다. 그 똥개의 角膜→水晶體→網膜 속의, 나의 이 全身, 이 全貌, 이 全生涯의 바깥, 어디선가, 언젠가 우리가 꼭 한 번 만났었던 생각도 들고, 그렇지 않았던 것도 같고 긴가민가 하는데 그 똥개, 쓰레기통 뒤지러 가고 나, 버스 타러 핑 가고, 전봇대에 ←田氏喪家, 시온 장의사, 전화 999─1984.
> ─「똥개의 아름다운 갈색 눈동자」(2)

출근 길에 나선 '나'는 우연히 '똥개'와 마주친다. 똥개의 눈에 비친 '나'의 모습은 런던포그 상표가 붙은 바바리를 입고 노란 봉투를 든 전형적인 직장인이다. 그 순간 '나'의 전신은 물론 나의 전 생애가 스치듯 지나간다. 생활에 얽매어 소시민이 되어있는 '나'와 그것을 바라보는 천진난만한 '똥개' 중 누가 더 나은가. 짧은 순간의 만남 후에 똥개는 쓰레기통을 뒤지러 가고 '나'는 버스를 타러 간다. 전봇대에는 '전씨 상가'

를 알리는 화살표가 붙어 있다.

설령 '전씨 상가'를 5공화국 비판과 연결 짓는다고 해도, 시에서 '나'
는 사회 비판이나 저항과는 거리가 먼, 평범한 소시민일 뿐이다. 똥개
의 맑은 눈은 그런 '나'를 성찰하는 계기를 제공한다. '나'는 다른 생에
서 쓰레기통을 뒤지는 똥개였을지도 모르고, 그보다도 못한 비겁한 소
시민일 수도 있다. '똥개의 아름다운 갈색 눈동자'라는 제목은 자기반
성과 성찰을 풍자적으로 표현하고 있는 것이다. 이러한 자기풍자적인
경향은 90년대로 가면서 자조와 자학의 포즈로 변화된다는 점에서 주
목을 요한다.

이에 비한다면 3시집 『나는 너다』에 실린 시들은 좀더 직접적이고
적나라하다. 제목 대신 숫자들을 내세운 시들은 미제국주의에 대한 비
판과 신식민주의적인 한국의 현실을 비판하는 내용으로 이루어져 있
다(「111.」, 「175-1.」, 「213.」, 「138.」 등). 아울러 메모와도 같은 단상
들이 있는가 하면(「40.」, 「4.」, 「98.」, 「81.」 등), 거리를 따라 걸으며 이
어지는 상념들을 산문 형태로 풀어놓은 시(「289. 구반포 상가를 걸어
가는 낙타」)도 있다. 황지우 시의 출발점이기도 한 광주학살은 다음과
같이 형상화된다.

> 한다. 시작한다. 움직이기 시작한다. 온다. 온다. 온다. 온다. 소리
> 난다. 울린다. 엎드린다. 연락한다. 포위한다. 좁힌다. 맞힌다. 맞는
> 다. 맞힌다. 흘린다. 흐른다. 뚫린다. 넘어진다. 부러진다. 날아간다.
> 거꾸러진다. 패인다. 이그러진다. 떨려나간다. 뻗는다. 벌린다. 나가
> 떨어진다. 떤다. 찢어진다. 갈라진다. 뽀개진다. 잘린다. 튄다. 튀어
> 나가 붙는다. 금간다. 벌어진다. 깨진다. 부서진다. 무너진다. 붙든
> 다. 깔린다. 긴다. 기어나간다. 붙들린다. 손 올린다. 묶인다. 간다.

끌려간다. 아, 이제 다 가는구나. 어느 황토 구덕에 잠들까. 눈감는
다. 눈뜬다. 살아 있다. 있다. 있다. 있다. 살아있다. 산다.

― 「527.」(3)

이 시는 동사를 이용하여 광주학살 장면을 직접적인 행위로 재현하
고 있다. 진압이 시작되자 진압군이 포위해 들어오고, 시민들은 두들겨
맞고, 피가 흐르고, 부러지고, 거꾸러지고, 이그러지고, 팔다리가 잘리
고, 깔린다. 이 아비규환의 상황은 시민군이 진압당하면서 '손 올린다.
묶인다. 간다. 끌려간다'로 일단락된다. 시위에 참여했던 시민들은 끌
려가서 황토 구덩이에 산 채로 매장된다. 여기까지가 학살의 장면을 재
현한 것이라면, 마지막 부분의 "눈뜬다. 살아 있다. 있다. 있다. 있다. 살
아있다. 산다."는 그 이후의 이야기이다. 죽어서 "눈감는다"는 "눈뜬다.
살아 있다. 있다. 있다. 있다. 살아있다"로 연결되고, 마지막에 "산다"로
끝을 맺는다. 그것은 원혼들이 떠나지 못하고 머물러있음을 말하는 것
이기도 하고, 그들이 죽고 난 후에도 그들의 한과 정신은 남아서 후손
대대로 물려질 것임을 보여주는 것이기도 하다. 이 시는 동사만을 사용
하여 상황의 급박성을 전달하는 동시에 독자의 상상력을 최대한으로
끌어올린다.

그러나 이러한 적극적인 저항성은 4시집 『게 눈 속의 연꽃』으로 들
어서면서 현저히 약화된다. 광주학살이 '광주민주화운동'으로 공식 인
정되고 청문회가 개최되는 등 복권의 조짐이 보이기 시작하면서, 황지
우의 시는 상대적으로 왜소해지고 느슨해진다. 이는 '광주'가 그의 트
라우마인 동시에 시를 지탱하는 긴장력이었다는 것을 증명한다. 자신
의 시적인 뿌리이자 힘의 근원이었던 주제가 공개적으로 논의되면서,
내부의 지탱 축과 외부의 적을 동시에 잃어버린 것이다. 아직 치유되지

않은 내면의 상처와 해빙 무드의 외부 현실 속에서, 그의 시는 방향성을 상실한다. 물론 이 시집에도 광주를 소재로 한 「화엄 광주」와 같은 시가 있기는 하지만, 대부분의 시들은 현실을 벗어난 신비에 싸인 세계를 향하고 있다.

> 내가 여름 나무 아래 당도하니
> 식영정(息影亭) 온 채가
> 저 아래 물 속으로 들어가버린다
> 노인들이 큰 나무 수령(樹齡) 아래에서
> 배꼽을 내놓고
> 손으로 부채질한다
> 멀리 무등산 동쪽 산록이
> 군용담요를 뒤집어씌워놓은 듯
> 한낮 햇살 받아 더욱더 녹록(綠綠)하다
> 모든 길은 노인만이 안다
> 금곡(金谷)으로 들어가는 버스 이정표
> 코카콜라 간판 아래
> 이따만한 웬 누렁개 한 마리가
> 섬뜩하게 홀로 앉아 있다
> 너 이노오옴!
> 헛것이 수작을 부리다니!
> 돌멩이가 한여름의 으스스한 정물(靜物)을
> 께겡껭, 깨뜨려 놓는다
> 녹은 아스팔트에 발자국 남기며
> 헛것이 쩔뚝쩔뚝 사라진다
>
> ― 「쉬어 가는 곳」 (4)

'그림자가 쉬어가는 정자(식영정)'와 큰 나무 아래 배꼽을 내놓고 부채질하는 노인들의 풍경은 무릉도원을 연상시킨다. '모든 길은 노인만이 안다'는 구절은 이러한 분위기를 더욱 배가시키고 있다. 시의 현실적인 배경은 '금곡으로 들어가는 버스를 기다리는 버스 정류장'이고, '무등산 동쪽 산록'이나 '금곡으로 들어가는 버스 이정표 코카콜라 간판'은 그곳의 실제 풍경을 말하는 것이다. 그러나 이러한 실제성은 정자와 노인이 만들어내는 신비감에 가려진다.

환상과 실재, 초월과 현실을 매개하는 것은 '개'이다. 개는 코카콜라 간판 아래 앉은 실제의 개이면서 동시에 헛것을 불러일으키는 매개체이다. 화자는 간판 아래 앉아있는 누렁개 한 마리를 보고 잠시 착시를 일으킨다. 돌멩이에 맞아 께겡껭거리며 도망치는 것이 실제의 개라면, 헛것인 '개'는 섬뜩하고 으스스한 느낌을 주는 정물이다. "너 이노오옴! / 헛것이 수작을 부리다니!"라는 구절은, 화자가 그 모든 것을 꿰뚫어보고 있는 도사와 같은 지경에 있음을 보여준다.

'서울—남산—불임'과 '광주—무등산—약산(藥山)'을 대응시켜 각각 '남산경'과 '무등산경'으로 이름붙인 「산경」은 산해경적인 풍자에 도인적인 풍모를 섞어놓은 시이다. 서울의 남산이 괴이하고 불길한 동물들이 들끓고 황폐한 크고 작은 산에 둘러싸여 있는데 반해, 광주의 무등산은 상처를 치유하는 온갖 약초가 자라고 선녀들이 내려오는 신령하고 성스러운 곳으로 표현되어 있다. 피비린내로 뒤덮였던 무등산을 약산으로 설정한 것은 그 자체가 광주의 상처를 치유하는 의미를 가진다. 그러나 이 시에서 무등산은 처음부터 약산이라고 되어있을 뿐, 상처를 입거나 치유하는 과정이 전혀 나타나 있지 않다. 무등산은 시인의 바램이 만들어낸 관념이거나 헛것일 뿐인 것이다. 마찬가지로 남산을 괴이하고 황폐한 곳으로 설정한 것 역시 이분법이 만들어낸 관념일 뿐이다.

이 때 황지우가 추구하는 선(禪) 혹은 도는, 현실과의 사이에서 긴장력을 상실한 시인이 찾아간 현실도피적이고 관념적인 세계일 뿐이다.

이로부터 8년 후에 발간된 5시집 『어느 날 나는 흐린 주점에 앉아있을 거다』에서는 이러한 관념성이 희석되는 대신, 자신의 삶을 부정하는 화자의 감상적이고 자조적인 탄식들로 가득 차 있다. 화자는 사회생활은 물론 일상적인 삶에서조차 밀려난 부적응자로 등장한다.

> 나는 아침에 일어나 이빨을 닦고 세수를 하고 식탁에 앉았다.
> (아니다, 사실은 아침에 늦게 일어나 식탁에 앉았더니
> 아내가 먼저 이 닦고 세수하고 와서 앉으라고 해서
> 나는 이빨 닦고 세수하고 와서 식탁에 앉았다.)
> 다시 데워서 뜨거워진 국이 내 앞에 있었기 때문에
> 나는 아침부터 길게 하품을 하였다.
> 소리를 내지 않고 하악을 이빠이 벌려서
> 눈이 흉하게 감기는 동물원 짐승처럼.
>
> 하루가 또 이렇게 나에게 왔다.
> 지겨운 식사(食事), 그렇지만 밥을 먹으니까 밥이 먹고 싶어졌다.
> 그 짐승도 그랬을 것이다;삶에 대한 상기(想起), 그것에 의해
> 요즘 나는 살아 있다.
> 비참할 정도로 나는 편하다; 나는 아침에 일어나 이빨 닦고
> 세수하고, 식탁에 앉아서 아침밥 먹고,
> 물로 입안을 헹구고, (이 사이에 낀 찌꺼기들을 양치질하듯
> 볼을 움직여 물로 헹구는 요란한 소리를 아내는 싫어했다.
> 내가 자꾸 비천해져간다고 주의를 주었다.)
> 나는 소파에 앉았다.
> 그러나, 소파!

'소파'하면 나는 '비누' 생각이 났다가 또 쓸데없이
'부드러움'이라는 형용사가 떠오르다가 '거품―의자'가 보인다.
의자같이 생긴, 젖통이 무지무지하게 큰 구석기시대의

이 다산성(多産性) 여인상은 사실은 비닐로 된 가짜 가죽을 뒤집
어쓰고 있는데
"오우 소파, 나의 어머니!" 나는 속으로 이렇게
영어식으로 말하면서, 그리고 양놈들이 하듯 어깨를 으쓱해 보이
면서
소파에 앉았던 거디었다.

나는 오늘 아침 일어나 세수하고 밥 먹고 소파에 앉았다.
소파에 앉으면 거실이 번역극 무대 같다.
중앙에 가짜 가죽 소파 하나, 그 뒤엔 오전 9시를 가리키고 있는
괘종시계가 걸려 있고, 세잔풍 정물화 한점, TV 세트,
창을 향한 행운목 한 그루, 그리고 폼으로 갖다놓고 읽지도 않은
카를 마르크스 『자본론』(모스크바, 프로그레스 출판사) 양장본
3권이
가로로 쓰러져 있는 서투른 서가(書架)와 끊임없이 부글거리는
수족관:
그렇지만 이 무대에서 번역될 만한 비극은 없다.
다만 한 사나이가 아침에 일어나 세수하고 밥 먹고 소파에 앉았다.
젊었을 적 사진으로는 못 알아보게 뚱뚱해진,
손가락 하나 움직이는 것을 싫어하는,
최근에 입에서 나쁜 냄새까지 난다고 아내에게 비난받은 바 있는
이 사나이가 멍하니 소파에 앉아, 마치 동물원 짐승이 그렇게 하
듯이,
하품을 너무 길게 하고, 눈물이 난 눈을 두 번 깜, **빡**, 깜, **빡**하고
있을 때

무대 왼편(주방)에서 그의 아내가 등장했으며, 그녀가 소파에 걸
터앉아
그의 턱을 쓰다듬어주면서 면도 좀 하라고 하자,
그가 아내를 껴안으면서 "엄마!"라고 불렀을 뿐이다

하마터면 피아니스트가 될 뻔 했던 아내가 출장레슨 나가기 전에
그에게 와서 나를 어루만져줄 때가 나는 좋다.
나는, 아내가, 소파에 앉아 있는 그의 머리카락을 커트해줄 때,
낮잠 자고 있는 그에게 가만히 다가와 나의 발톱을 잘라줄 때,
혹은 그를 자기 무릎에 눕혀놓고 내 귀지를 파줄 때, 좋다
아침마다 그에게 녹즙을 갖다주고, 입가에 묻은 초록색을 닦아
주자
나는 그녀를 보면서 방그레 웃었다.
나는, 아내가 그를 일으켜주고 목욕시켜주고 나에게 밥도 떠먹여
주고
똥도 받아주고, 했으면 좋겠다.
나는 그의 남은 생을, 그녀에게 몽땅 떠맡기고 싶다.
코로 숨만 쉴 뿐, 꼼짝도 않고 똥그란 눈으로 뭔가 간절히 바라고
있으면
그녀가 다 알아서 해주는 식물 인간이고 싶다.
　　　　　　　　　　－「살찐 소파에 대한 日記」 부분 (5)

시에 등장하는 '나'와 '그'는 사실상 동일인물이다. 자신 대신 돈을 벌
어오는 아내에게 전적으로 의지하면서 아내가 자신을 돌봐주기를 바
라는 '나'는 철저하게 무기력하고 게으른 인물이다. 물론 위의 진술들
은 자신을 일부러 낮추는 자기 풍자이다. 그러나 자기 풍자가 객관적이
고 냉정한 자기 성찰을 바탕으로 하는 데 비해, 위의 시는 자기 비하와
모멸이 지나치게 과장되어 있어서 오히려 자기연민 혹은 자기합리화

로 변화될 가능성이 높다.

실제로 시의 후반부에는 "비록 사나이 나이 사십 넘어서 "내가 헛, 살았다"는 깨달음이/ 아무리 비참하고 수치스럽다 할지라도, 격조 있게, / 이 삶을 되물릴 길은 내가 아무 것도 아니라는 것, / 이것 인정하기 조금은 힘들지만/ 세상에 조금이라도 복수심을 갖고 있는 자들의 어쩔 수 없는 천함보다야/ 무위도식배가 낫지 않겠는가!"라는 진술이 포함되어 있다. 화자는 자신의 삶을 '헛살았다'고 말함으로써 그동안의 자신의 모든 행위를 무화시키고 있지만, 그러면서도 자신의 무위도식이 복수심을 가지고 있는 사람들보다 우월한 것이라고 단언하며 그들을 '어쩔 수 없는 천함'이라고 규정한다. 황지우다운 우월감이 두드러지는 대목이다.

이러한 감상성은 "슬프다 내가 사랑했던 자리마다 모두 폐허다"(「뼈아픈 후회」, 5)라는 탄식에서 정점을 이룬다. 여기서 화자(시인)가 후회하는 것은, 자신의 삶이 과연 진실한 것이었는지를 스스로에게 묻는 반성적인 질문과 연결되어 있다. "젊은 시절, 내가 자청한 고난도/ 그 누구를 위한 헌신은 아녔다"는 고백은, 자신의 삶에 대한 반성이면서 동시에 결코 버릴 수 없는 자신에 대한 연민이기도 하다.

> 해 속의 검은 장수하늘소여
> 눈먼 것은 성스러운 병이다
>
> 활어판 밑바닥에 엎드려 있는 넙치,
> 짐자전거 지나가는 바깥을 본다, 보일까
>
> 어찌하겠는가, 깨달았을 때는

모든 것이 이미 늦었을 때
알지만 나갈 수 없는, 무궁(無窮)의 바깥;
저무는 하루, 문 안에서 검은 소가 운다
　　　　　　　　　　　ー「바깥에 대한 반가사유」(5)

　이러한 맥락에서 보면, 5시집에서 나타나는 '안'과 '바깥'에 대한 사유는 자신의 내면을 향한 성찰이라고 설명될 수 있다. 이 시에 나오는 '무궁의 바깥'이나 '검은 소'는 3시집부터 간간이 드러나는 화엄의 세계나 불교와 연관되어 있다. 황지우는 자신을 해를 바라보고 눈이 먼 예언자에 비유하면서 한편으로는 활어판 밑바닥에 엎드려 있는 '넙치'에 비유한다. 시에서 화자는 '깨달았지만' 이미 '모든 것이 늦은' 사람이고, '무궁의 바깥'을 알지만 나갈 수 없다. 전자로 나아갈 때 그의 시는 화엄의 세계를 엿보고, 후자로 물러날 때는 자조와 자기합리화 경향을 보인다. 이것은 시대의 전위가 아닌, 자조와 무력함, 내면의 허무와 싸워야 하는 한 개인으로서의 성찰이다.

　그러나 이후 시 창작이 이어지지 않으면서, 이러한 시도는 특별한 결론을 짓지 못하고 미완으로 남게 된다. 아울러, 조각을 통해 발견한 '진흙'의 세계와 간간이 드러나는 '초록'에 대한 경탄 역시 가능성으로만 남아있다. 그런 면에서 황지우의 시는 미완의 형태로 열려있다고 할 것이다.

시집 연보 ─────

1. 『새들도 세상을 뜨는구나』, 문학과지성사, 1983.
2. 『겨울―나무로부터 봄―나무에로』, 민음사, 1985.
3. 『나는 너다』, 풀빛, 1987.
4. 『게 눈 속의 연꽃』, 문학과지성사, 1990.
5. 『저물면서 빛나는 바다』, 학고재, 1995.
6. 『어느 날 나는 흐린 주점에 앉아 있을 거다』, 문학과지성사, 1998.

『시인시대』 발표 원고 목록

1. 「방법론적 슬픔과 자기수양의 시 – 정호승」,『시인시대』, 2016. 여름.
2. 「육화된 생태시론, 상생과 소통의 생태시 – 이하석」,『시인시대』, 2016. 가을.
3. 「타자성의 상호 인정, 지극하고 진정한 연시 – 고정희」,『시인시대』, 2016. 겨울.
4. 「물질과 더불어 구현되며 물질의 배면인 '공(空)' – 최승호」,『시인시대』, 2017. 봄.
5. 「선한 아름다움이 세상을 구원하리라 – 곽재구」,『시인시대』, 2017. 여름.
6. 「자연스러움을 표방하는 시와 삶 – 김용택」,『시인시대』, 2017. 가을.
7. 「'싸움'이라는 상태와 '사랑'이라는 경유지 – 김승희」,『시인시대』, 2017. 겨울.
8. 「분노와 자기풍자, 전략적인 해체시 – 박남철」,『시인시대』, 2018. 봄.
9. 「정·반·합의 과정을 반복하는 생명활동으로서의 노동 – 백무산」,『시인시대』, 2018. 여름.
10. 「체화된 생태시와 지구적 상상력 – 이문재」,『시인시대』, 2018. 가을.
11. 「전형성을 이용한 성공한 대중시 – 안도현」,『시인시대』, 2018. 겨울.
12. 「웅크린 몸 안의 길고 뜨신 끈, 타자를 안는 언어의 긴 팔 – 문인수」,『시인시대』, 2019. 봄.

문혜원文惠園

제주 출생. 서울대 국문과 및 동대학원 졸업. 문학박사, 문학평론가.
현재 아주대 국문과 교수. 2017년 김환태평론문학상 수상.
저서로『한국 현대시와 모더니즘』,『한국근현대시론사』,『존재와 현상』등이
있다.

1980년대 한국 시인론

| 초판 1쇄 인쇄일 | \| 2021년 2월 25일 |
| 초판 1쇄 발행일 | \| 2021년 2월 26일 |

지은이	| 문혜원
펴낸이	| 정진이
편집/디자인	| 우정민 우민지
마케팅	| 정찬용 정구형
영업관리	| 한선희 김보선
책임편집	| 우정민
인쇄처	| 으뜸사
펴낸곳	| 국학자료원 새미(주)

등록일 2005 03 15 제25100-2005-000008호
경기도 고양시 일산동구 중앙로 1261번길 79 하이베라스 405호
Tel 442-4623 Fax 6499-3082
www.kookhak.co.kr
kookhak2001@hanmail.net

| ISBN | \| 979-11-91440-12-6 *93810 |
| 가격 | \| 29,000원 |